साँझक गाछ

राजकमल चौधरीक एखनधरि उपलब्ध सभटा मैथिली कथाक संग्रह

राजकमल चौधरी

जन्म : 13 दिसम्बर, 1929 को अपने ननिहाल रामपुर हवेली में। पितृग्राम महिषी (सहरसा, बिहार)। इंटरमीडिएट आर्ट्स में नामांकन, किन्तु उसे छोड़कर भागलपुर आकर इंटरमीडिएट कॉमर्स में प्रवेश। मारवाड़ी कॉलेज, भागलपुर से 1955 में आई.कॉम.। 1953 में गया कॉलेज से बी.कॉम। लेखन की शुरुआत भागलपुर से ही हो गई थी। शिक्षा पूरी करने के बाद अधिकतर कलकत्ता में रहे। हिन्दी और मैथिली की कई पत्रिकाओं का सम्पादन किया। अन्तिम वर्षों में पूरी तरह स्वतंत्र लेखन। 19 जून, 1967 को पटना के अस्पताल में लम्बी बीमारी के बाद निधन।

प्रकाशित कृतियाँ : हिन्दी में : अग्निस्नान, शहर था शहर नहीं था, नदी बहती थी, ताश के पत्तों का शहर, मछली मरी हुई (उपन्यास); बीस रानियों के बाइस्कोप, एक अनार : एक बीमार (लघु उपन्यास); मुक्ति-प्रसंग, कंकावती, इस अकाल वेला में, स्वरगन्धा, ऑडिट रिपोर्ट, विचित्रा (कविता-संग्रह); मछली जाल, सामुद्रिक एवं अन्य कहानियाँ (कहानी-संग्रह); राजकमल चौधरी रचनावली (आठ खंड)।

मैथिली में : आदिकथा, पाथरफूल, आन्दोलन (उपन्यास); स्वरगन्धा, कविता राजकमलक (कविता-संग्रह); एकटा चंपाकली विषधर, कृति राजकमलक (कहानी-संग्रह)।
अनूदित कृतियाँ : मूल बांग्ला से शंकर के उपन्यास चौरंगी और वाणी राय के उपन्यास चोखे आमार तृष्णा का हिन्दी अनुवाद।

देवशंकर नवीन

जन्म : 2 अगस्त, 1962 को मोहनपुर, जिला सहरसा (बिहार) में। एम.ए., पी-एच.डी. (हिन्दी, मैथिली)। जी.एल.ए. कॉलेज, डालटनगंज, में छह वर्षों तक अध्यापन किया। नेशनल बुक ट्रस्ट के सम्पादकीय विभाग में कार्यरत रहे। इग्नू के अनुवाद अध्ययन एवं प्रशिक्षण विद्यापीठ में अध्यापन किया। फिलहाल जवाहरलाल नेहरू विश्वविद्यालय के भारतीय भाषा केन्द्र में प्रोफेसर पद पर कार्यरत हैं।

प्रकाशित कृतियाँ : जमाना बदल गया, पहचान, सोना बाबू का यार (कहानी), अभिधा, चानन-काजर, ओ ना मा सी (कविता), हाथी चलए बजार, राजकमल चौधरी का रचनाकर्म, आधुनिक मैथिली साहित्यिक परिदृश्य, मैथिली साहित्य : दशा दिशा सन्दर्भ, राजकमल चौधरी : जीवन एवं सृजन आदि (आलोचना) तथा दस से अधिक सम्पादित पुस्तकें। मैथिली-हिन्दी की समस्त पत्र-पत्रिकाओं में रचनाएँ प्रकाशित। अंग्रेजी सहित कई अन्य भारतीय भाषाओं में रचनाएँ अनूदित।

साँझक गाछ

राजकमल चौधरी

संकलन, संपादन

देवशंकर नवीन

राजकमल पेपरबैक्स

ISBN : 978-81-267-0641-9

मूल्य : ₹299

पहिल संस्करण : 2003
दोसर संस्करण : 2020
पहिल आवृत्ति : 2022

प्रकाशक : राजकमल प्रकाशन प्रा. लि.
अशोक राजपथ, साइंस कॉलेज के सामने
पटना-800 006

प्रधान कार्यालय : 1-बी, नेताजी सुभाष मार्ग, दरियागंज, नई दिल्ली-110 002
शाखाएँ : पहली मंजिल, दरबारी बिल्डिंग, महात्मा गांधी मार्ग, प्रयागराज-211 001
वेबसाइट : www.rajkamalprakashan.com
ई-मेल : info@rajkamalprakashan.com

मुद्रक : बी.के. ऑफसेट
नवीन शाहदरा, दिल्ली-110 032

A Collection of all the Maithili short stories of Rajkamal Chaudhary
Compiled & edited by Deo Shankar Navin

भूमिका

छोट खुट्टीक विराट कथा

राजकमल चौधरीक कथा संसार सँ परिचय करबाक अर्थ थिक एक संगेँ कैकटा जीवनक अनुभव प्राप्त करब। मैथिली कविते जकाँ मैथिली कथा-लेखनहुँ मे राजकमलक आगमन ओहि दुष्काल मे भेल, जखन सम्पूर्ण मिथिला पारिवारिक आ सामाजिक स्तरक स्थानीय समस्या सँ आक्रान्त छल। समकालीन बुद्धिजीवी वर्ग तक केँ समकालीन समाजक मोट-मोट दू-चारि टा समस्या देखार पड़ैत छलैक। दहेज, बाल-विवाह, बेमेल विवाह, सासु-पुतौहुक वैमनस्य आदि वैवाहिक समस्या आ धार्मिक पाखण्ड स्थूल रूपेँ जगजाहिर छल। अइ समस्त समस्याक मूल दिस सूक्ष्मता सँ जएबाक जोखिम नइँ लेल जा रहल छल। सभ भाषाक सभ समयक साहित्य केँ समकालीन समाज सँ बड़ड अन्तरंग सम्बन्ध रहैत छैक। अइ अन्तरंगताक निदर्शन मैथिली कथा लेखन मे जेना हएबाक चाही छल, अत्याधुनिक शिल्प-शैलीक उपयोग सँ साहित्य केँ जतबा प्रभावकारी हएबाक चाही छल, से भ' नइँ रहल छल... अही दुष्काल मे राजकमल चौधरीक प्रवेश मैथिली कथा-लेखन मे भेल।

कहल जाइत अछि, जे मैथिली लेखन मे राजकमल अएलाह नइँ, हिनका आनल गेलनि। एहि विवादक घूर केँ खोड़ब एतए उचित नइँ होएत। एतए बेसी विचारणीय अछि राजकमलक मैथिली कथा-संसार मे पाठकक प्रवेश। अइ प्रवेश लेल एहि संकलन केँ प्रस्तुत करबा काल पहिल समस्या छल, जे संकलित अड़तीस गोट मैथिली कथाक क्रम की राखल जाए ? बाट कोनो नइँ सूझल। प्रकाशन तिथि सँ ई अन्दाज लगाएब कठिन अछि, जे कोन कथा पहिने लिखल गेल, कोन बाद मे। कारण, कैकटा स्थिति एहि बातक साक्षी अछि, जे पहिनेक लिखल चीज बाद मे प्रकाशित भेल अछि आ बादक चीज पहिने। श्रेष्ठता आ न्यूनताक कोटि मे राजकमलक कथा केँ बाँटबे अपराध थिक। हिनकर तँ सभ टाबे कथा श्रेष्ठ अछि, बल्कि श्रेष्ठतम अछि। तखन तँ एकेटा बात सूझल जे प्रकाशन तिथिक क्रम मे एहि कथा सभ केँ राखि देल गेल। राजकमलक कथाक पाठक लोकनि ततेक पारखी जौहरी छथि, जे हुनका लेल रत्न केँ चिन्हबाक हेतु क्रम कोनो अर्थ नइँ रखैत अछि। हँ,

एकटा बात अवश्य अछि जे राजकमलक कथालेखनक विराट आ असीम फलक दिस इशारा करैत किछु कथाक नाम लेल जाए तँ देखल जायत जे एक दिस 'ललका पाग' जा रहल अछि, दोसर दिस 'साँझक गाछ'; एक दिस 'माहुर' आ 'सुरमा सगुन विचारै ना' जा रहल अछि, दोसर दिस 'आवागमन' आ 'एकटा चम्पाकली एकटा विषधर'; एक दिस 'वैष्णव' जा रहल अछि, दोसर दिस 'कमलमुखी कनियाँ'। आ अहिना भिन्न-भिन्न दिशा मे व्याप्त दुर्गन्धि केँ प्रकाशित करैत राजकमलक कथा संसार मिथिलाक समस्त विकृति केँ उजागर करैत अछि।

राजकमलक रचना संसार अइ बातक प्रमाण थिक जे मिथिलाक असली समस्या मानसिक अशिक्षा आ अर्थ-विपन्नता थिक। स्त्री आ पुरुष—दुनूक सन्दर्भ मे। तेँ एतए चरित्रहीनता पर टिप्पणी नइँ क' कए ओकर आदि-मूल दिस संकेत कएल गेल अछि। परिवार आ समाज, व्यक्तिक जीवन-यापन केँ जतेक सहज बनबैत अछि, सहकारी बनबैत अछि, ताहि सँ बेसी दुखमय बनबैत अछि। सामाजिक आ पारिवारिक सरोकारक, अधिकार सँ आक्रान्त लोक आनक जीवन मे ततेक प्रविष्ट भ' जाइत अछि, जे समाज मे राजकमलक अनेक पात्रक जन्म होइत अछि। टीका-टिप्पणी क' क' कए समाज कोनो कुमारि केँ छिनारि आ कोनो विधवा केँ डाइन आ कोनो विधुर केँ छुतहर बना दैत अछि। संगहि टीका-टिप्पणीक बिना एकर विपरीत स्थिति सेहो होइत अछि।

कुल मिला क' ई बात सोझाँ अबैत अछि, जे आत्मबुभुक्षा, यौन पिपासा आ आत्मसुरक्षा—मात्र इएह टा मानव जातिक समस्या नइँ थिक। राजकमलक शब्द मे ई तँ मनुष्यक मूल प्रवृत्ति थिक। अइ प्रवृत्ति केँ संग नेने जनमल व्यक्तिक आगूक प्रवृत्ति, जे ओ एतए अपनबैत अछि, ताहि मे सर्वप्रमुख थिक ओकर 'स्व'त्व बोध। इएह बोध मनुष्य केँ राक्षस बनबैत अछि, ओकर विवेक छीन लैत अछि, क्षणिक मनोवेगक तुष्टि लेल मनुष्य फूसि बजैए, चोरि करैए, लूटि-मारि करैए, हत्या करैए, षड्यन्त्र रचैए, बलात्कार करैए, सम्बन्ध-सरोकारक अपने रचल आचार केँ अपने हाथेँ रित्ती-बताना क' दैए।

अही कारणेँ बाबू साहेब टीक कटा लैत छथि, अही कारणेँ रामगंजबाली अपन चम्पाकलीक बियाहक प्रस्ताव नानाक उमेरक लोक लग रखै छथि, अही कारणेँ वैष्णव श्रीमन्त बाबू कसाइक हाथेँ गाय बेचैत छथि आ विधवा पुतौहु संग संभोग करैत छथि, 'तीरू' क सासु आ भोला मास्टरक प्रतापेँ 'तीरू' पोखरि मे नंगटे नहाइ छथि...आ आरो बहुत किछु होइत अछि।

राजकमलक कैकटा कथा पर, बल्कि अधिकांश कथा सभ पर समय-समय पर विवाद उठैत रहल अछि। हिनकर 'स्वान भय त्रस्ता गाभिन बकरी' सन नारी पात्र 'विषधर' सेहो थिक, 'फुलपरासवाली' सेहो थिक,

'पदुमा' सेहो थिक, 'शरणार्थिणी' सेहो थिक, 'कमलमुखी कनियाँ' सेहो थिक...। समाजक स्त्री-पुरुषक चिन्तन लोकक एतेक विराट-यात्रा कोनहुँ आन ठाम भेटब असम्भव सन अछि। घटना पर एप्रोचक इएह नूतनता मैथिली कथा केँ एकाएक अत्याधुनिक बनौलक। ओना ई मान' मे किनकहु कोनो दुविधा नइँ छनि जे ललित सन विलक्षण कथाकार सेहो ओइ समय मे मैथिली भाषा केँ प्राप्त छलखिन। मायानन्द सन कथाकार एखनहुँ सृजनरत छथि। आ परवर्ती काल मे कैकटा समर्थ कथाकार मैथिली मे अएलाह। मुदा, से एतए चर्चाक विषय नइँ थिक।

वस्तुतः राजकमलक समक्ष ओइ समय मे कैकटा समस्या एक संगेँ छल। समाजक समस्या तँ अपना ठाम छलहे, साहित्यिक समस्या सेहो कम विकराल नइँ छल। विषय आ शिल्प–दुनू स्तर पर मैथिली कथा ततेक पछुआएल छल, निरीह छल, जे एक्के संगेँ हिनका कैक तरहक युद्ध करए पड़लनि। ताहि पर सँ ओहि कालक पुरानपंथीक उपहास आ आक्रमण कम नइँ छल। मुदा शिल्पक नूतनता आ शैलीक तीक्ष्णता केँ ई बड्ड बेसी महत्त्व देलनि। हिनकर शिल्पेक कारण 'आवागमन' आ 'एकटा चम्पाकली एकटा विषधर' अथवा 'चन्नर दास' आ 'किरतनिञा' अलग-अलग कथा होइत अछि। हिनकर कथा-लेखन केँ सूक्ष्मता सँ परखैत ई बात सोझाँ अबैत अछि, जे कनी टा बात केँ व्याख्यायित करबा लेल हिनका बड्ड बेसी माथ धुन' पड़ैत छनि। उछलि उछलि केँ बड़ी टा क्षेत्र नाणि लेब आ कनेको टा क्षेत्रक पूर्ण जानकारी नइँ प्राप्त क' सकब, हिनकर कथाक स्वभाव नइँ थिक। बात जतए सँ शुरू हएत तकर अगल-बगल घुमैत रहत, पाठक केँ पूर्णतः बन्हने रहत आ अन्त मे आर्केस्ट्राक झालि जकाँ एकटा करगर चोट मारिकए चुप भ' जाएत।

एहन कथाकार, आपादमस्तक रचनाकार, अपन समाज-श्रोता-पाठकक प्रति ईमानदार आ संवेदनशील तथा कुकर्मक अधिष्ठाताक प्रति क्रूर राजकमलक अड़तीस गोट मैथिली कथा जखन पाठकक हाथ मे हो, तँ ओहि पर कोनो कमेन्ट्री उचित नइँ। राजकमल चौधरीक कथाक लेल कोनहुँ टा व्याख्या वाजिब नइँ। ई कथा सब अपनहिँ अपना बारे मे कहत।

एतए एतबा कहब उचित थिक जे राजकमलक कोनहुँ रचना संग्रह केँ सम्पूर्ण कहब अपराध होएत। अड़तीस गोट कथा अइ मे संकलित अछि। किछु कथा सभक संचयन 'ललका पाग', 'कृति राजकमलक' तथा 'एकटा चम्पाकली एकटा विषधर' संकलन मे भ' चुकल छल। किछु पत्रिका सभ सँ ताकल गेल, 'किछु अलिखित पत्र' छद्मनाम सँ प्रकाशित छल। सबटा कथा एहि संकलन मे प्रस्तुत कएल जा रहल अछि। मुदा पछिला बीस बर्खक अनुभव सँ ई सूचना देबए पड़ि रहल अछि, जे एखनहुँ हम आश्वस्त नइँ छी

जे हम हिनकर सबटा कथा ताकि लेलहुँ। जँ फेर कोनो नव वस्तु भेटल तँ अगिला संस्करण मे प्रस्तुत कएल जाएत।

अइ पोथी मे संकलित रचना सभक संकलन मे मोहन भारद्वाज, तारानन्द वियोगी, केदार कानन, सारंग कुमार, रमानन्द 'रमण', नवीन चौधरी, विनय भूषण, पंकज पराशर आ गौरीनाथक प्रभूत सहयोग भेटल अछि। हिनका सभक आभारी छी। राजकमल प्रकाशनक स्वामी अशोक माहेश्वरी एहि पुस्तक मे रुचि लेलनि, से अत्यन्त प्रसन्नताक विषय थिक। आ सर्वोपरि शशिकान्ता चौधरी तथा नीलकमल चौधरी (राजकमलक पत्नी आ पुत्र)क प्रति आभार व्यक्त करैत छी, जिनकर सहयोग आ स्नेहक कारणेँ ई पोथी अहाँक समक्ष अछि। आब बेसी बात ई पोथी स्वयं कहत।

—देवशंकर नवीन

अनुक्रम

अपराजिता

हमर अभिन्न मित्र नागदत्त अपन घरवाली कें अपराजिता कहैछ। किएक, से कि सोचलो उत्तर एखन धरि बूझ' मे आयल अछि ?

हम धरि हुनका अन्नपूर्णा भौजी कहैत छियनि। जर्दा लेल बड्ड छिछिआयल रही आ ओ खास अवसर पर संकट-मोचन रहथि। ओहुना हमरा मैथिल-बाला सभ मे अन्नपूर्णाक रूप अधिक भेटैत अछि।

मुदा अपराजिता ?

धुः ! पत्नीक प्रति ई भाव तँ एक विदेशी भाव थिक। भारतीय सँ एकरा कोनो साम्य छैक ? मिसियो भरि ने।

भारतीया तँ बेचारी लाज, बन्धन, आवरण, नियम ओ उपनियम सँ तेना क' जकड़लि रहैछ जे ओ सर्वदा पराजित बनलि रहैछ।

एही सभ मे दहाइत-भसिआइत रही। खिड़की सँ बाहर मिथिलाक श्यामल, सोहागिन, सुहासिन धरती। ट्रेनक खिड़की सँ बाहर देखैत रही।

दिवानाथ धरि मूड़ी निहुड़ौने 'गारंटी ऑफ पीस' मे ओझरायल छल। मुक्ती बाबू ट्रेनक हड़ड़-हड़ड़ मे ताल दैत विद्यापतिक पाँती गबैत रहथि, 'सखि हे, हमर दुखक नहि ओर'।

नागदत्त अपना लगक मोसाफिर संगें जोर-जोर सँ बजैत रहय, ''नइँ महाराज... आन देश मे ई हाल नइँ छैक...अही ठाँ रूस मे देखिऔक ग'। विज्ञानक जोर सँ मनुक्ख नदीक धार कें अपन इच्छानुसार मोड़ि देलक अछि।''

इन्टरक एहि डिब्बा मे आनो-आन यात्री सभ अपन-अपन गप्प सभ मे तल्लीन रहथि। एकटा बूढ़ दरोगा साहेब अपन सहगामी कें कोनो रोमांचकारी डकैतीक खिस्सा कहैत रहथिन। एकटा सेठ अपन अधवयसू मुनीम कें सोना-चानीक तेजी-मन्दीक कारण बुझा रहल छलाह, लगहि मे हुनक पत्नी घोघ तनने बैसलि ! ट्रेन समस्तीपुर सँ फूजल। कैप्सटनक डिब्बा सँ अन्तिम सिकरेट बहार क' दिवानाथ सुनगाब' चाहैत रहय...सलाइयो रहैक लगहि मे...मुदा ओ तँ रहय अपन 'गारंटी ऑफ पीस' मे ओझरायल। हमरा हँसी लागल। हम हँस' लगलहुँ। मुक्तीबाबू दोसर गीत गाब' लगलाह, 'मानिनि आब उचित नहि मान' !

हठात् खिड़की सँ बाहर हुलकि दिवानाथ चिचिआयल, ''देख, मणि...देख... अपराजिताक ताण्डव !'' सभ गोटा हुलकी मार' लागल। सभक आँखि विस्मय-विस्फारित !

'गारंटी ऑफ पीस' खतम छल...विद्यापतिक गीत खतम छल। रूसक कथा खतम छल। डकैतीक कथा थम्हि गेल...सोना-चानीक तेजी-मन्दी सेहो बन्द भ' गेल रहय। सिकरेटक लगातार धुआँ रहि गेल आ रहि गेल अपराजिता !

सरिपहुँ...बागमती, कमला, बलान, गंडक आ खास क' क' कोसी तँ अपराजिता अछि ने ! ककरहु सामर्थ नहि जे एकरा पराजित क' सकय। सरकार आओत...चलि जायत ...मिनिस्टरी बनत आ टूटत, मुदा ई कोसी...ई बागमती...ई कमला आ बलान...अपन एही प्रलयंकारी गति मे गाम केँ भसिअबैत, हरिअर-हरिअर खेत केँ उज्जर करैत, माल-जाल केँ नाश करैत, घर-द्वारक सत्यानाश करैत बहैत रहत आ बहैत रहत।

वेद मे नदी केँ मनुक्खक सेविका कहलकैक अछि...मनुक्खक पत्नी कहलकैक अछि...

मुदा,

बहुओ भ' क' कोसी आ बागमती अपराजिता अछि...

अन्नपूर्णा कहाँ ?

रेलवी-सड़कक दुहू कात कोसक कोस पसरल अबाध जल-प्रवाह ! दुहू क्षितिज केँ छुबैत जलक धार !!

''लगैत अछि, हम सभ ट्रेन पर नहि, मने जहाज पर बैसल होइ। जेना चारू कात विशाल, विकराल, विराट समुद्र हो जे हमर अस्तित्व पर्यन्त केँ डुबा देलक अछि !'', बाजल दिवानाथ। मुक्ती टिपलक, ''मणि भाइ, कते गामक तँ कोनो थाहो-पता ने लगैत छैक जे एत' कहिओ कोनो गामो रहैक। जत' ईंटाक पोखरापाटन हवेली रहैक तत' की छैक ? महाविशाल मोइन आ कुण्ड ! जत' खेत आ खरिहान रहैक ओहि ठाँ गण्डकी नंगटे नचैए...खरिहानक नाच नहि, श्मशानक नाच !''

हाथक 'ब्लिज' केँ तह दैत एकटा सज्जन बजलाह, ''आ बाबू...सरकार तँ पटना आ दिल्लीक सचिवालय मे बिजलीक पंखा आ स्प्रिंगदार सोफाक बीच सूतल अछि। मिथिला वा भोजपुर भसिआइए गेल तँ ओकरा की ? कोसी सर्वनाशे करइए तँ ओकरा की ? ओ तँ इण्डियाक 'फारेन-पालिसी' सोचैत अछि। भीतर सँ भारत खुक्ख भ' रहल अछि...कोकनि रहल अछि, मुदा ओ यू.एन.ओ. क कुर्सी बचाबक फिकिर मे अपस्याँत अछि।'' दरोगाजी कनिएँ उकड़ू भ' बैसि गेलाह आ कान पाथि हमरा लोकनिक गप्प सुन' लगलाह। सेठजी अपन धर्मपत्नी दिस व्यग्र भावेँ ताकि बजलाह, ''रधिया की माँ... जरा इलायची तो देना...सर चकरा रहा है।''

दाँत कीचि दिवानाथ गुम्हड़ल—गारंटी ऑफ पीस !! हम सोचलहुँ, हमर देश मे जे 'गारंटी ऑफ पीस' द' सकैछ से तँ लालकिलाक मुड़ेरा पर खजबा टोपी, करिया अचकन...चुननदार पैजामा पहिरने तिनरंगा छत्ता तनने आराम सँ पड़ल अछि ! आ भगवान जँ स्वर्ग मे छथि तँ अबस्से दुनियाँ मे सभ वस्तु ठीक छैक।

यद्यपि देशक ई हालत किएक, से सभ जनैत अछि—हमहूँ...अहूँ...नेता आ जनतो ! तइयो ई देश अपन दरिद्रा केँ सोनाक पानि चढ़ाओल डिब्बी मे बन्द क' क' विदेशक

प्रदर्शनीक 'शो-केस मे सजबैत अछि। रीढ़क अपन हाड़ तोड़ि ताजक रूप मे उपस्थित करैत अछि। फाटल-चीटल केथरी जोड़ि आ सजा, भटरंग क' प्रति पन्द्रह अगस्त क' शाही महल सभ पर धर्मचक्र-सज्जित तिरंगा फहरबैत अछि।

गाड़ी ठाढ़ भ' गेलैक।

पुल रहैक कोनो मने। फेर चुट्टीक चालि मे घुसकनियाँ काट' लागल। सभ मोसाफिर खिड़की आ फाटक पर मुड़िआरी देने बाहर हुलकी मार' लागल—

गण्डक, बागमती, कमला आ कोसीक भयानक रूप। समुद्रक ज्वारि जकाँ विकराल ढेहु उठैत। लगैक मने सौंसे ट्रेन केँ गीड़ि जायत ! लहरिक संगहि-संग कौखन कोनो पुरना नूआक फाटल पाढ़ियुक्त भाग...कौखन काठक सनुकचाक कोनो थौआ भेल भाग...कौखन जानवरक हाड़ ! घरक ठाठ बहल जा रहल छल...खाट आ चौकी भसिआयल जा रहल छल...इज्जति आ प्रतिष्ठा मिथिलाक नोर मे दहायल जा रहल छल। जीवन भसिआयल जा रहल छल। सीसो-सखुआ-आमक कलमबाग आ बँसबिट्टी डूबि गेल छल।

ऊपर रहैक केवल पीतवसना नागकन्या गण्डकी अपन अति विषाक्त फुफकार छोड़ैत।

मुक्तापुर आबि गेल।

स्टेशनक चारू कात पानिएँ पानि। स्टेशन पर असंख्य गरीब किसान-बोनिहार लहालोट होइत। ककरो एक मुट्ठी अन्न नहि...पाँच हाथ वस्त्र नहि...टाँग पसारि क' सूतक स्थान नहि। प्लाटफारम पर आकाशक ठाठ तर असंख्य किसान-परिवार ! धीया-पूता भूखेँ चिकरैत...गाय ओकरा पोप तर मुँह नुकओने कनैत। एकटा कोनो कांग्रेसी सज्जन स्टेशन-मास्टर केँ जोर-जोर सँ कहैत रहथिन, "अरे, महाराज...एहि मे सरकारक कोन कसूर ? भगवानक लीला छनि। सरकार की जान' गेलैक जे एहन विशाल बाढ़ि आबि रहल छैक। ताहू पर रिलीफ कमेटी बनि रहल छैक। अगिला हप्ता मिनिस्टर लोकनिक 'टूर प्रोग्राम' छनि। आ अलाबे एकर मुख्यमन्त्री दरभंगा, मुजफ्फरपुर आ सहरसाक कलक्टर केँ तार देबे कयलथिन अछि जे ओ जते चाहथि रिलीफक हेतु खर्च करथि। से नहि आब की करौक ?"

आ सरिपहुँ सरकार खर्च करैत रहैक से हम देखलिऐक ! एकटा गृहस्थ बाजल, चारिम दिन अन्न भेटल छल...मूड़ पीछू दू सेर...ओकर पहिने तँ मात्र जले टा आधार होइक। आ दू सेर चाउर कक्खन धरि ? स्त्रीगण केँ पहिरक कोनो नूआ-फट्टा नइँ। मलेरिया-ग्रस्त लोक केँ लहालोट पुरिबा आ जाड़ सँ बचब'क खातिर कम्बल नहि। रेलवे कर्मचारी हाता सँ एकटा ठहुरिओ नइँ काट' देनिहार। पूछक तँ बड़ इच्छा छल...मुदा गाड़ी फुजि गेलैक।

'ब्लिज' वला सज्जन बजलाह, "बाबू एखन की देखलिऐक अछि, आगाँ ने चलू... किसनपुर...हायाघाट...मोहम्मदपुर...जोगियार...कमतौल दिस आर प्रलय मचल छैक। एहन कोनो परिवार नहि छैक जकर कोनो समाङ कि कोनो बच्चा कि कोनो माल नहि दहा-भसिआ गेल होइक।"

हायाघाट स्टेशन ! सूर्यास्तक समकाल।

डूबैत सूर्यक लालिमा प्रतीचीक जल केँ रक्त सन बनओने। लिधुराह पानि... खुनिञा धार !! मुक्ती बाबू सिकरेट ताक' चललाह। दिवानाथ प्लाटफारम पर अपने घर मे शरणार्थी बनल गृहविहीन सँ गप्प क' रहल छल। गाड़ीक इंजन मिझा गेल रहैक। लेहरियासराय सँ तार अओतैक तखन ने फुजतैक गाड़ी ! हमहूँ उतरलहुँ। देखलिऐक, सौंसे प्लाटफारम पर चुट्टी ससर'क दउर पर्यन्त नइँ। अँगनइ मे बाँसक पातर सट्टा गाड़ि-गाड़ि ओहि पर पातर पुरान नूआ कि धोती टाँगि क' तम्बू सन बनल। एहन-एहन सैकड़ो तम्बू एक पतिआनी सँ ठाढ़। स्त्रीगण सभ लोटे-लोटे स्टेशनक इनार सँ पानि अनैत रहथि आ धीया-पूता टुक-टुक ट्रेन दिस तकैत रहय। पानिक कछेड़ मे एकटा बुढ़िया बाढ़ि मे डूबल बेटाक शोक मे बताहि भेलि चिकरैत रहय। ओझरायल केश मुँह पर...नूआ-फट्टाक होस नहि...गाबि-गाबि कानय, हे गण्डक मैया...हे कमला मैया। कत' गेलइ हम्मर सुगवा, कत' गेलइ हमर लाल !

आ ओम्हर दिवानाथ बूढ़ा दरोगा साहेब केँ बुझा रहल छलनि...मनुक्ख जे चाहय से क' सकैत अछि। एही ठाँ चीन केँ देखिऔक...ओकर 'ह्वांगहो' कोसिओ सँ भयानक रहैक। मुदा लाल-क्रान्तिक दू बरखक बाद ओकरा सघन बान्ह सँ जकड़ि देलकैक, आइ ओ 'ह्वांगहो' चीनक वरदान छैक, अभिशाप नहि। आ दिवानाथक आँखि मे लाल चिनगीक तीक्ष्ण प्रकाश आ ज्वाला। भेल जे अमृतपुत्रक एहि ज्वाला मे कोसी भस्म भ' जयतीह। मुदा एक जोड़ा आँखिक चिनगी सँ नहि। लक्ष-लक्ष जोड़ा आँखिक अंगोर सँ। हमरा एकर चतुर्दिक एहन रक्तिम दाहक चिनगीक जाल बून' पड़त।

मुक्तीबाबू अधजरुआ सिकरेट हमरा दिस बढ़ा बजलाह, "मणिबाबू, प्लाटफारमक ओइ भाग तकिअउ तँ कने...कोना छागर-पाठी जकाँ लोक सभ अछि, मालगाड़ी मे कोंचल। हुँ ! कोंढ़ उनटि जाइत अछि।"

ट्रेन पार क' ओइ पार गेलहुँ। एकटा पूर्ण मालगाड़ी रहैक ठाढ़। डिब्बा मे पुरुष, मौगी, धीआ-पूता, माल-जाल सभ भरल छल। डिब्बे मे चूल्हि सुनगि रहल छल। हाँड़ी सभ चढ़ाओल जा रहल छल। कोसी आ गण्डकी मैया केँ प्रार्थनाक 'कोरस' सुनाओल जा रहल छलनि। हाहाकार आ रुदनक स्वर गूँजि रहल छल।

मालगाड़ीक डिब्बा सँ एकटा विद्यार्थी बहरायल...कोर मे चारि-पाँच बरखक कनटिरबी केँ रखने। ओ छौँड़ी बड़ी-बड़ी जोर सँ हिचकैत रहैक। नागदत्त पुछलकैक, "अहा-हा...किऐक औ...की भेलैक अछि...किऐक कनैत अछि ?"

ओ नेनिया केँ ठोकैत बाजल, "एकर माय, बाबू साहेब, डूबि गेलैक एही बाढ़ि मे। कनतैक ने तँ...?" सभ गोटा निस्तब्ध भ' गेल।

युवक बाजल, "विद्यार्थी छी अहाँ लोकनि...तेँ मन होइछ अहाँ लोकनि सँ गप्प करी। हम सभ एही स्टेशन सँ तीन मील पर रामपुर गामक बासी छी। आब तँ ओ बस्तिए नइँ रहलैक...। सौंसे गाम भसिया क' ल' गेलैक...ई राक्षसी गण्डकी।"

मारिते रास लोक जमा भ' गेल, ओकर गप्प सुन' लेल। दरोगा साहेब बजलाह,

''की सौंसे गाम ?''

''हँ औ। हठात राति मे आबि गेलैक बाढ़ि। छन-छन पानि बढ़ैत...कोनो तरहेँ स्त्रीगण लोकनि केँ नाह पर लदलहुँ...माल-जाल हँकओलहुँ...वस्तु-जात, अत्यन्त आवश्यक वस्तु सभ कनहा पर लदलहुँ, पड़यलहुँ, स्टेशनक दिस। कतहु भरि डाँड़...कतहु कच्छाछोप, कतहु चपोदंड। हेलैत-डुबैत एत' पहुँचलहुँ। कतेक नेना-भुटका डूबल। माल-जालक तँ कथे कोन। भसिआयल ठाठ पर हमरा लोकनि स्त्रीगण सभ केँ बैसा क' अनलहुँ एत' धरि। अयला पर पता लागल जे एहि कनटिरबीक माय डूबि गेलैक। ई हमर भतीजी थिक। मुदा आब की ?'' कने काल चुप भ' गेल ओ। युवकक आँखि पनिआ गेलैक। फेर बाजल, ''स्टेशन आबि देखल, ई पहिनहि सँ भरल छल। लगीचक पन्द्रह बीस गामक लोक सभ सँ भरल छल। एहि इलाका मे एकटा ई स्टेशन मात्र छैक ऊँच स्थान। खाली इएह मालगाड़ी रहैक ठाढ़। सभ गोटा एही मे शरण लेल। सम्पूर्ण डिब्बा खाली छल, सभ मे हम सभ भरि गेलहुँ।

दोसर दिन प्लाटफार्म पर सेहो पानि आबि गेलैक, तखन लोक सभ बोरा जकाँ एक दोसर पर गेंटल रही। युवक सभ ऊपर छत पर चढ़ि गेलाह, स्त्रीगण आ बूढ़, नेना सभ डिब्बे मे रहलाह।

स्टेशन मास्टर हमरा सभ केँ डेरओलनि, मालगाड़ी खाली कर दो।

अहीं लोकनि कहू से कोना होइतैक ? हम सभ कत' जाइतहुँ ? हमरा सभक संग मे पाइ-कौड़ी नहि छल, घर नहि छल, पहिर' लेल वस्त्र नहि छल।'' एतेक कहि युवक फेर रुकि गेल। नहुँए सँ बाजल, ''हमरा ज'र अछि। जाड़ भ' रहल अछि, यदि अपने सभक संग मे एकटा बीड़ी हो तँ दिअ'।''

मुक्तीबाबू ओकरा सिकरेट देलथिन आ दिवानाथ सलाइ। युवक बाजल, ''ओ, ई तँ कैप्सटन अछि।'' फेर बड़े तन्मय भ' सिकरेटक कश खींच' लागल। (एलेक्शनक अवसर पर कैथोलिक पादरी सभ सम्पूर्ण तिरू-कोचीन मे मङनी मे सिकरेट आ चाहक पैकेट बँटने छलाह। पैकेट सभ पर लिखल छल, काँग्रेस को वोट दो।) नागदत्त पुछलथिन, ''फेर की भेल ?''

''फेर की हेतैक ?'' युवक गाड़ीक कम्पाट सँ ओंगठि क' बाजल, ''फेर पुलिस आबि-आबि क' हमरा सभ केँ तंग कर' लागल। जकरा संग पाइ-कौड़ी छलैक से पाइ-कौड़ी द' क' पुलिसक ठोकर सँ बचल रहल। रातिखन क' युवती सभ गाड़ीक डिब्बा सँ बिलाय लागलि। मुदा हम सभ मालगाड़ीक डिब्बा केँ छोड़लहुँ नहि। छोड़ि क' हम सभ कत' जइतहुँ ? दोसरे दिन समस्तीपुर सँ एकटा बड़का इंजिन आयल।

स्टेशन मास्टर बाजल, ''तुम लोग गाड़ी खाली कर दो, वरना इंजिन तुम लोगों को लेकर समस्तीपुर चला जाएगा। वहाँ तुम लोगों को जेल हो जायगा, सरकारी गाड़ी पर कब्जा जमाने के जुर्म मे।''

बूढ़ सभ कहलथिन जे नीके होयत, ल' चल'। कम सँ कम भोजनो तँ भेटत जहल मे। मुदा स्त्रीगण कान' लगलीह। नेना सभ चीत्कार मार' लागल। मैथिल स्त्रीगण जे

कहियो गामक बाहर पयर नहि रखलनि तनिका हम जेल कोना जाय दितहुँ। आ तखन हम सभ नारा लगओलहुँ, 'मालगाड़ी नहीं जायगा, नहीं जायगा।'

पुलिसक लाठीक मदति सँ ड्राइवर मालगाड़ी मे इंजिन लगओलक। आ एम्हर हम सभ इंजिनक आगाँ आबि क' ठाढ़ भ' गेलहुँ, 'मालगाड़ी नहीं खुलेगा, नहीं खुलेगा।' पुरुष लोकनि छाती तानि क' ठाढ़ भ' गेलाह। स्त्रीगण पड़ि रहलीह। नेना सभ बाँसक फट्ठी मे लाल वस्त्र बान्हि क' आगाँ मे ठाढ़ भ' गेल।

बाँसक फट्ठी मे लाल चेन्ह !

गाड़ी रोक'क चेन्ह।

अपन अधिकार लेब'क चेन्ह !

युवकक गर्दनि तनि गेलनि, उत्साह सँ बाँहि फड़क' लगलनि, आँखि लाल भ' गेलनि।

सेठजी अपन स्त्रीक कान मे कहलथिन, "रधिया की माँ, सूटकेस पास ले आओ, कुछ हो जा सकता है।"

दरोगा साहेब गुनगुनयलाह, "ठीक कहइ छी।"

युवक कहब जारी रखलनि, "पुलिस तँ पहिने घबड़ा गेल, ड्राइवर इंजिन बन्द क' देलक। कतेक हजार लोकक रेड़ा पड़' लागल। पुलिस 'लाठी-चार्ज' कर' चाहलक, मुदा हम फरिछा क' कहि देलियनि, यदि एकोटा लाठी उठल तँ हम सभ एक-एकटा पुलिस केँ उठा-उठा क' गण्डक मे फेँकि देब। कहू तँ, पन्द्रह-बीस पुलिस के की चलितनि एहि क्रुद्ध जनसमुद्र मे ?

आ, पुलिस तँ नाक रगड़ैत रहि गेल, मुदा मालगाड़ी नहि जा सकल। दोसर दिन भोरे नाव पर चाउरक बोरा गेंटने 'स्टूडेंट्स-फेडरेशन' आ 'नौजवान-संघ'क लोक सभ अयलाह आ ई हम सभ पहिल सहायता पओलहुँ।

आ आब तँ पानि कम भ' रहल अछि। सरकारोक कुम्भकर्णी निन्न टूटि रहल छनि। ओहो दू-दू सेर चाउर बाँटि गेलाह अछि।" एतेक कहि युवक चुप्प भ' गेलाह। वातावरण अशान्त छल, सभक मन युवकक दुःखपूर्ण कथा सुनि खिन्न छलैक। एतबे मे स्टेशनक एकटा कर्मचारी आबि क' बाजल–

"गाड़ी खुल रही है, डिब्बे मे बैठिए।"

अपन बिना मायक भतीजी केँ कोरा मे ल' क' युवक प्लेटफार्म पर ठाढ़ रहल।

गाड़ी नहुँ-नहुँ चल' लागल, तखन ओ दिवानाथक बामा हाथ दबा क' बाजल, "मोन राखब बन्धु !" हठात् बूढ़ दरोगा साहेब अपन 'सीट' पर सँ उठि अपन ऊनी चद्दरि युवकक कान्ह पर ध' देलथिन आ फेर अवरुद्ध कंठ सँ कहलथिन, "अहाँ केँ तँ ज्वर अछि, ई चद्दरि ल' लिअ'। आ..."

गाड़ी तेज भ' गेल।

फेर तँ ओएह चारू कात अथाह अबाध समुद्र छल आ हिलकोरक घोर गर्जन।

–वैदेही/अक्तूबर, 1954

अन्धकार

रातुक अन्धकार मे एकटा अपरिचित नारी-मूर्तिक द्वारा एहन अप्रत्याशित प्रस्ताव सुनि डॉक्टर उपेन्द्र निमिषमात्रक लेल हतबुद्धि भ' गेल। कहूँ भ्रम तँ ने भेलइ-ए !

नहि। सरिपहुँ एकटा नारी-मूर्ति एकरा सोझाँ मे ठाढ़ रहैक। फेर प्रश्न कयलकैक, ''की, किछु चाही...? आराम करब ?''

एहि शहर मे डॉक्टर नवे आयल छल। एहि विलक्षण आतिथ्य-सत्कार पर देह ओकर सुन्न भ' गेलैक।

ओकरा लगले कोनो जवाब कहाँ फुरलैक ? ओ नारी एकर आओर समीप आबि कोट नहुँ सँ पकड़ि निस्संकोच हँसलि, ''नबे आयल छी ?...की सोचै छी ?...''

''ऊँ..सोचै छी...जे की सोचि रहल छी ?'' उपेन्द्रक मुँह सँ बहार भेलैक।

''चलू...जतबे हो...ततबे द' देब !'' आ ओ स्त्री अन्धकारक एकटा कठहँसी हँसलि। अन्धकारो मे उपेन्द्र ओकर मुँहक भापक अनुमान कयलक।

हठात ओकर ध्यान अपन नव-विवाहिता पत्नी पर गेलैक। ओहो तँ सम्भव कोनो परदेशी-बटोहीक मनोरंजन क' सकै-ए ! तखन फेर ओहि स्त्री पर एकर नजरि गेलैक। अन्धकार मे ओकर रंग नहि देखि सकल मुदा ओ अधबयसू रहय...दरिद्रा सँ मने असमय वृद्धा...। चारू कात नजरि दौड़ा क' देखलक तँ शहर सँ बाहर अपना केँ एकटा सुनसान महल्ला मे पओलक...छोट-छोट निस्तब्ध खोपड़ी सभ...कतहु पसीखाना सँ डंका पर फगुआ गबैत बुत्त स्वर सुनाइक !

नहुँ सँ कोट छोड़ा आगाँ बढ़ल। फेर दू डेग आगाँ जा क' रुकल...कोटक-तरका जेब सँ किछु नोट बहार क' ओकरा हाथ मे ध' देलकै आ बाजल मुदा किछु नहि ! आगाँ विदा भेल।

गली समाप्त भ' सड़क मे मिलल...सड़क आगाँ जा क' चाकर होइत गेल आ उपेन्द्र एकटा आधुनिक ढंगक बँगला मे पैसल। नव रहबाक दुआरेँ डेराक सल्तनत नहि भेल रहैक। सरकारी अस्पतालक क्वाटर खाली हेबा मे किछु दिनक बिलम्ब रहैक। तत्काल अपन मित्र अधिनायकक ओतय डेरा-डंटा रखने छल।

नहुँ सँ बाहरवला कोठरी फोलि आरामकुर्सी पर पड़ि रहल।

अधिनायक नहि रहैक। कोनो व्यापारक प्रसंगेँ पूर्णियाँ गेल रहै। बड़ी-काल धरि बैसल ओहिना...मोन मे किछु काल पूर्वक घटना घुरिआइत रहैक।

सूतक नियार-भास करैत रहय कि अधिनायकक स्त्री कोठरी मे प्रवेश कयलकैक...आँखि मे काँच निन्न सँ उठबाक मादकता...फूजल केश...पातर नूआ...त'र सँ 'लो-कट' ब्लाउजक एक-एक छीट स्पष्ट...।

ठेहीक अँगेठी ल' बाजलि, "उपेन भाइ...एकसरि डर होइए हमरा...चलू ने हमरे कोठरी मे सूति रहब !" धुस्स द' पलंग पर बैसि रहल उपेन्द्र। आइ की संयोग छैक ओकरा ?

फेर पलंग पर आराम सँ पड़ि बाजल, "एखन मोन हमर असकताइ-ए...बेसी डर होमए तँ कोनो नोकर केँ उठा लिय'।" आ मुँह झाँपि पड़ि रहल। मित्र-पत्नी अपमानित भ' पयर पटकि चलि गेलथिन।

राति बीतल। दिन भेल।

डॉक्टर उपेन्द्र एम.बी.बी.एस., सरकारी अस्पतालक नव डॉक्टर कुर्सी पर बैसल रोगी देखि रहल छलाह। रोगी सभक नम्बर लागल छल। एक सँ एक...मलेरिया, इन्फ्लुएन्जा आ गनोरिआक रोगी...टायफायड, कोलरा आ टी.बी.क रोगी...। प्रत्येक रोगीक मुँह पर मृत्यु, अकाल, भूख आ भयक स्याह छाया रहैक। कालेज सँ नव बहरायल डॉक्टरक जीवन मे ई प्रथम दृश्य रहैक।

एगारहक अन्दाज करीब नगरक प्रतिष्ठित रईस, सिनेमा हॉलक मालिक वयोवृद्ध मुबारक अलीक मोटर अस्पताल मे आबि लागल। अबिते बाजल, "आदाब, डॉक्टर साहेब...अपने सँ पहिने भेंट नहि क' सकलहुँ। आइ सायंकाल क्लब मे डांस-पार्टी छैक...।"

"अपने किएक कष्ट कयल..."

"नहि, नहि...अहाँ एखन नब छी। शहर सँ मोन उखड़ि गेनाइ हमरा लोकनि पर कलंक थिक।"

एतबे मे एकटा स्त्री घर मे पैसलि, चुपचाप ठाढ़ भ' गेलि कोन मे। डॉक्टर पर ओकर नजरि केन्द्रित रहैक। ओकरा देखिते मुबारक साहेब अप्रतिभ भावेँ बजलाह, "चलै छी...सायंकाल हम अपन गाड़ी पठा देब...तैयार रहब।" आ बड़े शीघ्रता सँ चलि गेलाह।

डॉक्टर तकलक ओहि स्त्री दिस...। ई तँ रतुके रहय। उएह भाव...उएह वस्त्र।

"चलू...जएह द' देब...!"

रातुक अन्धकार मे डॉक्टर जे नहि देखि सकल, दिनक प्रकाश मे ओ साफ रहैक। स्त्रीक जीवित शव, गुदड़ी मे ओकरा आगाँ ठाढ़ रहैक। एकटा छौँड़ा कनैत-कनैत ओहि स्त्री लग आबि नूआ ध' क' कान' लागल। छौँड़ा केँ कोर ल' क' ओ बाहर चलि गेलीह।

किछु रोगी ओकरे ल' क' गप्प कर' लागल...मुबारक साहेबक भावहु छनि। भाय मरि गेलनि तँ बइला देलथिन।

"अकाल मे के ककर होइ छै ?"

"रे भाइ ! सभटा करमक खेल...घरवलाक समय मे रानी जकाँ छलि आ एखन

आब देह बेचै-ए...।'' भारतीय दार्शनिकक निचोड़ रखैत दोसर बाजल।

डॉक्टर चुपचाप अपन काज करैत रहल आ ओकरा लोकनिक टीका-टिप्पणी सेहो सुनैत छल। कनिएँ कालक पश्चात ओ स्त्री फेरो आयलि, ताधरि रोगी सभक मेला पतरा गेल रहैक।

डॉक्टरक लग आबि नहुँ सँ बाजलि, ''नवका डॉक्टर अहीँ छी ?'' स्वर ओकर करुण-कम्पित रहैक।

''हूँ...'' डॉक्टर बाजल।

ओहि स्त्रीक अवस्थाक अनुमान कठिन छल। बाइस सँ चालीसक भीतर मे किछु भ' सकैत रहैक। मुँह पर कोनो तरुणीक लावण्य अबस्से रहैक, मुदा भाव नीरस आ करुण, हाथ-पयर सुखायल-टटायल कोनो अस्सी बर्खक वृद्धा जकाँ...ताहू पर सँ हरियरका सीर जागल।

''कोन काज अछि ?'' डॉक्टर पुछलकैक।

''हमर...माने...ओ...बड़ दुखित छथि...काल्हि राति सँ एक बेर आँखि नहि तकलनिहें...अहाँ कनेक चलितहुँ !''

फेर मैल खूँट सँ एकटा उज्जर दसटकही टेबुल पर पसारि देलकै...बाजलि, ''हमरा सन गरीब सभ पर डॉक्टर-वैद्य कें विश्वास नहि होइत छैक जे पाछाँ कहाँ सँ देत...।''

डॉक्टरक ओ नोट चिन्हार रहैक। सँझुके नोट तँ रहैक। नोट दिस ओकरा तकैत देखि ओ बाजलि, ''चिन्हार अछि नोट ?''

''हँ।'' डॉक्टरक मुँह आब शून्य रहैक।

''तइयो चलब ! समाज सँ तँ हम बहिष्कृत छी। हम आ पति दुनू विरोधाभास, मुदा विरोधो तँ रहै छैक ने !''

''हम मरीज कें देख' जायब। बस !''

अस्पतालक काज समाप्त क' डॉक्टर ओकर पाछाँ-पाछाँ विदा भेल। ओही गली लग पहुँचल जतय काल्हि राति ठाढ़ छल। ओ एकटा अत्यन्त जीर्ण निहुड़ल खोपड़ी वला आँगन मे ठाढ़ छल। अन्धकार मे वासना जतय नहि आनि सकलै, ओकरा इजोत मे कर्त्तव्य खींचि अनलकै। घर मे एकटा टूटल खाट पर एकटा नर-कंकाल नहुँ-नहुँ कुहरैत रहय। डाक्टर ठोकि-ठठा देखलक...

''सेरिबल मलेरिया...दिमागक डेलीरियम...आ तखन...मोक्ष !!''

हताश भावेँ उपेन्द्र ओहि स्त्री दिस तकलक।

ओ किंचित विवर्ण हँसी हँसि बाजलि, ''नहि बचता...? हम गरीब-गुरबा की क' सकै छी...ककरा कहबै ?...वेश्याक पति...हुँः ! मरि जायत...हमर की ? हमरा की...हम तँ वेश्या छी।''

उपेन्द्र मुदा निस्तब्ध छल। सान्त्वनाक दुइयो आखर ओकरा लग नहि रहैक।

''नइँ...कानब किएक ? कोन लज्जा आ मोहक खातिर कानब ? डॉक्टर...हम

मुबारक साहेबक भाबहु रही। दंगा मे अपने मारल गेलाह। पाकिस्तानक बँटवारा भेला पर हमरा घर सँ भैंसुर बइला देलनि। तकर पश्चात पाकिस्तान मे कतेक दिन रही... की-की कर' पड़ल...। ओत' सँ पड़ा क' एतय अयलहुँ...। भैंसुर एक मुट्ठी अन्न आ पाँच हाथ वस्त्रो देनांइ नकारि गेलाह। कहलनि जे तोँ रण्डी छेँ। हमरा लोकनिक कोन जीवन, डॉक्टर साहेब !...नालीक कीड़ा जेना। अहाँ केँ हमरा सँ घृणा तँ ने भ' रहल अछि ?''

''नहि...नहि...घृणा किऐक होयत ?'' आब घर सँ कुहरनाइक स्वर नहि आबि रहल छल। ओ बाजलि, ''जीबैत रही ताहि लेल की की ने कर' पड़ल। ई तेसर छल...। दोसर धोबी रहय...बरख दिन तक संग राखि क' एक राति पड़ा गेल। अन्तिम रहथि...रिक्शा हाँकथि भरि दिन ! ई हमर संग देलनि...मुदा मृत्युक कोन उपाय।''

डॉक्टर शव दिस तकलक ! बटोही यात्रा समाप्त क' चुकल रहय। देह पर सँ सिल्कक चद्दरि उतारि ओ शव केँ झाँपि देलकैक।

डॉक्टरक ई क्रिया जेना ओहि स्त्री केँ निन्न सँ जगा देलक।

ओ जोर-जोर सँ कान' लागलि...।

''डॉक्टर...हमरा भूखल छोड़ि ई चलि गेल...दू दिन सँ निराहार छी...। एकरा के आगि देतैक...के एकर कठियारी जेतैक...। ई हिन्दू छल।''

डॉक्टर चुप्पे बहार भ' गेल। घुमैत-घामैत ओहि दिन राति क' एगारह बजे डेरा पहुँचल। पता लगलैक जे अधिनायक काल्हि आओत।

ओकर स्त्रीक कोठरी मे प्रवेश कयलक। बाजल, ''डर होइए हमरो...एतहि सूतब !''

मित्र-पत्नीक अधर सँ गम्भीर हास फूटल। 'बेड-स्वीच' मिझा उपेन्द्र केँ लग खींचि लेलकै।

चारू कात अन्धकार रहैक !!

—वैदेही/मइ, 1955

फुलपरासवाली

'वैदेही' हाथ सँ छूटि नीचाँ सिमटी पर खसि पड़ल। बड़ी काल धरि बसातक झोंक मे उधिआइत रहल। श्री ललितक कथा 'मुक्ति'क बाद आओर किछु पढ़बाक धैर्य नहि रहल। शरच्चन्द्रक साहित्य बुझ' वाली, ऐतिहासिक मैथिल परम्परा मे जे पोसल गेलि तेहन सुसंस्कृत नारी, यदि एकटा हुड़्ड मूर्ख धर्मशालाक दरबानक संगे पड़ा जाय तँ एकर की अर्थ ?

मतलब जे आर्थिक सुख सँ, (बीसो बाबूक संग शेफाली केँ आर्थिक सुख तँ अबस्से रहैक) आ नारी-सुलभ लज्जा सँ, आ शरत्‌बाबूक पोथी सँ, आजुक स्त्री केँ वात्स्यायनक कामशास्त्र अधिक घीचि सकइए।

अर्थात् प्रेम किछु ने, पैसाक अभाव गौण थिक, मात्र शारीरिक वासनाक तृप्तिए थिक ओ महत् वस्तु, जकरा हेतु नारी अपन पति केँ, परिवार केँ, छोड़ि कोनो बलिष्ठ दरबानक संगेँ उढ़ड़ि जाइछ !!

पाँच बजे ऑफिस सँ घुरलहुँ तँ शशि आबि बजलीह, ''हुनका आइ दुपहरिए लागि आबि गेल छनि...।''

''की बिलट भाइ केँ ? कहाँ छथि ?''

''पछबरिया घर मे।''

हड़बड़ा क' हुनक कोठली मे गेलहुँ तँ देखल बिलट भाइ सभटा ओछाओन ओढ़ने पड़ल रहथि...।

''छी होस मे भाइ की ?'' पुछलियनि !

''... ...''

ओ प्रायः बेहोस रहथि। कम्बल तर सँ हाथ सन्हिआ माथ टोअलिअनि...ज्वर सँ जरल जाइत रहनि। एकटा नवीन चिन्ता कपार पर।

शशि, लग आबि बजलीह, ''कोनो डॉक्टर सँ देखा दिअउक...आर की, मलेरिआ हेतनि !'' फेर चिन्तातुर आँखि मे अवहेलनाक भाव अयलनि, बजलीह, ''एहनो कतहु भेलइए...पंडितक बेटा भ' क' रिक्शा हँकताह...फेर अभ्यासो रहल ताकय ने...पटनाक

ई लू, ताइ पर...।''

हूँ...बिलट भाइ पंडित-पुत्र सेहो आ रिक्शाचालक सेहो। परिवारक विषाक्त वातावरण सँ अकच्छ भ' चारि मास पूर्व बिहारक राजधानी अयलाह जरल पेट नेने...। मुदा भगीरथ प्रयासक पश्चातो जखन दू मुट्ठी अन्न आ पाँच हाथ वस्त्रक जोगाड़ कोनो अन्य ईमानदार परिश्रम सँ उपलब्ध नहि भेलनि तँ रिक्शा हाँक' लगलाह। पं. चन्द्रकान्त झा वेदान्त-दिग्गजक सुपुत्र श्री बिलट झा रिक्शाक हैंडिल धरताह...। मुदा सन्ध्याकाल जखन घाम-पसेना आ गर्दा सँ कच-कच देह लेने हाथ मे सेर-डेढ़ेक एकटा नैनी लटकओने बिलट भाइ अयलाह तँ चारि टाकाक अन्दाजन रैजकी रहनि। चिरसंचित संस्कार हमर विद्रोह क' उठल। अपन साक्षात पितिऔत केँ रिक्शावलाक रूप मे देखल नहि गेल।

पुछलियनि, ''भाइ, हमरा जिबैत रिक्शा कोना हाँकब !''

''हर्ज कोन; विकास तँ सभ पीढ़ी करइए...दादाजी पितड़िया घंटी बजबथि, हम निकिलक पालिस कयल डबल घंटी...।'' उज्जर कपार पर बन-बन करैत घाम केँ तर्जनी सँ सुरड़ि नीचाँ सिमटी पर बैसि 'हाफ' सँ पंखा कर' लगलाह।

एहन स्वाभिमानी केँ ज्वर सँ छटपटाइत नहि देखल गेल। ई रिक्शाचालक हमर पितिऔत–से कहैत अपन मित्र पंकज केँ संकोच नहि भेल...इलाज-बारी मे कतेको दिन बीतल। हुनका मिक्सचर देल, तीन सूइ सेहो; अनेक डॉक्टरक इलाज बदलल मुदा हुनकर ज्वर ओहि भूत जकाँ थेत्थर छल जे कोनो ग्रामीण युवती, जकर स्वामी परदेश रहैत होइक, पर सवार हो।

सतरह दिनक पश्चात बिलट भाइ स्याह ठोरेँ हँसि क' कहलनि, ''बाउ...बंगट केँ गाम सँ बजा लियनु ! बरू महिसिए चल जायब। मरबो करब तँ संतोख रहत जे मातृभूमि मे प्राण त्यागल।'' शशिक आँखि नोरा गेलनि।

चिट्ठी तँ नहि, मुदा हम तार द' देलिऐक। एकर तेसर दिन चौराहा पर पान खाइत रही। महल्लाक एकटा छौँड़ा दौड़ल आयल आ बाजल, ''मनी भाइ...एकटा कोनो देहाती स्त्री बड़ीकाल सँ अहाँक डेराक पता पूछि रहलि अछि।''

''हम्मर ?''

''हँ अओ ! अहीँक...मछुआटोलीक पता...। हम ओकरा अहाँक डेरा पर पहुँचा देलिऐक...भौजी सँ खूब गप्प लधल छैक ओकर।''

डेरा दिस डेग झटकारलहुँ। भेल, कोनो गाम-देहातक पड़ायल-तड़ायल मौगी हो... कोनो फसाद ने नोतय। डेरा पर गेला उत्तर देखल जे स्नानघर सँ एकटा सतरह-अठारह बरखक युवती जल सँ भरल पितड़िया बाल्टी लेने चौका दिस जाइत। माथक फूजल केस मइलछऔँह नूआ पर लटकल...मुँह पर यात्राक ठेही।

चंचल नजरिएँ हमरा दिस तकलक, फेर खसल आँचर सँ माथ झाँपि चौका मे चलि गेलि।

शशि आबि बजलीह, ''फुलपरासवाली छथीन। एखने अयलीह अछि।''

''एकसरे !''

"हँ ! केओ आब'क हेतु प्रस्तुत नहि भेलनि तँ की करितथि ?" बिलटभाइ द' पता लागल जे ओ सुक्खी सोहारी आ पड़ोरक रस्सा पीबि कनिञे पूर्व सूतल रहथि।

दोसर दिन प्रातखन जखन गंगास्नान क' लौटलहुँ तँ शशि हमर फटलाहा कमीज कें सीबा मे व्यस्त छलीह। तीन बेर जलपानक लेल कहलियनि तँ बिहुँसि बजलीह, "देखइ नहि छी, अहींक अंगा सीबि रहलि छी।" पेटक एहन महत्त्वपूर्ण समस्या कें एहन साधारण रूपें शशिक बुझनाइ कहिओ नीक नहि लागल। पेट नहि रहितय तँ अपन छोट-छीन गाम छोड़ि पटना किऐक ओगरने रहितहुँ...आ बिलट भाइ तारास्थान मे सदति गुंजित विद्यापति, जयदेव आ नन्ददासक पद कें छाड़ि आइ अशोक राजपथ पर 'जाहजघाट' 'महेन्द्रू', 'मुसल्लहपुर' एक सवारी, किऐक करितथि ? ता चीना-माँटिक तस्तरी मे जलपान आ काचक गिलास मे जल रखने भौजी ठाढ़ि, चौखटि मध्य गोर मुँह पर लाल सिन्दूरक प्रचंड लपटि।

रोहु माछ सनक पैघ-पैघ आँखि हमरा पर स्थिर...पातर ठोर पर मृदु-हास ! मुँहक दैवी आभा कें मनहि-मन प्रणाम कयल ! फेर मनहि-मन बजलहुँ, "भौजी...महिसी सँ पटना की...बिलट भाइक खातिर अहाँ जँ स्वर्ग आ नरक कतहु छैक तँ ओतहु धरि जा सकैत छी।" जलपान करैत रही। भौजी कहलनि, "हम अनायासे चलि अयलहुँ। अहाँ कें हमरा प्रति घृणा भेले होयत ?" हम की कहितियनि ?

ओ फेरो बजलीह, "अहाँ सँ प्रथम भेंट थिक...सेहो एहन विचित्र रूपें ...।"

चुपचाप जलपान करैत रही।

शहरक छाँटल काटल बातावरण सँ दूर मिथिलाक कोसिकन्हा मे पालित एहि अपन भौजी कें चिन्हबाक प्रयास कयल ! शशि पंखा नेने अयलीह। हम गौण पड़ि गेलहुँ... । ओ दुनू देयादनी आँगन-घर...कोसीक बाढ़ि...पटना शहर इत्यादिक विषय मे गप्प कर' लगलीह। मुदा किछुए क्षणक वार्तालाप मे ई बूझ' मे भाङठ नहि रहल जे उदास मुँहवाली एहि स्त्री मे किछु रो विशेषता अछि जे अनका मे नहि छैक। ई साधारण स्त्री जकाँ, जे नीक भानस कर' मे...पतिक सेवा कर' मे...सासुक फज्झति सून' मे...उपनयन-विवाह मे जोर-जोर सँ गीत गाब' मे, दुर्गास्थान, सेमरिया, वैद्यनाथक भीड़क प्रचंड धक्का सह' मे जीवन सार्थक बुझैछ...नहि छथि। फुलपरासवाली हमर ई भौजी किछु विशिष्ट अवस्से।

आओर,

ई भेद सहजहि प्रकट भ' गेल जखन शीघ्रहि हमरा लोकनिक छोट परिवारक ऊपर ई शान्तिक छाया बनि रहि गेलीह। सदति, गप्प-सप्प, जलपान-भोजन आदि लेल भौजीक पुछारि करी हम। भौजी कहिओ ने कहलनि जे अहाँ बरोबरि हमरा अपन आगाँ किऐक राख' चाहैत छी। मुदा एक दिन एहि छोट-छीन शान्त परिवार मे एकटा बिरड़ोक प्रवेश भेल।

राति मे एक दिन बिलट भाइ जखन अयलाह तँ हुनक आँखि लाल-बुन्न...जीह लटपटाइत। बाहरक दोमुँहा मे आबि पड़ि रहलाह। घर गन्ह क' उठल। प्रायः देशी पच्चास नम्बरक दुर्गन्ध छल। बिलट भाइ पर घोर घृणा भेल...। हमरा दिस निशाँ सँ

करजनी सन छोट आँखि निराड़ि बजलाह, ''बाउ...संगति मे आइ पिआ देलक...भाउजि केँ नहि कहिअह।'' मुँह झाँपि पड़ि रहलाह।

फुलपरासवाली अयलीह। नीचाँ मे मोटरी जकाँ सुटकल बिलट भाइ केँ एक दृष्टि ताकि जेना समस्त व्यापार बूझि गेलथिन। क्रोध आ घृणा सँ मुँह लाल भ' गेलनि।

''भाइ अहाँक बेहोस छथि ?'' पुछलनि !

''हँ, निन्न भेल।''

''हुँः !''

हठात् आँखि नोरा गेलनि ! कोठली सँ बहरा गेलीह।

तकर पश्चात कथा आरम्भ भेल।

भाँग खयबा मे नाकर-नुकर कर'वला बिलट भाइ काँख तर बोतल नुकओने सभ दिन लौट' लगलाह। एकर तीन-चारि दिनुक पश्चात हुनक एकटा रिक्शावला मित्र नाली सँ बाहर क' हुनका डेरा पर ल' गेलनि।

बर्दास्त करबाक हद भ' गेल। भौजी केँ कहलियनि, ''ई सभ की भ' रहल अछि भौजी ?''

''ओ हमर कहल मे छथि ?''

विषण्ण हँसी हँसि ओ बासन धोअ' चल गेलीह। शशि असोरा पर सँ बाजलि, ''अहूँ केँ तँ नीके लगइए। अहीं किऐक नहि कहैत छियनि ? बाप रे...बाप...पंडितक बेटा भ' कोना ताड़ी-दारू पीउल जाइत छनि !'' चुप्पे रहलहुँ। बिलट भाइ केँ डेरा छोड़क हेतु कहि सकैत छलियनि...फुलपरासवाली केँ नहि ! जनैत रही, अलग डेरा क' रहने ओकर की दशा हेतैक। जकरा शराबक हिस्सक लगलैक तकर कोन भरोस ? फेर रिक्शावलाक पत्नीक स्थाने कोन ?

दोसर दिन सन्ध्याकाल बिलट भाइ एकटा दोसर रिक्शा पर चढ़ल अयलाह। ठाठ-बाट बेजाय नहि। नव कमीज, पयजामा आ चट्टी...। भौजी केँ सिनेमा देख'क हेतु तैयार होम'क आदेश देलथिन।

भौजी नकारि देलथिन।

बिलट भाइ गरजि उठलाह, ''नहि जायब...बाप केँ जाय पड़त...हमर कथा काटब ?''

हम दुविधा मे पड़ि गेलहुँ। शशि बजलीह, ''अहाँ केँ प्रयोजन ? अपन स्त्री थिकथिन, जहाँ मोन हेतनि तहाँ ल' जयथिन।''

ठीके त'; फुलपरासवाली पर हमर अधिकार कोन ? जखन बिलट भाइ फेर गरजलाह तँ ओ एकटा दृष्टि हमरा पर फेकि रिक्शा पर जा क' बैसि रहलीह। रिक्शा आगाँ बढ़ि गेल। राति मे अन्दाजन आठ बजे जखन आराम-कुर्सी पर पड़ल 'यात्री'क 'नवतुरिआ' पढ़ैत रही कि फुलपरासवाली भौजी बिहाड़ि जकाँ आबि पयर सँ लेपटा हिचक' लगलीह, ''बज्रपात भेल।''

हड़बड़ा क' ठाढ़ भेलहुँ, ''की भौजी, की भेल ? एना की ?'' ओ मुदा कनिते

रहलीह। फेर शशि अयलीह। हुनका ल' गेलथिन। भरि राति भौजी कनितहिँ रहलीह। दोसर दिन प्रातखन शशि सँ पता लागल जे सिनेमा हॉल मे बिलट भाइक एकटा कोनो गुंडा दोस्त भौजीक पहुँचा पकड़ि लेलकनि। सहजहिँ भौजी ओकरा हबकि क' हाथ छोड़ओलनि आ डेरा पड़ायलि अयलीह !

तीन दिनक बाद,

जखन बिलट भाइ डेरा अयलाह तँ हम नहि रही। शशि आ फुलपरासवाली भौजी दुनू केबाड़ बन्द कयने पड़ले रहलीह। दस-पाँच बेर सोर पाड़ि बिलट भाइ घूरि गेलाह। हमरा अयला पर बिलट भाइ फेर अयलाह बड्ड उदास सन क्रमपात कयने। केस रुक्ख रहनि। बढ़ल दाढ़ी कने भाव-भंगिमा केँ भयानक क' दइन। आँखि कोनो गम्भीर अवसाद सँ धँसल, झुकल !

देखला सन्ताँ अनुमान भेल जेना बिलट भाइक जीवित शव हो। बरंडा पर बैसि रहलाह। फेर हमरा देखि बजलाह, ''बाउ, हमरा सँ नहि बाजब ?''

मूड़ी उठा क' देखलियनि। दृष्टि बड़ कारुणिक। पश्चात्तापग्रस्त कोनो अपराधी जकाँ। ओहि दृष्टि मे गामक ब्राह्मण बिलट झा अधिक आ शहरक रिक्शावला कम छल। भितरी खिड़कीक पाछाँ भौजीक चूड़ी झनकल। हमर क्रोध बढ़ल, ''अहाँ केँ कोनो गत्र मे संकोच नहि अछि, अहाँक सोझाँ ओ गुंडा भौजीक हाथ पकड़ि लेलकनि। अहाँ टुक-टुक तकैत रहि गेलहुँ ! छिः-छिः, मरि जाउ ! हमरा अहाँ केँ देखक श्रद्धा नहि अछि।''

बिलट। रिक्शावला जे मरि गेल छल आ बिलट भाइ जे जीवित भ' चुकल छलाह, हमर कथा कान द' सूनि रहल छलाह।

थोड़े कालक उपरान्त उठलाह आ जाय जखन लगलाह तँ हम टोकलियनि, ''एकसरे...भौजिओ केँ संग लगा लिऔन, मैटनी शो छइ...।''

हमर कथा सुनि ओ घूरि तकलनि हमरा दिस। एकबेर रक्त-विवर्ण आग्नेय दृष्टिएँ हमरा देखलनि, खिड़कीक अढ़ मे तकलनि, फेर मूड़ी निहुरा चल गेलाह।

भौजी बहरयलीह, ''हुनका किऐक जाए देलियनि...आब की होयत ? हे माँ तारिणी...।''

फेर आकाश मे चारू कात सँ एकत्र होइत मेघ देख' लगलीह। हमरा चुप्प देखि घर चलि गेलीह। एकर पश्चात एकटा महान भयानक काण्ड भेल। एकर दोसर दिन बिलट भाइ एकटा रिक्शावला केँ छूरा मारक अपराध मे गिरफ्तार भ' गेलाह। खबरि सुनलाक बाद भौजी केँ दाँती लागि गेल रहनि। हमर प्रयत्नक पश्चातो हुनका सात बरखक जेल भइए गेलनि।

मीनाक्षी हमर भौजी माछे जकाँ छटपटाइत रहलीह। एकर किछु दिनक पश्चात, हुनका मे आकस्मिक परिवर्तन देखल...हमर प्रतिएँ हुनक स्नेह बढ़य लगलनि। आफिस सँ अयलाक बाद साँझ चारि बजे सँ दोसर दिन दस बजे धरि छाया जकाँ हमर संग। हमर मोन मे एकटा महान भयंकर भाव बिरड़ो काटय लागल, की ई हमरा पर आसक्त

भ' रहलि छथि ? एक दिन साँझखन टहलि-बूलि क' अयलहुँ तँ शशि नहि रहथि। भौजी कहलनि, ''सोमवारी देख' गेलीह अछि।''

हाथ-पयर धो स्वस्थ चित्तेँ जखन चाह पीबाक हेतु तैयार भेलहुँ तँ भौजी चाह लेने हाजिर...विद्यापतिक एकटा आखर गुनगुनाइत...

सर बिनु सरसिज, सरसिज बिनु सर...

हमरा ध्यानस्थ देखि ओ संकुचित भेलीह आ एके आखर पर ब्रेक लागि गेलनि। भौजी कुर्सीक कात मे ठाढ़ि भ' हमर बाँहि हँसोथि बजलीह, ''नूआ तँ एके खंड बाँचि गेल।''

प्रस्ताव नीक नहि लागल। की एके खंड धोतीक हेतु हमरा प्रतिएँ ई स्नेह ? की ई ओ प्रभात सन पवित्र, गंगा सन निर्मल फुलपरासवाली नहि ? हमर भीतर बैसल नीच आ कामुक व्यक्ति धरि केँ ई नीके लगलैक। हुनक हाथ ध' कहलिअनि, ''चलू भौजी...गंगा कात सँ टहलि आबी ग'। एखन शशि केँ आब' मे विलम्ब हेतैक।''

घर मे ताला ठोकि रिक्शा पकड़ल। ओहि पर बैसि भौजी टोकलनि, ''एहने रिक्शा ओहो चलबथि। की ने ?''

घृणा सँ मुँह विरक्त भ' गेलनि ! जखन घाट पर बैसलहुँ तँ हुनक मोन मे संघर्ष जेना चलैत होइन। फेर बहता धार मे छोट-छोट रोड़ी फेक' लगलीह।

''अहाँक मोनक कथा हम बुझइ छी भौजी।''

''ऊँ ?'' भौजी हँसलीह !

कने आओर सटलहुँ...''भौजी, बिलट तँ चले गेलाह, हुनकर आसे कोन ?''

''हँ, कोन आस ?'' दीर्घ श्वास ल' बजलीह ओ।

''भौजी, अहाँ केँ कोनो कष्ट नहि होमय देब। शशि किछु दिनक हेतु नैहर जयतीह ! हर्जे की ?''

ओ धरि चुप्प।

हमरा पर कोनो सनक सवार भ' गेल। बाँहि कसि क' पकड़ि कहलिअनि, ''भौजी...!''

''बाजू...हम प्राण द' देब।''

हठात बाँहि छोड़ा ओ ठाढ़ भ' गेलीह। हुनक पीअर मुँह पर विचित्र हास।

''मनि बाबू...हम तँ मूर्ख छी, अपढ़ सेहो ! हमरा तेँ आर कोनो तर्क नहि अबइए। की उचित, की युक्तिसंगत...मुदा एतबा धरि अवश्य जे अहाँक भाइक लेल सात बरख की सात युग हम प्रतीक्षा मे बिता देब।''

''तखन हमरा संगेँ एकसर राति मे रहबाक कारण ? अहाँ केँ भय नहि भेल ?''

''ओ सभ क्षणिक दुर्बलता छल। जखन ओ खतम भ' गेल तखन ओकरा फेर आनल तँ नहि जा सकइए।''

''हुँ ! ई वयस आ ई यौवन सम्हरत...आइ रोड़ी सँ बचलहुँ...काल्हि जँ पर्वत सँ ठेसी तखन ?'' भौजी निःस्तब्ध भेलि बैसलि रहथि...दूर गाढ़ होइत अन्धकार मे दृष्टि केन्द्रित।

नहुँ-नहुँ जाइत एकटा छोट नावक भीतर सँ कोनो युवा मल्लाहक कंठक स्वर पुरिवा पर पसरि गेल। भाव रहैक,

गंगाक पार हमर छोट-छीन गाम...।

मल्लाहक गीत सुनि भौजी कें अपन गाम स्मरण भ' उठलनि मने,...मने आम-जामुन सँ भरल। सद्यः स्नाता स्त्रीक देह सँ सटल नूआ जकाँ गाम सँ सटल कोसीक पानिक धारा, भवगती ताराक छोट-छीन मन्दिर।

''हँ ! जँ काल्हि पर्वत सँ ठेसी तखन ?''

''तखन रोड़ी-पाथरक देस सँ कादो-माँटिक देस-कोस चली। हमरा काल्हि गाम द' आउ ग'। गामक छाया मे हमर सिन्दूर-ज्योति मलिन नहि होयत। अहाँक कुल मे दाग नहि लागत।''

हमर मस्तक लज्जा-नत छल !

हाथ सँ खसि पड़ल 'वैदेही' उठओलहुँ। श्री ललितक कथा 'मुक्ति'क ऊपर मे लिखि क' राखि देलहुँ, ''जाबत फुलपरासवाली जीबैत छथि, बीसो बाबूक स्त्री शेफालीक जन्म नहि भ' सकैत अछि। जँ शेफाली कें जन्मेबाक हो तँ मिथिलाक गाम-गाम मे प्रतीक्षाक नोर खसबैत असंख्य फुलपरासवालीक हत्या कर' पड़त।'' एतद्धि।

—वैदेही/अगस्त, 1955

ललका पाग

मैथिल स्त्री केँ चिन्हबा मे कोनो भ्रम नहि भ' सकैत अछि। आन देस, आन भेसक स्त्री सँ हिनका सभ मे बड़ भिन्नता। माघी पूर्णिमा मे सिमरिया-पहलेजा-महादेवपुरक गंगाकात मे मैल, फाटल मोटरी-पोटरी माथ पर रखने सखी-बहिनपा केँ सस्वर चिचिया-चिचिया क' "हे हइ मुनिया माय, हे अइ बिसनपट्टीवाली, अइ बहिना, हे पान, हे चानन, गे माय" कहि बिलखैत मैथिल नारि। जाँत मे गहूँम पिसैत, ढेकी पर चाउर छँटैत, ऊखरि मे चूड़ा कुटैत, सिलौट पर पिठार पिसैत आ एहि सभक बान्हल तालक संगेँ कोनो नव-पुरान पद नहुँए-नहुँए गबैत मैथिल नारि। तुलसी-चौरा निपैत मैथिल नारि, अरिपन पर सिन्दूर आ पिठारक रक्त-श्वेत फूल-पात उगबैत मैथिल नारि, सामा आ नुका-चोरी क' जट्टा-जट्टिन खेलाइत मैथिल नारि।

त्रिपुरा वा त्रिपुर वा तिरू एही वर्गक मैथिल कन्या छलीह।

पंडित पिताक गायक खुरहु सँ पैघ आ चाकर महा-ब्राह्मणी शिखा सँ खेलयबाक योग्यो नहि भेल छलीह कि ओ विष्णुलोक सँ पुराण बाँचवाक निमन्त्रण पाबि चल गेला। तखन रहि गेलीह तिरूक अबला माय, तिरूक अग्रज झिंगुरनाथ आ तिरू आ कोसिकीक बाढ़ि, मलेरियाक प्रकोप, पड़ोसियाक उपराग आ की की नहि।

किछुए वर्ष मे पेट मे पिल्ही, देह मे घाव-फोसरी, आँखि मे सेर-दू सेर काँची नेने, फाटल-चीटल फराक मे नेटा-पोटा पोछैत खरिहाने-खरिहान गाछिए-गाछी बउआइवाली तिरू, बाँसक नबका कोपर सन कोमल, कविश्रेष्ठ बाणभट्टक श्यामांगी नायिका भ' गेली।

बापक गोलोकवासी हेबाक ठीक एगारह वा दस वर्षक उपरान्त जखन झिंगुरनाथ झा गाम घुरलाह तँ मुन्हारि साँझ भ' गेल छलैक। घर लगक इनार पर पानि भरैत युवती सँ लजाइते-लजाइते पुछलथिन, "हमर माय आँगन मे छथि ?"

"अहाँ के थिकहुँ ?", युवती पानि भरिते-भरिते प्रश्न कयलथिन।

"हम छी झिंगुरनाथ, पंडित टेकनाथ झाक बेटा", झिंगुरनाथ उत्तर देलथिन। युवती घूमि क' हुनका दिस तकलनि, आ कने काल धरि तकिते रहि गेलीह आ फेर घैल इनारे पर छोड़ि आँगन दिस पड़यलीह, "माय गे, भाइजी आबि गेलथुन। माय गे, इनार लग भाइजी..."

बड़का टा चमड़ाक सूटकेस बामा बाँहि आ काँख तर पजिअओने, झिंगुरनाथ नहुँ-नहुँ डेग सँ तिरूक पाछाँ-पाछाँ आँगन विदा भेलाह।

समयक गति कतेक तीव्र होइत अछि। तीन वर्षक तिरू बढ़ि क' ताड़ सन भ' गेल अछि। आब एकर विवाह करय पड़त। बिना केने कल्याण नहि। देखियैक, की होइत छैक–

इएह बिचारैत ओ दौगल अबैत माए कें प्रणाम केलनि।

रातिखन, सँउसे गाम बूलि-टहलि, बाल संगी सभ सँ भेंट-घाँट क' झिगुरनाथ आँगन अयलाह। बहिन पयर धोयबाक पानि देलथिन। दछिनबरिया ओसारा पर पीढ़ी आ जल राखि पितरिया थारी मे माय इचना माछक झोर आ पाबनि-तिहारक लेल राखल चाउरक भात परसय लगलथिन तँ अनायासे आँखि सँ गंगा-जमुना बहय लगलनि।

मायक सिनेह आ बहीनक बीअनि सँ हौंकाइत वायु...झिंगुरनाथ तृप्त-परितृपत भ' गेला। तृप्तिक ढेकार लैत माय दिस ताकि बजलाह, "काल्हि दड़िभंगा छलहुँ। वैद्यनाथ बाबू रोकि लेलनि। शम्भू बाबू डॉक्टरक बासा पर एकटा बड़ दीब व्यक्ति सँ भेँट भेल। तिरूक हेतु...।"

सीकीक बीअनि बंद गेल। माय कहलथिन, "से तँ अइ बेर तिरूक विवाह करय पड़तह। माघे मे तेरहम पूरि गेलैक छौंड़ी कें।"

पछबरिया घर मे जा क' अन्हार मे चित्त पड़ि, तिरू सुबकि रहलि छलीह। मिथिलाक छौंड़ी सभ एहिना कनैत अछि। नीको मे आ अधलाहो मे कानब-कलपब मैथिल स्त्रीक परम्परा भ' गेल अछि।

से तेँ तिरू कें नहि सुझनि जे की करथि। नहि सुझलनि तँ कानय लगलीह। कनिते कनिते सूति रहलीह।

किन्तु तिरू कानथि अथवा नहि, विवाह भइए गेलनि।

झिंगुरनाथक व्रत पूर्ण भ' गेल। चंडीपुरक रामसागर चौधरीक सुपुत्र राधाकान्त सँ कमलपुरक झिंगुरनाथ झाक बहिन त्रिपुरा देवीक विवाह शुभलग्न मे सम्पन्न भेल। विवाहक नवमें दिन दुरागमन सेहो भेलैक। आ बहीनक दुरागमनक अठारहम दिन झिंगुरनाथ माय कें संग क' कलकत्ता विदा भ' गेलाह। तीन धूर खेत छलनि, से पितिऔत सभ कें बटाइ लगा देलनि, आ दुआरि पर बैसल झौं-झौं करैत नंगड़ा कुकूर कें घरक ओगरबाही कर'क लेल कहलथिन।

असली कथा एतहि सँ आरम्भ होइत अछि।

सासुर आबि तिरू बड़ प्रसन्न भेलीह। कारण माय सुखक चरखा कटैक लेल कलकत्ता गेबे केलथिन। कारण, ननगिलाटक ललका दसगज्जीक घोघ तर सँ ओ देखिए लेलथिन जे ओ बड्ड सुन्दरि छथि, सदिखन हँसिते रहैत छथि। एहि सभ सँ बड़का कारण ई जे, ओ देखलनि कि आँगनक पछुआर मे बड़की टा बाड़ी। बाड़ीक पछुआर मे बड़की टा पोखरि। तिरू बिचारलनि जे नैहरे जकाँ हरीनक बच्चा बनि बाड़ी मे बउआयब आ माछ बनि पोखिर मे चुभकब।

तेँ, जखन राति खूब खसि पड़लैक आ मुँहदेखाओनक पश्चात्, भोजभातक पश्चात्, गीतनादक पश्चात्, उपराग-अनुरोधक पश्चात्, गाम-घरक कनियाँ-बहुरिया,

दाइ-माइ, बूढ़ि-नवीना तिरूक गोल मुँह, आमक फाड़ा सन-सन आँखि, पुष्ट पकिया श्याम रंग आ बाँसे सन पातर-छीतर देह केँ ठोकि बजा, अपन-अपन कैफा करैत, "आँखि-नाक तँ बड्ड दीब मुदा रंगे कनेक मेघदूती...आ कनियाँक माय केहन किरपिन, एकोटा सोनक गहना नहि देलकैक...जाति-पाँजि मे कथा केने कनियाँ नहि नीक..." अपन-अपन अँगना दिस विदा भेलीह आ ओतेक टा आँगन मे मात्र तिरू आ हुनकर अधवयसू सासु रहि गेलथिन। तँ तिरू बड्ड स्थिर आ संयत स्वर मे चननपुरवाली सँ पुछलथिन, "माय, अहाँ केँ पोखरि मे हेल' अबैत अछि ?" अपन नवीना पुतोहुक एहि विचित्र प्रश्न पर चननपुरवाली ठक्क रहि गेलीह। फेर जोर सँ हँसैत मोँट-सोँट थुल-थुल देह हिलबैत बजलीह, "बहुआसिनो कतहु पोखरि मे हेलैत छैक ?" तिरू चननपुरवालीक पयर लग सटि क' बैसैत पुछलथिन, विस्मय सँ आँखिक पकोट उठा भौंह वक्र क' क' पुछलथिन, "से किएक ? पोखरि मे हेलने की बउआसिन केँ पानि लागि जेतनि ?"

चननपुरवाली केँ सासुक पोजीसन मोन पड़लनि आ चुप्पे रहि गेलीह।

भोर होइत-होइत सगरे गाम मे ई हल्ला भ' गेल जे राति मे कमलपुरवाली कनियाँ पोखरि मे नहाइत रहथि।

गामक अलिखित दैनिक-पत्रक अवैतनिक महा-सम्पादक श्री भोला मास्टर प्रातःकाल बंगट चौधरीक दलान पर बजलाह, "भुसलाहा इनार पर सत्तोक भौजी दिनाजपुरवाली काकी सँ ई गप्प कहैत छलथिन। हम अपनहि कानेँ सुनलहुँ। बाप रे बाप, गाम मे आब अनर्थ होइत अछि।" नाक परक चश्मा ऊपर ठेलि, गांधी छाप बीड़ीक अन्तिम सोँट लैत, तीन दिनक पुरान आर्यावर्त्त दैनिक सँ मूड़ी ऊपर उठा मुंशी पटोरीलाल बड्ड उत्सुक भ' क' पुछलथिन, "काहे मास्टर साहेब, ई भोरे-भोर कोन गप्प हाँक रहे हैं ?"

"औ मुंशीजी हमरा कोन लाभ अछि जे गप्प बाँटने धुरी। औ तँ रामपट्टीवाली कहैत रहथिन जे राधा चौधरीक स्त्री राति मे दू-तीन बजे बुढ़बन पोखरि मे नहा रहल छलीह। पहिरल वस्त्र घाट पर राखल छलनि आ अपने पानि मे चुभकी ल' रहल छलीह। औ मुंशीजी, ओहि काल मे जँ क्यो ओहिठाम पहुँचि जाइत...हें हें हें हें...की होइतैक, की औ मुंशीजी ?", एतबा कहबाक पश्चात् पेट मे फूसिक बखारी ल' क' दुआरिए-दुआरिए घुमैत रहयवला भोला मास्टर हँसय लागल—ही ही ही, तमाकू आ पान सँ पीअर भेल दाँत हँसि पड़ल, बीड़ी सँ मैल आ कारी भ' गेल फुफड़ी पड़ल ठोर हँसि पड़ल, ईर्ष्या हँसि पड़ल। ईर्ष्या एहि दुआरे जे पैंतीस वर्षक मास्टर एखन धरि उम्मेदवारे छलाह, सभ बेर आठ दिन सभा गाछीक पानि पीबि क' घूरि आबथि।

एहि ईर्ष्याक उपसंहार बड्ड करुण भेल।

राति मे जखन खयबा-पीबाक उपरान्त पान-सुपारी-इलायची सँ भरल काँचक तश्तरी ल' तिरू पतिक कोठली मे, अप्पन कोहवर मे अयलीह तँ राधा डाक्टरीक कोनो मोटगर किताब उनटि-पुनटि रहल छल।

तिरू हँसैत कहलथिन, "एखन परीक्षा मे बड्ड समय छैक। मेहनति जुनि करू..."

कि एतबे मे बान्ह तोड़ि क' कोसिका बहार भेलीह, ''राति मे अहाँ पोखरि नहाय गेल छलहुँ ?''

तिरू तँ गुम्म। एहेन प्रश्ने किएक छल ? सासु सँ पुछबाक अर्थ की जा क' नहायब भ' गेलैक। तिरू चुप्पे रहलीह।

राधा केँ उत्तर नहि भेटला सँ बड्ड क्रोध होइत छैक। बिगड़ि क' बाजल, ''की पुछैत छी ? राति मे नहाय लेल किएक गेल छलहुँ ?''

तिरूक आँखि उफनाय लगलनि, कंठ सुखा गेलनि, थर-थर कँपैत बजलीह, ''नहि तँ ! कहाँ गेल छलहुँ !!''

''सौँसे गाम मे हल्ला अछि आ कहैत छी कहाँ गेल छलहुँ। हमरे सिखबैत छी। हम बड़ बूड़ि छी की ? काल्हिए नैहर सँ आयल छी आ पाँखि फड़फड़ाबय लागल।'' कहैत राधा पलंगक दोसर कात करौट फेरि सूति रहल। आब तँ तिरू पड़लीह फेरा मे। केहन निर्दय सँ संग भेल। केहन क्रोधी छथि...आ तिरूक आमक फाड़ा सन-सन आँखि सँ नोर टभकय लागल। व्याधाक भय सँ त्रस्त हरीन जकाँ नोर बहबैत तिरू अलगनी सँ चद्दरि तीरि नीचाँ मे सिमटीक फरस पर पड़ि रहलीह। कनिएँ कालक पश्चात् राधा पलंग सँ उठि क' कोन मे राखल आरामकुर्सी पर आँखि मुनने बैसि रहल। क्रोधित, चिन्तित, दुःखित आ सोचैत ''किएक एहि मूर्ख छौंड़ी सँ विवाह कयलहुँ। एकर भाय सार झिंगुर झा केहन नीच छल। लगैत तँ रहय जे बड्ड सज्जन व्यक्ति हो। सभ बात मे हूँ; हूँ, केने जाइत छल। कहैत छल, चौधरि, 'कैमरा'क लेल रुसैत छी। अहाँ चतुर्थीक प्राते दड़िभंगा चलू जेहेन पसिन्न करब, हम कीनि देब। से आब ओ सार कतय गेल। हमरा ग'र मे ढोल बान्हि देलक आ अपने कलकत्ता पड़ा गेल...आ तखन राधा केँ मोन पड़लथिन शम्भूनाथ मिसर डॉक्टरक सुपुत्री कामाख्या दाइ। एह, केहेन नीक चाह बनबैत छथि। केहन नीक सिनेमाक गीत गबैत छथि। एह ओहि दिन जे कालेज मे नाटक छलैक, ताहि मे जे गीत गओने छलीह, ''पिया आ जा, पिया आ जाऽ...आ जाऽऽ, आ जाऽऽऽ आऽऽऽ...''

से सुनि क' तँ प्रोफेसरो सभ मस्त भ' गेल रहथि।

किन्तु कामाख्या दाइक गीतहु सँ अधिक संगीतमय स्वर राधा केँ तुरन्त सुनय पड़लनि, तिरूक हिचुकि हिचुकि क' कानब। राधा चमकि क' आरामकुर्सी सँ उठल, ठाढ़ होइते बाजल, ''राच्छसनी नहितन ! सुतइयो नहि देत। जो, आब सँ तोरा दिस तकबो नहि करब...'' आ खराम पहीरि खट्-खट् कोठली सँ बहरा गेलाह।

ड्योढ़ी लग चननपुरवाली (राधाक सतमाय) रस्ता छेकने ठाढ़ि छलीह। राधा लजा गेल, बाजल नहि किछु। चननपुरवाली एकटा छाँटल-सीटल बंगलिया मुस्की ठोर पर आनि बजलीह, ''बाउ, बड्ड राति भेलैक। दलान किएक जाइत छी ?''

''ओतहि सूतब। आँगन मे ई जापानी बाजा सुनबाक साहस नहि अछि'', कहि राधा कन्नी कटा क' दलान दिस चल गेल।

ई क्रम कतेक दिन धरि चलैत रहल। राधा केँ रहनि क्रोध, तिरू केँ रहनि

अभिमान। तेँ ई मनोमालिन्य बढ़िते गेल।

तिरू बड़्ड सोझ छलीह। स्वभाव सँ लजकोटरि, आ चंचल सेहो। चुप्पे रहि सभ किछु सहैत रह'वाली। तिरू भोरे उठि स्वामी आ ससुरक हेतु चाह बनाबथि, फेर भानस-भात करथि, फेर पूजा-गृह नीपथि-पोतथि, सासुक पैर जाँतथि आर फेर भनसा घर वा कतहु, कोनो कोन मे कनैत, छटपटाइत सूति रहथि। इएह थिक मैथिल-स्त्रीक जीवन।

किछुए दिनक पश्चात् राधा दड़िभंगा जाय लगलाह। कॉलेज फुजि गेल छलनि। विदा होयबाक समय चननपुरवाली ड्योढ़ी धरि पहुँचाबय अयलथिन। राधा पयर छूबि क' जाय लगलाह तँ सतमाय एकटा लिफाफ दैत नहुँए सँ कहलथिन, ''भैया केँ दय देबनि।''

''अच्छा'', कहि राधा आँगन सँ बहार भ' गेल। एको मिनटक हेतु तिरूक लग नहि गेल। किएक नहि गेल ? किएक तँ तिरू पोखरि मे चुभकी लगबैत छथि। किएक तँ तिरू कनैत रहैत छथि। किएक तँ तिरू तिरुए टा छथि, कामाख्या दाइ नहि। गुण मे गुण एतबे जे महींस जकाँ परिश्रम क' सकैत छथि। राति-दिन बरतन-बासन माँजि सकैत छथि। मोटरीक मोटरी नूआ साफ क' सकैत छथि आ कनेको मुख मलीन नहि करतीह। आकाश मे चान उगलैक की नहि, गाछी मे कोइली कुहकल की नहि, मौलसिरि आ भालसरि फुलायल की नहि, मोन मे विद्यापतिक कोनो गीत बिहाड़ि बनि क' हहायल की नहि, ताहि सँ कोनो मतलब नहि, कोनो आकर्षण नहि। राधा मोने-मोन निश्चय क' लेलक जे एकटा महींस सँ प्रेम नहि कयल जा सकैत अछि !! किन्तु कामाख्या दाइ ?

कामाख्याक पिता, शम्भू बाबू डॉक्टर, चननपुरवालीक साक्षाते पितिऔत भाय। बड़्ड नीक व्यक्ति। छओ-पाँच किछु नहि जानथि। हुनका आशा छलनि जे चननपुरवालीक सहायता सँ कामाख्याक विवाह राधा सँ अवश्ये भ' जेतैक। किन्तु शतरंजक सभ चालि एक्के शह मे झिंगुरनाथ समाप्त क' गेल।

डॉक्टर साहेब केँ जखन राधा बन्द लिफाफ देलकनि, तँ ओ बरंडा पर बैसि अखबार पढ़ैत छलाह। बजलाह, ''राधा बाबू, अहाँ अँगने जाउ। 'कामा'क माय बाट तकैत छथि।'' आ ओ बहिनक स्नेह-सिक्त पत्र पढ़' लगलाह। एक्के टा तँ वाक्य रहैक, ''भैया, बाजी एखन मात नहि भेल अछि। हम दोसर स्त्री केँ कामाख्याक सासु नहि बनय देबैक। तोँ निश्चिन्त रह'। भगवती नीके करथिन।'' डॉक्टर साहेब हँसय लगलाह। बड़ी काल धरि हँसिते रहलाह।

ओहि दिन रात्रि मे तिरूक कोठली सँ बहरा क' भगबाक पश्चात्, पूरे एक वर्ष धरि राधा तिरूक कोठली मे नहि गेल। बारहो मास बीति गेल। साओनक झुलुआ टूटि गेल। भादवक अन्हरिया राति आ बरखाक झटका समाप्त भेल। अगहनक सिहकी देह केँ जरबैत रहल। पूसक जाड़ प्राणक भार बनि गेल। फागुनक भाँग पीने भेर भेल वायु आ फगुआक गीत–खेलथि मुरारी कनक पिचकारी...

तिरू कनैत रहलीह, कनैत रहलीह, कनैत रहलीह, कनिते रहलीह। चननपुरवालीक

विजय भेलैनि। ओ शतरंज खेलायब भने नहि जानथि, शतरंजियाक चालि खेलायब खूब जनैत रहथि।

ओहि गर्मीक अवकाश मे गाम अयला पर राधा सदिखन चननपुरवाली सँ एकान्ती-दुकान्ती कर' लागल।

एहि रहस्यक विस्फोट भेल तखन। चननपुरवालीक बड्ड अनुरोधक पश्चात् एक राति राधा तिरूक कोठली मे सूत' गेल। तिरू तँ फाटल छलीह। बजलीह नहि, चुपचाप कम्मल ल' धरती पर सुताबक तैयारी कर' लगलीह। पलंग पर बैसैत राधा बाजल, "एम्हर आउ। एकटा गप्प कहबाक अछि।" कम्मल धरती पर पटकि तिरू लग आबि ठाढ़ भ' गेलीह। आँखि मे दुःखक समुद्र सन्हिअओने।

हाथ पकड़ि, सोचि-विचार क' राधा बाजल, "हम दोसर बिआह क' रहल छी।"

तिरू चुप्पे रहलीह।

"की कहैत छी ? अहाँ केँ दुःख तँ नहि हैत ?" राधा फेर बाजल।

तिरू फेर चुप्पे रहि गेलीह। तखन राधा क्रोध मे आबि जोर सँ बाजल, "की पुछैत छी ? हे ऐ महारानी ? किछु बाजू ने ।"

एतेक कालक पश्चात्, मूड़ी उपर उठा क' स्थिर दृष्टिएँ राधा दिस तकैत 'बाणभट्ट'क नायिका बजलीह, "हम की कहू ?"

कनिएँ काल धरि चुप्प रहि फेर बजली, "नीके तँ होयत। अहाँक कुल मे तँ दू बिआह लिखले अछि। हमरा किएक दुख होयत ! नहि नहि, कनिक्को दुःख नहि हैत !"

"सत्ते कहैत छी ? अहाँ केँ दुःख नहि होयत ?" राधा किछु नरम भेल।

तिरू फेर हिचकय लगलीह। आँखिक नोर आँचर सँ पोछैत बजलीह, "अहाँ बिआह करब तँ हमरा दुःख किएक होयत। एहन किएक बिचारैत छी ? अहीँक सुख तँ हमरो सुख थिक।"

कमलपुरक तिरू मरि चुकल छलीह। गाम मे बाड़ी-झाड़ी मे घुमैत रहैवाली, दोसराक खेत सँ साग आ परोड़ तोड़ैवाली तिरू मरि चुकल छलि। आ जनम ल' रहलि छलि एकटा नव तिरू। छौँड़ी नहि पूर्ण स्त्री। मैथिल स्त्री, जे जीवन भरि सहैत रहैत अछि, बजैत अछि किछु नहि, किछुओ नहि।

रातुक एहि घटनाक पश्चात् एकटा गप्प आर भेल। राधाक पिता छबे-सात दिनक उपरान्त सभटा खेती-बारी, जमीन-जायदाद, रुपैया-पैसा बेटाक नामे रजिस्टरी क' रतना धानुक केँ संग क' हरिद्वार दिस विदा भ' गेलाह। पुतहु प्रणाम कर' एलथिन तँ नहुँए-नहुँए बूढ़, अस्वस्थ, अशक्त, चिन्तित रामसागर चौधरी बजलाह, "हम तँ जाइत छी कनियाँ ! बड्ड बूढ़ भ' गेल छी। सभटा तमाशा देखि तँ रहल छी किन्तु क' की सकैत छी। राधाक नीकेक हेतु हुनकर विवाह कमलपुर केलिअनि..."

तिरू सँ रहल नहि गेलनि। लज्जा त्यागि ससुर सँ पहिले-पहिले बजलीह, "हमरो हरिद्वार लेने चलू। अहाँक सेवा करैत प्राण देब। हमरा आओर किछु नहि चाही। एत' नहि रहब..."

बूढ़ा जमींदार हँसलाह। फेर कहलथिन, ''कनियाँ, अहाँक स्थान इएह आँगन थिक। अहाँक चचरीए एहि ठाम सँ बहरेबाक चाही, जीवित देह नहि।'' बताहि जकाँ चिचिआइत तिरू भनसा घर दिस भागि ऐलीह आ धरती पर बिहाड़ि मे उखड़ल गाछ जकाँ खसि पड़लीह, मरैत गाय जकाँ अहुरिया कटैत, पानि सँ बहरायल माछ जकाँ छटपट करैत।

घरक स्वामी केँ 'सम्पनी' गाड़ी पर चढ़ाय, आँचर सँ नोर पोछैत चननपुरवाली आबि क' भनसा घरक ओसारा पर ठाढ़ भ' गेलीह। बाज' लगलीह, ''आब कनैत अछि। एक्के वर्ष मे घर मे आगि लगा देलक। आब कनैत अछि ! हड़ाशंखिनी नहितन !!!''

तिरू चोटायल सर्पिणी सन क्रोध सँ लाल भ' उठलीह, सासु लग सटैत बजलीह, ''अहाँ हमर सासु छी। तेँ किछु नहि कहैत छी। नहि तँ...'' आगू बजबाक तिरू केँ शक्ति नहि रहलनि। चननपुरवली डरे पड़ेलीह, ''बाप रे, ई तँ साक्षात् दुर्गा थिक।''

एक मास आओर बीतल। तखन एक दिन गामक लोक देखलक जे रामसागर चौधरी तँ नहि छथि, किन्तु हुनका दरबज्जा पर उँचका मचान पर रसनचौकी बाजि रहल अछि आर ग्रामोफोनक बड़का भोँपा गाबि रहल अछि, ''मोरे राजा की आएगी बरात...''

दड़िभंगा सँ आयल अप्पन अँगरेजिया मित्र सभक आगत-स्वागत मे राधा व्यस्त छल। एक्को मिनटक पलखति नहि। चननपुरवाली भनसाघर मे मचिया पर बैसलि कचौड़ी छानि रहलि छलीह। अँगना मे बैसल मुंशी पटोरीलाल फिरिस्त लीखि रहल छलाह जे कोन-कोन वस्तु बरियाती मे जा रहल अछि। भोला मास्टर अँगना-दलान एक करैत, दनादन कैंची सिकरेटक धुआँ उड़बैत फानल चलैत रहथि।

आ तिरू ? तिरू बरियाती मे जयबाक लेल दलान पर बैसल पाहुन सभक भोजनक हेतु मड़बा पर आसन ओछा रहलि छलीह। हुनकर कोनो भंगिमा सँ नहि बुझना जाइत छल जे हुनका कोनो प्रकारक दुःख वा चिन्ता छनि। तिरूक अधर मे गुलाबक कोढ़ीक लालिमा छलनि आ सौंसे शरीर पर एकटा विचित्र मादक सौन्दर्य। केवल आमक फाड़ा सन-सन पैघ-पैघ आँखि शून्य आ भावहीन आ सुखायल पोखरि सन रिक्त ! हड़बड़ी मे दौड़ल अबैत राधा आँगन मे जाइत तिरू सँ एक बेर धकिया गेल। तिरू हँस' लगलीह। खिल-खिल करैत बजलीह, ''एखनहि सँ ई हाल तखन कोबर मे की की हैत ?...'' आ अपन कहल गप्प सँ अपनहि लजा क' तिरू झट द' अपन कोठली मे सन्हिआ गेलीह। एक क्षण धरि ठाढ़े रहि, राधा पयर दाबि, नहुँए-नहुँए तिरूक कोठली मे गेल। कतहु चननपुरवाली ने देखि लेथि। तिरू पलंग पर चित्त भेल एखन धरि हँसिते छलीह। राधा केँ देखिते पलंग सँ उतरि ठाढ़ भ' गेलीह।

राधा पुछलकनि, ''अन्तिम बेर एकटा गप्प पुछैक लेल आयल छी। कहब ?'' मुस्की दैत तिरू बजलीह, ''पुछबो तँ करू ?''

''अहाँ हँसैत छी किएक ?'', राधाक प्रश्न छलैक।

''एहिना, एहिना हँसैत छी। पोखरि मे नहयबे मना छैक ने। हँसब तँ मना नहि ने छैक ?'', कहि क' तिरू सर्र द' बिजली जकाँ कोठली सँ बहार भ' गेलीह। भोजनादिक

पश्चात् तुरन्ते बरियातीक तैयारी। राधाक कओलेजक संगी-वर्ग नव-नव पैंट-कोट पहिर' लागल। खबास-बहिया गाड़ी पर बक्सा, पेटी, बोरा आदि लादि कमतौल-स्टेशन पहुँचबाक तैयारी कर' लागल। कमतौल सँ चरिबज्जी ट्रेन पकड़ि बरियाती दड़िभंगा जैतैक। आँगन मे गामक स्त्रीगण गीत-नाद करैत रहथि आ दरबज्जा पर परगन्नाक सभ सँ श्रेष्ठ ज्योतिषी पंडित रेवतीरमण झा कोनो कओलेजिया सँ शास्त्रार्थ। जखन तीन बाजि आयल आर दलान पर लोक-वेद हड़बड़ाय लगलाह तँ मोन मे बड़का-बड़का मनसूबा नुकौने राधा सेहो हड़बड़ायल। ज्योतिषी जी कहलथिन, "राधाबाबू, ललका धोती अँगना मे पसारल अछि से पहिरि लेल जाय। पाग-दोपटा सेहो ल' लेल जाय। अपन परम्परा नहि छोड़बाक चाही।"

राधा आँगन जा क' कपड़ा पहिर' लागल। चननपुरवाली नवका रेसमीक कोट पहिरा देलथिन। नवका जूता सेहो पाहिरा देलथिन, मोजा सेहो, आ जेब मे तिरूक काढ़ल रुमाल आ छोट-छीन चानीक पनबट्टी राखि देलथिन।

आ तखन बिना तिरू दिस तकने, बिना मोन मलीन कयने राधा दलान पर चल आयल। सभ तैयारे छलाह। भोला मास्टर अधजरुआ सिकरेट मिझा क' जेबी मे रखैत बाजल, "आब जय गणेश हो। मंगलम् भगवान विष्णुः मंगलम् गरुड़ध्वजः..." कि एतबे मे टोकैत ज्योतिषीजी कहलथिन, "जा, ओना नहि विदा होउ, राधा बाबू ! एक तँ दिन नीक नहि अछि। माथ पर पाग त' राखि लेल जाय।"

राधाक एकटा कओलेजिया संगी बाजल, "ओह ! पाग नहीं है तो कौन पहाड़ गिर जायगा ? दरभंगा में खरीद लिया जायगा।"

ज्योतिषी जी केँ जेना आगि लेसि देने हो। हाथ चमका क' चिकरय लगलाह, "अहाँ सभ की बुझबैक पागक महत्त्व। पाग नहि तँ ब्राह्मण की ? अहाँ सभ तँ टोप पहिरैत छी, अकिलो पर टोप ध' लेने छी। बाउ धर्म धर्म थिक। एहि मे अहाँ जुनि बाजू।"

कुंजबिहारी खबास टिप्पा दैत बाजल, "बाबू, एहि मे तँ उजरा पाग सँ नहि हैत, नहि तँ जोतिखीए जी सँ माँग लिती।"

चारिए बजे साँझ मे ट्रेन फुजैत अछि। सभ हड़बड़ाय लागल। तखन किसनी माय खबासिन आबि क' बाजलि, "राधा-मालिक, अँगना चलिऔक। बहुआसिन बजबैत छथि।"

तड़ाक द' उठि क' राधा तिरूक कोठली मे गेलि। तिरू काठक बड़का बक्सा फोलने किछु ताकि रहल छलीह। राधा दिस मूड़ी घुमा क' बजलीह "सत्ते बड्ड सुन्दर लगैत छी अहाँ। एक बेर फेर अहीं सँ बिआह करबाक इच्छा होइत अछि।"

राधा बाजल, "ई हँसीक समय नहि थिक। जल्दी कहू, की कहैत छी ?" तिरू बक्साक भीतर सँ जे वस्तु बहार केलनि ओ घुनेस आ सुखायल फूलक आ कागदक माला सभ सँ सजाओल पाग छल–

ललका पाग !

राधा केँ स्मरण भ' ऐलनि जे इएह पाग थिक जे पहिरि कमलपुर विवाह करय गेल छलहुँ। इएह पाग थिक जाहि पर सभ सँ नुका क' तिरू नित्य फूल-माला चढ़बैत छलि।

दहिना हाथ सँ घुनेस आ शुष्क माला सभ केँ तोड़ि-तोड़ि क' फेकि तिरू ललका पाग ल' क' राधाक निकट आबि ठाढ़ भ' गेलीह। फेर बजलीह, ''स्वामी, पाग पहिरि लिअ'। आ जाउ, गाड़ी छूटि ने जाय। दड़िभंगा मे लोक सभ बाट तकैत हेताह...''

राधाक हाथ मे पाग दैत तिरूक छाती फाटि गेलनि। किन्तु एहि बेर ओ कनलीह नहि, हृदय कठोर क' अपन नोर पीबि गेलीह। राधा सँ कोठली मे ठाढ़ भेल नहि गेलैक। आँगन मे आबि, राखल कुर्सी पर बैसि रहल। माथ बाँहि तर दबौने, आँखि मुनने, किछु बिचारैत। ललका पाग माथ पर रहनि जे कि भारी भेल चलल जा रहल छल आ राधाक माथ मे बिहाड़ि उठि रहल छल। जखन बड़ी काल भेलैक तँ भोला मास्टर आँगन मे अयलाह। आबि क' देखलथिन, राधा कानि रहल अछि, तीन वर्षक नेना जकाँ कानि रहल अछि।

गामक अलिखित दैनिक-पत्रक अवैतनिक महा-सम्पादक श्री भोला मास्टर केँ सभ बात बूझ' मे आबि गेलनि। राधा केँ उठबैत बजलाह, ''राधा भाइ, उठ', चिन्ता जुनि कर', पुरुषक माथक ललका पाग तँ स्त्री होइत छैक। से तँ तोरा संग मे छहे। तखन तोँ किएक कनैत छह...!''

राधा किछु नहि बाजल। किएक नहि बाजल ?

—वैदेही/कथा-विशेषांक, 1955

किरतनिञा

असली पूस। सौँसे सड़क पर एक्को टा बाट-बटोही नहि। चारू कात घुप्प अन्हार। कत्तहु कोनो शब्द नहि। इएह रातुक दस बाजल होयतैक।

सड़कक दहिना भाग मे पाकड़िक गाछ तर बैसलि अस्सी-नब्बे बर्खक बुढ़ियाक देह झमकारैत एकटा छौंड़ी बाजलि, "गे नानी, आब अँगना चल ने गे ! आब कथी लेल बइठलि छेँ ? कोइ ने अउतउ। एत्ती राति क' के भीख देतउ ?"

छौंड़ीक देह पर नवका अस्पतालक डागदरक देल पुरान नूआ, आर किछु नहि। नानी, कृशकाय देह धनुख बनल, झुनकुर बुढ़िया, जेना मरइए-टा लेल जीबैत हो।

कँपैत हाथ सँ अल्मुनियमक पचकलहा बाटी उठा क' रैजकी गनलक। अद्धन्नी आ पाइ मिला क' सबा तीन आना। देबाल मे सटलि, जाड़ेँ थर-थर करैत छौंड़ी दिस बिन तकनहि बुढ़िया बाजलि, "पिरथी सँ दया-धरम उठि गेलइ...एगो पइसो दइ मे मोह होइ हइ लोक केँ तँ गरीब भिखमंगा कोना जीउतइ..." छौंड़ी घुसकि क' नानीक देह मे सटि गेलि। तेहेन ने कटकटौआ बसात चलैत छलइए। तखन, बुढ़िया कहुना ठेंगा ध' क' उठलि। मुदा तुरन्ते ने तेहेन सन-सन करैत पछबा उठलैक जे बुढ़िया पाकल आम जकाँ धप्प सँ खसि पड़लि। विवस्त्र शरीरक गत्र-गत्र पछबा बेध' लगलैक।

बड़ी दूर गाछी मे आगि तपैत भिखमंगा सभ मे सँ केओ बाजल, "हे मरलइ बुढ़िया...हे गइ किरतनिञा, बुढ़िया केँ एनिए नेने अबही गइ...नइँ तँ जाड़े मरि जयतइ।" कनी काल रहि क' बुढ़िया उठलि आ गाम दिस जाय लागलि। पाछाँ-पाछाँ छलैक किरतनिञा, ओकर सतरह बर्खक कनाहि नतिनी।

गाछी मे घूर लग बैसल नंगड़ा (नाँगड़ छल, तेँ नाम छलैक नंगड़ा, ओना भिखमंगाक नामे की ?) कहलकैक, "आइ बुढ़िया मरतउ जरूर। की रे झपसुआ ?" झपसुआ नामधारी जीव बाजल, "बुढ़िया मरबो तँ करइ। फेर ई किरतनिञा दाइ कत' जइती ? हइ ने रे ?" आ नंगड़ा आ झपसुआ दुनू ही-ही-ही-ही हँस' लागल।

भिखमंगा सभक मेट चन्नर दास (जे दिन मे निपट्ट आन्हर आ राति मे दुन्नू आँखिवला भ' जाइत छल) सभटा गप्प सुनैत छल। नहुँए-नहुँए काठी सँ आगि खोधैत रहल। गप्पक अर्थ लागि गेलैक ओकरा। बड़ी काल धरि आगिक चिनगी मे किछु-सँ-किछु देखैत रहल। फेर बाजल, "झपसुआ, बुढ़िया घुरल अबइ हउ।"

आ, चन्नर दासक आँखिक आगि घूरक आगि सँ बेसी प्रज्ज्वलित भ' गेलैक। ओही पाकड़िक गाछ तर आबि क' बैसि रहलि, मृत्युक छाया मे कँपैत जीवनक छीन रेखा सन बुढ़िया।

पाछू मे ठाढ़ि किरतनिञा बाजलि, "नानी, चलबें नइँ गे ? तँ हम जाइ छिअउ ? जाड़ होइए हमरा, डरो होइए।" बुढ़िया कोनो उत्तर नहि देलकैक। जेना केओ मुँह सीबि देने होइक। साइत, दाँती लागि गेल छलइए। किरतनिञा फेर चिकरलि, "नानी, की भेलउ गे ?" मुदा के सुनइए ? तखन बिन माय-बापक छौंड़ी किरतनिञा कें बड्ड भय भेलैक। दौगि क' गाछी मे घूर लग आइलि। चन्नर दास पुछलकै, "की हउ गे किरतनिञा ?" "काका...नानी..." कनैत-कनैत कहलकै किरतनिञा।

"चल तँ देखिअउ, की भेलउ बुढ़िया कें।" कहि क' चन्नर दास लपकल। जखन दस बेर कसि क' बुढ़िया कें झमारलक आ दाँती छोड़ओलक तँ भक्क द' बुढ़ियाक आँखि फूजि गेलैक।

चन्नर बाजल, "जिबते तँ हउ बुढ़िया।" आ चन्नर बड़ी काल धरि बुढ़िया दिस तकैत रहल। ओतहि सँ नंगड़ा आ झपसुआ कोनो इशारा कयलकैक। (कृष्ण भगवान भीम कें की इशारा कयने छलखिन से तँ मोन नहि अछि) अर्थ चन्नर कें बूझ' मे आबि गेलैक। ओ किरतनिञा सँ बाजल, "हमर केथरी माँगि क' नंगड़ा सँ नेने आ। बुढ़िया कें जाड़ लगइ हउ। ओढ़ा देबइ।" किरतनिञा दौगलि।

किरतनिञा घुरि क' आइलि। ओ बाजलि, "केथरी तँ नंगड़ा नहि दइ हउ।" बाझल गर सँ भिखमंगा सभक मेट चन्नर दास बाजल, "आब केथरी ल' क' की करबें ? बुढ़िया तँ मरि गेलउ।"

एकटा भिखमंगनी मरिए गेलि तँ ककर की बिगड़लैक। दोसर दिन साँझ खन किरतनिञा आ चन्नर दास पाकड़िक गाछ तर मरलि बुढ़ियाक लहास लग गामक दयावान लोकक फेकल पैसा गन' लागल तँ पूर-पूर सवा तीन टाका भेलैक। किरतनिञा बाजलि, "एह ! तीन टाका मे तँ हम दुनू आठ दिन ताड़ी पी लेब।"

–वैदेही/जनवरी, 1956

कोपड़

भगवती थान लग ओ चाहक छोट-छीन दोकान गाम भरिक सभ कथा-पिहानीक केन्द्र रहय।

गाम मे छलहुँ। नोकरी छूटि गेल छल। नित्य भोरगरे उठि ओहि दोकान पर जाइत छलहुँ, चाहक अमल छल, गप्पो सुनबाक लोभ। दोकान पर मालिक मंगना बरइ उधार दइ मे कोनो कोताहि नहि करैत छल।

परसू भोरे अड्डा पर गेलहुँ तँ मंगना बरइ गर्दभ कण्ठेँ स्वागत कयलक, ''आउ, आउ फूलबाबू, एखनहि पत्ती छोड़ने छी।''

ई मंगना भारी फुसियाह। महा गप्पी। कलकत्ताक दंगा सँ लगाइत जरमनक लड़ाइ धरि कंठस्थे रहैत छलैक ओकरा। चाह मे भने चिन्नी नहि दैक, बोल मे मुदा ल'प-ल'प चिन्नी। मुँह सँ जेना सदिखन लड्डुए झहरैत हो। दोकानक बाहर बेंच पर बैसल रहथि पढुआ कका। मध्यमा धरि पढ़ल। निविष्ट व्यक्ति, पचासम तेसरेँ टपला। बजलाह, ''दिनकर भाइ, ई छँउड़ी गामक इज्जत ल' लेतैक।''

हमरो जिज्ञासा बढ़ल। एहन कोन नव गप्प भेल अछि, जे हम नहि बुझलियैक ? कोन छौँड़ी थिक ? की केलकै ?

दिनकर भाइ कहलथिन, ''औ यार, हम तँ पहिनहि बनौलीवाली सँ कहने छलियनि, जे बेटी केँ सम्हारि क' राखू, नहि तँ नाक कटा लेत।''

मंगना बरइ हमरो दिस चाहक खरकट्टल मैलछाँह पचकल गिलास बढ़बैत आ गप्प केँ छिड़िआबैत बाजल, ''मालिक, हम की बाजू। बराह्मन के कनियाँ हथीन, जे करथीन से अच्छे कहउतइ। मुदा, हइ ई बड़ी अधलाह बात। हमनी के जात मे एहन होइतइ तँ छौंड़ी केँ ध' लितिअइ आ साँझे राति कुट्टी-कुट्टी काटि क' मनुआँ धार मे बहा दितिअइ। अइसनो भेलइए। ने जातिक विचार, ने कर्मक ठेकान...''

आ, एतबे भ' गप्प समाप्त नहि भेल। जासूसराज ब्लेकक नबका पुस्तक 'ब्लेक बम्बई में' काँख तर झँपने, गामक अलिखित समाचार पत्रक अवैतनिक सम्पादक भोला मास्टर पहुँचलाह। पहिने कहलथिन, ''बरइजी एक गिलास उधारी चाह हमरो देल जाओ।'' तखन पढुआ कका लग बैसैत बजलाह, ''पंचलोकनि, सुनैत जाउ। बनौलीवालीक सुपुत्री चमेला कुमारी राति मे अप्पन नूआ-फट्टा ल' मायक कपार फोड़ि कम्पाउंडरक बासा पर चलि गेली।''

दोकान पर बैसल सभ व्यक्तिक मुँह सँ एक्के बेर बहरेलनि, ''अँय, ई की भेल ?''

''हँ, सैह भेल !'', अप्पन गप्प मे अपनहि रस लैत भोला मास्टर आगू कहलथिन, ''बाप तँ भरि जनम 'माँ तारा', 'माँ तारा' रटैत रहलथिन, आ बेटी ओहि सरबाक घर मे बैस' गेल छथिन। फूलबाबू, अहाँ गुम्म किएक छी ? अहाँ तँ देस-विदेस घुमल-फिरल छी। अहीँ कहू तँ कोनो गाम मे एहेन भेलै-ए ?'' हमरा हँसी लागि गेल।

चमेलाक जन्मक बरख तीनिएँक पछाति बनौलीवाली विधवा भ' गेली। आइ चमेलाक ई उनैसम बरख छनि, ताड़ सन पैघ भ' गेलि छथि।

नित्य साँझ खन भगवती-थान दीप जरबैक हेतु जाइत छथि। लगे मे अस्पताल आ अस्पताल मे भुवनेश्वर लाल दास सरकारी कम्पाउण्डर। भुवनोक बियाह नहि भेल, देखइ-सुनइ मे फरिछगर। चमेला तँ माधवीक लत्ती, कोनो आमक गाछ भेटल ताकय। आ, तखन तँ भुवन आ चमेला, चमेला आ भुवन...जातिक भुवन कायस्थ रहय। चमेलाक माथ दरद कर' लगलनि तँ अस्पताल सँ दबाइ आनथि। कम्पाउण्डर केँ कागजी नेबोक काज होइनि तँ बनौलीवाली सँ माँगि आनथि। कहबाक अर्थ एतबे जे माधवी-लता केँ आमक गाछक सौजन्य भेटि गेलनि।

चमेला चुप्पे-चुप्प अन्हरिया राति मे उठि-उठि भुवनक डेरा मे जाय लगलीह। बनौलीवाली बेटीक ई लीला की जान' गेलथिन। गामक दू-चारि टा छौँड़ा देखलकनि। गप्प पसर' लागल। बनौलीवाली सेहो सुनलनि। मुदा ओ तँ चमेला केँ अपने ओछाओन पर सुतबैत छथि। विचारलनि, ई सभटा बसात ओही भोलबा माहटरक उड़ाओल थिक। से अप्पन आँगन मे बैसि ओ भोला मास्टर केँ पचासो ढाकी गरिऔलनि। कपार, छाती आ धरती पर हाथ पटकि-पटकि, विभिन्न प्रकारक मुद्रा बना क' बनौलीवाली भरि पोख मन्त्रोच्चारण कयलनि।

एकर फल ई भेल—लोक बुझलक जे बनौलीवाली सभ गप्प जनैत छथि आ हिनके विचारेँ ई सभ भ' रहल अछि। तेँ सभ चुप्प भ' गेल। जखन माइयेक मोन, तँ बेटी चिनुआरे पर सूतय, हमरा सभ केँ की ?...

किन्तु, पढ़ुआ कका बड्ड उत्सुक, बड्ड विह्वल। अपनहुँ आँगन मे चारि-चारि टा पूर्णवयसा कुमारि छथिन, चारि वर्ष सँ सौराठ सभा जा क' घूमि अबैत छथि। कत्तहु बरे अधलाह, कत्तहु जैतुके बेसी। से पढ़ुआ कका बड्ड चिन्तित जे किछु होयबाक चाही। सौँसे गाम मे हलबली पैसि गेल। भरि उखड़ा यैह चर्चा। रामशाला पर, गोसाओन थान मे, रमना पानवला आ मंगना बरइक दोकान पर सदतिकाल एकरे कनफुसकी। मुदा, दुर्गा, काली, बगलामुखीक साक्षात अवतार बनौलीवाली सँ ई सभ कहबाक साहस ककरो नहि। एतबा गप्प सूनि रमना दोकान पर दू खिल्ली कलकतिया पान खा क' गाम दिस विदा भ' गेलहुँ।

वैदिकक इनार सँ एकटा छौँड़ी पानि भरि रहल छलि। घूमि क' हमरा दिस देख' लागलि। ठोर पर मुस्की। गोल-गोल बाँहि पर सँ नीचाँ खसल व्यस्त आँचर। लाज-लता सन देह। हम विद्यापतिक एकटा आखर गाब' लगलहुँ—

'सुन्दरि, तोँहि कासि डेरासि !'

मुदा, ओ हमर भाव-व्यंजना सँ निर्विकार-सन पनिभर, डोरी समेटि घैल डाँड़ पर राखि विदा भ' गेलि। पछोड़ धयने किछु दूर गेलहुँ आ अन्तिम चरण समाप्त कयल–

'हरिन नयन भय, स्वर भय कोकिल, गति भय गज बनवासे !'

एहि आखर पर ओ अनायास पाछाँ फीरि भभा क' हँसलि। हँस' लागलि। फेर दौगि क' अपना अँगना पड़ा गेलि। हमहूँ अपना खरिहान दिस चललहुँ। ओतहि, कनी काल धरि तमाकू खाइत रहलहुँ आ अखबार पढ़ैत रहलहुँ।

साढ़े नौ बाजि गेल। स्नान कर'क लेल मनुआँ धार विदा भेलहुँ तँ रस्ता मे बड्ड प्रियगर मुँह सोझाँ मे चमकि उठल। सुशीला नहुँए-नहुँए थाल मे गोरका माजल पयर रखैत, लाजक खोल मे यौवनक तरुआरि नुकौने चललि अबैत छलि।

हम सिपहिया डेग ध' क' लग अयलहुँ। सुशीला किछुओ बजली नहि। ने हँसलीह ने मुसुकलीह, आ अप्पन रस्ता पर आँखि नीचा खसौने चलि गेलि। हम सुशीला सँ आगू आबिक' गाब' लगलहुँ–

'जुलुम करै छी बिड़ी पिबै छी डोली मे, आगि लगौलनि चोली मे ना।'

ई सुनि, आगू-पाछू ताकि सुशीला ओत' सँ घूमि गेलि, ठाढ़ि भ' गेलि। जेना चोटायल सर्पिणी हो। भौँहु घोकचा क' बाजलि, "धिक्कार छौ तोरा !" सुनि क' सकदम्म भ' गेलहुँ। केहन धिक्कार ? की भेलैक ? किएक ? अँय...

मुदा सुशीला ओही भाव मे ओही स्वर मे कहलक, "नमरी मौगियाह छेँ तोँ !"

कनी काल चुप्पे रहि, नहुँए सँ हम पुछलिऐक, "किएक ? की भेल छैक ?" ओ बाजलि, "कात अबइ त'!"

आ वैदिकक इनारक अढ़ मे ल' जा क' ओ कहलक जे भुवनेश्वर कम्पाउण्डरक बासा मे सौँसे गामक लोक उनटल अछि। चमेलिया भितरी सँ केबाड़ बन्न कएने छैक आ भुवनक कपार बनौलीवाली फोड़ि देलथिन। आइ किछु भ' क' अवस्से रहतैक।

आ, अन्त मे आँखि सँ झर-झर नोर खसबैत सुशीला बाजलि, "काल्हि भरि दिन चमेलिया हमरा लग कनैत रहलि। उनैस-बीस वर्ष छैक, मोन सम्हार मे नहि रहलैक। हम बाउ तोरे लग जाइत छलहुँ। तोँ गाम मे सभ सँ बेसी पढ़ल-लिखल छेँ। अंगरेजिया पंडित छेँ। तोँही कह, आब की हेतैक ?"

हम बजलहुँ, "सुशील, गामक लोक तेहन पाखंडी अछि जे ओकरा ई गप्प सहल नहि जेतैक। चमेलाक पक्ष क्यो नहि लेतैक। एकटा हम जे कहबैक जे चमेलिया केँ भुवनक संग बियाहि दियौक तँ सभ हमरे मार' छूटत..."

एतबा कहि भुवनेश्वरक बासा दिस दौगलहुँ। सुशीलाक पाथर सन दृष्टि पीठ मे गड़ैत रहल।

भुवनेश्वरक बासा पर लोकक ठट्ठ पर ठट्ठ। मूड़ी सन्हिअयबाक स्थान नहि। कहुना घोसिया-फोसिया क' आँगन मे पैसलहुँ तँ बनौलीवाली छाती पीटथि, "रौ

भुवनेसरा, रौ भुवनेसरा ! हम्मर धर्म्म लेलें रौ ! आब हम की ल' क' जीव ! भगबत्ती अइ भगबत्ती !!"

भोला मास्टर हाथ चमकाबैत हमरा दिस देखि क' बाजल, "फूलबाबू, अइ सरबा कें टीक काटि, कारिख-चून मुँह मे लगा, गदहा पर सौंसे गाम घुमाबक चाही। सार कें सभटा खचरपनी घोसाड़ि देबनि।" भुवन माथ पर दुन्नू हाथ धेने ओसारा पर बैसल छल। पढुआ कका कन्हा पर ललका गमछा धेने ठाढ़ छलाह, बजैत किछु नहि, सुनैत सभ किछु। आ, चमेला केबाड़ भीतर सँ बन्न कयने कानि रहलि छलि।

भुवन ठाढ़ होइत बाजल, "हमर कोन दोख ? हम बनौलीवालीक आँगन पैसय नइँ गेलियनि। हुनके बेटी हमरा बासा मे नुकाय आयल छथि। एहि मे हमर कोन दोख ?"

मुदा, भुवनक गप्प के सुनैत अछि ? हमरा सुशीलाक पाथर सन दृष्टि मोन पड़ल। विचारलहुँ, किछु बाजैए पड़त। भोला मास्टर कें कहलिऐक, "मास्टर, आइ सात बर्ख सँ चमेलाक बियाह नहि भ' रहल छैक। सात बर्ख सँ शारीरिक भार ओ बेचारी सम्हारि रहलि छल। तखन तँ तोरा सभ कें धेआनो नहि गेलौक जे कहुना एहि विधवाक बेटीक बियाह भ' जाइक आ आइ जे ई विधवाक बेटी कोनो नीक आ सुशील पुरुख कें अपन देवता बना लैत अछि तँ तों सभ मारि करक लेल तैयार छह ?"

पढुआ कका हमरा दिस ताकि क' हँसलाह। भुवन बड्ड भावुक व्यक्ति अछि। हमर उक्ति सुनि ओकरा आँखि सँ साओन भादव झहर' लगलैक। बाजल, "फूलबाबू, हमरा तँ सूझिते नहि अछि जे की करू। ओ केबाड़ बन्न कयने कनैत छथि। सौंसें गाम बोली द' रहल अछि। क्यो कहैत अछि, गदहा पर चढ़बियौ। क्यो कहैत अछि, नाक-कान काटि लियौ। एहि फन्द मे तँ हमर नोकरियो छूटि जायत। गाम पर विधवा बहिन अछि। माय अछि। छोट-छोट भाय अछि। सभ कें हमरे नोकरिक आस छैक..., आ कि, एतबे मे, केबाड़ फोलि, चमेला चौकठि पर ठाढ़ि भ' गेलि। झमटगर केश, मुँहक चारू कात आ सौंसे पीठ पर झहरल। आँखि मे लल्हऔन क्रोधक रेखा। गत्र-गत्र तमधल। तमतमायल...

माय दिस ताकि, स्थिर आ स्पष्ट स्वर मे चमेला बाजलि, "माय तों एत्त' सँ चलि जो। हम एको रत्ती अधलाह काज नहि कयने छी। आब जँ हम तोरा संगे जयबो करबौ तँ हमर बियाह दोसरा ठाम नहिएँ हेतौ। तों यैह बूझि ले जे बेटी मरि गेल अछि।"

माय चुप्प। भुवन चुप्प। पढुआ कका चुप्प। मंगना बरइ चुप्प। दिनकर भाइ चुप्प। सौंसे गाम चुप्प।

भोला मास्टर अप्पन दू-तीन टा एकतुरिया संगी कें कनखी मारैत कहलथिन, "मोहन भाइ, श्याम भाइ, देखैत की छह, चमेलिया कें ध' क' घीचि लाब'। पकड़ि क' रामशाला पर ल' गेल जाय। ओही ठाम पंचैती होयत। तखनहि आन कोनो गप्प।"

मोहन आ श्याम आगू बढ़लाह। मोहन चट्ट द' उछलि क' चमेलाक हाथ पकड़ि लेलनि आ जेना मलाह सभ जाल मे पड़ल माछ कें घिसियबैत अछि, तहिना घीच' लागल। चमेलाक दोसर हाथ श्याम ध' लेलथिन। चमेला चिचिअयली, चिचिआइत रहली, आ तखन जोर सँ मोहन कें दाँत सँ हबकि क' ध' लेलथिन। क्रुद्ध सर्पिणीक

दंश सँ छटपटाइत मोहन चमेला केँ झमारि क' बीच अँगना मे पटकि देलथिन।

बीच आँगन मे चित्त भेल उनैस बर्खक हृष्ट-पुष्ट युवती, चमेला।

आ, तखन ललका गमछी डाँर मे बान्हि पढुआ कका बज्र स्वर मे कहलथिन, ''मोहन, हटि जो सोझाँ सँ नइँ तँ कप्पार फोड़ि देबौक।'' आ ई कहिते-कहिते पढुआ कका कोन मे राखल लाठी उठा लेलथिन। आ, पढुआ ककाक हाथ मे लाठीक कथे कोन, भौँहो पर मेघ हो तँ ई गाम की, परगन्ना भरि मे क्यो हुनका सोझाँ मे नहि ठाढ़ भ' सकैत अछि।

मोहन तँ ठामहि काठ भ' गेल। पढुआ कका चमेलाक आगू मे ठाढ़ भ' गेलथिन आ कहलथिन, ''के हमर चमेलाक हाथ पकड़ैत अछि, आब' तँ सोझाँ। भोला मास्टर, आइए चमेला आ भुवनक विवाह हेतइ। आ हम मन्त्र पढ़ैबैक।'' भोला मास्टर की बजताह।

गाम मे पढुआ कका सँ बेसी धर्म परायण आ निविष्ट व्यक्ति के अछि ? आ, से जखन भुवनक पक्ष लैत छथिन...!

लोक भड़िहा भ' गेल। सभ अप्पन-अप्पन घर दिस विदा होम' लागल। हम नहि बुझलिऐक, पढुआ कका केँ एहन भावना कोना भेलनि ? कोनो तरहेँ हो, मुदा पुरान गाछक सुखायल जड़ि मे जीवनक, विकासक आ प्रगतिक ई नव पम्ह फुटैत, जनमैत देखि बड़ प्रसन्नता भेल।

—वैदेही/मइ, 1956

दमयन्तीहरण

चाहक दोकान मे बैसि सिगरेटक धूम शिखा मे जेहन पात्रक सृजन कयल जाइत छैक, से नहि थिक हमर पात्र।

हमर पात्र थिक बसन्तगंज-स्टेशन सँ चारि कोस पर बसल गाम...रामपुर, आ पात्री थिकीह बंगालक अकाल, कलकत्ताक दंगा, देशक बँटबारा, कोसिकाक बाढ़ि, चिरसंगी मलेरियाक मारलि–दमयन्ती, दम्मो अथवा दमियाँ।

नबकी मामी जखन तीन बेर लिफाफ आ दू जोड़ा पोस्टकार्ड पठौलनि, तखन रामपुर आयल छलहुँ। बी.ए. क परीक्षा समाप्त भ' गेल छल। मस्तायल साँढ़ जकाँ सौंसे रामपुर बौआइत रहैत छलहुँ, मुदा एक दिन साँझखन जेना अपनहि मोने पयर ठाढ़ भ' गेल।

साँझक समय, धारक कात, छह-छह करैत, घाट पर राखल नाह, नाह मे बैसलि तैस-चौबीस वर्षक एकटा युवती, सूर्यक अन्तिम किरण वातावरण मे सिन्दूर छिड़िअबैत !

''फूल भैया, ओहि पार जयबह ?'', वेद-व्यासक मत्स्यगन्धा बिहुँसैत हमरा सँ प्रश्न कयलनि। प्रश्नक निर्भीकता, एकान्त, काव्यमय हँसी आ फूल भैयाक परिचित सम्बोधन सँ हर्षे नहि, आश्चर्यो पर्याप्त भेल।

के थिक ई, एहन ग्राम्य मर्यादाहीन युवती ? ''हमहूँ सौतार सभक टोल पर जाइत छी। दूध अनबाक अछि। बाटे तकैत छलहुँ जे किओ आबय तँ ओहि पार जाइ। घुरैत काल अन्हार भ' जायत।''

''नहियो जयबाक हो, तैयो चलू ने फूल भैया।'', अपरिचिता पुनः बाजलि।

''अन्हार मे हमरा संगे घुरैत अहाँ केँ डर नहि होयत ?'', परम उद्दंडता सँ हम प्रश्न कयलियनि।

''पुरुष सँ हमरा डर नहि होइत अछि'', एतबा कहि क' ओ रेलगाड़ी मे भीख मँगैत छौंड़ी सभ जकाँ निर्लज्जतापूर्वक हँसय लगलीह।

जेना भक्क द' निन्द टूटि गेल। आब एको क्षण एहि ठाम रहब उचित नहि, इएह विचारि उनटे पयरे गाम दिस विदा भ' गेलहुँ। एको बेर घूमि क' नौकास्थित अप्सरा दिस तकबाक इच्छा आ साहस नहि भेल।

त' की गामो मे ई सभ होइत छैक ? मोन विचित्र वितृष्णा सँ झरकय लागल छल। आँगन आबि क' चाह पीलहुँ। दलान पर कनेक काल धरि ताश खेलाइत रहलहुँ। मुदा, मोन जेना औनाइत छल।

गाम सँ कनिएँ हटि क' छैक एकटा पुरान शिव-मन्दिर। ओम्हरे विदा भेलहुँ। मन्दिरक ओसारे पर छलहुँ कि भीतर कोनो स्त्रीक स्वर...

भीतर पैसलहुँ। आँजुर मे टटका तोड़ल कनैलक फूल आ बेलपात धयने ओएह नौकास्थित अप्सरा, ओएह व्यासक मानसपुत्री मत्स्यगन्धा पूजा क' रहलि छलि। हमरा देखितहि लज्जा आ वेदना सँ कुंठित भ' ओ पूजा गृह सँ बहार भ' गेलीह। एहि बेर हुनका लग सँ देखलियनि। श्यामांगी, पीठ धरि झुलैत केश राशि, पातर देह, हाथ मे लाहक तीन-चारि टा चूड़ी। कोनो गहना नहि, किन्तु माटिक दीप सन आभामय रूप...हमरा देखितहि हुनकर भागि जयबाक एकटा आओर कारण, हम जखन मन्दिर मे पैसलहुँ तँ ओ विह्वल स्वरेँ महादेवक प्रार्थना क' रहलि छलीह। संस्कृतक कोनो मन्त्र नहि, विद्यापतिक कोनो नचारी नहि, साधारण भाषा मे एतबे शब्द, "हे महादेव, चारि दिन सँ हमरा आँगन मे चूल्हा नहि जरल अछि। आइ हमरा पर, हमरा माइ पर, दया करू हे देवता ! भूख-पिआस नहि सहल जाइत अछि।" आर एतबा कहबाक पश्चात अनचोके हमरा देखि क' ओ काँपि उठलीह। एके बेर मे आँजुरक सभटा फूल-पात शिवलिंग पर उझिलि पड़ा गेलीह।

एक्के बेर मोन मे बड़्ड क्रोध भेल। मुदा ई नहि सूझल जे ककरा पर क्रोध कयल जाय। किएक कयल जाय !

फल एतबे भेटल जे सौँसे राति जगले रहि गेलहुँ। निन्द नहिएँ भेल। रहि-रहि क' मोन पड़य, ओहि पार जयबाक आतुर निमन्त्रण, फूजल केश-पाश, आँजुर भरि कनैलक फूल आ, "हे महादेव ! भूख-पिआस सहल नहि जाइछ।"

दोसरे दिन, भोरे, अपन बालसंगी, जयभद्रक दलान पर चाह पिबैत शतरंज खेलाइत छलहुँ। बड़ी कालक पश्चात इनार दिस ध्यान गेल। ओएह अपरिचिता पानि भरि रहलि छलीह। जयभद्र सँ पुछलियनि, "ई के थिक ?"

"कियो रहथु ! तोरा कोन काज ?", अन्यमनस्क भ' क' ओ बजलाह।

"से की ?", हमर उत्सुकता बढ़ल, "आँखि सँ तँ हम किछु देखने नहि छियैक। तखन की कहियौक ? मुदा, लोक सभ विचित्र-विचित्र गप्प कहैत छैक।", जयभद्र शतरंजक चालि चलैत बजलाह।

"लोक की कहैत छैक ?" खेलायब छोड़ि हम पुछलियनि। तखन, बड़्ड निहोरा करबाक पश्चात जयभ्रद जे कथा कहलनि तकर सारांश इएह थिक—पचासम वर्षक वयस मे गामक लोअर स्कूलक शिक्षक श्री रघुदत्त पाठक स्वर्ग गेलाह तँ रहि गेलथिन प्रौढ़ा पत्नी, युवती कुमारि कन्या आ तनिकर कपार पर आठ-नओ सय रुपैयाक कर्ज। स्वर्गीय पाठक जीक पत्नी तँ हुनका जिबितहिँ कटिहार आ पूर्णियाक हवा खाय लागलि रहथिन, मुदा मरबाक पश्चात बेटी सेहो राति-राति भरि आँगन सँ बहार रहय लगलथिन। इएह बेटी छथि दमियाँ अथवा दम्मो अथवा दमयन्ती अथवा मुन्हारि साँझ खन क' नाह पर ओहि पार जायवाली।

ई दमयन्ती पहिने बड़ सुशीला कन्या छलीह। मुदा, माय हिनको चौपट क' देलथिन।

आ, माइयोक कोन दोष ? ने जमीन-जयदाद, ने खेत-पथार, ने गहना-गुरिया आ ने आँगन-कुल मे कियो पुरुष ! गाम मे कोनो व्यक्तिक हृदय मे दया-मायाक लेश नहि। तखन उदर-पूर्ति कोना कयल जाय ? तखन देह नहि बेचल जाय तँ आर कोन उपाय ?

जयभद्रक गप्प सँ मोन आर व्यथित भ' गेल। दमयन्तीक कथा सँ हृदय पर दुःखक आकाश खसि पड़ल।

तीन-चारि दिनक पश्चात, किछु स्थिर निश्चय सँ दमयन्तीक आँगन दिस विदा भेलहुँ।

आँगन मे दमयन्ती एकसरे बैसलि रौद तापि रहलि छलीह। हमरा देखि क' उठलीह नहि, ओही मुद्रा मे बैसले रहलीह।

गप्प हमरे आरम्भ करय पड़त, ई विचारि, पुछलियनि, ''माय कतय गेलि छथि ?'' तड़ाक सँ बिजली जकाँ घूमि क' दमयन्ती ठाढ़ि भ' गेलीह। फेर, हमरा लग अबैत बजलीह, ''माय सँ कोन काज अछि ? माय गेलि छथि राम बाबूक दलान पर, हुनका नोत देबाक हेतु। रातिखन रामबाबू एतहि भोजन करताह, एतहि राति भरि रहताह। अहाँ केँ माय सँ कोन...'' फेर, हमरा दिस ताकि दमयन्ती चुप भ' गेलीह। आ सभ गप्प हमरा बुझबा मे आबि गेल। रामबाबू छलाह गामक जमींदार, आब छथि कांग्रेसक वयोवृद्ध नेता। दमयन्ती सन असहाय, दुःखिता, पतिताक रक्षा कयनाइ तँ हुनकर धर्म थिकनि...।

ननकिलाटक मैल, फाटल नूआ सँ आँखिक कोर पोछैत दमयन्ती बजलीह, ''ओहि दिन महादेव-थान मे अहाँ हमर प्रार्थना सुनने छलहुँ ने, फूल भैया ? अहूँ केँ की महादेव हमरा भोजने देबाक हेतु, पैसे देबाक हेतु पठौने छथि ?''

हम की उत्तर दितियनि ? स्तब्ध भ' क' हुनके दिस तकैत रहलहुँ।

ओ आगू बजलीह, ''अहाँ सभ पुरुष छी ने ! निस्सहाय नारी जाति पर दया करबा मे अहाँ सभ बड़ गौरवक अनुभव करैत छी। मुदा, हम स्त्री नहि छी, फूल भैया ! हम तँ माटिक फूटलि हाँड़ी छी। हमरा पर दया करबाक कोनो प्रयोजन नहि। अहाँ जाउ...''

बजिते-बजिते अकस्मात दमयन्ती भनसा घर मे चलि गेलीह। हिचुकि-हिचुकि क' कनबाक हुनकर स्वर बड़ीकाल धरि वज्र बनि क' हमरा हृदय पर खसैत रहल।

चुपचाप अपना आँगन दिस घुरि अयलहुँ।

साँझखन फेर ओही शिव-मन्दिर लग गेलहुँ। प्रायः दमयन्ती सँ भेंट भ' जाय... अनुमान सत्ये भेल। रस्ते मे ओ भेटि गेलीह, कनैलक गाछ सँ फूल तोड़ैत। मुदा, हुनका टोकबाक साहस नहि भेल। बिना हुनका दिस तकनहि आगू जाय लगलहुँ, कि ओ बामा हाथ सँ धरती पर खसल आँचर सम्हारैत खिलखिला क' कनैलक पूर्ण विकसित पुष्प जकाँ हँसय लगलीह। एहि अप्रत्याशित हँसी मे कोनो व्यंग्य नहि अछि, आत्मीयता अछि, स्नेह अछि; इएह निश्चित करबाक उपरान्त ठाढ़ भ' गेलहुँ। हुनका फूल तोड़ल भ' गेल छलनि।

लग अबैत बजलीह, ''आइ-काल्हि बड़ शिव-भक्त भ' गेल छी, फूलबाबू ! नित्य महादेवक दर्शन करय अबैत छी !''

एहि अकस्मात स्नेह-प्रदर्शन सँ बड़ प्रसन्नता भेल। कहलियनि, ''भक्ति तँ एक तरहक संक्रामक रोग थिक। अहाँ सभक भक्ति देखि हमरो भोलाबाबा सँ आकर्षण भ' गेल अछि।''

फेर ओएह खिल-खिल, मृदु हँसी, ओएह अपराजिता मुस्कान...

कनिएँ दूर पर गामक किछु चिन्हार व्यक्ति आबि रहल छलाह, हुनके दिस इंगित क' क' दमयन्ती बजलीह, ''आब अहाँ जाउ। ओ सभ देखताह तँ फुसिए किछु-सँ-किछु गप्प बनओताह।''

आ, बिना कोनो उत्तरक प्रतीक्षा कयने ओ मन्दिरक भीतर चलि गेलीह। हमहूँ चल अयलहुँ जयभद्रक आँगन मे। जखन जयभद्रक पत्नी चाह द' गेलीह आ हम दुनू मित्र शतरंजक तैयारी करय लगलहुँ तँ जयभद्र हँसैत पुछलनि, ''मित्र, दमयन्ती बड्ड पसिन्द भ' गेल ?''

''नहि ! से की ?'', हम लजाइत उत्तर देलियनि।

शतरंजक बिसात ओछबैत ओ कहलनि, ''मित्र, रातिक अन्हार मे तँ कतहु जायब, किछु करब अधलाह नहि, मुदा दिन-देखार अहाँ दमियाँ सँ गप्प करब तँ लोक अवश्ये अधलाह कहत।''

एतबे मे जयभद्रक खबास कुंजा धानुक दौड़ल आयल। हँफैत-हँफैत बाजल, ''जयभद्र मालिक, जल्दी चलिऔक। महादेव-थान लग बड़का तमासा भेल हइ।'' जयभद्र पुछलथिन, ''की तमाशा भेलैक रे ?''

''तमासा की हेतैक मालिक ! दम्मो दीदी पकड़लि गेलि हथिन। मन्दिर केर पिछुती मे...''

एतबा कहि क' कुंजा भागल। ओकरे पाछू हमहूँ दुनू मित्र दौड़लहुँ।

रामबाबूक दरवाजा पर सुइयो रखैक जगह नहि। मन्दिर सँ पकड़ा क' दमयन्ती एतहि आनलि गेलि छलीह।

गामक प्रतिष्ठित व्यक्ति मध्य मे बैसल छलाह गामक सरपंच महगू बाबू, मिडिल स्कूलक प्रधानाध्यापक जादवजी, ग्रामसेवक बोकाइ झा, वैद्यराज मतिराम झा, पुबारि टोलक सन्त चौधरी, पछबारि टोलक रामजी मिश्र आ एहने बहुतो व्यक्ति।

ओरियानी मे लटकल पाँच-छओ टा लालटेन आ तकरे नीचाँ बेहोश सन भेलि पड़लि दमयन्ती ! रक्त सँ भीजल केश सौँसे मुँह पर छिड़िआयल, मूनल सितुआ सन आँखि, केहुनी, ठेहुन आ आओर कतेक ठाम सँ चुबैत शोणित...।

हम दुनू मित्र जाक' रामबाबू लग बैसि रहलहुँ। रामबाबू बजलाह, ''फूलबाबू, सभ केँ तँ ई बुझले छैक जे दमियाँ केहन चरित्रक अछि। एखनहि मन्दिरक पछुआड़ मे पकड़लि गेलि अछि। एतेक मारि पड़लैक अछि तैयो नहि कहैत छैक जे संग मे कोन पुरुष छलैक...।''

बोकाइ झा बजलाह, ''इह, ईहो नहि विचार भेलैक जे धर्मस्थल छैक। धन्य हे महारानी !''

वैद्यराज बजलाह, ''तोहूँ खूब हँकैत छह ! वेश्याक हेतु तँ धर्मस्थले असली कर्मस्थल थिक !''

चौधरी जी बजलाह, ''घोर कलियुग आबि गेल अछि, तुलसीदास ठीके लिखने छथि...''

आ तुलसीदासक चौपाइ सँ धर्म-सभाक कार्यक्रम आरम्भ भेल। मुखियाजी बजलाह, ''प्रश्न अछि जे आइ दमियाँ कें की कयल जाय। एहन पापिष्ठा कें गाम मे रहबाक कोनो अधिकार नहि छैक। हमरा विचारें ...!''

बिच्चे मे गप्प कें लोकैत जयभद्र कहलथिन, ''मुदा दमियाँक संगें छल के ?''

महगू बाबू बजलाह, ''हँ, ईहो गप्प विचारणीय अछि। जाबत धरि ई नहि पता चलय जे छल के, ताबत किछु होयब कठिन।''

एतबे मे दमयन्ती कें होस भेलनि। ओ उठि क' ठाढ़ि भ' गेलीह, ''हमरा संगें केयो नहि छल ! हम मन्दिर मे पूजा करैत छलहुँ। अहाँ सभ फुसिआह छी'', दमयन्ती बजिते छलीह कि फेर बेहोस भ' क' धरती पर खसि पड़लीह। हमरा नहि रहल गेल। उठलहुँ, कुंजा खबास कें पानि आनय कहलियैक ! दमयन्ती कें पानि देलियनि, मुँह धोआ देलियनि। हुनका होस भेलनि।

अन्त मे,

निश्चय भेल जे काल्हि दिन मे सौं से गामक लोक जमा होयत आ तखन दमयन्तीक पंचैती कयल जायत।

एतद्धि रामायणम् !

राति भरि निन्द नहि भेल। चारि बजे भोरे धारक कात गेलहुँ। चारू कात अन्हार छल। घाट पर राखल छल नाह, ओही पर जा क' बैसि रहलहुँ। सिकरेट जरबितहि छलहुँ कि घाट पर सँ केयो बाजलि, ''ओहि पार जाइत छी, फूलबाबू ?''

अकस्मात भय सँ देह सिहरि उठल। मुदा, फेर ओएह खिल-खिल हँसी, ओएह अपराजिता मुस्कान, ओएह सुमधुर स्वर-लहरी। ई तँ अपरिचिता नहि, चिरपरिचिता छथि।

आइ दू मास सँ पटना मे छी। सेकरेटरियट मे नोकरी भ' गेल अछि। नया टोला मे पचीस टाका मे बासा लेने छी।

नित्य विचारैत छी जे जयभद्र कें चिट्ठी लिखि देबनि जे...।

मुदा, वेद-व्यासक मत्स्यगंधाक जीवन, हँसी आ संगीतमय स्वर मे सभ काज बिसरि जाइत अछि...।

आ, मत्स्यगन्धा आब पुष्पगन्धा भ' गेलि छथि।

—वैदेही/जुलाइ, 1956

चन्नर दास

सड़कक एहि भाग मे गांधी-पार्क आ ओहि भाग मे छैक बड़का टा आमक सुखायल गाछी। इएह गाछी थिक नगरक भिखमंगा जातिक एकमात्र वासस्थल।

भोरक आठ-साढ़े आठ बाजल छलैक। भिखमंगनी किरतनिञा, चुप्पे-चाप आबि पार्कक एकटा टुटलाही बिरिंच पर बैसि रहलि। प्रायः पार्क मे प्रातः कालक वायु-सेवन करैत कोनो दयामन्त लोक सँ भेंट भ' जाय—इएह आशा छलै ओकरा हृदय मे। गाछी मे पीपरक गाछ तर बैसि रौद तापैत भिखमंगा सभ देखलक जे किरतनिञा एसकरिये अछि, लगपास मे कतहु चन्नर दास नहि छै।

ओना तँ चन्नर दास छलै किरतनिञाक काका, मुदा जकरा लोक नहि, लाज नहि, सर नहि, समांग नहि, जथा नहि, तकरा लेल की काका, की बाप, की भाय, की बहिन...

तँ जाँघक घावक पीज बहार करैत नंगड़ा बाजल, ''रौ झपसुआ ! परेम की होइत छै रे !''

किरतनिञा दिस ताकि मटकी चलबैत झपसुआ उत्तर देलकै, ''उहे त' बैठल हौ, किरतनिञा रानी। पुछही ग' ओकरे सँ...''

''चुप रह सार ! चन्नर दद्दा सुनतउ त', मूड़ी काटि लेतउ'', अन्हरा निरसू कहलकै।

''हँ...हँ...मूड़ी काटि लेतइ। जइसे गवरमिंट के राज उठि गेलइ।'' झपसुआ बाजल।

नंगड़ा भिखमंगा दलक राजनीतिज्ञ छल। तरजनी चमकाबैत चिकरल, ''गवरमिंट की ? आब त' गांधी महतमा के राज हउ मुलुक मे...''

एतबे मे, तेतरिक गाछ लग सूतलि सिपिआ (बुढ़िया भिखमंगनी, कुष्ठ सँ जकर हाथ-पयरक आँगुर सभ गलि गेल छलैक) भयावह रूपेँ चिचिआइत बाजलि, ''रउ खचराहा, रउ बहिनियाँक जनमल ! रउ, हाथ-गोड़ मे कीड़ा कटतउ रे !''

किरतनिञा घूमि क' देखलकै, चन्नर दास सिपिआक माथ पर राखल पोटरी घीचि रहल छल।

किनतनिञा ओतहि सँ चिकरलि, ''हे, हउ चन्नर ! एन्ने आब' हउ...''

सिपिआक पोटरी छोड़ि चन्नर किरतनिञा लग चल आयल।

''कका, बुढ़िया केँ किएक तंग-तुंग करै छही'', किरतनिञा पुछलकै।

''एको गो बीड़ी नहि हइ गे ! कसम स', एगो पइसो नइँ हइ। उहे ताकइ हलिअइ'', हँसइत, भिखमंगा सभक मेट चन्नर दास बाजल।

तखन चिथ्थी-चिथ्थी भेल नूआ मे सँ ठेहुन बहार क' कुरिआबैत किरतनिञा बाजलि, ''नइँ पीअ' बीड़ी ! करेज किएक डाहै छ' ? की भेटइ छ' ?'' चन्नर दास किछु नहि बाजल। बड़ी काल धरि, जरल कोरो सन किरतनिञाक सुखायल टटायल टाँग, अविराम गति सँ बहैत ट्यूबवेलक पानि आ गाछी मे खेलाइत, झगड़ा करैत भिखमंगा-सम्प्रदायक बच्चा-बुच्ची, सड़क पर जाइत-अबैत रिक्सा-टमटम आदि केँ देखैत रहल।

एकटा बूढ़ि बंगालिन स्त्री बाट ध' क' चल जाइत छलि। नंगड़ा, झपसुआ, सिपिआ ओ दू-तीन टा छौंड़ा ओहि स्त्रीक पाछू दौगल।

माई, एक पइसा दे दे...
भगवान भला करेगा...
बेटा-बेटी सुखी रहतउ...

माइ, एक पइसा ! माइजी बेचारी की करितथि। एकन्नी ओकरा सभक दिस फेकि देलथिन आ पड़यलीह। खसल एकन्नी झट्ट द' उठा क' प्रसन्नता सँ चिचिआइत झपसुआ पार्क मे दौग' लागल। मुदा बिच्चे मे चन्नर दास ओकरा हाथ सँ एकन्नी छीनि लेलकै। झपसुआ गरिआब' लागल, आर की करितै ? गाछीक एक कोन मे तीन मूर्ति बैसल छलथि। जेना कोनो गुप्त व्यूह रचना मे लागल होथि। साठि बरखक बूढ़ सन्तू अंडीक तेल मे ललका रंग मिझरा क' हाथ-पयर मे घावक चेन्ह बनबैत छल। अन्हरी सुदमियाँ, जे रेलवे-स्टेशन मे गाड़ी सभ मे भीख मँगैत छलि, बीड़ी टानि रहल छलि। कैलू राम, जकरा नाक नहि छलैक, सिफलिसक कारणें नाकक स्थान मे मात्र दू टा बेस फैल भूर बचि गेल छलैक, मुँह पर बैसैत माछी हाँकि रहल छल। सुदमियाँ बाजलि, ''आब टरेन मे भीख-ऊख नइँ भेटइ हइ...!''

पयर मे पट्टी बन्हैत सन्तू बाजल, ''अन्हरी ! तूँ चलमे बजार ? आज एतबार हउ। मड़बाड़ी सब भीख देतउ।''

''जैतिअउ तँ अबस्से। मुदा, सब पइसा तूँही रख लेबेँ। हमरा बखरा-बाँटी नहि देबें...'' बाजलि सुदमियाँ।

बजारक स्मरण होइते सुदमियाँक आन्हर आँखिक सोझाँ मे जीवनक स्मृति चमक' लगलैक। पुरान स्मृति मे ओकरा मधुर मिष्ठान्नक सुगन्धि ओ सुस्वाद भेटलै। जहिआ सुदमिया नव छलि...एह, कतेक बरख भ' गेलैक ओकर मधुर खएना...

औखन धरि सुदमियाँ केँ मोने छैक, पाँच कि दस बरख पहिने कोनो एकटा रिक्शावाला ओकरा बासा मे ल' गेलइ। कोना ओत' सिनेह सँ तीन-चारिटा बाबू ढेरी मधुर खुअएलथिन। कोना निन्न पड़ि गेलइ ओकरा...कोना...

की आब ओकरा क्यो रिक्सा मे बैसा क' बजार नहि घुमेतै ?

अपना मोनक एहि प्रश्न पर सुदमियाँ केँ अपनहि हँसी लागि गेलैक। ओ पहिने नहुँए सँ, फेर जोर-जोर सँ हँस' लागलि।

अन्हरी केँ हँसिते छोड़ि सन्तू आ कैलू सड़क दिस विदा भेल, कारण आब रस्ता पर बैसि भगवानक 'गोहार' करबाक समय भ' गेल छलैक। दिआद-बाद पर केस करय जाइवला लोक, मोख्तार-ओकीलक झुंड, स्कूल ओ कओलेज दिस जाइत छौंड़ा-छौंड़ी, सेक्रेटेरियट मे फाइलक मध्य शरीरक हनन करैवला किरानीवर्ग...सभक राजमार्ग यैह सड़क छल।

झपसुआक मुट्ठी सँ एकन्नी छीनि, चन्नर दास घुरि क' किरतनिञा लग चल आयल।

ओ काठक टुटलाही ककबा सँ, कारी तूर सन अप्पन केश सोझराबैत छलि। चन्नर सूर्यक प्रखर प्रकाश मे उनटा-पुनटा क' अप्पन एकन्नी देख' लागल। आब तँ सरकारो जाली एकन्नी-दुअन्नी बनब' लागल अछि। पीतरक दुअन्नी कोनो दोकान वला नहि लैत अछि।

किरतनिञा बाजलि, "आइ साँझ मे सिनीमा देख' जइबइ..."

आश्चर्य सँ आँखिक दुन्नू पकोट बिथारि क' किरतनिञाक पैघ प्रेमी चन्नर बाजल, "से कइसे गे ?"

"कइसे की ?" चन्नर दासक पैघ प्रेमिका बाजलि, "ओ टीसन वला बाबू नइँ छइ, सेहे बजौलक हें ! ओकरे संगे जइबइ सिनीमा।"

"हूँ !" अकस्माते मुँह विधुआ क' चन्नर दोसर दिस ताक' लागल।

किरतनिञा देखलक, चन्नर उदास भ' गेल अछि, सिनेमाक गप्प सँ उदास भ' गेल अछि, तेँ बाजलि, "चन्नर ! ऊ बाबू तँ एक आध गो रुपैया बेबे करतै हमरा ! उहे रुपैया से तूहूँ सिनीमा देख अइहेँ। की ?"

"हूँ", चन्नर कहलकै।

ककबा आँचरक खूट मे बान्हि किरतनिञा चन्नरक निकट धरती पर बैसि गेलि। दू गिनट धरि ढील भेल नूआ मे कसि क' गीरह बन्हैत रहलि, फेर बाजलि, "नराज भ' गेल' की चन्नर ?"

"नहि, तोरा सँ किऐ नराज हेबइ ?" पहिने देखल कोनो सिनेमाक नायक जकाँ कहलकै चन्नर।

"तब की सोचइ छ' ?" किरतनिञा चन्नरक गरदनि मे बाँहि पैसा देलकै, मुदा चन्नर हाथ, आ बाँहि, आ सिनेह, छोड़ा क' ठाढ़ भ' गेल।

किरतनिञा चन्नरक प्रेमिका छैक। अप्पन बखरा मे सँ भात दै छैक, अप्पन कमाइ मे सँ पाइ दै छैक, अप्पन निश्छल सिनेह दै छैक, अपन देहो दै छैक ! एहेन किरतनिञा, नीक किरतनिञा दोसराक आगाँ हाथ पसारय, दोसराक संगे रंग-रभस करय, दू आना-चारि आना कैंचाक हेतु—से आइ चन्नर दास केँ पसिन्न नहि भेलैक।

किरतनिञा हमरे थिक, जेना हम्मर बाँहि अछि, आँखि अछि, शरीर अछि, तहिना किरतनिञा हम्मर थिक, आन ककरो नहि—ई भाव चन्नरक मोन मे विचित्र क्रोध आ विचित्र वेदना भरि देलकैए !

आइ पहिले-पहिल ओकरा अन्तस्तल मे ई प्रश्न अपन सम्पूर्ण विशालता ल' क'

ठाढ़ भ' गेलैक। आइ अप्पन, अपना वर्गक, अपना समाजक सम्पूर्ण विवशता बूझ' मे आबि गेलैक।

आन दिन जखन किरतनिञा कोनो मोसाफिर सँ ठकि-फुसिआ क' चौअन्नी-अठन्नी आनैत छलि तँ चन्नर केँ प्रसन्नता होइत छलैक आ दुन्नू मिलि भरि पोख ताड़ी-दारू पीबि कोनो गाछक धोधरि मे पड़ि रहैत छल।

मुदा, आइ नहि।

तेँ किरतनिञाक बाँहि छोड़ा क' चन्नर पुछलकै, "की गइ किरतन, बिना भीख-दुख माँगने हम तों जीबि नहि सकै छी ?"

किरतनिञा चन्नरक गप्प एक्को रत्ती नहि बूझि सकलै।

चन्नर फेर भावनाक गँहीर खाधि मे खसि पड़ल। जीवनक अन्हार राति मे ओ प्रकाशक कोनो ज्योति थाहैत छल। तखनहि ओकरा मोन पड़लै, तीन चारि बरख पहिने कोनो घुमक्कड़ भीखमंगा कहने छलै, "अरे सार चन्नरा ! इतनी अच्छी देह रख के भीख माँगता है ? तू चला जा झरिया-धनबाद। कोइला खान में मजूरी करना...।"

"की हम मजूरी नहि क' सकै छी ? की हम खान मे कोइला नहि काटि सकै छी ? तखन, तखन की ?" यैह अन्तिम प्रश्न छलै जे चन्नर दासक मोन मे बिहाड़ि भ' क' उठलै।

ओ किरतनिञा सँ पुछलकै, "किरतन, झरिया-धनबाद कहाँ हइ गे..."

"किऐ ?" बाजलि किरतनिञा।

"किऐ की ? ओत्तहि चलबै हम-तों आ कोइला के खान मे मजूरी करबै। अप्पन कमाइ के खैबइ; अप्पन एगो घर रहतै। चलबें गे किरतन ! तहूँ खान मे काम करिहेँ। ई जे ई बाबू, ओ बाबू के पाछू मारल चलइ छेँ, चार गो पइसा खातिर...से की अच्छा लगइ हउ ? उहाँ खान के कोइला ढोइहेँ, अच्छा से रहिहेँ। तब कोइ तोरा तरफ आँखि उठौतौ त' हम ओकर आँखि निकालि लेबइ..."

चन्नरक बाजब मे किरतनिञा डूबि गेल। एकटा नवीन आत्मसम्मान सँ ओकर चेहरा दप-दप कर' लगलै।

किरतनिञा बाजलि, "चन्नर, सत्ते कहै छ' तों ? चल' धनबाद-झरिया! मुदा गाड़ी पर चढ़इ के भाड़ा हउ ?"

चन्नर तँ नवीन जीवनक नवीन उत्साहे मे हर्ष-मग्न छल, बाजल, "किरतन ! जाय चाहब तँ की गाड़ी मे चढ़' नहि देतै ?"

आ कनिएँ कालक पश्चात किरतनिञा आ चन्नर दास अप्पन एहि जीवनक मोहमाया त्यागि नवीन जीवनक दिशा मे विदा भ' गेल।

चन्नरक चेहरा पर सर्वहाराक सबल विश्वास छलैक, किरतनिञाक आँखि मे भविष्यक नवल मुस्की ! भिखमंगाक मेट चन्नर दास मरि गेल छल, आ जनमि चुकल छल एकटा नव चन्नदास !!!

—वैदेही/सितम्बर, 1956

किरणमयी

अस्पतालक सभ सँ पैघ डाक्टर बड़ा-बाबू किंचित मन्हुआएल, किंचित बिहुँसैत बजलाह, "आब तँ अपरेशनहुँ सँ किछु होइ वला नहि..."

बड़ा डाक्टरक गप्प पर बहीनदाइ सिंगरहारक फूल जकाँ झरझर हँसि पड़लीह। माथ सँ ससरल आँचर सम्हारैत बजलीह, "से तँ हमरा बूझले छल।"

नेपलिया थभड़ल मुँह पर लिपिस्टिकक हँसी पोति क' नर्स बाजलि, "हिनका पहिने किएक नहि अनलिअनि ?"

बहीनदाइ कहलनि, "मणि, बासा पर चल' भाइ ! हम तँ हिनका गंगा-लाभ करब' आयलि छी, कोनो औषधि-बारी करब' नहि। आब तँ एतबे आसा अछि जे हिनका भगवती शरण मे ल' लेथिन, कहुना हमरा पिंड छुटि जाय।"

आ फेर वैह भदबारिक उमड़ल स्रोत सन खिल-खिल मुक्त हँसी, वैह माथ सँ ससरि गेल आँचर सम्हारब, वैह केश-राशिक मध्य सिन्दूरक दृष्टि। बहिनदाइक ओ दृष्टि सहल नहि जा सकल। बेहोस चन्नर भाइ आ मुस्की दैत बहीनदाइ केँ बासा पहुँचा क' बौआबइ चलि देलहुँ। आर की करितहुँ ?

होटल मे चाह पिबैत काल सहसा एकटा प्रश्न मोन मे बिहाड़ि जकाँ उठल, बहीनदाइ तोहर के हेथुन ?

के हेथुन तोहर बहीनदाइ ?

तोहर के हेथुन ?

एगारह बर्ख धरि देस-विदेस घूमि क' अबरपनी करबाक पश्चात्, कोसिकाक धार मे बसल अपन नान्हि टा गाम गेल छलहुँ।

फूसक घर। टूटल-टाटल, चुबैत। अँगना मे भाँगक जंगल आ दुआर पर गाम भरिक बच्चा सभक पैखाना...। माय मोन पड़लीह, पिता मोन पड़लाह। जखन बालक छलहुँ, ज्ञान नहि छल। तखनुका सभटा गप्प, सभटा घटना आँखिक सोझाँ नोर बनि-बनि आब' लागल।

अन्हार घरक ओसार पर बैसल छलहुँ कि ग्रीष्मक पछबा बसात सन आबि क' एइह बहीनदाइ प्रश्नक ढेरी लगा देने छलीह, "कखन अयलेँ रे ? अपन घरो केँ एना लोक बिसरै-ए ? आब तँ बड्ड पैघ लोक भ' गेलेँ तोँ ? हमरा नहि चिन्हलेँ की ? चल, चल

पानि अनलियौ-ए। हाथ-पयर धो ले...'' जे ओइ दिन अपरिमेय स्नेह देखा क' अनचोके मे हमरा अपन छोट भाय बना लेलनि, ओएह आइ मरणासन्न स्वामी केँ गंगा लाभ करएबाक हेतु पटना आयलि छथि–ई सोचि क' आँखि सँ दू ठोप नोर खसि पड़ल।

राति भेल। घुरि क' बासा पर अयलहुँ। चन्नर भाइ सूतल छलाह। कोठा पर, आकाश दिस, तारकावलि दिस देखैत बहीनदाइ, ठाढ़ि छलीह, आ नहुँए-नहुँए स्वर मे कोनो पुरान सिनेमाक गीत गाबि रहलि छलीह, हमरा देखैत देरी गीत बन्न करैत, सौंसे पीठ पर डाँड़ धरि छिड़िआल केश-राशि केँ सुस्ते सँ झमारैत बजलीह, ''आइ भानस नहि कयल भेल। जा क' होटल सँ खा आब'।''

हम व्यंग्य कयलियनि, ''दीदी, कोन भजन गबैत छलहुँ ?''

ओ आर ल'ग आबि हाथ पकड़ि क' कहलनि, ''भजन नहि गबैत छलहुँ, भाइ ! ई तँ सिनेमाक गीत छलै ! आ मणि, आब तँ अही गीत सभ सँ गुजर कर' पड़त। उचित कहैत छियौ ने ?''

आब तँ एहने गीत सँ जिनगी चलब' पड़त। एहने गीत सभ सँ...। अवाक भ' गेलहुँ। स्वामी यक्ष्मा सँ आक्रान्त छथिन, आइ नहि तँ काल्हि मरिये जयथिन। ने घर छनि, ने परिवार, ने जथा-जाल, ने रक्षा कयनिहार कोनो सर-सम्बन्धी, तेँ भारतवर्षक नारी बजैत अछि जे सिनेमाक पैसहिआ-टकहिआ गीत सभ सँ गुजर कर' पड़त, जिनगी काट' पड़त।

हमरा बूझि पड़ल जे 'नाहं नामतास्याम् किमहं तेन कुर्य्येयाम् (मैत्रेयी)'क मन्त्रोच्चार करयवाली मैथिल नारी हाट पर, बजार मे, गली मे, सड़क पर, सगरे सभ ठाम गाबि रहल अछि, सिनेमाक गीत, जे आइ बहीनदाइ गबैत छथि, काल्हि समस्त देशक सभ बहीनदाइ गयबे करतीह,

आ जा पिआ, आ जा, आ जा...आ तखनहि चन्नर भाइ चिकरलाह, ''कान्ति, हेअइ कान्ति। पानि पीब !''

आकाश मे पसरल अन्हार, मोनक आकाश मे पसरल अन्हार केँ चीरि ओ घैल सँ पानि ढार' चलि गेलीह।

हम एकटा सिकरेट जरा क' ठाढ़ भ' गेलहुँ, बड़ी काल धरि ठाढ़े रहलहुँ ! संग मे किछुओ टाका नहि छल, जे चन्नर भाइक औषधि करा सकितहुँ। संग मे टाका नहि छल, तेँ मन्हुआयल छलहुँ, आ हमरा जनैत मनुक्खक उदासीक एक्केटा कारण होइत छैक, संग मे टाकाक नहि रहब।

यैह सभ गुन-धुन करैत अप्पन कोठली मे जा क' सूति रहलहुँ। निन्न टूटल चन्नर भैयाक उकासी सँ, राति मे दू बजे उकासी करैत-करैत अपस्याँत भ' गेल छलाह आ बहीनदाइ हुनका गोरथारी लग मोटरी भेल, मैल-पुरान ननकिलाटक नूआ मे सन्हिआइल सूतल छलीह। अनायासे हमरा बहीनदाइक प्रति जेना उत्कट अनुराग भ' गेल।

जखन एगारहे बर्खक छलीह तखनहि बियाह भ' गेल छलनि। चन्नर भाइ तखन गामक अपर प्राइमरी सकूल मे गुरुजी छलाह। कखनहुँ सर्दी, कखनहुँ उकासी, कखनहुँ ज'र, आ तखन प्लूरसी आ फेर राज-यक्ष्मा। बहीनदाइक सोहाग दीपक टेमी कहिओ नीक जकाँ नहि जरि सकल। बिमरियाह आ चिर-दरिद्र पतिक सेवा, टोलबइया-पड़ोसिआक व्यंग्य-उपराग आ अपमान-बोध।

मुदा जहिआ पहिले-पहिल देखने छलियनि, तहिआ सँ आइ धरि कहियो बहीन दाइक आँखि मे नोरक गप्प, बोलो टा नोनछाँह आकि मुँहो टा मैलछाँह नहि देखलियनि। तेँ आइ, स्वामीक गोरथारी मे निश्चिन्त सूतलि सीता केँ देखि, सावित्री केँ देखि, अनसूया केँ देखि हमरा अनायासे जेना बड्ड सिनेहक उद्भव मोन मे भेल।

चन्नर भैयाक निन्न टूटि गेल छलनि। पड़ले-पड़ल बजलाह, "बैसह मणि !" कात मे राखल कुरसी पर बैसैत पुछलियनि, "आब केहेन मोन अछि ?"

"मोनक विषय मे तँ अस्पतालक डाक्टर कहिये देने छथि। हम की कहिअह", तकियाक बलेँ उठैत बजलाह। फेर, तीन-चारि मिनट धरि कुहरलाक पश्चात कहलनि, "हम तँ चललहुँ मणि ! हमरा तँ चारि गोटे मिलि क' जरा अयबह। मुदा...मुदा, एहि अभगली केँ की हेतै ? एह, देख' ने, केहन निश्चिन्त भ' क' सूतलि अछि ! एतबा कहिते-कहिते जेना चन्नर भाइक छाती मे टीस मारलकनि। छाती दाबि क' खाँस' लगलाह। कहलियनि, "अहाँ सुतू भइआ, हम जाइ छी। आ, बाहर चल अयलहुँ। आर करबे की करतिहुँ ? सक्के की छल ?"

दोसरे दिन 'दीआ-बाती'क पर्व छलैक। जाहि प्रेस मे प्रूफ-रीडर छलहुँ, तकर एकटा कर्मचारी आबि क' हकार द' गेल, "अपना सभ केँ आइ छुट्टी नहि हैत। सेठजीक जे आत्मकथाक पोथी छपि रहल छनि, तकर प्रूफ देखैए पड़त।"

से, (चाह पीबि क')* भुखले पेट जाय पड़ि गेल। संग मे एक्को आना पाइ नहि छल, ने घर मे भानसक हेतु चाउरे-दालि छल। जयबा काल बहीनदाइ बजलीह, "मणि भाइ, तोँ चिन्ता जुनि करह ! हमर आइ व्रत थिक। ओ किछु खाइते नहि छथि; खायल जाइते नहि छनि !"

निर्लज्ज भ' क' सड़क दिस विदा भ' गेलहुँ। एतबे सन्तोष छल जे हमहूँ तँ भुखले छी। एक कप चाहो नहि पीने छी, ताहि सँ तँ पेट मे आर पैघ भूकम्प मचल अछि। आर पैघ, आर भयंकर...

प्रेस सँ आठ बजे राति मे छुट्टी भेल। बड़का डेग दैत दौगलहुँ बासा दिस। भरि दिन मोन बासे पर टाँगल छल। रस्ता मे चिन्हार-परिचित, हीत अपेक्षित सभ भेटलाह। बड़का-बड़का कोठा पर चकमक करैत बिजलीक इन्द्रधनुषी बत्ती सभक पाँती भेटल। सतरंगी नूआ मे नहुँ-नहुँ बिहुँसैत नवोढ़ा-प्रौढ़ा-वयस्का आ छुरछुरी-फुलझड़ी छोड़ैत नेना भुटका आ पानक दोकान सभ पर कौखन समाप्त नहि होइवला भीड़...स्वागत मे,

---

* कोष्ठ मे देल ई वाक्यांश नइँ हएबाक चाही (सं.)

स्वागतम्...जयति जय सर्वमंगला लक्ष्मी !...मोन औना गेल !

चारू कात पसरल ज्योतिक रश्मिजाल मे हमरा बहीनदाइक सौम्य-गम्भीर आकृति दहाइत, भसिआइत दृष्टिगत भेल। छिड़िआयल केश-राशि, भुवन-मोहिनी हँसी, पसरल आँचर, आ निर्विकार, निष्काम निरानन्द दृष्टि !

हमर मोहल्लाक निरघिन गलीक अधिकांश दुआर पर माटिक दीप जरि रहल छल। आ हमर बासा तँ एकदम्मे अन्हार-गुज्ज ! बाहरे सँ सोर कयलनि, "दीदी, सुनै नहि छी ? दीदी, अन्हार किएक अछि ? एकटा मोमबतिओ तँ जरा लितहुँ ?"

चौराहा पर लाउड-स्पीकर बाजि रहल छल, सिनेमाक वैह गीत, पिआ आ जाऽऽऽ पिआ आ जाऽऽऽ आऽऽ जाऽऽ ! गीतक स्वरक मध्य सँ छनि क' बहीनदाइक थरथराइत, कँपैत शब्द आयल, "भाइ, कतीकाल सँ एकटा मोमबत्ती जरयबाक चेष्टा क' रहल छी मुदा की करू !! तेहेन ने बसात बहैत छैक जे कथी ल' जरत ! जरइए आ मिझा जाइए !"

अन्हार मे हथोड़िआ दैत आँगन गेलहुँ, देखै छी तँ चन्नर भाइक माथ कोरा मे लेने बहीनदाइ कम्मल पर बैसलि छथि। हम जोर सँ बजलहुँ, "दीदी !" मुदा दीदी चुप्प रहलीह ! उठली नहि ! भैयाक केश मे आँगुर सन्हिअबैत बैसले रहलीह। बड़ी कालक पश्चात् स्थिर आ गम्भीर स्वरें बजलीह, "मणि ! बिना मोमक कतउ मोमबत्ती जरलइए ? मिझायल दीप कतेक काल धरि जरतै हौ ?...आब त' अन्हारे रह' दहक।"–एतबा कहि क' दीदी जोर सँ चिचिअइली ! बर्ख-बर्खक शान्त ज्वालामुखी एक्के बेर जेना विस्फोट क' उठल। दीदीक करुण चीत्कार सँ हमरा बूझि पड़ल जेना देबाल फाटि जायत आ हमर करेज आ माथ फाटि जायत आ ई ब्रह्माण्डक एतेक पैघ सृष्टि फाटि जायत।

मुदा,

लाउड-स्पीकरक गीत समाप्त भ' चुकल छल आ चारू कात मात्र बहीनदाइक क्रन्दनक अभिशप्त स्वर प्रतिध्वनित भ' रहल छल। 'शरत दा'क 'किरणमयी' अपन दीअरक सँगे रंगून पड़ा गेल छलथिन। हमरा विश्वास अछि आ अही विश्वास सँ हम जिबैत छी जे हमर 'किरणमयी', हमर दीदी कनिते रहती, कनिते रहती, कनिते रहती, मुदा...!!!

रचना संग्रह/1956

–प्रथम अखिल भारतीय मै. सा. सम्मेलनक अवसर पर प्रकाशित

कृष्ण भक्तक कथा

प्रश्न मात्र एतबे जे रेसमी आब किसना बरैक परिवार मे रहय अथवा नहि ? कथा मात्र एतबे जे किसना बरैक गृहिणी रेसमी एसकरे, गामक नवका मिडिल स्कूलक हिन्दी-अध्यापकक संगेँ सोनपुर मेला देख' चलि गेलि छलि। घुरलि एसकरे, तीन मासक पश्चात्...

सारांश मात्र एतबे जे कोनो नव गप्प नहि। ई सभ तँ आजुक प्रगतिशील जन-जीवनक शोभा थिक, सरसता थिक, माधुर्य थिक ! गामक एक मात्र कृष्ण मन्दिरक एक मात्र पुजेगरी श्री गणेश (गामक दुर्मुख युवक समुदाय जनिका 'गोबर-गनेश' कहैत छलनि) डाँड़ मे रामनामी गमछी बन्हैत बजलाह, रेसमी कोनो अपराध नहि कयने छथि। ई तँ अपना देसक परम्परा थिक। गौतम पत्नी अहिल्याक कथा तँ जनिते छी। द्रौपदी तँ पाँचो पाण्डवक सरिपहुँ पत्नीए छलीह।

ब्रजक सभ गोपी योगिराज कृष्णक संगेँ रास रचैत छलीह। राधारानी नित्त भगवानक मुरली सुनैत देरी, अप्पन पति-देवता केँ सुतले छोड़ि, कुंज-भवन मे अभिसार करय विदा भ' जाइत छलीह। नहि-नहि, रेसमीक कोनो टा अपराध नहि...

मुदा, गणेशक तर्क सुन'वला ओहि ठाम क्यो नहि छल। तेँ ओ मुदित मोने गाब' लगलाह :

सखी हे, केशीमथनमुदारम् !

साँझखन भगवतीक आरती कयलाक उपरान्त, मन्दिरक केबाड़ भीतर सँ बन्द क' क', पलथी मारि मूर्तिक सोझाँ मे बैसि, गणेश पुछलथिन, ''योगिराज, रेसमीक विषय मे हम उचित निर्णय कयलहुँ की नहि ? रति-अभिसार तँ कोनो पाप नहि ? भगवान, अहाँक की विचार अछि ?''

नृत्य-मुद्रा मे, प्रणयोन्मादिता राधिकाक दक्षिणभाग मे ठाढ़, मुरलिका बजबैत, श्रीकृष्ण मुस्काइत बजलाह :

''नहि भक्तवर, अहाँक निर्णय एकदम्म अनुचित भेल। साक्षात लक्ष्मी प्रतिरूपा, राधारानी सँ अहाँ ओहि पतिता स्त्रीक तुलना किएक कएलहुँ ?''

गणेश अप्पन अपराध मानि, श्रीमती राधिकाक दुन्नू पयर बाँहि सँ छानि कान' लगलाह। भावावेश मे, भावुकताक महावेग मे ओ किछु बाजि नहि सकलाह। भरि राति

ओहिना पयर पकड़ने, ओहिना भोकाड़ि पाड़ि क' कनैत, भुखले-पियासल पड़ल रहि गेलाह।

निन्न भ' गेलनि आ भरि राति स्वप्न मे देखैत रहलाह, नालन्दाक भग्न स्तूप, बोधगयाक मन्दिरक आभामय स्वर्ण-कलश, काशीक विश्वनाथक शिवलिंग, प्रयागक त्रिवेणी-संगम आ संगम मे स्नान करैत असंख्य, धर्मप्राण स्त्री-पुरुष...

भक्त तँ सपनो मे धर्मस्थले देखैत अछि !

सद्यः ब्राह्मी मुहूर्त्त मे, गुजराती महींसक दूधक खोआक भरल बट्टा सन रेसमी, श्रीकृष्ण केँ चढ़यबाक हेतु टटका पुष्पक आठ-दस टा माला आ दू ढोली पान ल' क' आयलि।

गणेश ताबत उठि गेल छलाह आ गमछी पहिरने शरीर मे कोनो जजमानक देल सुच्चा कडू तेलक मालिश क' रहल छलाह।

हँसैत रेसमी बाजलि, "पुजेगरीजी, हमर धरम बाँचि गेल। जँ बरैबा घर सँ निकालि दितय तँ कोन गति होइतै हम्मर ! ओ सार मस्टरबा तँ चारि दिन रस ल' क' भागि गेल..."

गणेश अन्वय कर' लगलाह...राधा-रानीक अभिसार-श्रम-स्वेद सिक्त मुस्कान आ एहि बरै कुलवधूक मुस्कान मे कोनो अन्तर नहि, अन्तर एतबे जे रेसमीक मुस्कान बेसी पवित्र, बेसी हर्षदायक, बेसी उन्मादक !

जखन रेसमी भगवानक हेतु फूलमाला आ भक्तक हेतु पानक ढोली आ दू पुड़िया नेपाली गाँजा राखि क' चलि गेलि, तँ स्वयं स्नान करबाक पश्चात श्रीकृष्ण आ राधारानी केँ सह-स्नान करबैत, गणेश बजलाह, "देवाधि देव, भगवती राधे, ई रेसमी की हम्मर राधारानी नहि भ' सकैत अछि ?" अज्ञात ईर्ष्या सँ विकल होइत राधा बजलीह, "देवताक अनुकरण जुनि करू भक्त-श्रेष्ठ !"

गणेश क्रोधित भ' गेलाह, "देवि, अहाँ बिसरैत छी। हमरा व्यास, वशिष्ठ, विश्वामित्र, गौतम, कपिल, अग्नि, जमदग्नि, नारद सभक कथा मोने अछि। की ई ऋषि-मुनि सेहो देवते छलाह ?"

श्रीकृष्ण-राधिकाक प्रकोष्ठ-स्नान समाप्त भ' गेल छल, आ श्रीकृष्ण योग-मुद्रा मे समाधिस्थ भ' गेल छलाह, तेँ भक्त केँ कोनो उत्तर नहि भेटलनि।

ई कृष्ण-मन्दिर, गणेशक पिताक स्थापना कयल थिक। बड्ड पैघ महात्मा छलाह गणेशक पिता। युगल-जोड़ीक परम उपासक। गीत-गोविन्द पढ़ैत काल हिनका आँखि सँ अश्रु प्रवाह होब' लागनि।

पिताक गोलोकवासक उपरान्त चौदहे बरखक बयस मे मातृ-पितृ-विहीन गणेश एहि मन्दिरक सर्वाधिकारी पुजेगरी भ' गेलाह। आर सभ जमीन-जैदाद तँ पिताक जीविते स्वाहा भ' गेल छलनि।

अस्तु, फेर जखन साँझ मे रेसमी अपनहि हाथें चारि खिल्ली पान आ भाँगक भरल लोटा ल' क' मन्दिर पर आयलि तँ गणेश तृप्त-परितृप्त भ' गेलाह। फागुनक हरिअर

बसात मे मोन उधियाब' लगलनि। मोन भेलनि जे मन्दिर मे राखल मूर्ति हटा दी, आ रेसमीक कान्ह पर हाथ राखि स्वयं अपनहि ओहि स्थान मे ठाढ़ भ' जाइ।

भाँग पीबि लेलनि, तँ रेसमी बाजलि, ''महाराज राति खन हम ललित बाबूक दलान पर विदेसियाक नाच देख' गेल छलहुँ। तकरे दुआरे आइ बरैबा बड्ड मारि मारने अछि। खड़ाम, ईंटा, जारनि, लाठी...जे हाथ मे अयलैक, तही सँ मार' लागल। महाराज, आब हम एकरा संगे नहि रहब। अहाँ अपना भगवान सँ कहियौन, हमर कोनो रस्ता निकालि देथु।''

आ एहि गप्पक कनी कालक पश्चात रेसमी चलि गेलि।

राति मे जखन श्रीकृष्ण आ राधिका भोजन करैत छलाह, तँ भक्त पुछलथिन,

''मुरलीधर, राधा रमण, हमरा पर क्रोधित छी तँ रहू, मुदा रेसमीक कोनो समाधान क' दियौक।''

ओही दिन,

राति मे रेसमी गाम सँ निपत्ता भ' गेलि।

किसना बरै कानिते रहि गेल, मुदा ओ घूमि क' नहि अयलनि।

आ दोसरे राति।

गणेश श्रीकृष्ण आ राधिकाक युगल-मूर्ति गाम सँ दू कोस पर कोसिकाक धार मे भसा अयलाह। भसियबैत काल हाथ जोड़ि क' बजलाह, ''हे कृष्ण, हे राधे ! तोहर पूजा-अर्चना सँ हमरा कोनो लाभ नहि भेल। नेना छलहुँ, तखनहि सँ तोहर युगल-मूर्ति देखि-देखि मोन मे लालसा होइत छल, हमरो लग एहिना हम्मर राधिका ठाढ़ि हेती। मुदा, से नहि भेल, हे कृष्ण, हे राधे, आब तोँ जाह।''

आब गणेश गाम मे पान-बीड़ीक एकटा छोट-छीन दोकान खोलने अछि। सम्भवतः एहि प्रत्याशा मे जे साइत, रेसमी घुरि आबय...।

—वैदेही/फरवरी, 1957

हरिद्वार वास

पूर्व कथनानुसारे मालती ओहि राति शिवनगर सँ विदा भ' गेलीह। एतबे दिन मे ओ एतेक दुर्बल भ' गेलि छलीह, जेना कतेक दिनुक रोगिणी होथि। रंग झाम सन, गालक हड्डी उभरल-उभरल, सौंसे देह सुखायल, सुन्न।

मुदा, ओहि राति हुनकर आँखि मे एकटा विशेष ज्योति, विशेष आभा चमकैत रहनि। जेहन ज्योति भुतिआयल बटोहीक आँखि मे रस्ता भेटि जयबा पर चमकैत छैक !

—रंगीन परदा / श्री कल्पना शरण

'वैदही' कथा-विशेषांक मे कल्पना शरणक गल्प 'रंगीन परदा' पढ़ि अकस्माते जेना मालती आँखिक दृष्टिपथ एवं मोनक अन्तर्दृष्टि मे धुआँक पातरि, नमरैत, कुंडली मारैत शिखा जकाँ पसर' लगलीह।

अकस्मात सात वर्ष पहिलुक सभ कथा, सभ गाथा मोन पड़ि गेल।

मालती ठीके कहने छलीह...मालती ठीके कहने छलीह जे मालतीक पति, श्रीमहाकान्तक हत्या गरदनि दाबि क' मोहने जी करने छलथिन।

मालती कहने छलीह जे महाकान्त सँ विवाह हेबाक पहिने सँ ओ मोहनजीक आलिंगनपाश मे आबद्ध भ' गेल छलीह।

मालती जाहि 'रंगीन परदा'क अ'ढ़ मे नुका क' अथवा जाहि रंगीन पर्दा सँ सौंसे शरीर झाँपि क' पुण्य-पापक अन्तर बिसरि गेल छलीह, तकर मार्मिक कथा बाँचि क' फ्रेंच उपन्यासकार एमाइल जोलाक उपन्यास 'लज्जा' (The Shame) स्मरण भ' गेल। परपुरुष-रति सभ युग ओ सभ देशक कथाक मुख्य विषय थिक। पर-रति सुन्नरि ओ सौभाग्यवती नारीक आभूषण थिक, सौंसे भारतीय धर्म्म आ साहित्य विदग्धा राधा-रानीक पर-रति-कथा सँ भरल अछि...

मुनि पत्नी अहिल्या...स्पार्टाक महारानी हेलेन...इजिप्टक महासुन्दरी क्लियोपैट्रा... टाल्स्टायक महानायिका अन्ना केरेनिना...फ्लॉ बेयरक आकांक्षामयी मादाम बोवेरी... शरच्चन्द्रक किरणमयी...आ श्री कल्पना शरणक मालती...

मुदा, पर-रति आ फेर पतिक मृत्युक पश्चात स्नेही मोहनजी सँ आसक्तिए टा मात्र

मालतीक कथा नहि...

ओतबा कथा तँ ओहि महाकथाक मात्र पूर्वाभ्यास थिक, जे महाकथा सौंसे समाज मे, सौंसे देश मे, सौंसे संसार मे, प्रतिदिन लिखल जा रहल अछि।

मालती हमरो जीवन मे किछु दिनक हेतु आयलि छलीह, सएह कथा हम कहैत छी।

पतिविहीना, गृहविहीना, मर्यादाविहीना, धर्महीना मालती शिवनगर सँ चलि अयलीह, मुदा, आब कत' जाइति ?

संग मे पाँच वर्षक बेटा, बिलटू छलनि, ओकरे संगें जीवनक अन्हार राति मे बौआय लगलीह।

मात्र आँखिक ज्योति सँ कतहु रस्ता भेटि सकैत छैक ? रस्ता पर चाही प्रकाश-स्तम्भ, नहि तँ माटिक दीपको चाही, नहि तँ चाही कोनो पथ-प्रदर्शक संगी...

स्वामीक मृत्युक उपरान्त एक्को दिन सासुर मे मालती कें नीक नहि लगलनि। जेना आँगन, घर, दरबज्जा, केबाड़, खिड़की, पलंगड़ी सभ मालती कें बुभुक्षित राक्षस जकाँ खयबाक हेतु तैयार...

बिलटू कें पूर्णियाँ, मामा लग, पढ़बाक हेतु पठा देलथिन आ अपने रमपियरिया खबासिनक संगें गंगा-वासक हेतु विदा भ' गेलीह खेत-पथार जथा-जाल जे छलनि, सभ बेचि लेलनि, जे किछु बिका नहि सकल, बाँटि देलनि।

हरिद्वार !

हरिद्वार स्वर्गक महाद्वार थिक। हरिद्वार धर्मप्राण भारतवर्षक महातीर्थ थिक। एत' गंगाक निर्मल धार मे एक्को डुबकी लगयला सँ जन्म-जन्मान्तरक पाप धोआ जाइत छैक।

तेँ, मालती हरिद्वारे अयलीह।

गंगाक मुख्य मन्दिरक समीपे, एकटा धर्मशाला मे कोठली किराया पर लेलनि। नित्य दुन्नू साँझ गंगा-स्नान, पूजा-अर्चना, अपनहि हाथें भानस-भात आ साधु-महात्माक दर्शन।

मुदा, पश्चातापक ज्वाला सँ, प्रायश्चितक भावना सँ मालती झरकि रहलि छलीह, महाकान्त-सन सामर्थ्यवान पतिक रहैत, मोहनजी सँ पाप-सम्बन्ध किएक कयलनि ? तीन-चारि बेर मोहनजीक पत्र अयलनि, जे मालती, अहाँ सँ हरिद्वार-वास नहि होयत। अहाँ शिवनगर घुरि आउ। हम अहाँ कें रानी जकाँ राखब। अहाँ बिना किछु नहि सोहाइत अछि, आदि-आदि।

मालती पत्र कें पढ़ि क' आर सुड्डाह होइत रहथि।

क्रमशः मोहनजीक पत्र आयब बन्न भ' गेलनि।

आ हरिद्वारक स्वस्थ आ पवित्र वातावरण मे मुरझायलि मालती, पुनः रूप, रस, यौवन आ परागवती होबय लगलीह। पुनः रूपक ज्योति मोनक हाहाकार कें मलीन करय लगलनि। पुनः कटाओल केश पीठ पर उधिआय लगलैक। पुनः रसक मातलि,

रसक मारलि मालती धर्मशालाक अप्पन कोठली कें भीतर सँ बन्न क' गाबय लगलीह, 'का पर करब सिंगार। पिआ बिन लागय जग अन्हार !!'

कहबाक सारांश एतबे, जे मालतीक लता पुनः हरिअरि, पुनः पुष्पवती भ' गेलीह। भोरे सूति क' उठथि तँ चाह पीबाक, पान खयबाक तीव्र इच्छा होइनि। गंगा-स्नानक उपरान्त अपनहिं हाथें साड़ी खीचैत आसकति बुझि पड़नि। भोजन करबाक उपरान्त रामायण पढ़य लागथि तँ मोन कहनि जे जा क' सिनेमा देखि अबितहुँ। एहिना बहुत किछु मोन होइनि...हमरा बुझ' मे ई गप्प मालती कें देखिते आबि गेल।

सायंकाल हम हरकी पैड़ी लग टहलैत छलहुँ। सायंकाल गंगा-वायु-सेवन करैत हमरा बड़ड नीक लगैत अछि।

अकस्मात, भीजल केश सौंसे पीठ पर छितरयने, हाथ मे भीजल साड़ी रखने, हम्मर अप्पन भौजी, मालती चलि आबि रहलि छथि।

महाकान्त भैयाक विवाह भेलाक छबे-सात मास पश्चात हम संन्यासी भ' गेल छलहुँ। तेँ, मालती भौजी सँ एक्के-दू बेरक भेँट। मुदा, हुनकर स्वरूप मे किछु एहन वस्तु, किछु एहेन तत्त्व, जे एक बेर भरि आँखि देखि लेबाक पश्चात जनम भरि हुनका बिसरि सकब असम्भव।

बिन सिन्दूरक रेखा, बिन सोहगक चूड़ी, बिन सिंगार, श्वेत वस्त्र मे, जुआयल शरीर कें नुकौने मालती-भौजी कें देखलियनि तँ मुँह सँ बहार भ' गेल, "भौजी ! भौजी ! बड़की भौजी !!"

हम संन्यासी छी। गेरुआ रंग मे रंगल रेशमी वस्त्र पहिरब नीक लगैत अछि। साधु-संन्यासीक संगति, भक्त-जनक सेवा-श्रद्धा आ तीर्थ-तीर्थ घूमब हमरा परम प्रिय अछि। मुदा, हम रामकृष्ण परमहंस नहि छी। जेना, गृहस्थक हेतु खेत-पथार, बनियाँ-व्यापारीक हेतु दोकान-दौरी, पढ़ल-लिखल व्यक्तिक हेतु सरकारी नोकरी होइत छैक, हमरो हेतु ई संन्यास एक प्रकारक व्यापारे थिक। बेसी-पढ़ि-लिखि नहि सकलहुँ, गाम पर बेसी सम्पत्ति नहि छल जे मोनक सभ सेहन्ता पूरि सकितय, तेँ संन्यासी भ' गेलहुँ, आ, कलियुगक संन्यासी मे जे गुण होइत छैक, सभक समावेश हमरा मे अछि।

स्वस्थ मुखाकृति, मिष्ठ-भाषण, शरीर सँ भभकैत यौवन, आँखि मे सम्मोहनक शक्ति।

तेँ, मालती भौजी हमरा चीन्हि नहि सकलीह, घोर आश्चर्यक दृष्टि सँ हमरा दिस तकैत रहलीह। निकट जा क' हम पयर छूबि, प्रणाम कयलियनि, "भौजी, हमरा नहि चीन्हि सकलहुँ ? हम छी मायाकान्त ! अहाँक विवाहक समय मे तँ हम छलहुँ..."

गाम-घर सँ एतेक दूर पर अप्पन लोक भेटबाक कारणेँ प्रसन्नता सँ भौजीक आँखि सँ नोर बहय लगलनि। आ, ओही ठाम गंगा-घाटक सीढ़ी पर बैसि ओ हमरा सभ कथा कहि गेलीह, सभटा सत्ते-सत्ते कथा कहि गेलीह, कोना मोहनजी सँ हिनका प्रेम-सम्बन्ध

भेलनि, कोना महाकान्त भैया सँ विवाह भेलनि, फेर कोना भैयाक पहिल स्त्रीक बेटी मोहिनी सँ मोहनजीक विवाह भेल, फेर कोना पति आ बेटी सँ चोरा-नुका क' मालती मोहन जी अर्थात अप्पन जमाय लग जाइत रहलीह। आ कोना महाकान्त एक राति दुन्नू केँ एक्के घर मे देखि लेलथिन...

पश्चाताप, वैकल्य, लज्जा आ परिताप सँ कनैत, मालती बड़ी काल धरि सीढ़ी पर बैसलि रहलीह।

फेर कहलनि, "संग मे खबासिन छल। सेहो परसू राति खन किछु गहना आ रुपैया-पैसा चोरा क' भागि गेलि। आब एकसरिए धर्मशाला मे पड़लि छी। राति भरि भय सँ, चिन्ता सँ निन्न नहि होइत अछि।" भौजीक चिन्ता सँ चिन्तित होइत, हम बजलहुँ, "भौजी, संन्यासीक आश्रम तँ भगवानक स्थान होइत छनि। अहाँ हमरा आश्रम मे चलू। कोनो कष्ट नहि होयत, कतेक संन्यासिनी रहैत छथि। अहूँ रहब। भगवानक भक्ति-भाव मे पूर्व-जीवनक सभ पाप भस्म भ' जायत। भगवाने टा पर विश्वास राखू, भौजी !

हाथ पकड़ैत, द्रवित भ' क' मालती बजलीह, "दिअरजी, अहाँ संन्यासी नहि छी, देवता छी। हमरा सन पतिता पर अहाँ केँ दया-भाव भेल..." मोने-मोन हँसलहुँ, एहन दया-भाव करब तँ हम्मर दैनिक-कर्म थिक !

धर्मशाला सँ भौजीक पेटी-बक्सा आ ओछाओन-बिछाओन ल' क' नौ बजे राति मे 'कनखल' स्थित अप्पन 'संन्यासाश्रम' कल्याणाश्रम मे पहुँचलहुँ। मुख्य द्वारे लग कामवती ठाढ़ि छलीह, ई कामवती आश्रमक सभ सँ सुन्नरि आ अल्पवयसा संन्यासिनी थिकी। तेँ, हम्मर बड्ड प्रिय छथि। प्रयागक महाकुम्भ मे हेराय गेलि छलीह। ने गामक नाम मोन रहनि, ने माय-बापक नाम। हमरे एकटा सेवक-संन्यासी हिनका ओतय सँ एहि आश्रम मे अनलक।

शरद-रितुक चन्द्रमा जकाँ छनि कामवतीक रूप, अमृत सन शीतल। मुदा, मालती भौजी छथि जेठक तमधल सूर्य-रश्मि। हिनकर स्वरूप आगि सन धधरा फेकैत रहैत अछि, बिन जरने कोनो उपाय नहि।

तुलसी चौड़ा लग ठाढ़ि, बिहुँसैति कामवती बजलीह, "मायानन्द स्वामी ! ई हम्मर दीदी के छथि ?"

हम बजलहुँ, "अहींक दीदी छथि। आश्रम मे रहतीह आर बेसी बूझि क' अहाँ की करब, कामो ? जे पूर्व-जीवनक सभ पुण्य-पाप, माँ गंगा केँ अर्पित क' क' भगवानक शरण मे आयल अछि, तकर परिचय की ?"

मालती स्थिर दृष्टिएँ राधा-कृष्णक मन्दिर दिस ताकि रहलि छलीह। कामवती हुनकर हाथ पकड़ि क' अप्पन कोठली दिस ल' गेलीह। हमहूँ संन्यासी सभक निवास दिस विदा भेलहुँ।

राति मे एगारह बजेक उपरान्त कामवती मालतीक रहबा-सहबाक समुचित प्रबन्ध क', हमरा कोठली मे अयलीह। चारू कात परम निस्तब्धता छल। केवल, गंगाक प्रखर

धाराक स्वर, वायु मे संगीत प्रसारित करैत।

बिना पाढ़िक उज्जर साड़ी पहिरने, मणिपुरक नर्तकी सभ जकाँ केशक जूड़ा मे बेली फूलक माला लपटौने, हँसैत, कामवती प्रवेश कयलनि। जाहि पलंग पर हम सूतल छलहुँ तकरे कोर पर बैसैत, बजलीह, ''मायास्वामी ! मालती अहाँक अप्पन भौजी हेतीह ?'' साकांक्षा होइत उत्तर देलहुँ, ''हँ ! किएक ? की भेलैए ?''

''भेलैए त' नहि ! मुदा, एहि पाप-आश्रम मे हुनका किएक अनने छियनि ? अहाँ केँ अप्पन भौजियो पर दया-माया नहि होइत अछि ?'' हम्मर पयर जँतबाक उपक्रम करैत कामवती कहलनि।

हमरा हँसी लागि गेल। स्त्री केँ सहानुभूति आ ईर्ष्या दुन्नू बड्ड शीघ्र होइत छैक। आइ कामवती केँ मालती पर सिनेह छनि, सहानुभूति छनि, मुदा काल्हि जखन आश्रमक भंडार-गृहक कुंजीक झब्बा कामवतीक हाथ सँ खसि क' मालतीक हाथ मे चलि जेतनि, तखन ? तखनुका स्थिति केँ विचार क' हमरा हँसी लागि गेल।

कामवतीक बाँहि पकड़ि, हुनका अप्पन छाती मे सटबैत, हम हँसैत रहलहुँ। ओ किछु काल धरि छटपटाइत रहलीह, फेर भाँगक निशाँ मे मस्त जकाँ हमरा देह पर पड़ि रहली।

जखन, एहि 'संन्यासाश्रम-कल्याणाश्रम'क मुख्य सूत्रधार हम्मर श्री 108 गुरुदेव, श्री कल्याणानन्द स्वामीक गोलोकवास भेल छलनि, तँ आश्रम मे मात्र आठ-दस संन्यासी-परिव्राजक आ दू टा भक्तिन छलीह। मुदा, आइ हम्मर बल-कौशलक कारणेँ नित्य साठि-पैंसठि साधु-सन्त आश्रमक भण्डारा मे प्रसाद पबैत छथि आ बीस-एक्कैस टा संन्यासिनी दुन्नू साँझ राधाकृष्णक मन्दिर मे आरती करैत छथि।

ई निश्चय मानि लिअ' जे धर्मक रक्षा आ परब्रह्मक भक्ति केवल भजन-पूजन सँ नहि भ' सकैत अछि। हम्मर सनातन धर्म रक्षित अछि बाह्य आडम्बर सँ, विशाल मन्दिर सभक पैघ स्वर्ण कलश सँ, ओ हमरा सन वैरागी, अनासक्त संन्यासी सँ...

तेँ, परम धर्म्मिका कामवती, स्वर्णलता सन सुन्नरि कामवती अभ्यासानुसार बिना किछु प्रतिरोध कयने आत्मार्पण क' देलनि।

तेँ, दोसर दिन भोरे जखन सेठ बाँकेमल राधाकृष्णक दर्शन करय अयलाह तँ आँखि मूनि क' पूजा करैत मालती केँ देखि हुनका पिआस लागि गेलनि। सत्ते, संन्यासिनीक भेष मे मालती अनमन कालिदासक वनवासिनी शकुन्तला सन लगैत छथि, शैवाल-जाल-लिप्त कमलिनी सन लगैत छथि...

हमरा एकान्त मे ल' जा क', सेठ बाजल, ''गुरुजी, हमर विचार अछि जे हम राधाकृष्णक मन्दिरक फर्श असली संगमरमरक बनबा दी। कतेक खर्च लगतैक ?''

सेठ केँ कुर्सी पर बैसबैत हम बजलहुँ, ''सेठजी, अपनेक कृपा रहतैक तँ सौंसे आश्रम संगमरमर बनि जायत मुदा, एखन अपने ई कहू जे अहाँक मोन कोम्हर भसिआयल अछि ?''

किछु काल धरि गप्प करबाक उपरान्त सय रुपैयाक एकटा नोट हम्मर कुरताक

जेबी मे खसा क' सेठ चलि गेल।

आ अयलीह मालती। हँसैत बजलीह, ''दिअरजी ! अपनेक आश्रम तँ बड्ड विशाल आ बड्ड शान्तिदायक अछि। आ राधाकृष्णक मूर्ति केहन सजीव छनि।''

हम पुछलियनि, ''कोनो कष्ट तँ राति मे नहि भेल ?''

''नहि, नहि, कष्ट की होयत ! ताहि मे कामो छलथि, सभ वस्तु ठीक-ठाक क' देलनि। बड्ड नीक स्त्री छथि।'' मालती बजलीह आ फेर दू-चारि टा संन्यासी केँ एम्हर अबैत देखि, चलि गेलीह।

फेर, राति मे दस बजे हम मालती केँ बजबौलहुँ। राति मे दस सँ बारह बजे धरि हम समाधि मे रहैत छी, ई सभ केँ बूझल छैक। तेँ, कोनो भय नहि !

कामवती मालतीक सान्ध्य-शृंगार क' देने छलनि। कपाट पर रामनामी चानन, केश मे आ गरदनि मे, आ बाँहि मे बेलीक माला, आ ठोर पर मन्द-मधुर मुस्की। सत्ते कहने छलहुँ जे मालती छथि कालिदासक शकुन्तला !

बजलीह, ''दिअरजी ! किएक बजौने छी ? कोनो विशेष काज अछि ?'' मालतीक अयबा सँ पहिने आध बोतल अंगरेजी शराब पीबि लेने छलहुँ, तेँ देरी धरि हुनका भ्रम मे राखब उचित नहि बूझि पड़ल।

कहलियनि, ''मालती, केबाड़ भिड़ा दियौक, नहि तँ किओ आबि जायत।''

हमरा आँखि दिस तकैत मालती भीतर सँ केबाड़ लगा देलथिन। फेर कहलियनि, ''लग आउ !''

मालती पलंग पर आबि क' बैसि रहलीह। तखनहि बुझलहुँ जे मालती रसिके टा नहि, बुद्धिमती सेहो छथि। एहि प्रकारेँ, मालतीक जीवनक एकटा नवीन परिच्छेद, एकटा नवीन कथा आरम्भ भेल। बाँकेगल रोड मालतीक हेतु आश्रम मे हजार-पाँच सय टाका खर्च कयलक आ मालती सेठक संगेँ सिनेमा जाइत रहलीह, ऋषिकेश आ लक्ष्मण झूला जाइत रहलीह...

मोन मे बिना कोनो हर्ष-विषाद कयने मालती राधाकृष्णक सेवा करथि। बिना कोनो दुख-अवसाद कयने मालती भक्त-समाज आ साधु-संतक सेवा मे लागल रहथि।

एक दिन बान गंगाक महायोगी, सिद्धराज श्री 108 आत्मानन्दजी आयल छलाह। मालती केँ देखिते चिकरलाह, ''भैरवी ! भैरवी ! माँ तोमि भैरवी आचे !''

आत्मानन्दजी अस्सी सँ अधिक वयसक छथि। हिमालयक बरफ मे रहबाक कारणेँ हाथ-पयरक आँगुर गलि गेल छनि। दम्मा भ' गेल छनि, तकरे चिकित्सा करबय आयल छलाह। मुदा, तैयो मालती मे हुनका भैरवीक दर्शन भ' गेलनि।

प्रातःकाल पाँच बजे आत्मानन्दक कोठली सँ मालती बहरयलीह तँ हम चौकी पर बैसल दतमनि करैत छलहुँ।

एतबे बजलीह, ''बड्ड सिद्ध महात्मा छथि ई आत्मानन्दजी ! एखन धरि मोन तँ

बीसे-पच्चीस बर्खक छनि। मुदा, बेचारे करथु की शरीरे संग नहि दैत छनि।''

आत्मानन्दक स्थिति पर दुख प्रकट करैत मालती गंगाक घाटे दिस चलि गेलीह। अपन स्थिति पर दुख प्रकट करबाक मालती केँ अवकाश वा इच्छा नहि रहनि। किएक नहि रहनि ?

एतबे दिन मे सौंसे आश्रमक सभ व्यवस्था हाथ मे क' लेने छथि। कामवती, सुमित्रा, सावित्री, मीनाक्षी आदि सभ संन्यासिनी हिनकर दासी भ' गेल छनि। साधु-संन्यासी हिनकर कोनो गप्प, कोनो आज्ञा अस्वीकार नहि क' सकैत छथि। मोहनजी जनिका शिवनगर स्टेटक रानी बनब' चाहैत छलाह, से मालती संन्यासाश्रम कल्याणाश्रम स्टेटक महारानी छथि।

मुदा, एक दिन मालतीक संन्यास-जीवन मे अनायासे विघटन भ' गेलनि। हमरे संगेँ घोड़ा-गाड़ी पर घूम' जाइत छलीह। अकस्मात, गंगा-कात मे नवका पुल पर पत्नीक संगेँ ठाढ़ भेल सायंकालक गंगा-छवि देखैत मोहन जी पर मालतीक दृष्टि पड़ि गेलनि। जेना, मालतीक सौंसे देह मे दियासलाइ खरड़ि देने होइनि।

घोड़ा-गाड़ी रोकबैत बजलीह, ''करिया बाबू, हम आश्रम जाइत छी। वैह पुल पर मोहनजी ठाढ़ छथि। अहाँ पाछू सँ पता लगा क' आउ जे ओ कत्त' ठहरल छथि। आ कहुना एहेन व्यवस्था करू जे आइ राति मे ओ आश्रम आबथि।

हम गाड़ी सँ उतरि गंगाक पुल दिस विदा भेलहुँ।

मोहनजी सत्ते बड्ड सज्जन व्यक्ति। समीप गेलहुँ। गप्प-सप्प भेल, बहुत काल धरि देस-विदेसक गाम-घरक कथा कहैत रहलाह। जखन मालतीक विषय मे कहलियनि तँ चकित भ' गेलाह। पता लागल, स्टेशने लग अजन्ता निवास मे ठहरल छथि। एखन तीन दिन रहि, ऋषिकेश, स्वर्गाश्रम आदि देखैत जयताह।

मोहनजीक पत्नी सेहो बड्ड सुशील, बड्ड नीक मुँह कान वाली। किछु समय पश्चात हुनका दुन्नू सँ विदा भ' अयलहुँ। मालती पटिया पर बैसलि कामवती सँ किछु एकान्ती गप्प क' रहलि छलीह। हमरा देखितहि उठि क' ठाढ़ि भेलीह। पुछलनि, ''काज भेल ?''

''हँ, काज भेल। राति मे दस-एगारह बजे औताह।' अप्पन पुरान स्नेही व्यक्तिक भेँट करबाक आशा मे मालती बड्ड प्रसन्न छलीह।

राति भेल। हम अप्पन कोठली मे गीता-पाठ करैत छलहुँ। तखनहि रेसमी कुरता, रेसमी चद्दरि आ सिकिया कोरक महीन धोती पहिरने, पानक खिल्ली सँ दुनू गाल भरने शिवनगरक स्टेटक विलासप्रिय जमींदार मोहन बाबू बरंडा मे जूता उतारि, कोठली मे प्रवेश करैत बजलाह, ''हम अपने केँ वचन देने छलहुँ आ मालती दाइ सँ भेँट करबाक बड्ड तीव्र इच्छा छल, तेँ आयल छी। नहि तँ, परदेसक बात छैक। हमर स्त्री होटल मे एसकरिये छथि। जँ कहीं किछु भ' जाइनि, जँ क्यो लोफर, गुण्डा आबि क' तंग करनि...''

एतबे मे मालती अयलीह। ई संन्यासिनी मालती नहि छलीह, ई छलीह मोहन जीक

'प्रेमिका मालती', जारजेटक बनारसी साड़ी, वक्षक सौन्दर्य केँ उघार करैत रेसमी आँगी, परम कारीगरी सँ बान्हल केश-पाश आ, कान मे जगमग करैत हीरा सँ जड़ल स्वर्ण फूल। मालती, मालती नहि इन्द्र कानन सँ उतरलि कोनो अप्सरा छथि, हमरा सैह बूझि पड़ल।

मानिनी, प्रणय-प्रगल्भा नायिका जकाँ हँसैत बजलीह, "कुमरजी, अपने तँ हमरा बिसरिए देलिऐक। ई तँ हम्मर बड्ड नीक भाग्य छल जे एखन अपने आयल छी ?"

कुमरजी किछु नहि बजलाह, बाजि नहि सकलाह, मालतीक पूर्ण-चन्द्र सन रूप मे हेरायल रहि गेलाह।

तखन, मोहनजीक हाथ पकड़ैत, मालती कहलथिन, "अपने हमर कोठली मे चलू। ओतहि गप्प करब !"

हमरा दिस सलज्ज भावेँ ताकि मोहनजी मालतीक संगेँ चलि गेलाह। हम परम उत्सुकतापूर्वक मोहनजीक घुरबाक प्रतीक्षा कर' लगलहुँ ? एगारह, बारह, एक, दू बाजि गेल।

मुदा, ने मालती अयलीह, ने मोहनजी अयलाह। किछु शंका भेल। जे मोहनजी संगे मालती भागि तँ नहि गेलीह ! आश्रमक सभ रुपैया-पैसा हुनके जिम्मा मे रहैत छनि...

हुनका सभ केँ तकबाक हेतु विदा भेलहुँ। मालतीक कोठली खाली छल। कामवती सेहो अप्पन कोठली मे नहि छलि। तखन, सोचलहुँ आश्रमक गंगा-घाट दिस तकबाक चाही, ओम्हरे गेलहुँ। घाटक सीढ़ी पर मालती आ कामवती बैसलि छलीह, आ परम आनन्द-मग्न भ' क' हँसि रहलि छलीह।

हमरा देखितहि कामवती हमरा भरि पाँज क' पकड़ि लेलनि आ बजलीह, "बाप रे ! बड्ड भारी छलैक !"

कामवतीक मुँह सँ शराबक गन्ध आबि रहल छलनि आ मालतीक आँखि दिस तकला सँ बूझि पड़ल जे ईहो पीने छथि। देह मे सटलि कामवती सँ पुछलियनि, "अहाँ सभ एत्तेक हँसैत किएक छी ? मोहनजी कत' छथि ?"

कामवती फेर हँस' लगलीह आ हँसिते-हँसिते बजलीह, "हुनके द' तँ कहि रहल छी। एह, बड्ड नीक लोक छथि। मालती-दीदीक जीवन नास क' देलथिन। बाप रे, कत्तेक भारी छथि।"

मालती लग एलहुँ। ओ चुप्पे छलथि। हुनको पुछलियनि, "भौजी, मोहनजी, कत' गेलाह ?"

बड़ी कालक पश्चात बजलीह, "मोहनजी नहि छथि। एही ठाम आनि क' अंग्रेजी शराब पिआ क' हाथ-पयर बान्हि हम आ कामवती मिलि क' हुनका गंगा मे भसिया देलियनि, आब तँ हुनकर शव बीस-पचीस कोस बहि गेल हेतनि।"

फेर, कनी थम्हि क' बजलीह, "एह, अही मे बड़ी काल लागि गेल। चलू, आब सूतक चाही। नहि तँ भोर मे अबेर क' निन्न टूटत।"

मालती परम शान्त छलीह।

मोहनजीक गंगा लाभक गप्प पर विश्वास नहि भेल।

मुदा, कामवती हँसैत-हँसैत मोहनजीक नीलमक औंठी, कुरताक सोनाक बटन आ मनी-बेग देख' देलनि।

मोहनजीक मनीबैग मे छलनि चारि सय सँ अधिक टाका, से आश्रमक हिसाब मे जमा करबा देलियैक। संन्यासी सभक भरि सालक गाँजा-भाँगक दाम बहार भ' गेल।

आ, बचलीह मोहनजीक स्त्री। मालती दोसरे दिन होटल जा क' हुनका आश्रम ल' अयलथिन।

मोहनजीक स्त्री सेहो बड्ड सुशील, बड् सुन्नरि...

—वैदेही/मइ, 1957

सत्ती धनुकाइनि

''इह, नाम केहन दीब, सत्ती, जेना सत्ते सीता-सावित्री सन सतिए आ पतिबरते रहय, की हौ ललित भाइ ?'' रंगक गुलाम पटकैत रामू बाजल।

''आ देखहक ने, कर्म केहेन छैक, अपने कमाइ सँ साँइओ केँ खोआबैत अछि। ने समाजक लाज, ने धरमक भय। दीना-दीनी छौँड़ा सभक संगेँ छिड़हड़ा खेलाइत रहैत अछि'', गुलाम पर एक्का फेकैत महेस कका कहलथिन।

महेस ककाक इनारक जगति पर तास जमल छल। हम छलहुँ, गामक एक मात्र होमियोपैथिक डाक्टर ललित ठाकुर छलाह, शिवदत्त पहलमानक बेटा रामू छल, आ छलाह महेस कका, गामक चाणक्य, गामक शकुनि, गामक शुक्राचार्य। आ, रतना धानुकक नबे बिआहलि घरनी, सत्ती इनार पर अलसायल मोने पानि भरि रहलि छलि। भाँगक सिलौट सन चिक्कन देह, मैल ताम सन तेलाह रंग, बान्हल धार सन उन्मत्त जउबन आ मिथिलाक साधारण निम्नवर्गीय युवती-सन नाक-नक्सा, चान नहि, सुखायल पोखरिक अवशेष जल मे खसैत चानक छाया-सन।

सत्ती, भरल घैल सन सत्ती, भरल घैल डाँड़ पर राखि तासक मोहफिल लग आयलि, हरियर मुस्की दैत बाजलि, ''मालिक बाबू, अपनहुँ लोकनि केँ छिड़हड़ा खेलाइ के मोन होइहे की ?''

आ एतबा कहि, डाँड़ झमकाबैति, मुस्की पर मुस्की दैत, बेर-बेर घूमि क' हमरा सभ दिस देखैत सत्ती अपना घरक गलिआरी मे सन्हिआ गेलि।

महेस कका तमसाइत बजलाह, ''सुनइ गेल' ने सतिआक बोल ? एकरे कहैत छैक चोरि आ सीनाजोरि।''

तासक मोहफिल समाप्त भेल, मुदा तासक बीबी, नहि, नहि, रतना धानुकक बीबी मोन मे हलफी मारिते रहि गेलि।

हम युवके छी, चालीस-पचास बीघा खेतो-पथार अछि, मोन मे रस अछि, रस-पिपासा सेहो पर्याप्त मात्रा मे।

पत्नी नैहर मे छलीह, भानस भौजिए करैत छलीह, बरतनो-बासन। साँझेखन घूमि-टहलि क' अयलहुँ तँ कहलियनि, ''भउजी, अहाँ केँ बड्ड कष्ट होइत हैत। किएक नहि कोनो बहिकिरनी राखि लैत छी ?'' भौजी तँ सैह चाहिते छलीह। अन्हरा माँगय दू आँखि...।

चारिए दिनक पश्चात, सत्ती हमरा ओहि ठाम काज करए लागलि।

भौजी बजलीह, ''जहिया सँ चन्द्रमुखी कनियाँ (हमर पत्नी) गेलि छथि, पूजो-पाठ छूटि गेल रहय। आब सत्ती आबि गेल अछि, दू छन पलखति भेटत।''

सत्ती बाजलि, ''अपने निफिक्किर रहू बड़की भउजी, हम चनरमुखी भउजीक सब काम सम्हारि लेबै। छोटका मालिक केँ तनिक्को हरज नइँ हेतइन...''

हम बजलहुँ, ''केहेन मुँफट्ट छेँ गय, कोनो बातक ठेकान नहि। जे फुरैत छउ, बाजि दैत छेँ...''

भउजी नाक धरि आँचर खसाय, इनार दिस विदा भेलीह, तरे-तर मुस्की दैत सत्ती आँगन बहारय लागलि।

एहिना तीन-चारि दिन बीति गेल।

भौजी अप्पन पूजा-पाठ आ भानस भात मे व्यस्त, सत्ती बरतन-बासन आ आँचर सम्हारइ मे व्यस्त, हम सत्तीक अंग-प्रदर्शन, अशिष्ट मुस्की, अभद्र गप्प-शप्प आ मातलि हथिनि सन भंगिमा मे व्यस्त।

तखन, नहि रहल गेल।

भौजी महेस ककाक आँगन गेल छलीह। तुरन्ते घूरि अयबाक कोनो आशा नहि।

बरखाक साँझ। अकास मे कारी-कारी मेघ, आब बरसत कि एखन बरसत। मोन मे सेहो मेघ।

सत्ती भनसा घर मे चूल्हि जोड़बाक प्रयत्न क' रहलि छलि। हम भनसा घर मे पैसलहुँ।

घूमि क' सत्ती मुस्कायलि। बाजलि, ''छोटका मालिक, हम एहि गामक कनिएँ टा नइँ बेटिओ छी। ओना तँ राड़क घरनी सभक भउजी होइत छैक, मुदा हम तँ अहाँक बहिनिया छी। मुदा, तइ सँ की ! अहाँ साफ-साफ कहू...''

क्रोध नहि भेल, आश्चर्य भेल। ललित कहने छल, ''धत्त, सत्तीक की गप्प करैत छह, एकटा अठन्नी द' दिअहक।''

रामू बाजल छल, ''ओहि दिन साँझ खन देखलियैक। सत्ती आ महेस कका गाछी दिस जाइत छलाह।''

महेस कका बाजल छला, ''की करय बेचारी, रतना एक्को पैसा नहि कमाइत छैक, भरि दिन ताड़ी आ बौअएनाइ...''

मुदा, सत्ती बाजलि, ''छोटका मालिक, ई देह त' रतना के हइ। ओक्कर धन अपने केँ कोना द' देब। आओर अपने कहू, हम त' अपनहि के खबासिन छी। मुदा, देह त' रतने के हइ।''

हमरा कोनो उत्तर नहि फुरायल। चुपचाप दलान दिस विदा भ' गेलहुँ।

अहू घटना केँ किछु दिन बीतल।

तखन एक दिन सुनलहुँ जे रतना कोनो युवती मलाहिन संगेँ कलकत्ता भागि गेल अछि। बड्ड हर्ष भेल।

आब सत्ती रानी की करतीह ?

साँझखन टहल-टिकोरा करबाक हेतु सत्ती आएलि। निःसंकोच भावे बाजलि, ''मालिक, रतना त' जैमंगला मलाह के बेटी संगेँ भागि गेलै !''

आ, एतबा कहि क' सत्ती हँसय लागलि। भौजी पूजा-गृह सँ बजलीह, ''केहन निरलज्ज छेँ गे सतिया। साँइ भागि गेल छौ आ ठहक्का मारि क' हँसि रहल छेँ !'' सत्ती चुप भ' क' लालटेन साफ करय लागलि। जखन चाह ल' क' हमरा घर मे आयलि तँ पुछलियै, ''आब की करबेँ ? देहक मालिक तँ भागिए गेल छौक ?''

हमरा हाथ मे चाहक गिलास दैत सत्ती बाजलि, ''ओ मलहिनियाँ की रतना केँ सम्हारि सकतै, मालिक ! ओ छौँड़ी की ओकरा कमा क' खुआ सकतै, बरख मे दू जोड़ धोती पहिरा सकतै, रोज ताड़ी पीअइ ले' चरन्नी द' सकतै ? अपने देखबै ने मालिक, आठमे दिन रतना आबि क' हमरा पयर पर गिर पड़त।''

एकटा अपूर्व आत्माभिमानक भावना सँ सत्तीक आँखि चमकि उठलैक। मुदा तुरत्ते आँखि मिझा गेलै। आ सत्ती ठामहि बैसि क' कानय लागलि। कनिते-कनिते बाजलि, ''मुदा मालिक, आठो दिन की हम अप्पन देह ओकरा लेल सम्हारि सकबै ? सौँसे गाम राक्षस हइ, मालिक ! राति भरि छौँड़ा केबाड़ डेंगबैत रहैए। भोरे इनार पर राम बाबू आँचर पकड़ि लेलनि। जँ आइ रतना रहितै त' सत्ते मालिक, लहास खसि पड़ितै ओही इनार पर।''

रतना कोनो मलाहिन संगे भागि गेल छल आ सौँसे गाम सत्तीक लेल राक्षसे छल, रावणक राज मे सीता...।

—पल्लव/मइ, 1957

खरीद-बिकरी

दड़िभंगा-टावर लग विश्वास बाबूक होटल। देबाल पर टाँगल लिप्टन कम्पनीक नवका कैलेंडर।

बड़ी काल सँ देखि रहल छी, चाहक हरियर-हरियर पत्ती बिछैत, खासिआ जातिक छौँड़ी, अत्यन्त उघरल, मांसल चित्र...

छौँड़ी आगू नमरल अछि, वक्षक अग्रभाग मे गँहीर धारी पड़ि गेल छैक। चित्रकारक अन्तर्दृष्टि तूलिका केँ वस्त्रक भीतर धरि घीचि क' ल' गेल छैक, ई थिक कला !

लिप्टनक सुस्वादु चाहक संगेँ चाहक पात बिछैवाली छौँड़ीक मांसल, श्याम देहक संस्पर्श। कला-गुरु मम्मट कहने छलाह–कलाक उद्‌देश्य थिक रसोद्रेक ! तेसराँ, अनुजवर्गक उपनयन-संस्कार मे गाम गेल छलहुँ। हमरा दलानक पछुआड़ मे जे छौँड़ी गोइठा ठोकि रहल छलि, सेहो एही चाहवाली छौँड़ी सन छलि। उठल बाँहिक निम्न भाग मे एहिना हम्मर दृष्टि जड़ भ' गेल छल। अप्पन फाटल नूआ मे वक्ष-भाग समेटि लेबाक ओकर असफल चेष्टा एखनहुँ स्मरण अछि। मुदा, कैलेंडर परक एहि चाहवाली छौँड़ीक उन्नत वक्ष केँ पसरल आँचर मे के समेटि देतैक ?

होटलक नोकर लग आबि क' बाजल, ''मालिक, चारि आना दू कप चाहक भेल, आ दस पैसा दूटा सिकरेटक।''

कलाक संसार सँ सत्यक दिशा मे...

हमरा सोझाँ टेबुल अछि, टेबुल पर चाहक खाली प्याला, प्याला मे सिगरेटक मिझायल टुकड़ी।

हमरा सोझाँ मे रेडियो बाजि रहल अछि, गीत उठि रहल अछि, 'ले के पहला-पहला प्यार, जादू-नगरी से आया है कोई जादूगर...'

गीत सुनि क' चाहवाली छौँड़ी मोन पड़ैत अछि। चाहक पत्ती बीछि क' ओ चाह बगानक बड़ा बाबू लग जायत। बड़ा बाबूक गारि सुनि क' कुली सभक मेट लग जायत। मेट लग सँ जायत अप्पन घर। जत' ओकर बेमार बेटी कनैत-कनैत सूति रहल छैक...''एक कप चाह आर लाबह,'' हम बजैत छी। लिप्टनक कैलेंडर, कैप्सटन सिगरेटक पसरैत धुआँ, चाहक प्याला पर प्याला, होटलक नोकर आ हम। ई सभ जिनगीक पहिआ थिक, एकरा रोकब सम्भव नहि। किएक तँ एहि पहिया सभक धुरी थिक–रुपैया, रुपैया !

अट्ठाइस-उनतीस बर्खक एकटा स्त्री, पंजाबिन युवती, शरणार्थी युवती, हिन्दू-मुस्लिम

दंगा मे जकर सभ किछु, भूत, भविष्य, वर्तमान झरकि गेल छैक हमरा लग आबिक' ठाढ़ि भ' गेल। बाजलि, हँसैत बाजलि, ''बाबू, एक कप चाय पिला दो !''

हम भवभूतिक नाटक पढ़ने छी। ईहो जनैत छी, ''यत्र नार्यस्तु पूज्यन्ते रमन्ते तत्र देवताः।''

मुदा,

ई लज्जाहीना, मर्य्यादाहीना, सतीत्वहीना स्त्री की पूजाक योग्य थिक ?

ई स्त्री तँ भवभूतिक मालती, मदयन्तिका, कामन्दकी, बुद्धरक्षिता, लवंगिका, अवलोकिता आ सीताक नामो नहि सुनने हैत।

होटल मे बैसल सभ व्यक्ति उचकि-उचकि क' आँखि वक्र क' क' कटाक्ष करैत, शरणार्थिनीक चित्थी-चित्थी भेल नूआक पार्श्व सँ स्पष्ट होइत अंग-अंग कें देख' लगलाह।

अकस्मात चाहक पिआसलि स्त्री हमरा सोझाँ मे लागल कुर्सी पर बैसि गेलि। हँसैत आँखि नचबैत बाजलि, ''चाय पिला दो बाबू, सुबह से नहीं पिया है !''

साँझक हल्लुक अन्हार चारू कात पसरि गेल। साँझुक हल्लुक बसात, हल्लुक सिहकी, हल्लुक आलस्य हमरा शरीर मे पैसि गेल।

निर्लज्ज भ' क' कहलिअइ, ''विश्वास बाबू, दू कप चाह पठा दिअ' !''

चाह आबि गेल।

भूखल गाय जकाँ ओ चाह सुड़क' लागलि। हमहूँ संग दैत ओकर अंग-भंगिमा देखैत रहलहुँ।

आधा कप चाह समाप्त क' क' बाँहि सँ ठोर पोछैत ओ बाजलि, ''बाबू, आप कहाँ रहता है ? क्या करता है ?''

''ताहि सँ तोरा कोन काज ?'' प्रश्न केलियैक।

उत्तर भेटल, ''आप बहुत अच्छा आदमी है। ऐसे तो कोई बिना बाँह पकड़े एक पैसा भी नहीं देता है।'' उत्तर द' क' कुर्सी सँ ससरल मैल रेसमी साड़ीक आँचर उठबैत कुर्सीक पीठ मे ओंगठैत, देह मोड़ैत आ मधुर भावेँ हमरा दिस ताकि मुस्कायलि।

क्षण मात्र मे स्त्रीक असंख्य चित्र हमरा आँखि मे पसरि गेल, नाच करैत स्त्रीक चित्र, कथकलीक मुद्रा मे दहिना पयर उठौने, गरदनि टेढ़ कयने, आँगुर छितरेने, बाँहि मोड़ने, पुष्ट पीन वक्ष हिलबैत स्त्रीक चित्र। गृहस्थ स्त्रीक चित्र, केबाड़क अ'ढ़ सँ सड़क दिस तकैत, स्वामीक प्रतीक्षा करैत, सासु-ननदि सँ झगड़ा-दन्न करैत, पतिक पएर धोइत, बालक कें दूध पियाबैत, देअर सँ हँसी-ठट्ठा करैत स्त्रीक चित्र। अशोकवाटिका मे राक्षसी सभक मध्य बैसलि, सीताक चित्र। हरिणक शावक कें सिनेह सँ खेलबैत, शकुन्तलाक चित्र। अभिमन्युक शव लग विलाप करैत, उत्तराक चित्र। गौतम-पुत्र राहुल कें कथा-पिहानी सुनबैत, यशोधराक चित्र।

मुदा, अपरिचित युवक सँ ओकर बासाक पता पुछैवाली ई युवती के थिक ? की एकर इतिहास ? की एकर भविष्य ?

कथाकार 'ललित'क गल्प 'मुक्ति' आ मुक्तिक शेफालीक चरित्र-कथा पढ़ि, मिथिलाक नारी क्रोध सँ भरि उठलि, मिथिलाक पुरुख घृणा सँ भहरि उठलाह।

मुदा, दरभंगाक टावर लग ठाढ़ि एहि शरणार्थिनी केँ किओ भद्र महिला, कियो सुपुरुष शरण किएक नहि दैत छथिन ?

यैह थिक हमर प्रश्न ! यैह थिक हमर सत्य। यैह थिक हमर दर्शन !

एहि पंजाबिन युवती केँ एकटा घर चाही, एकटा परिवार चाही, एकटा पति-देवता चाही। एकरे टा नहि, देशक सभ युवती केँ एतबा चाही। से जाबत नहि भेटतै ताबत असंख्य शेफाली, असंख्य फुलपरासवाली, असंख्य दमयन्ती एहिना चाह माँगैत आ देह बेचैत रहतीह !

पुछलियैक, "अहाँ हमरा सँ बिआह करब ?"

"अहाँ...?"

चाहक कप खाली करैत ओ हँसलि ! बताहि जकाँ हँसय लागलि। हँसिते बाजलि, "बाबू, सब पहले ऐसे ही कहता है। अपना घर में ले जाता है। चार दिन मौज करता है। फिर निकाल देता है। हम जानता है, आप भी ले जायगा तो ऐसा ही करेगा।"

बूझ' मे आबि गेल। एहि युगक परम सत्य सँ एहि स्त्री केँ पूर्ण साक्षात्कार छैक।

विश्वास बाबूक होटल सँ उतरि क' सड़क पर अयलहुँ। पाछू-पाछू ओहो उतरलि। हमरा संगेँ चलैत बाजलि, "बाबू, इसमें आपका कोई कसूर नहीं है। आप पैसा देता है। मुफ्त मे पैसा क्यों देगा ? हमारा पास देने को है ही क्या ? देह है, सो देता है ! ये बिजनेस है बाबू, इसमें बुरा बात क्या है।"

बिजनेस ! व्यापार ! व्यवसाय...!

ई युवती शरीरक व्यवसाय करैत अछि। एहि मे दोख की, पाप की, अधलाह की ? पुछलियै, "अहाँ कतेक लै छियै ?"

"सुबह से कुछ नहीं खाया है। कुछ खिला दीजिए बाबू, फिर जो कहिए, करूँगी"— कहैत-कहैत ओ हमर बाँहि ध' लेलक।

एहि सँ सस्त आर की ?

फेर होटल दिस घूरि अयलहुँ। विश्वास बाबू केँ कहलियनि, "ई जे खाथि, खुआ दिऔन। पैसा हमरा नामे लिखि लिअ।" हमरा दिस बिना तकनहि ओ होटल मे पैसि गेलि।

हम ओकरा दिस बिना तकनहि होटल सँ बहरा गेलहुँ।

—पल्लव/जून, 1957

बाबू साहेबक टीक

जखन जमींदारी छिना गेलै आ गौआँ सभ गामक पुश्तैनी जमींदार (नाम नहि कहब) केँ कनखी मारि-मारि खिसिआब' लगलनि, तँ ओ प्रान्तक राजधानी मे एकटा फस्ट-किलास मकान कीनि लेलनि।

मोने-मोन विचारलनि, नित्य गंगा-स्नान करब, नित्य पूजा-पाठ करब, नित्य धर्म-चर्चा करब। जमींदारी गेल से नीके भेल।

मुदा, प्रथमे ग्रासे मक्षिकापातः !

गंगा-स्नान क' क' घूरल अबै छला कि अनचोके मे अस्पतालक नर्स सँ ठोकर लागि गेलनि। ओ ढील-ढाल बड़ी नम्मा चोंगा पहिरने छलि, जकर खूजल गला सँ ओकर ऊगल छाती हुलकी मारै छलै। सीढ़ी पर चढ़ैत बाबू साहेब केँ मिस बरमा बड़की टा-टा कजरैल आँखि सँ देखलकनि आ हँसि देलक। बाबू साहेब कने लजा गेलाह आ खिसिआ उठलाह। आरो तेज सँ सीढ़ी पर चढ़' लगलाह। मुदा, सिमटीक चिक्कन सीढ़ी पर खड़ाम पिछड़ि गेलनि आ ओ मिस बरमा पर लकड़ीक बड़का ढेंग जकाँ खसि पड़लाह, जाबे मिस बरमा सम्हरय ताबे बाबू साहेब ओकरा ऊपर चल एलथिन। बरमाक नम्मा चोगा ऊपर उठि गेलैक आ ओकर नाङट मोट-मोट टाँग एम्हर-ओम्हर छिड़िआ गेलैक आ...

जखन बाबू साहेब ऊठक चेष्टा केलनि तँ बरमा कुहर' लागलि।

बाबू साहेब हँफैत कहलथिन, "माफ कीजिएगा ! गलती हो गई। अब ऐसा नहीं होगा। क्या करें...हें हें हें..."

बरमा अपन लबादा ठीक करैत दू मिनट धरि हँफैत रहलि, फेर बिहुँसैत बाजलि, "खड़ाऊँ क्यों पहनते हैं, पंडितजी ?" आ खट-खट सीढ़ी सँ नीचा उतरि गेलि।

बाबू साहेब केँ अपन दिवंगता पत्नी मोन पड़ि अयलनि, काठक मशीन। कनियोँ जीवनक कतहु लेश नहि ! एही मशीन संगेँ बाबू साहेब अपन जीवनक जाड़-बरिसात-गर्मी काटि देने छलाह तँ...

बाबू साहेब केँ लगले बरमा सँ दोस्ती भ' गेलनि।

बरमा बाबू साहेबक ओहि ठाम साँझक बाद चल अबैत छलि। खाइ-पियैत छलि, सिनेमा जाइत छलि, बजार मे कपड़ा सभ कीनैत छलि। मुदा, बाबू साहेब जँ अनचोक मे ओकर हाथो पकड़ि लैत छलथिन तँ ओ डाँटि दैत छलनि, "ऐ ! क्या करता है ?"

बरमाक घुड़की सँ ओ तेना ने डेरा जाइत छलाह जे बनारसी पानवलाक ओत'

खायल भाँगक गोली, डेढ़ गजक महाब्राह्मणी शिखा आ अधपक्कू दाढ़िए मे नुकायल रहि जाइत छल।

मुदा, अधबयसू बाबू साहेब केँ बरमा सँ प्रेम भ' गेल छलनि। पत्नीक देहान्तक बाद बाबू साहेब अपना केँ जमींदारीक कुचक्र मे बीस बरख सँ बझौने छलाह। मुदा, आब तँ जमींदारी छल नहि। खाली बरमे टा छलि !

ओना तँ अपना गाम मे जहिए खगता होइत छलनि, बाबू साहेब ककरो पठाक' खबसटोली सँ ककरो मँगा लैत छलाह। ओ छौँड़ी सभ, जे डेरायल बकरी-सन रहैत छलि, किछु बजितो धरि नहि छलि। मुदा, ई बरमा तँ बड्ड तेज छलि। बाबू साहेब एहि पिण्डश्याम मौगी सँ डेराइत छलाह। कहियो-कहियो कैक हफ्ता बाबू साहेबक कोठी पर नहि आबय, आ पुछला पर कहनि, ''अरे पंडित ! तुम नहीं समझोगे, मैं क्यों नहीं आई।''

''क्यों, मुझे अक्ल नहीं है ?'' बाबू साहेब पुछथिन।

''नहीं पंडित, तुम पुराने बुद्धू हो। सिर पर चीनी जादूगरों की तरह टीक रखने से अक्ल थोड़े ही आ जाती है ?'' ओ हँस' लागय आ बाबू साहेबक टीकक गिरह खोलि क' नचब' लागय।

एक दिन जखन बाबू साहेबक डाँड़ मे ढेरी रुपैया छलनि, आ बनारसी पानवला बरफी मे हफीम मिला क' बहुत रास भाँग द' देने छलनि, आ बरमा बहुत प्रसन्न छलि, बाबू साहेब बरमा केँ अपना लग घीचैत पुछलथिन, ''प्रियतमे, तुम मुझसे विवाह करोगी ?''

एकाएक बरमा हुनका लग सँ हटि गेलि आ कुरसी पर बैसि क' डाँड़ मोड़' लागलि। फेर ओ अपन कारी-कारी आँखि ऊपर उठौलक आ बाजलि, ''मैं तुम्हारे जैसे भोंदू पंडित से ब्याह नहीं कर सकती !''

बाबू साहेब केँ बुझि पड़लनि जेना गायत्रीक सभटा मन्त्र जरि रहल हो। किएक जरि रहल ? बरमा उठलि आ अपन दुनू बाँहि बाबू साहेबक गरदनि मे पहिरबैत बाजलि, ''तुम दाढ़ी मूँछ बनबा लो। यह लम्बी टीक साफ करा लो, पंजाब टेलरिंग मे सूट सिलबा कर पहना करो, तब मैं सोचूँगी...।''

बाबू साहेब विचारलनि, हमर प्रपितामह केँ गायक खुरो सँ चाकर शिखा छलनि। पितामह तीन गज नाम शिखा रखैत छलाह। बाबूजीक परोपट्टा भरि मे नामी छलनि... हम शिखा-विहीन कथमपि नहि भ' सकैत छी। हम ब्राह्मण छी। हमरहि वंश मे याज्ञवल्क्य, कपिल, पतंजलि, गौतम...भेल छलाह। स्वधर्मे निधनं श्रेयः परधर्म्मो भयावहः !'' आदि-आदि।

बाबू साहेबक टीक मे अँगोर धधक' लगलनि, गम्भीर भ' क' बजलाह, ''मैंने कभी तुम्हारे ख्रिस्तान धर्म का मजाक नहीं उड़ाया, तुम क्यों उड़ाती हो ?''

बरमा बाबू साहेबक टीक सँ खेलायब छोड़ि देलक। बाजलि, ''यों ही।''

बाबू साहेब लगातार तीन गीरह द' क' टीक बन्हलनि आ बजलाह, ''तुम जानती

हो, मैं तुमसे शादी कर लूँगा। तब तुमको इस तरह डाक्टरों की गालियाँ नहीं सहनी पड़ेगी। तुम मेरे घर मे रानी बनकर रहोगी। हुकुम चलाओगी। हमारे यहाँ अट्ठारह भैंसें हैं...''

''मैं उन्नीसवीं भैंस नहीं बनना चाहती हूँ।'' बरमा खिसियाक' हँसि देलक।

बाबू साहेब बड़ी काल धरि गँहिकी नजरि सँ बरमाक शरीरक चढ़ाव-उतराव केँ, ओकर गदरायल यौवन केँ निहारैत रहलाह आ रस लैत रहलाह।

बरमा गामक लजकोटरि छौँड़ी नहि छलि। ओ छलि महादारुण नगर कन्या ! एहि पचीस-छब्बीसक वयस मे ओ अपन शरीरक चुस्ती आ चंचलता केँ बचा क' रखने छलि। आ, शरीर सँ सटल कपड़ा मे ओ एकदम युवती-सन लगैत छलि।

बाबू साहेब तेँ ओकर एक-एक 'अदा' पर 'शहीद' भ' रहल छलाह। विचित्र स्थिति छल।

बाबू साहेब दरभंगा घाट पर स्नान क' क' घुरैत काल काली मन्दिर मे खाली यैह टा प्रार्थना करैत छलाह, ''हे भगवती, बरमा देवी हमरा सँ विवाह क' लेथि।'' आ भगवती अपन भक्तक एहि प्रार्थना पर बिहुँसि दैत छलीह।

साँझ केँ जखन अपन कोठीक बरण्डा पर बैसल दू-चारि खोसामद केनिहार व्यक्ति सभ सँ घेरल, बाबू साहेब गाँजाक चिलम चढ़बैत छलाह तँ हुनका धुआँक अमार मे बिहुँसैत बरमा देवी देखाइ पड़ैत छलनि। बेसीकाल मेडिकल कॉलेजक छात्र सभ पीयर आर लाल धोती पहिरने, चन्दन-त्रिपुंड कयने, नवका पम्प जूता पर पूरा पैतावा लगौने लगातार पानक पीक थूकरैत बरमाक खोज मे घुमैत बाबूसाहेब केँ देखि-देखि हँसैत छलनि। मुदा, बाबू साहेब छला धरि अपन धुनिक पक्का।

एक दिन बहुत सजि-धजि क' बरमा आयलि, आबि क' बाबू साहेबक चिक्कन धोधि पर लुढ़कि गेलि आ बाजलि, ''तुम गाँजा क्यों पीते हो ? आज शराब मँगवाओ।''

टहलू दौड़ल आ बाबू साहेबक एक्के इशारा पर अंग्रेजी शराबक दू टा बोतल आबि गेल। बरमा आराम सँ टेबुल पर बैसि क' पीब' लागलि, एक-दू गिलास बाबू साहेब सेहो चढ़ौलनि।

शराबक निशाँ मे बुत्त बाबू साहेब बरमा केँ अपन भुल्ल केश सँ भरल छाती मे सटा लेलनि।

बरमा बाजलि, ''मैं तुमसे शादी कर लूँगी।''

बाबू साहेब छड़पि उठलाह, ''सच ?''

बरमाक मोटका ठोर कने बिहुँसी दैत खुजलैक आ ओकर साफ मजगूत दाँत एक छन ले' चमकलै, ''हाँ, मैं तुमसे शादी कर लूँगी।''

बाबू साहेब आलमारी खोलि अपन हरमुनियाँ बहार कयलनि आ फाटल सुरेँ गाब' लगलाह, ''सरौता कहाँ भूल गई, प्यारी ननदोइया ! सरौता कहाँ भूल गई...''

बरमा बाजलि, ''तुम यह टीक कटबा लो और नए फैशन मे रहो।''

बाबू साहेब कहलथिन, ''कल ही कटबा लूँगा !''

बरमा नाच' लागलि। ओकर फ्राक जाँघो सँ ऊपर उठि गेलैक आ ब्लाउजक बटन सभ टूट' लगलैक। ओ बाबू साहेब केँ धक्का दैत कहलकनि, ''तुममें हिम्मत नहीं है ! तुम से नहीं होगा !''

बाबू साहेबक दिमाग सँ धर्म भागि गेलनि, संस्कार समाप्त भ' गेलनि, ओ बरमा संगे नचैत बजलाह, ''तुम देख लेना !''

दोसरे दिन ओ अपन टीक साफ करा लेलनि, सैलून मे नव ढंग सँ केश छटबौलनि, सैम्सन-ड्रेसेजक दोकान मे नव सूटक मुँह देखलनि तँ अपनहु केँ नहि चीन्हि सकलाह।

बाबू साहेब मरि गेल छलाह आ सामने सरकसक एकटा बुढ़बा जोकर ठाढ़ छल।

बरमा बाबू साहेब सँ बियाह केलक कि नहि से हमरा बूझल नहि अछि। खाली एतबे टा बूझल अछि जे बाबू साहेब कहियो काल अपन कटलाहा टीक घाट पर तकैत देखाइ पड़ैत छथि।

—वैदेही/जुलाइ, 1957

सहस्र-मेनका

साँझ होयबा मे बेसी देरी नहि अछि।

बिसुन ठाकुरक दोकान (गाम मे दुइए टा दोकान)। जादब झा नीक पान नहि लगबैत छथि, जँ कोनो नेना-भुटका कें पठाउ तँ चारि खिल्ली पान मे एक्के खिल्ली जोगर सत्तो पत्ती दैत छथिन। बिसुन ठाकुर अछि उदार। कने बोलिये बिखाह छैक; मुदा पाने की, चाहो बनबैत अछि। तेँ गामक छौँड़ा-जुआन सभक जमौड़ा सभ दिन साँझखन एहि दोकान लग। ग्राम-कवि सत्तनारायणजी अपन बनाओल नवका नचारी सुनबैत छथि, 'कहिया हटतइ बैमनमा के राज हौ शिवशंकर भोला।' लल्लन बाबू बड्ड रस ल' ल' क' कहै छथि जे कोना सिमरिया घाट मे हेरायलि पन्द्रह बर्खक काँच कली कें ओ अपन खरचा सँ ओकरा गाम पहुँचा आयल छलथिन। बिसुन ठाकुरक बिआहलि बहीन आबि क' हमरा सँ बजैत छथि, "चौधरी, भाँग पीसल भ' गेल। अँगना चलिअउ !" लग मे ठाढ दुखन बाबू प्रतीक्षा क' रहल छथि। कनिएँ दूर पर अर्जुन आ दिगम्बर गुरुजी शतरंज खेला रहल छथि।

अकस्मात, आँखि उचटि क' पोखरि सँ स्नान क' क' अबैत कादम्ब दाइ दिस चल जाइत अछि। कादम्ब अर्थात मैथिल समाजक एकटा करुण कथा। कादम्ब अर्थात कादम्बक विवाह आ हमर तिनाह एके राति भेल। ओना कथा तँ हमर कादम्बे सँ लगैत छल, मुदा सभा गाछी मे चाहक दोकान पर 'ललित' बाजल, "फूलबाबू, कर्पूर दाइ सन कनियाँ हमरा गाम मे की, भरि मिथिला मे नहि !" तेँ, विवाह कर्पूरि सँ भेल, कादम्ब सँ नहि। आ, विवाहक दुइए-तीन बर्खक बाद कादम्ब विधवा भ' गेलीह। कादम्ब अर्थात कादम्ब विधवा छथि आ जखन एहि अष्टादश-वर्षीया विधवा कें देखैत छी तँ मोन होइत अछि जे आगि नेसि दी, वेद आ पुराण मे, आ मनुस्मृति मे, आ एहि देश मे जत' कदम्ब सन स्त्रीक शरीर कें वैधव्यक आगि मे भस्म क' देल जाइत अछि ! ओहि दिन कादम्ब भेंट करय आइलि छलीह तँ कन्हौलीवालीक नवजात शिशु कें केहन सिनेह सँ कोरा मे झुलबय लागलि छलथिन, कतेक दुलार करैत रहलि छलीह। आँखि मे केहन मातृत्व छलनि...आँखि निहुड़ओने दोकान लग ठाढ़ युवक सभक पिआसल दृष्टि सँ अंग-अंग कें नुकऔने, नहुँए-नहुँए डेग करैत कादम्ब लल्लनजीक दरबाजाक अ'ढ़ मे सन्हिाया जाइत छथि, जीवनक अन्हार आकाश मे भसिआयल जाइत जलशून्य उज्जर मेघ सन कादम्ब !

मोन भारी भ' जाइत अछि। दूर, पोखरिक भीड़ पर बैसल सत्यनारायणजी

'जगन्नाथ'क पाँती गाबि रहल छथि,

मा गर्वमुद्वह कपोलतले चकास्ति कान्त-स्वहस्तलिखिता मम मंजरीति। अन्यापि कापि सखि भाजनमीदृशानां बैरी न चेद्भवति वेपथुरन्तरायः !

स्वसुर गामक साँझ आ कादम्ब आ जगन्नाथक पाँती ! मोन आओर भारी भ' जाइत अछि। दिगम्बर गुरुजी शतरंज हारि जाइत छथि आ विजयी अर्जुन चौधरी कहैत छथि, "चौधरी, अहाँ एक बाजी भरिऔक, ई सभ की खेलयताह हमरा संगेँ ! हउ, बमबम ! चौधरीक लेल ओछान लाबह !" स्त्री की थिक, गोटी भरैत काल बिचारैत छी, स्त्री शतरंजक गोटी थिक। जाहि घर मे बैसा दिऔक, बैसल रहत। कुमारिक घर मे, विवाहिताक घर मे, विधवाक घर मे, पुत्रवतीक घर मे, वेश्याक घर मे, जाहि घर मे बैसा दिऔक, बैसल रहत। किएक बैसल रहत ?

शतरंज जमि जाइत अछि। बिसात पर राखल सभ टा उज्जर-कारी गोटी कादम्बक देह सन लगैत अछि...

लल्लनजी चिकरैत छथि, "बम-बम ! हौ, बम-बम। लालटेन लाब' हौ।"

आ,

लालटेनक ललका तेलक मद्धिम प्रकाश मे देखैत छी, बिसुनक दोकान लग टाटक अ'ढ़ मे ठाढ़ि एकटा स्त्री छाया ! स्थिर दृष्टिएँ हमरा दिस अथवा शून्य दिस अथवा ककरो दिस तकैत।

अहिल्या आबि क' कहैत छथि, "चौधरी, टाट लग महिसीवाली ठाढ़ि छथि। अहाँ केँ बजबैत छथि।"

"महिसीवाली के ?"

"अहाँ उठियौक ने। चलि क' देखियौक, महिसीवाली के थिकीह ? अहाँक बहीन होयतीह..."

"नइँ-नइँ ! एखन चौधरी नइँ जयताह ! हुनका भेंट करबाक छनि तँ दिन मे आँगन जा क' भेँट क' लेथि।" अर्जुन कहैत छथिन।

"एखनहि चलियौक चौधरी, शतरंज तँ सदिखन खेलाइत छी। कने उठू..."

अहिल्याक आग्रह टारि देबाक इच्छा नहि होइत अछि। बड्ड सिनेह सँ हमरा लेल दुनू साँझ भाँग पिसैत छथि। आ फेर टाटक अढ़ मे ठाढ़ि भेलि स्त्रीक आकृति...आ फेर हुनकर तीव्र दृष्टि...आ फेर ई उत्सुकता जे अकस्मात सासुर मे हम्मर बहीन कत' सँ उपर भ' गेलीह !

"चौधरी, अहाँ हारि रहल छी ! बाजी छोड़ि क' जुनि उठियौक।" अर्जुन चिकरैत छथि।

मुदा, रेशमी चद्दरि नीक जकाँ ओढ़ैत, ठाढ़ होइत छी आ अहिल्याक पाछाँ-पाछाँ विदा होइत छी।

सोझाँ मे ठाढ़ि स्त्री-छाया केँ देखि क' घृणा होइत अछि। घृणा होइत अछि, क्रोध होइत अछि, सिनेह होइत अछि, दया होइत अछि, करुणा, वेदना, ग्लानि, परिताप, चिन्ता

सभ किछु होइत अछि। अनिमेष दृष्टि सँ हमरा दिस, हम्मर चश्माक लाइब्रेरी फ्रेम दिस, रेशमी चद्दरि दिस, फिन-ले कम्पनीक धोआ धोती दिस आ हम्मर आँखि मे भरल आश्चर्य दिस तकैत स्त्री-छाया तँ सत्ते छाया-मात्र छथि, स्त्री नहि छथि। तीस-बत्तीसक वयस, मुदा एहि वयसक प्रमाण देबा योग्य कोनो अंग नहि, कोनो भंगिमा नहि, किछु नहि।

जेना बिन रँगल, बिन माटि चढ़ाओल भगवती-मूर्तिक खढ़क साँचा...रोगक मारल, सुखायल देह, कोटरगत धँसल-धँसल आँखि, ज्योतिहीन, मन्द-मलिन दृष्टि, मैल, परम मैल नूआ आ तैओ हजार टा चेफरी लागल आ तैओ हजार ठाम फाटल नूआ सँ जीवनक दरिद्रता, देहक दरिद्रता, अस्तित्वक दरिद्रता प्रदर्शित होइत।

अहिल्या बजैत छथि, "भउजी, अहाँक भाइ तँ आबि गेलाह। आब गप्प करू ने ? चारि दिन सँ कनैत छलहुँ जे भैया केँ बजाय दिअ' ! आब तँ भैया अयलाह..."

अहिल्याक गप्प पर ओ किछु उत्तर नहि दैत छथि। बड़ीकाल धरि मिझायल दीप सन अन्हार दृष्टि सँ हमरा देखैत छथि।

दोकान सँ बिसुन ठाकुर कहैत छथि, "चौधरी, ओ अहाँक बहीन तँ सभ दिन रहबे करतीह ! अन्हार मे हुनका ल' क' किएक ठाढ़ छी !"

सासुरक गारि बड्ड दीब होइत छैक। मुदा, एखन बिसुनक देल गारि नीक नहि लागल। किएक तँ हँसी हमरे सँ नहि, एहि स्वप्रकटा बहीन सँ सेहो कयल गेल अछि। क्रोध होइत अछि, आ ई गप्प बहीन बूझि जाइत छथि।

"भैया", बहीन कहैत छथि, "हमरा ई बूझल छल जे तोँ हमरा नहि चीन्हि सकबह ! आइ सँ पन्द्रह-बीस बर्ख पहिने हमर ई दसा नहि छल। तोँ तँ जन्मे सँ मधु काका (हमर पिता) संगेँ गया, पटना मे रहलह ! तेँ क्याने गेलह जे गाम मे ककरा की भेलइ, के जील, के मुइल, के बताह भ' गेल। जाहि बर्ख हमर विवाह भेल तहिया तोँ मैट्रिक पास कयने छलाह। लालाजी कहलनि जे तोँ परीक्षा मे सोनाक तगमा सभ इनाम जितने छह। बड्ड हर्ख भेल से सभ सुनि क'। मुदा, दुरागमनक पश्चात ने हम कहियो महिसी घुरलहुँ, केओ बिदागरी नहि करबय आयल, आ ने तोँही कहिओ गाम अयलह..."

एतबा कहैत-कहैत बहिनक गर बाझि जाइत छनि, आँखि मे नोर डबडबा जाइत छनि आ हाथ मे राखल तेलक सीसी धरती पर राखि ओ आँचर सँ आँखि पोछय लगैत छथि।

अकस्मात, बहिनक स्वर सँ, बहिनक नोर सँ अप्पन सौँसे बाल्य-काल सोझाँ मे आबि जाइत अछि—कोना हम भवगती-थान लग लोअर स्कूल मे पढ़य जाइत छलहुँ... कोना बदमासी कयला पर माय डोरी सँ हाथ बान्हि दैत छलीह...कोना सुरेन्द्र ककाक दुमहला कोठा पर बैसि क' बनगामवाली काकी केँ गीत सुनबैत छलियनि, "तू बन की चिड़ियाँ बन के बन-बन बोले रे..." कोना निर्मला-दीदीक संगे बोने-बोन, गाछिये-गाछी, बाधे-बाध बौआइत छलहुँ...मोन पड़ि गेल, चित्थी-चित्थी भेल नूआ मे सन्हिआयल ई स्त्री

हमर निर्मला-दीदी थिकीह, आन केओ नहि !

अकस्मात मुँह सँ बहराइत अछि, ''निरमल दीदी, अहाँ हमर निरमल दीदी छी ?''

''हँ ! हमहीँ तोहर निरमल दीदी थिकहुँ !'', दीदीक ठोर पर एकटा हल्लुक हँसीक रेखा, पातर रेखा छहरैत छनि आ बिला जाइत छनि, ''एखनहुँ तोरा ओ पन्द्रह-बीस बर्ख पहिनेक निर्मला मोन छथुन ई जानि क' बड्ड हर्ख भेल। सत्ते बड्ड हर्ख भेल। ओना सत्य पूछ' तँ ओ निर्मला महिसी गामक सिमान पार करितहि मरि गेलि। जहिए माथ मे सिन्दूर पड़लैक, तहिए मरि गेलि। आ भइया, आब तँ हम विधवा छी।''

निरमला दीदी !

गामक सभ सँ ठोसगरि, बुधियारि, तेज, नीक स्वभावक कन्या, निरमला दीदी। हमरा मोने अछि, दीदी केँ सौँसे दुर्गासप्तशती कंठस्थ छलनि आ एहन विलक्षण जकाँ श्लोक पाठ करैत छलीह जे पंडित-बाबा धरि 'दंग' रहि जाइत छलाह।

कनबाक मोन होइत अछि। निर्मला दीदीक पयर पकड़ि क' कनबाक इच्छा होइत अछि।

दीदी कहैत छथि, ''भैया, तोँ जाह। हम धनुखी टोल पर रहैत छी। आँगन मे कमला एकसरिए छथि। राति सेहो बेसी भ' गेलैक।''

''कमला के थिकीह ?'' हमर प्रश्न।

''हमरे कर्म थिकीह। तोहर भगिनी होइथुन।'' दीदी तेलक फूटल शीशी हाथ मे उठबैत बजैत छथि, ''काल्हि नहि तँ परसू हम तोहर आँगन मे आबिक' भेँट करबह। कमला केँ सेहो नेने आयब, एखन जाइत छी। तोँ शतरंज खेलाब' ग' !''

आ,

नूआक आँचर सँ देह झँपैक असफल चेष्टा करैत, दीदी अहिल्याक संगे गामक अन्हार गली मे सन्हिआ जाइत अछि—अन्हार समुद्र मे पतायल जाइत नाह जकाँ।

आ फेर हम शतरंज पर बैसि जाइत छी। शह, प्यादीक शह, फील चक्र, अश्वचक्र, मातु...

बड़ी काल धरि शतरंज होइत रहैत अछि। हमर सार, सूर्य्यवंशी अबैत छथि, ''चौधरी, आब आँगन चलू। दस बाजि गेल अछि। भानस ठंढा भ' जायत।''

सत्ते, भाँग लागि गेल अछि। अजुका पत्ती बड्ड तेज छलैक। लगैत अछि जेना शतरंजक बिसात उनटि गेल छैक आ आकाश मे जेना तारा-सभ लटकल अछि तहिना बिसात मे गोटी सभ लगैत अछि; जेना बिसात नहि अछि मात्र एकटा शून्य अछि, एकटा वैकुअम (Vacuum) आ ओहि शून्य मे हम छी आ कादम्ब छथि आ निर्मला दीदी छथि आ चारू कात अन्हार अछि...

कादम्ब विधवा किएक भेलीह ? निर्मला दीदी विधवा किएक भेलीह ? आ दीदीक बेटी कमला !

हमर प्रत्येक प्रश्न केँ चारू कात पसरल भादवक अन्हार चिबा जाइत अछि। मोन मे बड्ड घनगर वेदना अछि, बड्ड तीव्र वेदना। बिन अर्थक वेदना, बिन अभिव्यक्तिक

वेदना...अकस्मात।

जेना कोनो मर्मान्तक पीड़ा सँ भादवक ई राति बताह कुकूर जकाँ चिचिआ उठल हो तेहने कोनो अज्ञात स्वर हृदय मे ध्वनित होइत अछि। उठि क' ठाढ़ भ' जाइत छी, अपन दलान दिस विदा होइत छी। आगू-आगू एवररेडी टौर्चक प्रकाश दैत सूर्य्य कहैत छथि, "चौधरी, रस्ता देखि क' चलू, बड्ड थाल छैक।"

रास्ता देखि क' चलबाक प्रयास करैत छी। भरि जीवन रास्ता, देखिए क' चलल छी, मुदा तैओ पयर मे, प्राण मे, आत्मा मे थाल लागिए जाइत अछि।

भोजन-पानक आध घंटा बाद करपूर रानी (हमर पत्नी) प्रकोष्ठ मे प्रवेश करैत छथि। हम पलंग पर पसरल छी, बंकिम बाबूक उपन्यास 'कपाल-कुण्डला' पढ़ि रहल छी। तान्त्रिक संन्यासीक क्रोध-रुद्ध स्वर मोन मे हलदिली करैत अछि, भैरवी ! भैरवा !! कपाल-कुण्डले !!!

टेबुल-लैम्पक स्वच्छ प्रकाश। देवाल पर टाँगल रवि ठाकुर ओ महात्मा गौतम आ हमर करपूरक चित्र...खिड़की सँ अबैत असमयक पुष्प-सुगन्धि...मेघक गर्जन-स्वर...आइ राति पानि अवश्य बरिसत।

पलंगक शीर्ष पर बनल मयूरक गरदनि पर हाथ रखैत पत्नी पुछैत छथि, "आइ बड्ड देरी लागि गेल ?"

"हाँ !"

"से किएक ?"

"शतरंज खेलाइत छलहुँ।", हम हुनकर हाथ पकड़ैत पुछैत छिअनि, "रानी ! अहाँ महिसीवाली केँ चिन्हैत छियनि ?"

"हँ ! किएक नहि चिन्हबनि ?", एतबा प्रश्न क' क' रानी चुप्प भ' जाइत छथि आ पनबट्टी खोलि क' पान लगबय लगैत छथि आ हम 'कपाल-कुंडला' बन्द क' क' हुनकर मुँह पर चढ़ैत-उतरैत भाव-अनुभाव दिस तकैत रहैत छी।

तखन,

कतेक प्रश्न आ कतेक उत्तरक उपरान्त जे कथा निर्मला दीदीक विषय मे ज्ञात भेल से एतबे कथा, मात्र एतबे जे सुन्नर ठाकुर कलकत्ता मे भनसिया छलाह। गाम पर एको कट्ठा खेत नहि छलनि, ने घर-डीहे छलनि, तेँ सभ बेर सभा जाइत छलाह, मुदा विवाह नहि होइत छलनि। देखबा-सुनबा मे सेहो फूटल खापड़ि सन छलाह। मुदा, सात सय टाका गनि क' ओ महिसी विवाह कयलनि आ दुरागमन मे निर्मला दीदी केँ सोझे कलकत्ता लेने चल गेलाह, फेर कहियो गाम नहि अयलाह। कलकत्ता मे सुन्नर ठाकुर कोनो मारवाड़ी सेठक हबेली मे भनसिया छलाह। निर्मला दीदी सेहो संगहि रहलथिन। विवाहक दोसरे वर्ष सुन्नर ठाकुरक देहान्त भ' गेलनि। आ, सुन्नर ठाकुरक मृत्युक पाँच-सात वर्ष बाद निर्मला दीदी कतहु सँ घुरि क' अपन सासुर अयलीह। संग मे छलथिन 5-6 वर्षक बेटी, कमला।

गामक लोक दू कारण सँ माय-बेटी केँ जाति सँ निकालि देलकनि, एक तँ ई जे

कमला सुन्नर ठाकुरक सन्तान नहि थिकीह, निर्मला दीदीक पाप-सन्तान थिकीह। दोसर ई जे निर्मला-दीदी विधवा भेलाक पश्चात पाँच-सात वर्ष धरि कत' छलीह। धनुखी टोलक कात मे एकटा टूटल खोपड़ी माय-बेटीक लेल बान्हि देल गेलनि। तहिया निर्मला दीदी युवती छलीह, बड्ड सुन्दरि छलीह...।

निर्मला दीदीक कथा सुनि क' मोनक घोर परिताप आओर बढ़ि जाइत अछि। रानी बजैत छथि, "मुदा हमरा ई विश्वास नहि होइत अछि जे महिसीवाली जीवन मे कोनो पाप कयने हेतीह। हुनका सन स्त्री कोनो अधलाह काज नहि क' सकैत अछि। ओना सौँसे गाम तँ हुनका वेश्या बुझैत छनि। मुदा हमरा विश्वास नहि होइत अछि। जँ निर्मला दीदी अनाचारिणी रहितथि, वेश्या रहितथि तँ आइ ई दशा नहि रहितनि। पापिष्ठा रहितथि तँ आइ देह पर फाटल नूआ नहि, रेशमी साड़ी रहितनि !" रानी पान दैत छथि।

जयति-जयति सर्वमंगला शान्ति ! निन्द भ' जाइत अछि। खड़-खड़-खड़-खड़... खिड़कीक पार लतामक गाछ पर कोनो पक्षी पाँखि फड़फड़बैत अछि। निन्द टूटि जाइत अछि।

टेबुल-लैम्प जरि रहल अछि। तकिआ पर एक बोझ रेशमक लच्छा सन केश-पाश पसरल अछि। रानीक केश-पाश...लैम्पक मद्धम, हल्लुक ज्योति-किरण हुनकर निन्द मे डूबल, स्वप्न मे मातलि चेहराक प्रोफाइल (Profile) पर जमि गेल अछि। गुलाबी, आमक कटल फाँक जकाँ पैघ-पैघ फलक...काजरक पातर रेखा, लहरि...

अकस्मात हृदय मे हाहाकार उठैत अछि, जँ आइ अथवा काल्हि हम मरि जाइ। जँ हम मरि जायब, हमर रानी आ निर्मला दीदी मे कोन भेद रहत ? हिनका लोक, समाज विधवा बना देतनि आ जाति बाहर क' देतनि आ जोर-जोर सँ चिचिआ-चिचिआ क' कहतनि जे कपूर दाइ वेश्या छथि, पापिष्ठा छथि, राक्षसी छथि...

आ मेनका जकाँ हमर रानी कोरा मे नवजात शकुन्तला केँ ल' क' गामे-गाम जंगले-जंगल बौआइत रहतीह, आश्रयक हेतु, अन्नक हेतु, प्राण-रक्षाक हेतु बौआइत रहतीह।

मेनका ! सहस्र मेनका !! आइ अपना मे एकटा निर्मले दीदी मेनका नहि छथि, सहस्र मेनका छथि...

आइ निर्मला दीदी मेनका छथि, काल्हि कादम्ब हेतीह, परसू कर्पूर दाइ हेतीह; कतेक कर्पूर दाइ हेतीह आ कोनो कण्व ऋषि नहि हेताह जे मेनका-सन्तानक रक्षा करथि। सभ विश्वामित्र हेताह, मेनकाक शरीर सँ वात्स्यायनक कामसूत्रक अभ्यास करयवला, सभ दुष्यन्ते हेताह, मेनका पुत्रीक देह-रास-लीला करयवला...

–मिथिला दर्शन (विशेषांक)/1957

मुग्धा-विमुग्धा

धर्म, नैतिकता, असंख्यतासहस्र देवी-देवतादि समाजक हाथक साधारण हथियार थिक। आन किछु नहि, मात्र व्यक्ति केँ बध करबा हेतु समाज धर्मक गीत गबैए, नैतिकताक माला जपैए, देवी-देवता पर पुष्पहार सजबैए।

''नहि जायब, नहि जायब, हम कथमपि कालीघाट नहि जायब, कालिका महारानीक दरसन नहि करब। भगवती छथि अथवा नहि हमरा की...''

''नहि, कमलजी, एना नहि कहियौ। भगवती तँ आदि देवी थिकीह'', पंडितजी कान पर हाथ राखैक मुद्रा मे बजै छथि।

ई पंडितजी बड़ बेस लोक। पहिने गामे पर कोनो संस्कृत स्कूल मे छलाह। आब गाम-घर मे अंग्रेजी-हिन्दी त्यागि क' संस्कृत के पढ़त ? लं-लृं-लोट् सँ भारी उच्चारणक आन कोनो वस्तु नहि।

सपरिवारे कलकत्ता रहै छथि। परम सुन्दर तीन पुत्र, दस-बारह-आठ-बर्खक। दू कन्या सेहो। एकटा विवाह योग्य। दोसर छओ सात बर्खक। पत्नी अपूर्व सुन्दरी। संस्कृत काव्यक पद्मिनी नायिका जकाँ। पाँच सन्तानक माइ छथि, से ने देह-दसा, ने बात-बेबहार, ने गप्पे-सप्प सँ बूझ' मे अबैत।

दू-चारि मास सँ कोनो सेठ, कोनो ऑफिसर केँ भागवतपुराण बँचयबाक इच्छा नहि भेल छै। ने कोनो यज्ञ-हवनेक आयोजन कतहु भेलैए। पंडितजी आइ-काल्हि किछु उदास रहै छथि। बेसीकाल बासा सँ बाहरे। बासा पर रहताह तँ दूधवलाक बकियौता, मकान मालिकक किराया, टोल-पड़ोसिआक पैच-खूँचि, बनियाँ दोकानक उधार...

एक दिन सुनलहुँ, परिवार केँ गाम पठा रहल छथि। अपने गंगासागर अथवा जगन्नाथपुरी दिस जयताह। एक बेर कोनो सेठाइन संगेँ पुरी गेल छलाह, मास भरिक हेतु। एक्के मासेँ मोटा क' साँढ़ भ' गेलाह। आ संगहिँ दू-चार सय टको भेल छलनि। दोसरे दिन अक्षय यौवना पंडिताइन बजलीह, ''हमरा बिना की हुनका एक्को छन्न चलतनि ? महा घसल्ली लोक छथि। कोनो काज-धाज करताह नहि, भरि दिन हमरे लग गप्प हँकैत रहै छथि।''

एक बेर, रातुक दू बाजल छल। अप्पन कोठली मे पड़ल, 'वर्ण-रत्नाकर' देखै छलहुँ, निन्न नहि होइत छल। हकासल-पिआसल, डेरायल जकाँ अलवरवाली, सीढ़ी सँ नीचाँ उतरलीह–कमलबाबू, कमलबाबू !

कोठली सँ बहरयलहुँ। आँगन मे ओ ठाढ़ि छलीह। एक्के वस्त्र सँ सौंसे देह झँपने। जाड़ेँ थर-थर करैत, "एखन धरि ओ नहि आयल छथि। भोरे उठि क' बालीगंज दिस गेलाह। हमरा डर होइ-ए। घर मे एकसरे छी। अहीँ कहू, हम की करियौ ? भोरे किछु जलखै नहि भेलनि, तेँ खिसिआ क' गेल छथि। हम की जलखइ दितियनि ? घर मे किछु रहय तहन ने ! हम अप्पन हाथ-पयर पका क' दितियनि ?" पंडिताइनक एहि प्रश्नक उत्तर हमरा संग मे किछु नहि।

दोसर दिन साँझ खन पंडितजी घुरलाह तँ पत्नीक हाथ मे तीन-चारि टा दसटकही नोट राखि देलथिन। पाछू केदन कहलक जे पंडितजी अप्पन जेठकी कन्या कोनो ट्राम-ड्राइवर हाथेँ बेचि रहल छथि।

रेवती, पंडितजीक बेटी रेवती बड्ड विशेष सुन्नरि नहि अछि। मुदा, तइयो की ओकर बियाह रामसरन लाल ट्राम-ड्राइवर सँ हेतै ? मैथिल-कन्या एखन मत्स्यगन्धा, गौतमी, कुन्ती, अहिल्या आदि सँ आगू नहि बढ़ि सकैत अछि।

"भगवती तँ आदिदेवी थिकीह। हुनका विषय मे अभक्तिक कथा नहि बजबाक चाही। कमलजी, रवि दिन हमरा संगेँ चलू कालीघाट", पंडितजी पुनः कहै छथि।

लम्बोधर (असल नाम लम्बोदर। सदिखन बर्र-बर्र बजिते रहै छथि, तेँ लोकक धयल नाम लम्बोधर) किऐ चुप रहताह, "एखन धरम-करमक गप्प छोड़ू। चारि बाजी ताश दियौ !"

हम आ लम्बोधर एक दिस। पंडितजी आ दुखरामबाबू दोसर दिस। सोलह, सतरह, अठारह, बीस। डबल, री-डबल। डिक्लेअर। रंगसर, लाल, कारी, सेट। पंजा सेट। चौका सेट। पंडितजी, बैमानी जुनि करियौ ! हे-हे कमल बाबू रंग बदलि देलथिन। एना नहि होयबाक चाही ! सिंगल हैंड ! चोर पकड़ा गेल ! वाह ! नीक ! बढ़िञा !!

पुबरिया घर सँ लम्बोधरक सासु बजै छथि, "चौधरि, आब स्नान किऐ नहि करै छी ? बड्ड अबेर भ' गेल ! ड्यूटी पर नहि जयबाक अछि ?"

लम्बोधर स्टेट-ट्रान्सपोर्ट मे कंडक्टर छथि। पचहत्तरि टाका प्रतिमास वेतन, सय टाका उपरी आमदनी। धर्मपत्नी आ सासुक संगेँ रहै छथि।

दुखरामबाबू पहिने गंजी मिल मे मिस्त्री छलाह। नोकरी छुटि गेल छनि। एहि बेलिआघाटा मैथिल-मेस मे भोजन करै छथि, तकै छथि कोनो नव चाकरी। दरबान सँ भनसिआ धरिक सभ काज करबा लेल प्रस्तुत।

मेसक भनसिआ खेपन मिसर भानस करैत, एकटा गीत गाबि रहल छथि, "पिआ छोड़ू ई नोकरिआ, चलू घूरि क' अप्पन गाम, पिआ, चलू तिरहुत धाम..."

खेपन मिसरक नायिका केँ कलकत्ता नहि नीक लगैत छनि। ट्राम-बसक भीड़-भाड़, धरमतल्ला स्ट्रीटक उच्चाट्टालिका, एस्प्लेनेड मैदानक विस्तार, चिड़ियाखानाक कृशकाय जीव-जन्तु, ढाकुरिया-झीलक छहछह करैत माछ, लचका पूल, पूल पर बैसल निर्लज्ज स्त्री-पुरुखक अगणित जुगल-जोड़ी, हँसी ठहाका, मुस्की, लाउडस्पीकर सँ गरजैत गीत-नाद, अभद्र वस्त्र, परम अभद्र जकाँ पहिरने विदेशिनी नारिक दलक दल !

खेपन मिसरक नायिका सुदूर मिथिला प्रान्तक कोनो गामक कोनो टोलक कोनो आँगनक नारी थिकीह। उखरि, समाठ, ढेकी, चूल्हा, जाँत सँ बान्हलि नारी। गृहदेवता, कुल-देवता, पति-देवताक चारू कात प्रदक्षिणा दैत रह' वाली नारी। माथक सिनूर आ हाथक लहठीक जहलखाना मे बन्न नारी। एकर ठीक विपरीत थिक–कलकत्ता। मुदा, कलकत्ता नहि, रेवती आ खेपन मिसर आ पंडित जी आ अलबरवाली आ बेलिआघाटा मैथिल मेसक गप्प कहबाक अछि।

अठारह सय सन्तावनक सिपाही-विद्रोहक समय मे बनल 'काल्हिए धँसि जायत' एहन शारीरिक स्थितिक एकटा दोतल्ला भवन मे स्थित अछि ई मेस, ई बासा।

दोतल्ला पर रहैए एकटा बंगाली परिवार–माइ, दू टा वयस्क पत्नी, दुन्नू कोनो स्कूल मे मास्टरनी, एकटा बालक, सुवेश ! पंडितजी सेहो अप्पन परिवारक संगे दोतल्ले पर रहै छथि। निचला तल्लाक एक कोठली मे लम्बोधरक परिवार। बचल तीन कोठली मे ई मैथिल मेस आ मेसक सदस्य-लोकनि।

जखन लम्बोधर कारीक दूटा सेट बहार क' लैत छथि तँ स्नान करय विदा होइत छथि। पंडितजी आ दुखराम चौराहा पर पान खाय जाइत छथि। हम खेपन मिसर सँ गप्प कर' लगै छी।

''सरकार, भानस मे कत्ते देरी अइ ?''

''हड़बड़ाउ नहि। दस-पनरह मिनिट मे थारी लगा दैत छी। हमर कोन दोख कमल बाबू ? भानस तँ भोरे भेल रहितै। मुदा करू की, कोनो मेम्बर टाका दैते नहि छैक। सभ टाका प्रबोध बाबू दैत छथिन। मेम्बर सभ आनन्द सँ खाइए आ नोकरी करैए। प्रबोध बाबूक चारि टा आदमी एखन मेस मे खा रहल अछि। चारू निरर्थक लोक। नोकरी नहि छनि तँ प्रबोध बाबूक कपार पर बैसल छथि।''

''प्रबोध मामा लोक केँ कपार पर बैस' किएक दैत छथिन ? कोन लाभ ?''

''से तँ अहाँ हुनके सँ पुछिऔन ! अपने चारि-पाँच सय टाका कमाइ छथि। एतबा मे तँ सुतन्त्र डेरा ल' क' सपरिवार रहि सकैत छथि। खूब सुख सँ। आनन्दकन्द करैत। मुदा, प्रबोध बाबूक तँ सुभावे तेहने छनि। बासा मे क्यो भूखल रहि जाय, से सहल नहि जाइ छनि।''

ई गप्प खेपन मिसर ठीके कहि रहल छथि।

हम कलकत्ता अयलहुँ तँ पहिनहि सँ ई धारणा बना रखने छलहुँ जे एहि विशाल जन-महानगरी मे क्यो ककरो सहायता नहि करैत छैक। आ, एहि धारणाक बलेँ कोनो मित्र, कोनो सम्बन्धी; कोनो अपेक्षितक डेरा पर नहि गेलहुँ। छपरिया-ठेलागाड़ीवला सभक संगेँ एकटा खोलाबाड़ी मे ठहरलहुँ। खोलाबाड़ी खपड़ा, टाट, काँच ईंटाक बनाओल ओहि तरहक गृह केँ कहल जाइ छैक जाहि मे जहलखानाक वार्डक स्थिति मे पचीसो-तीसो परिवार रहैए। सम्मिलित घर, सम्मिलित ओसार, सम्मिलित भानस-गृह, सम्मिलित पानिक कल, सम्मिलित सर्वहारा जीवन। एक्के कोठली मे सासु-पुतौहू-बाप-बेटा जीवनक दिन-राति बितबैत। लाज-धाख, संकोच कथूक बन्धन नहि...

सत्ते, लाज आ परदाक बन्धन सामन्तवादी युग आ ऐश्वर्य-परम्पराक बन्धन थिक। दरिद्र कें लाज किएक हेतैक ? शरीरक अंग-अंग नुकयबाक प्रयास, भीतर सँ केबाड़-किल्ली ठोकि क' नारी कें बन्न करबाक प्रयास, घोघ-घोघट-साड़ी-कंचुकी-साया-ब्लाउजक प्रयास, सभ्य भाखा, सभ्य बोल, सभ्य सुसंस्कृतज्ञाक प्रयास, धनीक व्यक्ति सभक प्रयास थिक। संस्कृति आ सभ्यता दरिद्रक सम्पत्ति नहि, धनीकक विलास-साधन थिक...

ओहि खोलाबाड़ीक जीवन मे रहि, आत्माक सभटा संस्कार, शरीरक सभटा धर्म धो-पोछि रहल छलहुँ कि एक दिन हावड़ा जंक्शनक जनसंकुल भीड़ मे भेटि गेलाह प्रबोध मामा ! पुछलनि, ''कत्त' ठहरल छह ?'' किछु उत्तर नहि देलियनि। चुपचाप हुनकर पहलमान सन महाकाय शरीर, अर्ध-खल्वाट कपार आ आँखि सँ सदिखन झहरैत सिनेहक ज्योति कें देखैत रहलहुँ। प्रबोध मामा कोनो दूरक सम्बन्धें हमर मामा लगै छथि। बड्ड दूरक सम्बन्धें। तैयो, हमरा पर एत्ते सिनेह भेलनि जे तखनहि हमर सूटकेस आ ओछाओन अपना बासा पर ल' अयलाह।

तखनहि, खट् खट् खट् खट् सीढ़ी सँ उतरिक' आबि जाइए रेवती, पंडितजीक कन्या रेवती।

बंगला-ढंग सँ डाँड़ मे बान्हल छपौआ नूआ, उजड़ल-पुजरल केश, सौंसे पीठ भाग पर पसरल। तुरत्ते सूति क' उठलि हो एहेन आँखि। काँचक सस्त तीन टा हरिअर-पीअर चूड़ी। भनसाघरक ओसार पर ठाढ़ि। बाजलि, ''सरकार, एकटा दुअन्नी दियौ। माय मँगइए। सुन्नर कका लेल माछ अयतैक !''

''नहि छैक दुअन्नी ! रोज-रोज दुअन्नी-चौअन्नी कत्त' सँ लाउ।'' सरकार अन्यमनस्क जकाँ बजैत छथि।

''सरकार, दुअन्नी द' दियौ। माय कें नहि देबै तँ हमरा दिअ'। प्रबोध कका अयताह तँ हुनका सँ ल' क' अहाँ कें घुमा देब।'' रेवती कहलकै, ''सुन्नर कका कें माछ नहि हेतनि तँ की कहताह।''

जेबी मे हाथ दैक चेष्टा करैत, हम पुछैत छियनि, ''दू आना मे कोन माछ भेटतै ?''

''दू आना मे भेटतै झिंगी, गरचुन्नी, गरइ, इचना ! मुदा अहाँक पैसा नहि लेब, कमल भैया ! अहाँ कें तँ अपनहि कोनो चाकरी नहि-ए !'' बाजलि रेवती। मुदा, जखन पातर-पातर आँगुर पर चौअन्नी राखि देलियनि, रेवती किछु विचारैत, किछु चिन्ता करैत, किछु बिहुँसैत, सीढ़ी पर चढ़ि क' ऊपर चलि जाइ छथि। रेवतीक गेलाक पछाति किछु काल धरि हम बैसल रहै छी, फेर उठि क' कोठली मे अबै छी।

एकटा चौकी अछि। कम्मल, तोशक ओछाओल, चद्दरि नहि-ए, तकिआ के खोल नहि-ए। जीवने जकाँ नीउन अछि ओछाओन। सिरमा मे किताब सभ पसरल अछि, अर्नेस्ट हेविंग्वेक 'फिएस्ता', अप्पन कविताक पोथी, एक-दू टा कॉपी। खिड़कीक ओहि पार पानिक पाइप पर नूआ खिचैत क्यो नेपाली स्त्री सस्वर गीत गाबि रहल अछि। अप्पन देसक गीत। अप्पन गाम, घर, पहाड़, वन, निर्झर लता-कुंजक गीत। प्रेमक गीत...

आँगन मे छलहुँ बैसल, गाँथै छलहुँ सुन्दर फूल-हार
जौवन के फूल आ सिनेहक डोरी, छल सुरभित संसार
माय आबि पुछलक, ककरा लेल गाँथै छी फूल-हार
देलियै हम उत्तर, पिताजी के गरदनि मे पहिरेबै हम हार
आँगन मे छलहुँ बैसल, गाँथै छलहुँ सुन्दर फूल-हार

नेपाली युवतीक बाप आबि क' पुछैत छैक जे ककरा लेल ई यौवन-हार गाँथल जाइए। उत्तर भेटैत छैक—भैयाक लेल। तखन भाइ आबि क' पुछैत छै जे के पहिरत ई हार ? उत्तर भेटैत छैक, बहिनक लेल गाँथै छी हम हार ! आबि क' पुछैत छैक बहीन तँ नेपाली युवती उत्तर दैत छैक—ई हार छैक सखीक लेल ! आ तखन अबै छै सखी—

आँगन मे छलहुँ बैसल, गाँथै छलहुँ सुन्दर फूल-हार
जौवन के फूल आ सिनेहक डोरी, छल सुरभित संसार
सखी आबि पुछलक, एहि माला सँ हएत ककर शृंगार
के थिक ओ भागमंत सखी तोँ जल्दी सँ बाज
किछु नहि हम कहलियै भ' गेल हमरा बड़ लाज।

ई लाज जनकपुत्री सीताक लाज थिक, शकुन्तलाक लाज थिक, हमर धर्म, संस्कृति-सभ्यताक लाज थिक। ई नेपाली युवतीक लाज, एहि नेपाली गीतक लाज। आ से लाज आइ कलकत्ताक महानगरी मे, भरल बजार मे बेचल जा रहल अछि, कीनल जा रहल अछि, राति-दिन तोड़ल जा रहल अछि, सुड्डाह कएल जा रहल अछि...

नेपाली युवतीक लाज—मूल्य एक टाका।
बंगाली युवतीक लाज—मूल्य दू टाका।
मैथिल युवतीक लाज—मूल्य तीन टाका।
पंजाबी युवतीक लाज—मूल्य चारि टाका।
गुजराती सिन्धी युवतीक लाज—मूल्य पाँच टाका...

चाह दू आना कप, भात चारि आना प्लेट, कैप्सटन सिकरेट एगारह आना पैकेट, युवतीक शरीर...

नेपाली युवती नूआ खीचब बन्नक' क' हमर खिड़की लग ठाढ़ि भ' जाइ-ए आ हँसैत पूछैए, ''बाबू, एकटा बीड़ी देब ?''

डिब्बा सँ बहार क' एकटा चारमीनार सिकरेट खिड़कीक ओहि पार फेकि दैत छी। ओ लपकि क' सिकरेट उठा लैए आ कोँचा सँ दियासलाइ बहार क' सिकरेट जरबैए। हम अप्पन कोठली सँ बहरा जाइ छी। कोठली सँ बहरा जाइ छी, किएक तँ नारी जाति सँ आब हमरा बड्ड भय होइ-ए।

कतेक वर्ष सँ हम्मर मोन जाहि आवर्त्त मे घूमि रहल छल, जाहि परिधिक चारू कात चक्कर काटि रहल छल, तकर केन्द्र छलीह ई नारी जाति। से सत्ते, जीवन रुकि गेल छल, प्राण बताह भ' गेल छल।

कोनो किन्नरिक स्वप्न देखैत छलहुँ—जीवनक शून्य पाँतर मे वर्षा-जल जकाँ असीम स्निग्धता, असीम सौन्दर्य, असीम शान्ति संचरित करैत अबैत कोनो कादम्बरी, कोनो महाश्वेता, कोनो लवंगलता सन नारी। मुदा, यैह स्वप्न सम्पूर्ण अस्तित्वक समाप्ति हेतु भीषण कन्या बनि क' आयल, आयल विचित्र झंझावात सँ प्राण, आत्मा, शरीर सभ कें भसिया देबाक हेतु...

विचारने छलहुँ जे स्त्री एकटा कातर पत्नी बनि क', हेरायल मृग-शावक बनि क' निकट आयत आ हमर वक्ष मे नुका जायत। हम्मर आश्रय ग्रहण करत, हम्मर सिनेह सँ पुष्पवृक्ष जकाँ पुष्पित, पल्लवित, सुगन्धित होयत।

शयन-कक्ष मे, शीतलपाटी पर ओछाओल पसरल रहत करिया रेशमक लच्छा सन केशपाश...टेबुल-लैम्पक इजोत...इजोतक हल्लुक आ हरियर पाँखि...जेना ज्योति-कमलक पात हम्मर प्रियाक निन्नें मातल आँखिक पकोट पर चित्रादि अंकित करैत रहत...काँच मालदह आमक पुष्ट कोशा जकाँ पैघ-पैघ, नोकाह पलक...ताहि पर काजरक पातर-पातर लहरि...ताहि पर आलस्यक, व्यथाक, बरसाती सिहकीक एकटा गीत...

मुदा, ई सभटा थिक मात्र कविक कल्पना। सत्य थिक ई नेपाली स्त्री, जकर पति-देवता कोनो सेठक दरबान अछि आ ई आन युवक सभ सँ बीड़ी मँगैत रहै ए। सत्य थिक ई रेवती, जकर पिता एक्को पैसाक कमाइ नहि करैत छैक आ ई आन लोक सभ सँ दुअन्नी-चौअन्नी माँगने घुरैए।

कोठली सँ बहरा क', सीढ़ी सँ ऊपर चढ़ि क', पंडितजीक कोठली मे जाइत छी। कोठली मे एकसरे अलवरवाली भानस क' रहल छथि। रेवती आ ओकर दुनू छोट-छोट भाइ दोसर कोठली मे सुन्नर झा संगें गप्प-शप्प क' रहल छथि।

''आउ, कमल बाबू ! अहाँ सँ तँ गप्पो नहि होइ-ए। भरि दिन अहाँ बाहरे रहैत छी !'' अलवरवालीक स्वर मे आदर छनि। हम्मर आदर नहि, रेवतीक हाथ मे जे चौअन्नी देने छलियैक, तकर आदर। ओछाओल पटिया पर बैसि जाइत छी।

लोहिया मे चढ़ल आलू-कोबी मे झोर देबा हेतु पानि ढारि क', ओकरा टिनही तश्तरी सँ झाँपि क', अलवरवाली हमरा लग आबि पटिया पर बैसि जाइत छथि। कहैत छथि, ''पंडितजी कहै छलाह, अहाँ बड्ड नीक जकाँ लोकक हाथ देखै छियै। कनी हमरो हाथ देख दिय'। जीवन मे कहियो सुखो लिखल अछि कि सभ दिन एहिना चूल्हिक आगि मे जरैत रहब ?''

हमरा हाथ पर अलवरवालीक हाथ राखल अछि। कोठली मे, कोठलीक ओसार पर आन क्यो नहि अछि। रातिक नौ-दस बाजि रहल होयतैक। अलवरवाली सुन्दरि छथि, स्वस्थ छथि, शरीर पर यौवनक सभ चिह्न रक्षित-सुरक्षित छनि। पटिया पर खसि पड़ल आँचर सँ शरीरक कोनो अंग नुकयबाक-झँपबाक प्रयत्न नहि भ' रहल अछि। जेना समय

रुकि गेल अछि, स्थान-काल-गति-धर्मनीति सभ टा बिला गेल अछि।

"जँ हमरा दुन्नू केँ एहना हालति मे क्यो देखि लिअय, एखन देखि लिअय, तखन ?" एतबा कहैत-कहैत अलवरवाली हँस' लगैत छथि। हँसला सँ शरीरक सभटा रूप-रेखा हिलकोर लेब' लगैत छनि।

आ,

तखनहि कोठली मे आबि जाइ-ए मधुकान्त, अलवरवालीक बालक, हँसैत बजै-ए, "हम कका सँ कहि देबै। हम कका सँ कहि देबै !" "की कहि देबही ?" क्रोधेँ अभिभूत होइत चिकरैत छथि अलवरवाली। "कहि देबै जे कमल-भैया तोहर हाथ पकड़ने छलथुन !" हँसैत-हँसैत पाँच-छओ बर्खक मधुकान्त बजैए आ कोठली सँ भागि जाइ-ए। मधुकान्तक पाछू दौगैत छथि ओकर माय।

हम सीढ़ी सँ नीचाँ उतरि, खेपन मिसर सँ कहैत छी, "सरकार, भात परसि दिअ। भूख लागि गेल अछि !" भोजन करैत छी। सिगरेट पिबैत छी। पान...

पंडितजी आ दुखराम एकटा अपरिचित व्यक्तिक संगेँ घुरैत छथि। पाछू ज्ञात होइए, इएह महाशय छथि जनिका सँ रेवतीक बियाह होयतनि। हिनके सँ समय-असमय पंडितजी दस-बीस-पचास टाका कर्जा-पैंचा लेने छथि।

बड़कू ठाकुर...कलकत्ता ट्रामवेज कम्पनी लिमिटेड मे ए-क्लास ड्राइवर छथि। सभ मिला क' आमदनी पुष्ट छनि, अढ़ाइ सय टाका प्रतिमास। सभटा केस पाकल। चानन-त्रिपुंड। सिनूरक बड़का ठोप, कंठ मे तुलसी-बद्धी। वैष्णव छथि। वयस होयतनि पचास सँ ऊपर। हाले मे दोसर स्त्री (पहिल स्त्री कोनो मुसलमान दरजीक छौंड़ा संगेँ भागि गेल छलथिन। दोसर स्त्री सात सय टाका मे किनने छलाह। दोसरो स्त्री सँ कोनो सन्तान नहि भेलनि। आब तेसर बियाहक उद्योग मे लागल छथि।) मेनका-रम्भाक देस गेल छथिन। वृद्ध आ 'नीरस तरुरिह तिष्ठति अग्रे' जकाँ स्वामी सँ लाख दरजेँ बढ़ियाँ छल स्वर्गक इन्द्र-कानन मे स्वाधीनपतिका अक्षययौवना बनि क' विहार, वनविहार, जलविहार करब—बड़कू ठाकुरक द्वितीया केँ बूझि पड़लनि। एक राति देह पर किरासन तेल ढारि क' जीवन दीपक ज्योति मिझा लेलनि। जरि गेलीह। सती भ' गेलीह। मुदा, आन पुरुखक संगे अभिसार क' असती नहि बनलीह :

प्रोफेसर शैलेन कहैत छलाह, यैह सामन्ती जीवनक आनन्द आ ऐश्वर्य थिक : स्त्री घर मे चिनुआर लग सड़ैत रहैए, जरैत रहैए। कोनो हरजा नहि। मुदा, कोनो हालतेँ ओ आँगनक देबाल सँ बहराय नहि। सुन्दर व्यवहार, सुन्दर पुरुख, सुन्दर शरीर, सुन्दर जीवनक कल्पनो नहि करय, इच्छो नहि करय।

आ मिथिलाक जीवन एही भग्न होइत सामन्ती जीवन-परम्पराक उदाहरण थिक। हरिसिंहदेवीय पंजी-प्रबन्ध, सभागाछीक भीड़, बरहबरना भोज, सौजनिञा भोज, गामघरक भयानक परदा, परदेस आ सिमरिया-वैदनाथ-जनकपुर-सिंघेसर-सोनपुर-गुलाबबागक निर्लज्जता आदि सभ सामन्ती व्यवस्थाक परिणाम थिक।

मैथिल-जाति आदि-जनकक युग सँ सामन्तवादक अग्रिम पूजक रहल अछि।

मैथिल-दर्शन, मैथिल कला, मैथिल साहित्य सभ सामन्ती। मैथिल माछ, पान, सुपारीक कतरा धरि सामन्ती। मैथिल आर्ट थिक साज-शृंगारक आर्ट, भोजनक आर्ट, शारीरिक ऐश्वर्य आ मानसिक विलासक आर्ट !

ट्राम-ड्राइवर बड़कू मिसर, पंडितजी आ दुखराम हमरा कोठली मे आबि क' बैसि जाइत छथि।

''इएह हमर कमलजी थिकाह। बड्ड पैघ कवि छथि। समाज मे बड्ड आदर-मान छनि'', पंडितजी हमर परिचय बड़कू सँ दैत छथिन, ''ओना हमर भागिन लगताह गामक सम्बन्ध सँ।''

गप्प आरम्भ होइ-ए, फिल्म 'कठपुतली' के बैजन्तीमालाक नाच-गान सँ ल' क' रेवतीक बियाह धरि। दुखराम एहि यज्ञक घटकराज छथि। बोल कें मुँह मे सजबैत बजैत छथि, ''हम तँ इएह कहब ठाकुरजी, अहाँ एहि छौँड़ीक उद्धार क' दियौ !''

पंडितजी जोर-जोर सँ रेवती कें सोर करैत छथिन। खेपन मिसर तमाकू चुनबैत हमरे लग आबि क' बैसि जाइत छथि। राति बढ़ि रहल अछि। डूबि रहल अछि टहाटही इजोरिया। आब अन्हार भ' जायत।

रेवती केबाड़ लग आबि क' ठाढ़ भ' जाइ-ए, ''की कहै छी बाबूजी !''

''इएह हमर बेटी थिक, ठाकुरजी !'' पंडितजी बजैत छथि, ''रेवती, ठाकुरजी कें प्रणाम करिऔन !''

घर मे आबि, बड़कू कें प्रणाम क', रेवती उनटे पयरेँ भागि गेलि। प्रणाम करैत काल रेवतीक चेहरा लाल भ' गेल छलैक। आँखि मे विचित्र तिरस्कारक भाव...

किछु काल बैसि, पान खयलाक बाद बड़कू ठाकुर आ पाछाँ-पाछाँ दुखराम, पंडितजी, खेपन मिसर चल जाइत छथि। केबाड़क दोग मे ठाढ़ि भेलि रेवती हमर चौकी लग अबैत छथि।

हम बड्ड उदास भ' जाइत छी। रेवती कहैए, ''कमल भाइ, चाह आनि दिय' ?''

—पल्लव/मार्च, 1958

मलाहक टोल : एक चित्र

पिरितिया

चनरा मलाह आ महन्था मलाह, दुनू बड्ड पैघ मित्र। साते-आठ बर्खक वयस सँ संगहि नाह पर मलाही करैत छल। संगहि बन्सी ओ खोप ल' क', ताग मे कीड़ा-फतिंगा आ पिलुआ गँथने, माछ मारैत छल। संगहि अखाड़ा मे कुश्ती लड़य, आ संगहि साँझ मे ताड़ी पीबि क' ढोल पर गाबय :

> सब दिन बाजै कोइली भोरे भिनसरबा
> बैरिन कोइलिया आजु बाजै आधी रतिया, हो रामा
> सूतल पिआ के जगाबै, हो रामा,
> मोरा करेजा जराबै, हो रामा, हो रामा...

चनरा मलाह देखबा-सुनबा मे बड्ड सुन्नर। गोर-नार, चकैठ देह, सोंटल हाथ-पयर, आ मस्तायल साँढ़-सन निनायल चालि।

महन्था परम कुरूप। विशाल दैत्य सन चाकर आ कारी भुजुंग। टोल-पड़ोसक रसगरि छौँड़ी सभ महन्था कें देखि क' बाजय, "बाप रे, एहेन राच्छस सँ कोन मौगी करतइ बिआह ? दइआ गे, एक्के पटकन मे तँ हाड़-पाँजर तोड़ि क' राखि देतइ।"

जखन दुन्नू मित्र बीस-पचीस बर्खक छल तँ चनरा मलाहक बाप कमलाक बाढ़ि मे डूबि क' मरि गेलैक। एक दिन चनराक माय कहलकैक, "चन्नर बेटा, मालिक तँ मरिए गेलउ। आब हमरा सँ एकसरि घर-दुआर नहि सम्हरैत छउ। एगो छौँड़ी बिआहि क' ल' आ..."

टोल परहक मलाह सभक सरगना, हरखू माँझीक चौदह-पन्द्रह बर्खक बेटी पिरितिआ पर चनराक नजरि बहुत दिन सँ पड़ल छलैक। कतेक बेर पिरितिआ आ पिरितिआक माय कें अप्पन नाह पर चढ़ा क' किसुनपुरक हाट आ पुपरीक मेला देखा अनने छल।

एक मासक भीतरहि चनरा मलाह आ पिरितिआ माझिनक बिआह भ' गेल। बिआहक आठमे दिन पिरितिआ चनराक आँगन मे रहबाक हेतु चलि आयलि।

बाँसक हरिअर बन्सी-सन पिरितिआ, पानि मे छह-छह करैत कबइ माछ-सन पिरितिआ, कमलाक धार पर उड़ैत चल जाइत छोट-छिन नाह-सन परितिया...। पिरितिआ आ चनरा मलाह सन जोड़ी आइ-धरि मलहटोली मे नहि देखल गेल। पिरितिआक अयबाक दोसर दिन साँझ मे महन्था मलाह सात चुक्की ताड़ीक समर्थ निसाँ मे मातल, दू-टा जुआयल भुन्ना माछ दुनू कान्ह पर लदने, चरिखानाक लुंगी आ लाल रंगक मैल गंजी पहिरने अप्पन बाल-संगीक आँगन मे आयल।

चनरा आँगन मे बैसल जाल बुनबाक सूर-सार मे छल आ पिरितिआ ओसारा पर बैसलि आँच जोड़बाक प्रयास क' रहलि छलि।

माछक भार अँगना मे पटकि महन्था चिकरल, ''पिरती भउजी, जल्दी सँ आँच जोड़ि क' माछ बनाब'। आइ चन्नर भाइ खाना-पीना करेतइ।'' एकटा माछ हाथ सँ उठाक' तौलैत चनरा बाजल, ''खाना-पीना तँ हेबे करतइ ! मुदा, महन्था, तोँ तँ हमरा स' दू-मास जेठ छेँ ? तखन, पिरितिआ तोहर भौजी कोना भेलउ ?''

''जेठ-छोटक बात अखनी जाय दे। पिरित जइसन परी केँ हम भौजी नहि बनायब तँ की अप्पन माय बनायब ? सुन चनरा, जखनि हमहूँ कोनो छौँड़ी सँ सगाइ करब तँ तहूँ ओकरा भौजी बना लिहेँ।''—महन्था हँसैत बाजल। आ, महन्थाक गप्प पर चनरा केँ हँसी लागि गेलैक आ पिरितिआ सेहो हँसय लागलि। पुबरिया दिसक घर मे रहैत छलि चनराक पितिऔत बहीन, कमली। विधवा छलि आ सौँसे टोल मे अपन तबधल यौवनक हेतु, स्वच्छन्द यौवन-क्रीड़ाक हेतु प्रसिद्ध छलि। अपन ओसारा पर सँ चिकरलि, ''चनरा, दारू मँगेबो करबेँ की खाली बाते बनबैत रहबेँ ? सगाइ कैना आठ-दस दिन भेलौ, मुदा अखनि तक एक्को चूरू नइँ पिऔने छेँ। परसू एक घैल ताड़ी मँगेलेँ से सभटा अपने दुनू बेकती पी क' आँगन मे पसरि गेलेँ। इहो नइँ भेलौ जे एक घोंट ताड़ी बहीनो केँ द' दिअइ।''

''तोरा कोन कम्मी छौ, बहीन। रोजे तँ कैथ टोलीक छौँड़ा सभ संगे ताड़ी-दारू पिबै छें आ...।'' महन्था माछ उठा क' ओसारा पर ल' जाइत बाजल।

कमली केँ क्रोध भ' अयलै। आँगन मे उतरैत बाजलि, ''हम ने रंग-रभस करब तँ की तो करबेँ ? भगवती हमरा मुँह-कान देने अछि,...तोरा भगवती की देने छौ ?... जो, जो तोँ हमरा सँ की बजबेँ।''

कमलीक क्रोध शान्त करैत चनरा कहलकैक, ''बहीन, तोँ चुप रह। देखै नइँ छही, महन्था पीने बुत्त छइ। तोँ चुप रह। दारू मँगबै छी तँ तहूँ पिबिहेँ।''

जखन दारू पीबाक निमन्त्रण पाबि कमली चुप्प भ' गेलि तँ चनरा पिरितिआ सँ बाजल, ''माय त' माछ ल' क' हटिया गेल छइ। बड़ी राति खन घुरतइ। हमरा संग मे पैसा छइ कहाँ ! दारू कोना एतइ ?''

स्नेहपूर्ण शब्द मे पिरितिआ नहुँ-नहुँ बाजलि, ''हम्मर बाँसवला पौती मे दस-बारह गो चानीक रुपैया छइ आ एकटा दसटकही नोट छइ। नोट बहार क' क' दारू मँगा लू। हम माछ तरि लै छी। माछक संगेँ दारूक सुआद खूब होइ छइ।''

दसटकही नोट ल' क' चनरा कलाली भट्ठी दिस विदा भेल, आ महन्था कमलीक ओसारा पर जा' क' कमली सँ गप्प करय लागल जे परसू राति मे बाध सँ अबैत काल कोना बनैआ सुग्गर ओकरा पर छरपलै आ कोना ओ दू घंटा धरि बरछी सँ सुग्गर पर प्रहार करैत रहल आ फेर कोना सुग्गर जंगल मे पड़ा गेलैक।

जखन चनरा आठ बोतल सत्तरि नम्बरक दारू ल' क' आँगन आयल तँ सौँसे आँगन तरल जाइत माछक सुगन्धि सँ मह-मह क' रहल छल। पिरितिआ आँगन मे बैसलि कमलीक ओसारा दिस ताकि क' हँसि रहल छलि। आ ओसारा पर कमलीक जाँघ पर मूड़ी रखने चिचिआ-चिचिआ क' गाबि रहल छल महन्था...

चनरा आ चनराक हाथ मे दारूक बोतल सँ भरल मोटरी देखि क' कमली सोझे ओसारा सँ कूदि क' आँगन मे चलि आयलि। गीत बन्द क' क' महन्था चिकरल, ''तोँ राजा छेँ, चनरा !'' आ, तुरत्ते सर्वहारा वर्गक मोहफिल आँगन मे जमि गेल।

बीच मे माछक भरल बासन आ मड़ुआक रोटीक थारी आ दारूक बोतल, आ एहि भोजनक चारू कात सटि क' बैसल, चनरा आ पिरितिआ, आ महन्था आ कमली।

जखन, देसी दारूक चारिम बोतल सधि गेल तँ कमली बाजलि, ''महन्था, तोँ हीरा आदमी छेँ। हम तोरे सँ सगाइ करब। हमरा सन मौगी तोरा टोला भरि मे नइँ भेटतउ।''

पिआसल आँखि सँ पिरितिआ दिस तकैत महन्था बाजल, ''तोरा मे की हीरा ठोकल छौ, कमली। हम्मर पिरित भौजी सन छौँड़ी अइ परगन्ना मे नइँ छइ।'' अप्पन पत्नीक प्रशंसा सुनि क' चनरा हँसय लागल, ''महन्था, तोरा सन दोसर हमरा किओ नइँ भेटत। तोँ जे कहबेँ हम क' सकै छी।''

पिरितिआ चुपचाप माछ सँ काँट छोड़ा-छोड़ा क' चिबबैत रहलि। माछक काँट दाँत तर कड़-कड़बैत चनरा मुदित हृदय सँ बाजल, ''बड्ड निम्मन माछ बनलइ आइ। पिरितिआ, तोरा सन माछ माइयो नइँ बनबैए।'' महन्था केँ तँ पहिनहिं सँ ताड़ीक निसाँ छलैक। दारूक सातम बोतल लग अबैत-अबैत तँ ओ पागल कुकुर जकाँ भसिआय लागल। कमली सेहो एकदम माति गेलि छलि। ओ ठाढ़ि भ' क' नाचि-नाचि क' गाबि रहल छलि :

चानी के बन्सी मे बाझल रे राजा
सोना के मछरिआऽ
सोना के मछरिआ, सोना के मछरिआऽऽ
राति नइँ मानैए ककरो डर भय
दिन नइँ बूझै, नाचै निरभय
पिआ संग गेलै, पिआ संग खेलै,
... ...

अकस्मात् भीम-गर्जन करैत महन्था चिकरल, ''चुप भ' जो कमली, नइँ तँ कपार फोड़ि देबौ।'' आ, महन्था पिरितिआक हाथ पकड़ि क' अपना दिस घिच' लागल।

पिरितिआ चिचिआय लागलि, मुदा महन्थाक हाथ लोहाक हाथ छलैक। गिलासक दारू मुँह मे ढारि क' चनरा बाजल, ''महन्था ! ई की करइ छेँ ?''

गीत बन्द क' क' कमली हँसय लागलि, दारू सँ मातलि हँसी, वासना सँ प्रज्ज्वलित हँसी आ 'द्रौपदी-चीरहरण'क नाटक मे द्रौपदी केँ देखि क' दर्शकगण जेहन किलोल करैत छथि, तेहने पिहकी।

चनरा चिकरल, ''महन्था, पिरितिआक हाथ छोड़ि दही, नइँ त' हम जान मारि देबौ !''

मुदा, चनराक बालसंगी महन्था मरि गेल छल। जीवित छल मात्र महन्था जकरा दिस आइ धरि कोनो स्त्री सिनेहक भाव सँ नहि देखने छलैक। जीवित छल ओ नर-भक्षक बाघ, जकरा पहिले पहिल मनुष्यक रक्त-पान करबाक अवसर भेटल हो।

कमली दुन्नू हाथ सँ थपड़ी पाड़ैत, आर जोर-जोर सँ गाबय लागलि–

राति नहि मानै हो दिन नहि मानै
पिआ संग सूतै हो दिअर संग सूतै
दिअर संग सूतै...

महन्थाक मुँह सँ 'लार' चूबि रहल छलैक। आ पिरितिआ महन्थाक बाँहि मे आबद्ध छलि आ आतंक सँ चिचिआ रहल छलि आ रावणक बाँहि पर आ गरदनि पर दाँत काटि रहल छलि। आ, महन्था पिरितिआ केँ उठा क' ओसारा दिस ल' जयबाक प्रयत्न क' रहल छल। कोन मे राखल कुड़हड़ि उठाक' अर्ध-विक्षिप्त चनरा महन्था दिस दौगल। कमली विकरलि, ''महन्था, सम्हरि जो, सम्हरि जो महन्था।''

चोटायल साँप जकाँ घूमि क' महन्था तकलक आ ठामहि ओसारा पर पिरितिआ केँ पटकि क' चनरा दिस घूमल। पिरितिआ बड़ड प्रयत्न कयलक जे उठि क' कतउ भागि जाइ, मुदा, एक्को डेग घसकि नहि सकलि। दारूक बेहोशी, शरीरक शिथिलता आ भय-आतंक।

महन्था घूमल तँ चनरा दुन्नू हाथेँ कुड़हड़ि उठौने दू हाथ पर ठाढ़ छल। सनकल हाथी जकाँ महन्था चिकरल, ''चनरा !'' आ, चनरा कुड़हड़ि चलबितय ताहि सँ पहिनहि उछलि क' चनराक शस्त्र छीनि लेलक। फेर, दहिना हाथेँ चनराक गरदनि पकड़ि क' ओकरा ओसारा पर सँ धकेल देलक। भीम सन महाबली महन्थाक बज्र प्रहार चनरा सहि नहि सकल। ओसारा पर सँ सोझे चित्त भ' क' आँगन मे राखल माछक वासन पर खसल। माथ फूटि गेलैक आ छर्र-छर्र सोनितक धार आँगन मे बह' लागल। कमली चिकरलि, ''बाप रे ! खून भेलइ रे, चनरा मरलइ रे !'' आ अपनहुँ खसि क' बेहोश भ' गेलि।

रातिक दू पहर बीति चुकल छल आ बीस-पचीस घरक मलहटोली मे केओ जागल नहि छल जे कमलीक चीत्कार सूनि क' दौगल अबितय। चनराक हाथ सँ छीनल कुड़हड़ि फेकि क' महन्था पुनः ओसारा पर पड़लि, कनैत, चिचिआइत, थर-थर करैत पिरितिआ केँ पाँज मे उठा लेलक, जेना कोनो अबोध शिशु सड़क पर पड़ल कचकड़ाक खेलौना

उठबैत हो। आँगन मे चित्त खसल अपन पति कें देखि क' पिरितिआ कें कोनो प्रतिरोध करबाक साहस नहि भेलैक।

तीन-चारि घंटाक पश्चात जखन भसिआइत डेगें महन्था घर सँ ओसारा आ ओसारा सँ आँगन मे आयल तँ चनरा कें होश भ' गेल छलैक आ ओ चुक्की-मुक्की भ' क' बैसल बीड़ी पीबि रहल छल। कमली कें जखन होश भेल छलैक तँ ओ पानि आनिक' चनराक माथ धो देने छलैक आ बोतल मे बचल दारू ढारि क' चनरा कें पिआ देने छलैक।

महन्था आँगन मे आबि क' ठाढ़ भ' गेल। चनरा अनासक्त भावें बीड़ी सोंटि रहल छल, जेना किछु भेले नहि हो।

कनिएँ कालक बाद पिरितिआ बहरायलि आ महन्थाक पाछू मे ठाढ़ि भ' गेलि। आ विषाक्त दृष्टिएँ अपन स्वामी दिस ताकय लागलि।

एक मिनट धरि चनरा दिस ताकि क', बिना किछु बजनहि, महन्था आँगन सँ बहार भ' गेल। महन्थाक पाछू-पाछू विदा होब' लागलि पिरितिआ।

पिरितिआ कें आँगन सँ बहराइत देखि, ठाढ़ होइत चनरा मलाह चिकरल, ''पिरितिआ, तों कत्त' जाइ छें ?'' व्याधाक बन्दूकक गोली खा' क' जेना क्रुद्ध बाघिन व्याधा दिस तकैत अछि, तहिना घूमि क' पिरितिआ बाजलि, ''हम महन्थाक आँगन जाइत छी ! जखन तोरा सोझाँ मे, तोहर आँखिक सोझाँ मे महन्था हमर धरम ल' लेलक, इज्जति लूटि लेलक आ तों ओकरा किछु नइँ क' सकलें, तँ हम्मर मालिक केहन ? तों हमरा आँगन मे राखै वला के ? महन्था मनुक्ख नइँ थिक, राच्छस थिक। मुदा, ओकरा सोझाँ मे हम्मर देह पकड़बाक साहस त' ककरो नइँ हेतइ। महन्था तोरा सन अब्बल त' नइँ अछि ! हम जाइ छी महन्थाक घर मे रहइ-ले। आइ सँ ओ हम्मर मालिक थिक। काल्हिए हम ओकरा सँ चुमाओन क' लेब। खाली हाथ पकड़ि क' बिआह क' लेला सँ घरवाली नइँ घर मे रहइ छइ। घरवाली रहइ छइ रच्छा कयला सँ। तों त' हिजड़ा छें चनरा।''

एतबा कहि, पिरितिआ चनराक आँगन सँ बहार भ' गेलि। चनरा ठामहि बैसि रहल आ गिलास मे बचल दारू पीबि क' कमली सँ बाजल, ''बहिन, एगो बीड़ी छौ ?'' कमली चनरा कें बीड़ी द' क' आँगन सँ बहरायलि आ देखलक—आगू-आगू महन्था आ पाछू सँ पिरितिआ, मलाहक टोलक अन्हार गली मे चलि जा रहल अछि।

कमली घूरि क' आँगन मे आयलि तँ चनरा तन्मय भ' क' बीड़ी सोंटि रहल छल। कमली बाजलि, ''चन्नर, आब सूति रह। बड्ड राति भेलइ।''

कमली

''बाबू, पानि पीब ! बाबू हउ, पिआस लागल अछि ! बाबू हउ !!'', सुन्दर मलाहक दस-एगारह बर्खक बेटा, लखना एतबा कहि क' बेहोश भ' गेल आ बाँसक खाट सँ खसि क' धरती पर पड़ि रहल।

लखना आइ आठ-दस दिन सँ मलेरिया-रोग सँ पीड़ित अछि। पहिने जखन लखना नाह घाट पर बान्हि आँगन आयल छल तँ मायक कोरा मे खसि पड़ल आ बक' लागल छल—माय, आब नहि बचबउ गे ! आदि-आदि। तँ सौँसे देह जरैत छलैक। माय केँ भेल छलैक जे लखना केँ भूत-तूत लागि गेल छैक। तेँ, दू दिन धरि निरसू भगता लखना केँ झाड़ैत रहल आ दू-सेर चाउर, सवा टा रुपैआ, धूप-धूमन, दू गज नव कपड़ा अपन घर ल' गेल।

मुदा, लखनाक बोखार आ डिलिरियम बढ़िते गेलैक। तखन, सुन्दर गेल आ गामक धन्वन्तरि, वैद्यराज चक्रपाणि मिसर केँ प्रार्थना-पाँती क' क' अपन आँगन अनलक। चक्रपाणि मिसरक दवाइ सँ सेहो कोनो लाभ लखना केँ नहि भेलैक। लखनाक मायक चानीक सूइति बन्धक धरा देबाक पश्चात वैद्यराज बजलाह, ''रोग कठिन थिक। अस्पतालक डाक्टर सँ चिकित्सा करायब आवश्यक थिक।''

तखन, फाटल सीरक मे बेटा केँ लपेटि क' सुन्दर मलाह तीन कोस पर स्थित सरकारी अस्पताल ल' गेल। भोर सँ बारह बजे दिन धरि अस्पतालक ओसारा पर बेटा केँ कोरा मे लेने बैसल रहल तखन चपरासी सुन्दर केँ बजओलक। लखनाक जीह, आँखि, पेट देखलाक बाद डाक्टर साहेब कलथिन, ''हम मिक्सचर दबाइ लीख दिआ है। मगर, दबाइ से फायदा नहीं हो सकेगा।'' दुन्नू हाथ सँ डाक्टरक पयर पकड़ैत सुन्दर कान' लागल, ''सरकार, हम्मर एक्के टा बेटा अछि। सरकार, एकर जान बचा दिअउ। सरकार... ।''

''हमारा पैर छोड़ो। पैर पकड़ने से क्या होगा ? तुम्हारा लड़िका को इन्जैक्सन लगेगा, तब ठीक होगा। अइसे ठीक नहीं होने सकेगा। इन्जेक्सन अस्पताल मे नहीं मिलता है। बाजार से खरीदना होगा। लड़िका को सेलेब्रेल मलेरिया है। इन्जेक्सन को दाम लगेगा बाइस रुपिआ। छह ठो सूइ लगेगा। फेर सूइ लगाने का फीस होगा बारह रुपिआ। तुम काल्ह पैँतीस-ठो रुपिआ लेकर आओ। लड़िका ठीक जो जायगा।'' एतबा कहि क' डाक्टर नर्स सँ गप्प कर' लागल।

पनिसोह दबाइक सीसी आ रुग्ण पुत्र केँ लेने साँझ खन भूखल-पिआसल आँगन आयल। सामली (अथवा श्यामली) सुन्दरक पत्नी, लखन केँ पुआरक ओछाओन पर सुतबैत बाजलि, ''डाकदरबाबू की कहलथिन ? छँउड़ा बचि जएतइ ने ?'' हताश भावेँ आकास दिस तकैत सुन्दर उत्तर देलकैक, ''छ गो सुइआ पड़तइ तब अच्छा हेतइ। सुइआ के दाम लगतइ पैंतिस गो टाका। मुदा; घर मे त' आब आठो आना पाइ नइँ छइ। तोहर सूइति छलइ सेहो बन्हकी धरा गेल। आब रुपइआ कहाँ से अओतइ ?''

सामली किछु नहि बाजलि। बजबाक रहबे की करैक ? सुन्दर केँ हाथ-मुँह धोयबाक हेतु पानि देलकैक आ आगू मे चाउरक चारिटा मोट-मोट रोटी आ दू-खंड माछ, पनिआह झोर मे डूबैत दू-खंड माछ, राखि देलकैक। समयक पनिआह झोर मे डुबैत दू-खंड माछ—सामली आ सुन्दर ! विचित्र लीला ! दोसरे दिन भोरे कान्ह पर अप्पन हाथ आ परिश्रम सँ बनाओल गेल जाल ध' क' सुन्दर माछ मार' चल गेल। रस्ता भरि सोचैत

रहल, जँ आइ एकटा बड़का रहु भेटि जाय ! बड़का रहु, मनुक्ख सँ चारि गुना पैघ रहु। आ, तखन ओ रहु पुपरीक हाट पर पचास टाका मे बिका जाय...।

मुदा, अपनहि विचार पर जेना सुन्दर केँ हँसी लागि गेलैक–पचास टाकाक कतौ एकटा माछ भेलइए !

सूर्य्यक प्रथम किरण-जाल बड़का महाराजी पोखरि केँ क्रमशः उज्जर, पीअर, लाल रंग मे रंगि रहल छल। आ, सुन्दरक मत्स्य-जाल अभ्यस्त हाथक झटका पाबि वायु मे पसरि क' पोखरिक पानि पर खसैत छल–छपाक ! डाँड़-भरि जल मे ठाढ़ भेल सुन्दर, ओकरे हाथ मे नचैत माछक जाल आ पानि मे छह-छह करैत मत्स्य-राशि–भुन्ना, रोहु, कबइ, माँगुर, बोआरी, गरइ, इचना आ सितुआ, घोँघा, घास-पात।

जखन, सुन्दर दसम बेर जाल फेकलक तँ दू-तीन-टा छोट-छोट रोहु आ एकटा भुन्ना, आठ-दसटा बोआरी आ दू-तीन सेरक करीब घोँघा सुन्दरक लग मे जमा भ' गेलैक।

दूपहरक दस-एगारह बाजल होयतैक। जाल समेटि क' कान्ह पर राखि, जाल मे छटपट करैत माछ सभक सुख-स्पर्श पीठ पर अनुभव करैत सुन्दर अप्पन टोल दिस विदा भेल। विचारलक, घोँघा आ छोटकी इचना–सभ सामली केँ पकबैक हेतु द' देबैक आ बचल माछ ल' क' चल जायब हाट पर। कम्म-सँ-कम्म छह-सात टाकाक प्रबन्ध तँ भइए जायत। रस्ते मे भेट गेलथिन गोराइ चौधरी, गामक मुखियाजी। साँझ-खन मत्स्य-मांसक भोज छनि, सौंसे गाम केँ नोत देने छथिन। छागरक प्रबन्ध तँ भ' गेल छनि। मुदा, बैआना ल' क' महन्था मलाह धोखा द' देलकनि। एखन धरि आँगन मे एक्को टा माछ नहि पहुँचल छनि। महन्था दारू पीने मस्त भेल आँगन मे सूतल अछि।

सुन्दर बाजल, "मालिक, माछ तँ हम सभटा द' दैत छी मुदा, हमर बेटा बेराम अछि। दबाइ लेल एक्को टा पाइ नहि अछि। छ गो सुइया लगतइ ओकरा। अपने माछक दाम द' दिअ। माछ देबा मे हमरा कोनो उजुर नहि।"

"हँ रे, सुनरा ! माछ लेबहु तँ दाम किएक नहि देबउ ? तोँ चल हमरा आँगन।"–गोराइ चौधरी कहलथिन।

मुदा, जखन माछ गोराइ बाबूक स्त्री केँ द' क' सुन्दर दलान आयल तँ गोराइ बाबूक कत्तहु पता नहि। हुनकर बेटा बाजल, "बाबू तँ गुअरटोली चल गेलाह दूध आन'क लेल।" बड़ी काल धरि गुअरटोली आ सौंसे गाम मे गोराइ चौधरी केँ ताकि क' सुन्दर चल आयल।

आँगन आयल तँ देखलक लखना धरती पर चित्ते खसल बेहोस अछि। कनिएँ कालक बाद आँखि फुजलैक। तँ लखना चिकरल, "बाबू, पानि पीब"...आ तखनहि सामलीक संगे कमली आ पिरितिआ आयलि।

पिरितिआ बाजलि, "सुन्नर भइया, लखना बेराम छइ आ तोँ हमरा कहबो नहि कयलह !"

सामली लखना केँ पानि पिआ क' ओछान पर सुताब' लागलि।

जखन, सुन्दर सामली केँ माछक हाल, गोराइ चौधरीक ठकपनीक हाल सुना चुकल, तँ घरक देहरि पर बैसि, कपार पर हाथ ठोकि क' सामली एतबे बाजलि, ''हे भगवती, लखना नहि बाँचत।''

कमली लखनाक माथ पर हाथ राखि क' स्पर्श कयलक, तीव्र ज्वाला। बाजलि, ''बड्ड बोखार छइ। मुदा सामली भउजी, तोँ चिन्ता जुनि कर'। लखना नीकेँ भ' जयतउ।''

कनी काल धरि सोचलाक बाद पिरितिआ बाजलि, ''सुन्नर भइया, हम्मर घरवला तँ दू बोतल दारू पीबि क' सूतल अछि। गोराइबाबू जे माछक लेल बेआना देलखिन, तकर दारू कीनि क' पी लेलक आ आँगन आबि क' लहास जकाँ पड़ि रहल। मुदा, तोँ निफिकिर भ' जा' भइया, हम ओकरा उठा क' सब हाल कहै छिअइ। ओ अबस्स कतउ-ने-कतउ सँ रुपैआक ठेकान क' देतइ। हमरा ओकरा पर बिस्बास अछि।''

कमलीक गरदनि मे चानीक मोटगर सूइति चमकि रहल छलैक। दुन्नू हाथेँ पकड़ि क' सूइति बाहर करैत बाजलि, ''काल्हि-खन तिरपित मिसर ई सूइति सोनरा सँ गढ़ा क' देने अछि। खूब भरिगर छइ। कम्मो-सँ-कम्म बीस-पचीस टाका दाम अबस्स हेतइ। तोँ ई सूइति बेच लाब'।'' गरदनि सँ सूइति बाहर क' क' कमली सुन्दरक हाथ पर राखि देलकैक।

निस्वार्थ स्नेहक एहन सौम्य-प्रदर्शन सँ सुन्दर भाव-विह्वल भ' गेल। पाछू हटैत बाजल, ''नहि, नहि; कमली, कमली; तोहर गहना बेचि क' हम लखनाक दबाइ नहि करायब। लखना केँ बचबाक हेतइ त' तोरा सभक आसीरवादे सँ बचि जेतइ। मुदा, तोरा त' घरोवला नहि छउ; इएह गहना-गुरिआ त' आगू काज देतउ।''

''देह-दसा रहत त' कतेक सूइति फेर गढ़ा लेब, सुन्नर ! मुदा, लखना केँ सुइया नहि पड़तइ त' ओ हाथ सँ चल जायत ! तोँ कोनो चिन्ता नहि कर'। एहेन बेर मे की गहनाक मोह कयल जाइत छइ ?'', कमलीक एहि प्रश्नक उत्तर सुन्दर नहि द' सकल।

लखनाक माथ पर हाथ फेरि क' कमली आ पिरितिआ आँगन सँ बहार भ' गेलि। कमली कोनो गीत गबैत कलाली दिस विदा भेलि आ पिरितिआ अपन आँगन दिस महन्था केँ जगयबाक हेतु।

साँझ भेला सँ पहिनहि, महन्था पन्द्रह टा टाका ल' क' सुन्दरक आँगन पहुँचि गेल। सूइति बेचला सँ सेहो बाइस-टा टाका भेटि गेलैक।

आ,

तखन, लखना केँ कन्हा पर लादि महन्था अस्पताल दिस विदा भेल। पाछू-पाछू चलल सुन्दर आ सामली।

कलाली लग आयल तँ महन्था देखलक, कमली केँ चारि-पाँच टा मलाह घेरने छल आ हाथ मे दारूक बोतल रखने कमली नाचि-नाचि केँ गाबि रहल छलि :

हम तँ मलाहिन राजा, जल के मछरिआ
जलके मछरिआ राजा, जल के मछरिआ

अएतइ मलहबा, फेकतइ महाजाल, फेकतइ
महाजाल राजा, हम्मर मलहबा।

केतकी

पाँच बरखक बाद तुरन्ता माँझी मोरंग सँ घुरि क' गाम आयल तँ मलाह टोलक सभ स्त्री-पुरुष केँ तुरन्ताक भाग्य पर बड्ड करुणा भेलैक। कारण, तुरन्ता मलाहक दुन्नू पयर मे लकवा मारि देने छलैक।

तुरन्ताक पितिआइन बाजलि, "कोनो डाइन बान चला देने हेतइ। हम पहिनइँ कहइ छलिअइ, तुरन्ता मोरंग नइँ जो। अप्पन गाम-घर छोड़ि क' जयबाक फल इएह होइ छइ। सरुप्पा मलाह दिनाजपुर गेल, से आइ धरि घुरिक' नइँ आयल। उचितवा धानुक चाहक बगान मे नौकरी कर' गेल तँ ओत्तइ साँप काटि लेलकइ, मरिए गेल। मुदा, तुरन्ता केँ तँ छलइ जे मोरंग मे रुपैया पानि जकाँ बरिसइ छइ...।"

"हमरा त' लगइए जे आब केतकी की करतइ। बेचारी के करम फूटि गेलइ !", सहानुभूति प्रकट करैत पिरितिआ बाजलि।

"कतरइ की ! दोसर सगाइ क' लेतइ। तुरन्ता मे की सोना गाँथल छइ, जे ओकरे संग लागल रहतइ केतकी !" बड़कागामवाली उत्तर देलकैक।

आ, एहिना मलहटोलीक इनार पर बड़ी काल धरि तुरन्ता मलाह आ ओकर स्त्री केतकीक दुर्भाग्य पर चर्चा आ टीका-टिप्पणी होइत रहल। केतकी तुरन्ताक संगहि मोरंग गेल छलि आ संगहि घुरि क' गाम आयलि अछि। मोरंग जाइत काल केतकी बारह-तेरह बर्खक छौंड़ी छलि। मुदा, पाँचे बरख मे एकदम बदलि गेलि अछि। मात्र देहे-दसा नहि, नूआ पहिरबाक ढंग, बाजब-भूकबक ढंग, रस्ता-बाट पर नूआ फलका क' चलबाक ढंग—सभ किछु बदलि गेल छैक। आँचर मे कुंजीक झब्बा बान्हैत अछि, डाँड़ मे सदिखन रुमाल कोँचने रहैत अछि, भरि दिन मे दू बेर क' पान खाइत अछि, नित्य भोरे उठि क' पोखरि सँ नहा अबैत अछि आ ब्रह्म-बाबाक थान पर फूल चढ़बैत अछि, आदि-आदि।

केतकीक रंग-ढंग देखि क' टोलक बूढ़ि-पुरान मलाहिन सभ नाक पर हाथ ध' क' बजैत अछि, "साँइ त' आँगन मे पड़ल एक लोटा पानिक लेल चिचिआइत रहइ छइ आ केतकी एक खिल्ली पान खा' क' बरइ सँ हँसी-ठट्ठा करैत रहइ अछि ! ईहो छँउड़ी गाम भरि मे कमलिए जकाँ नाम करत।"

मुदा,

ओहि दिन साँझाखन कमली माछ ल' क' तिरपित मिसरक आँगन मे गेल तँ मिसरजी एकान्त मे ल' जा' क' कहलथिन, "कमली, एक दिन केतकी सँ भेँट नइँ करा देबेँ ?"

तँ, हँसैत कमली उत्तर देलकनि, "मालिक, केतकी आ हमरा मे बड्ड फरक छइ। केतकी अहाँ केँ हाथ नइँ लागत। परसू खन लछमन बरइ एक रत्ती केतकी के हाथ

छू देलकइ। तइ पर ओ छउँड़ी ततेक हल्ला केलक जे सँउसे गाम बहीर भ' गेल। माय गे, ओ छँउड़ी छइ की आगिक लुत्ती। मालिक, अहाँ केतकी के खिआल मोन सँ हटा लिअ'। आन जइ छँउड़ी द' कहू, हम नइँ, नइँ कहब। मुदा, केतकी ? बाप रे बाप, ई काज हमरा सँ नइँ हैत !''

''कमली, आइ धरि हम जाहि मौगी पर दाँत गड़ेने छी, से हमरा लग अबस्स आयल अछि। ई केतकी जँ आइ सँ एक्को मास धरि एहि गाम मे रहत त'...'' एतबा कहि क' घर दिस विदा भ' गेलाह।

तिरपित मिसर एहि गामक रावण छथि। कतेक सीताक सतीत्व भंग क' चुकल छथि, से अपनहुँ नहि मोन छनि। बेसी धनीक तँ नहि छथि, मुदा प्रतापी बड्ड पैघ। भाँगक गोला पचबै मे, बनैया सुग्गरक शिकार खेलाइ मे, कुश्ती लड़ै मे, घोड़ा फनबै मे आ सौख-मौज करै मे हिनकर बराबरी करयवला एहि परोपट्टा मे केओ नहि। गामक स्त्री-जातिक हेतु तँ तिरपति मिसर साक्षात् इन्द्र भगवान छथि। प्रति वर्ष गामक कतेक विधवा, सधवा, कुमारि हिनका संगेँ सिमरिया घाट गंगा स्नान करय जाइत छथि।

मुदा,

हिनका मलाह-जातिक स्त्री किछु विशेष रूप सँ पसिन्न छनि। कहैत छथि, धरती परक असली अप्सरा तँ मलाहिने होइत अछि। अप्सरा माने पानि मे रहयवाली। मलाहिनक गत्र-गत्र सँ जे मछाह सुगन्धि बहराइ छैक, ताहि सँ नीक आन कोनो वस्तु नहि। महर्षि पराशर, महर्षि व्यास आ सम्राट शान्तनु सन लोक की मूर्ख छलाह जे मलाहिन सँ बिआह कयलनि।

आ,

ओहि राति सँ तिरपित मिसर 'केतकी-हरण'क सरंजाम करय लगलाह। दोसर दिन भोरे मे केतकी धारक कात माछ आनय गेलि तँ चनरा मलाह नाह ल' क' ओइ पार जाइत छल। केतकी केँ देखितहि बाजल, ''भउजी, पार जयबेँ ?''

केतकी चुपचाप नाह मे आबि क' बैसि गेलि आ चनरा नाह खेब' लागल। जोर-जोर सँ लग्गा चलबैत चनरा बाजल, ''भउजी, एक बात कहिअउ ?''

''की कहबेँ !''

''तोँ हमरा सँ चुमाओन क' ले। तुरन्ता संगेँ रहि क' की भेटतउ ? ओ तँ आब दू मुट्ठी भातो नइँ जुमा सकतउ। तोँ हमरा संगेँ बिआह क' ले। तोँ जे-जे कहबेँ, सैह हम करबउ।''

''बिआहक गप्प नइँ कर चन्नर ! जखन धरि हम्मर घरवला जीबइए, हम चुमाओन नइँ करब ! ओ हमरा भात नइँ देत त' हम ओकरा भात जुमा क' आ पका क' देबइ।''

''तोँ केहन पागल छेँ भउजी, खाली भाते सँ की काज चलि जएतउ ? आर की कथूक मोन नइँ हेतउ ?''

''हमरा मोन के फिक्किर तोँ किएक करइ छेँ ? तोँ अप्पन मोन के कर। पिरितिआ सन छँउड़ी नइँ सँभरलउ तँ हमरा कोना सम्हारि क' रखबेँ ?''

''पिरितिआ तँ छिनारि छल।''

''ओ छिनारि छल, तइँ तोरा छोड़ि देलकउ। मुदा, चन्नर, हम छिनारि नइँ छी, आ तेँ हम अपना घरवला केँ नइँ छोड़ब। टोल मे त' पचास टा जुआन छँउड़ी छइ। तोँ ककरो सँ क' ले बिआह।''

''तोँ नइँ करबेँ ?''

''हमरा की घरवला नइँ अछि, जे हम बिआह करब ?'', एतबा पूछि क' केतकी नाह पर सँ उतर' लागल। नाह घाट पर लागि चुकल छलैक।

''सभदिन ई शान नइँ रहतउ, केतकी, आ ने ई सरीर आ देह-दसा रहतउ। तखन किओ पुछबो नइँ करतउ।'', नाह सँ उतरि क' लग्गा नाहे पर फेकैत चनरा बाजल।

''हम्मर देह-दसाक फिक्किर तोरा किएक छउ, चन्नर ? सरीर की ककरो सब दिन साथ देलकइए। तोँही की सब दिन एहने रहबेँ ? देह संग नइँ दइ छइ। मुदा मोन तँ सब दिन संग दइ छइ चन्नर ! आ हमरा ई बिस्बास अछि जे हम्मर मोन कहिओ अप्पन घरवला सँ नइँ हटि सकत। जहिआ ओ समंगर छल, जहिआ ओ चारि पइसा कमाइत छल, तहिआ हमरा इन्दर भगबानक परी जकाँ सजा क' रखलक, सब सुख देलक। जे नूआ-बस्तर आ गहना कहलिअइ, सएह कीनि देलक। एहेन लोक केँ हम छोड़ि क' दोसरा सँ सगाइ क' ली ! ई हमरा सँ नइँ हैत ! हँ, एकटा बातक मोन लगले रहि गेल। कोरा मे एकटा नेना केँ नइँ पोसलउँ। से की सब मउगी केँ धीया-पुता होइते छैक ?'', एतबा कहि क' केतकी नाह पर सँ छरपि क' घाट दिस चल जाइत रहलि।

केतकी मलाह-जातिक स्त्री भ' क' एतेक पति-भक्ति आ धर्म्म पर विश्वास रखैत अछि, ई आश्चर्य्यक विषय थिक। साधारणतः तँ छोट-जातिक लोक, दयनीय आर्थिक स्थितिक लोक, बिना कोनो सम्पन्न सामाजिक स्थिति आ सुदृढ़ धार्म्मिक आस्थाक लोक चरित्र, नैतिकता, सम्बन्धीक स्नेह, कर्त्तव्य-भावना आदि सँ वंचिते रहैत अछि।

मिथिलाक धानुक, कहार, ततमा, मलाह, गोँढ़ि, पासी आदि अनेक शूद्र आ शूद्रेतर जातिक लोक एखन धरि आदिकालीन जीवन, यौन-स्वच्छन्दताक जीवन, अज्ञान आ अन्धकारक जीवन, दीनता आ परतन्त्रताक जीवन बिता रहल छथि। एखन धरि शूद्रेतर जातिक युवती ब्राह्मण आ क्षत्रिय जातिक भोग-वस्तु मानल जाइत अछि। 'राड़क मउगी, सभ केर भउजी' एखन धरि...

मुदा,

केतकी मोरंग घूमि क' आयलि अछि। केतकी केँ बारहे-तेरह बर्खक अवस्था सँ कोनो मालिकक सेवा करब नहि सिखाओल गेल छैक। जेना राजर्षि जनकक सभा मे याज्ञवल्क्य सँ शास्त्रार्थ करैत विदुषी गार्गी तत्कालीन आस्थाक विरोधिनी, विद्रोहिणी छलीह, खोआ सँ भरल पैघ बाटी सन, रूप-रस-यौवन सँ भरल चम्पा-कली सन केतकी मलाह-समाजक जीवन-क्रम आ आस्थाक विरोधिनी, विद्रोहिणी अछि।

परमवृद्ध हरखू माँझी नहुँए स्वर मे बाजल, ''कपार पर मरल-सन रोगी तुरन्ता बैसल छइ। कत्ते दिन धरि केतकी दाइ देह सम्हारने रहतीह ? दू कर भातक लेल लोक केँ

की ने कर' पड़इ छइ।''

तुरन्ता कें स्नान-भोजन करओलक, अपने दू-टा रोटी पेट मे रखलक, फेर एक मुट्ठा बीड़ी आनि कें तुरन्ता कें देलक आ तखन, ओसारा पर कुनियाँ भ' क' सूति रहलि।

आ, तहिया सँ नित्य राति मे तिरपित मिसर तुरन्ता माँझीक घरक चारू कात टहल मार' लगलाह।

कमलीक द्वारा तिरपित मिसर केतकी कें दू टा पँचटकही नोट पठेलथिन, मुदा, कमली नोट लेने घुरि अयलनि। कहलकनि, ''अहूँ खूब छी मालिक, हमरा ओइ छउँड़ीक हाथें मारि-गारि खाइ लेल पठबै छी ! अहाँ कें हम पहिनहि कहलउँ। मुदा, अहाँ कें त' केतकीक भूत लागि गेल अछि, त'...''

मिसरजीक आकर्षण आर बढ़ि गेलनि। राति मे एगारह बजे तीन चिलम असली नेपाली गाँजा पीबि क' आ हाथ मे गुप्ती लागल लाठी ल' क' आँगन सँ बहरयलाह। सीता कें कोनो लक्ष्मण रेखा नहि बचा सकत...

तुरन्ता माँझीक आँगन मे मात्र डेढ़ टा कोठली छलैक–एकटा सौंस घर जाहि मे सुतैत अछि आ दोसर ओसाराक एकचारी, जत्त' भानस होइत छैक। आँगन मे भाँगक जंगल छैक आ दू दिस सँ आँगन कत्तउ कड़चीक टाट सँ घेरल छैक। जखन मलहटोलक कुकुर दबाड़लकनि तँ तिरपित मिसर अन्हार मे दौगेत-दौगेत आबि क' तुरन्ताक आँगन मे भाँगक मध्य मे ओँघड़ा क' खसि पड़लाह–धमाक !

तुरन्ता घर मे फोँफ काटि रहल छल आ केतकी ओकर बाम भाग मे पसरलि छलि, जगले। निन्न नइँ होइत छलैक। मिसरजीक खसबाक शब्द सुनि क' केतकी बहरायलि। ई ओकरा बूझल छलैक जे तिरपित मिसर कें राति मे निन्न नइँ होइत छनि आ तें, मलहटोली मे पहरा दैत रहैत छथि। हाथ मे दू हाथक फराठी ल' क' केतकी ओसारा पर बहरायलि आ चिकरलि, ''आँगन मे के थिक ?''

गाँजाक उन्माद मे हेरायल तिपपित मिसर विचारलनि, आब नुकायब व्यर्थ थिक। केतकी कुकुर नहि थिक जे काटि लेत। आ, तुरन्ता तँ उठिओ नहि सकैत अछि। बजलाह, ''हम छी ! केतकी, इम्हर आ ! तोरा सँ जरूरी काज अछि !''

''के छें तों ? कोन काज छउ ?'', तिरपित मिसरक स्वर चिन्हि क' केतकी बाजलि।

''हमरा नहि चिन्हैत छें, हम छी तिरपित !''

''हमरा सँ कोन काज अछि ?''

''ओसारा पर सँ की बजइ छें ? इम्हर आ।'' तिरपित मिसर ओसाराक कोर लग आबि क' बजलाह आ जाबत केतकी पाछाँ हटय ताबत ओ केतकीक हाथ पकड़ि क' ओकरा आँगन मे घीचि लेलनि। चन्द्रमाक प्रकाश मे मिसरजी कें केतकी ओहि काल मे संसारक सभ स्त्री सँ बेसी सुन्नर लगलनि।

हाथ छोड़यबाक असफल चेष्टा करैत केतकी बाजलि, ''मिसरजी, आब ओ जमाना

नइँ छइ जे अहाँ जे चाहब से क' लेब। हम गरीब छी, मुदा रण्डी नइँ छी। अहाँ अपना आँगन जाउ, हमरा जा क' सूत' दिअ।"

मुदा, तिरपित मिसरक लाल आँखि देखि क' केतकी केँ बड्ड डर भ' गेलैक। सौंसे देह सिहरि गेलैक। चारू कात भाँगक चारि पाँच हाथ ऊँच जंगल आ जंगलक बीच मे केतकीक दुन्नू हाथ पकड़ने एहि कर्म मे अभ्यस्त तिरपित मिसर। लाठी मे सँ गुप्ती बहार क' क' चम-चम करैत धार केतकी केँ देखबैत मिसरजी बजलाह, "केतकी जँ एक्को रत्ती हल्ला करबेँ तँ पेट मे सौंसे गुप्ती भोंकि देबउ !"

केतकी ने चिकरलि, ने कानलि, ने हल्ला करबाक चेष्टा कयलक, केवल तिरपित मिसर दिस ताकि क' हँसलि। फेर कनिए काल घर दिस ताकि क' बाजलि, "मिसरजी, अपन गुप्ती लाठी मे ध' लिअ। हम त' अहाँ सँ हँसी करैत छलउँ। हम अहाँ सँ बाहर जायब त' एहि गाम मे रहि सकब ?"

मिसरजीक हाथ सँ दसो टाका ल' क' केतकी आङनक दोसर कात टाट लग चलि गेलि। पाछू-पाछू गेला मिसरजी। मुदा, रुपैया ल' क' केतकी भागि नँइ जाय एवं हल्ला नहि कर' लागय एहि हेतु मिसरजी फूजल गुप्ती लगे मे रखलनि आ पिआसल बड़द जकाँ केतकीक पान सन पातर ठोर पर अप्पन तमाकू सँ पीअर दाँत रगड़य लगलाह। चुम्बनक ई प्रक्रिया समाप्तो नहि भेल छल कि दहिना हाथ सँ गुप्ती उठा क' मोरंगक छौंड़ी केतकी सौंसे गुप्ती तिरपित मिसरक पेट मे भोंकि देलकनि।

मिसरजी चिकरलाह, "माए-गे ! माएऽऽ गेऽऽऽ !" आ केतकीक छाती पर खसि पड़लाह। हुनकर रक्त सँ, पानिक झरना जकाँ खसैत रक्त सँ केतकीक आँगी आ छाती आ सौंसे देह, मुँह भीजि गेलैक। देह पर पड़ल तिरपित मिसरकेँ धरती पर ठेलि क' केतकी उठि क' ठाढ़ि भ' गेल। फेर बड़ी काल धरि ठाढ़ि भेलि मरैत अथवा मरि गेल तिरपित मिसर केँ देखैत रहलि...

–वैदेही/अगस्त, 1958

यात्राक अन्त

रक्त, नील, पीत, हरियर रंगक बल्ब सँ जगजगार कलकत्ताक कॉलेज मार्केट। साँझक सात-आठ बाजल अछि। प्रिय सुशील बाबू बड्ड सिनेह सँ असली हैप्पवैली चाय पिआब' लेल एकटा आधुनिक जलपानगृह मे ल' गेलाह। राजकमल, डॉक्टर देवेन्द्र (डॉक्टरो सभक हृदय भावुक, सिनेहमय आ उदार होइ छै, तकर उदाहरण डॉक्टर देवेन्द्र,) दीपक भाइ (रूपक अलंकार—मैथिली 'पल्लव' पर राखल जरइत मंगल दीपक मिथिलाक प्रगति जाह्नवी पर बहल चल जा रहल अछि, घाट केँ ज्योतिर्मय करैत) आ बन्धु सुशील आ' साधारण टेबुल आ सिगरेटक तिक्त काषाय धुआँ आ लगक केबिन मे बैसल छात्र सभक हँसी-ठहाका, बैराक सुखायल ठोर पर बीड़ी पीबाक कारी सियाह चेन्ह, अधझरकल डवल रोटीक फाँक, तीन खाना चाय आ एहने मइल, एहने पुरान कते वस्तु। हमरा भाँग बेसी लागि गेल छल, देनउ छलियइ बड़का टा गोला, नित्यक खोराक सँ सोझे सोझ दूना। तइँ, रहि-सहि क' देबाल पर टाँगल रवीन्द्रनाथक फोटो आ दिसम्बरक कलैन्डर आ पयर मे गड़ैत चप्पलक काँटी दिस ध्यान चलि जाए। मुदा अकस्मात ध्यान टुटि गेल। लागल जेना एके बेर केओ प्राण केँ अपना दिस घिचने चलि जाइए। हँसी-ठहाका, गप्प, पिहकारी, सिसकी, सीटी, कार बसक भोंपा, ट्रामक टन-टन-टन, चम्मच काँटाक खट-खट, चाह-प्यालीक खन-खन शब्द-मिश्रण, स्वर-मिश्रण सँ उठैत, उपर उठैत एकटा स्त्रीकंठक संगीतमय स्वरलहरी आ, बाउल (बंगालक प्रसिद्ध संगीत यन्त्र)क सुमधुर, सुस्पष्ट, सुकोमल, मुदा, उदास-उदास ध्वनिलहरी कान मे, प्राण मे, आत्मा मे जेना बिजलीक करेन्ट छक-छक छुबइत चल जाइए...।

सिगरेटक धूम-पुञ्ज सँ मूड़ी उठा क' सड़क दिस तकलउँ—नहुँए डेगे चल अबैत एकटा स्त्री, एकटा पुरुष।

स्त्री भक्तकवि चण्डीदासक एकटा कृष्णभक्ति, राधा भक्तिक गतिमय प्रेमसिक्त पदावलि गबैत छलि, वस्त्र आ शरीरक दरिद्रता मे वयसक नवीनता आ रूपक आभा भसिआएल सन। कृष्ण कृष्णवर्ण, जर्जरा, आ पुरुष आन्हर आ रोगिआह। भिखमंगा समुदायक प्रतीक। अर्धनग्न। हाड़-हाड़ जागल। चाय-दोकानक सोझाँ मे आबि क' दुनू व्यक्ति ठाढ़ भ' गेल। पुरुष भावमग्न जकाँ, कोमलतम स्वर मे सिद्ध हाथेँ बाउल बजबैत रहल, आ स्त्री आद्र स्वरेँ गबैत रहल—

मुरली जे बाजिलो
बिरिछिरि ओटे
आबे गृहे रहिलो ने जाए
बिरहे दुःख सहिलो ने जाए।

शुद्ध बंगला कण्ठध्वनि। दग्ध, पवित्र, करुणतम। दोकानक मालिक विरक्त भ' क' एकटा अधन्नी स्त्री दिस फेंकि देलकै आ मुँह टेढ़ करैत बाजल, "दूर जा ! एखोने थेके ! एह चण्डी दासेर मेयेँ (दूर जो एहि ठाम सँ, चंडीदासक बेटी नहितन।)" हाथक झोरामे अधन्नी राखि, पुरुष केँ हाथक सहारा दइत, वैष्णवी गायिका आगू बढ़ि गेलि।

अकस्मात् चायक प्याली आगू दिस ठेलैत, दीपक भाइ हमरा पुछलइन, "'भाइ राजकमल, एहन मद्धिम चालि मे ई वैष्णव-वैष्णवी कहियाधरि अप्पन गन्तव्य स्थान पहुँचत ? ई दम्पति कहियाधरि अप्पन वासा लग जाइत ? एहेन गति, एहेन चालि, एहेन जीवन...कहियाधरि एकरा सभक यात्राक अन्त अयतै ? यात्राक अन्त...मंजिले मकसूद... ।"

कनिएँ विचारि क' हम उत्तर देलिअइन, "हमरा विचारेँ ई दम्पत्ति चलि नइँ रहल अछि। एके ठाम ठाढ़ अछि, रुकल अछि, स्थिर अछि। आकाश दिस आँखि पसारने धरती पर पैर रोपने ठाढ़ भेल, ई दुन्नू व्यक्ति युगयुगान्त सँ कतेक मन्वन्तर सँ एक्के चउराहा पर अचल अछि। गति, चालि, यात्रा की एकरे कहल जाइ छइ ?" हमर एहि उत्तरप्रश्न पर दीपक जी, अथवा अपन नवका बत्तीस टाका वला एम्बेसेडर-शू दिस सिनेह सँ देखइत, डॉक्टर देवेन्द्र; अथवा ठोर पर कोनो नवीन फिल्मक कोनो नूतन गीत लदने, सुशील की उत्तर देलइन अथवा कोनो उत्तर नइँ देलइन, से आब एखन मोन नइँए... ।

मुदा।

जखन ओही राति, साढ़े एगारह बजे गोरिया-हाट चउराहा पर एकसरे ठाढ़ छलउँ, लगे मे ठाढ़ि छलि एकटा परम आधुनिका, परम प्रसाधनिका, परम स्वाधीन-पतिका वंग-पुत्री, रवीन्द्रक पुत्री। तकरे 'सउँस पीठ उघार, आधा वक्ष उघार' आँगी सँ छलछल करइत बासि-तेबासि यौवन आ जाड़ेँ देहक थरथरी देखि रहल छलउँ। तखनइ, अकस्मात् कनिएँ दूर पर, फुटपाथ ध'क', चल जाइत ओही वैष्णव-वैष्णवी दम्पत्ति पर दृष्टि पड़ि गेल। कथाकार हृदय बाजल, "एहि दम्पतिक यात्राक अन्त, एहि चंडीदासीय यात्राक अन्त नइँ देखबह ?"

रवीन्द्रक पुत्री केँ कोनो विलासप्रिय काव्यप्रियक प्रतीक्षा करैत छोड़ि, दम्पतिक पाछाँ-पाछाँ विदा भ' गेलउँ। विद्युत खम्भक इजोत मे कखनहुँ एहि दम्पतिक शरीर-छाया छोट भ' जाइ, कखनउँ ताड़ो सँ पैघ। ओ छाया कखनउँ छुद्र लागए, कखनउँ महान... ।

वैष्णवक कान्ह पर बाउल एकटा डोरी मे लटकल छलै। वैष्णवीक हाथ मे एकटा

झोरा छलै, भीख मे भेटल अन्न आ पइसा आ वस्त्र सँ भरल। दुन्नू अपना मे गप्प क' रहल छल। गप्प सुन' लगलउँ–

''एक टुक शीघीर-शीघीर चोलुत। बाड़ो गेये रान्हा कोरते होबे।''

''आज के कोतो पोएसा होएछे ?''

''डाक्टरेर फीस होएते पारी की नाइ ?''

''शीघीर-शीघीर चोलुन।''

ट्रामक चाकर रस्ता। फुटपाथ। गली। उपगली। चउराहा। मोड़। गली। आ अन्हार गलियारी होइत, दम्पतिक पाछू-पाछू बड़ी काल धरि जाइत रहलउँ।

अकस्मात् वैष्णवी केँ हमर उपस्थितिक भान भ' गेलै। ई बूझ' मे आबि गेलै जे हम ओकरा सभक पाछू धेने छी। जिम्हर ओ सब जाइए तिम्हरे जा रहल छी।

ठाढ़ होइत, जिज्ञासु दृष्टि सँ हमरा दिस तकैत बाजलि, ''बाबू, हमरा सभक पाछू किऐ अबै छी ? की बात अछि ! की काज ?

तुरन्ते कोनो नीक उत्तर नहि फुरायल। किछु सेकेण्ड धरि चुप रहलउँ। फेर कहलिअइ, ''काज तँ कोनो नइँए। मुदा, साँझखन अहाँक मुँह सँ चण्डीदासक गीत सुनलउँ। से गीत बड्ड नीक लागल। किन्तु, अहाँ सभक स्थिति देखि क' बड्ड दुख भेल।''

हमरा सभ केँ गप्प करैत सुनि क' वैष्णव सेहो ठाढ़ भ' गेल। स्त्रीक मुँह पर एकटा बड्ड दयनीय हँसी पसरि गेलै। उदास स्वरेँ बाजलि, ''हम सब त' भिखमंग छी। भिखमंगक स्थिति आर कोन तरहक रहतइ ? गीत गाबि-गाबि क' भीख मंगइ छी। कहियो एक टाका जमा करइ छी, कहियो सवा टाका। घर मे एकटा पढ़ल लिखल बेटा बीमार अछि। पहिने ट्राम मे काज करै छल। आब दू बरख सँ बीमार अछि। डॉक्टर सभ कहलक जे क्षय-रोग भ' गेल छै। घर मे पुतोहु सेहो अछि। युवती अइ तेँ घर सँ नइँ बहराय दै छिऐ। एक बेर बहार हएत त फेर की घुरि क' आएत ? कलकत्ताक हाल अहौं केँ बूझल नइँए... ...? एत' प्राण बचायब कठिन नइँ परंच शारीरक धर्म बचायब असम्भव। तइँ बेटाक दबाइ आ सँउसे परिवारक भोजन हमहीँ दुनू व्यक्ति करइ छी। ई छथि सेहो आन्हरे छथि। जन्मान्ध त' नइँ छथि, कोनो रोग सँ आँखि बइस गेलनि। भरिं दिन दुनू सऊँसे कलकत्ता बउआइ छी। तखन चारि पाइसा होइए। नित्त अही बेर मे, जेजे चाउर-दालि भीख मे भेटइ-ए, सएह-सएह रान्हि उसनि क' खा लइ छी। फेर भोर सँ यैह कर्म।''

गप्प करैत-करैत एहि दम्पतिक घर आबि गेलै। गलीक अन्त मे बाँस आ' टाटक बनल, टीनक ओहार देल एकटा कोठली। अही कोठली मे सासु-पुतोहु, बाप-बेटा रहै छथि। सासु-ससुर केँ आयल जानि, पुतोहु डिबिया ल'क' कोठली सँ बहराएलि। हमरा देखि एक रत्ती ठमकि गेलि। फेर, डिबिया दुआरि पर राखि, सासु आ ससुर केँ पएर छूबि क' प्रणाम कयलक।

डिबियाक इजोत मे देखलिअइ :

एकटा परम सुन्दरी युवती, चण्डीदासक राधारानी सन सुललना। थाकल वैष्णव, पुतोहुक पाछाँ-पाछाँ कोठली मे पइस गेल। वैष्णवी, हमरा सँ बाजलि, "आइ अहाँ केँ भोजन कयलाक बाद जयबाक आग्रह हम नइँ करब। भीखक अन्न सँ अतिथि-सत्कार कएनाइ पाप हएत। मुदा, बाबू सभ दिन यैह हाल हमरा सभक नइँ रहत। आइ ने काल्हि हमर बेटा स्वस्थ भ' जायत। तखन अहाँ केँ हम बजायब। एखन त' बइसइओ लेल कहब, ततबो स्थान हमरा नइँए।" आ एतबा कहैत-कहैत वैष्णवीक मुँह डिबियाक इजोर मे चमकि उठलै।

चण्डीदास केँ अपन कृष्णभक्ति पर विश्वास छलनि। आइ एहि चण्डीदासक गायिका केँ भविष्य पर विश्वास छै, बेटाक सामर्थ्य पर विश्वास छै। आ अही विश्वासक शक्ति पर ई दाम्पति जीवि रहल अछि, जीबाक हेतु संघर्ष क' रहल अछि। यएह संघर्ष, यएह विश्वास एकरा सभक जीवन थिक, आस्था थिक, गति थिक, प्रगति थिक, मान-सम्मान थिक।

आ,

एकटा छी हम सभ। एकटा अखबार बहार क' लइ छी, एकटा गल्प लिखि लइ छी, चारि टा टाका कमा लइ छी, तँ होइए जे हमही विश्व मे सभ सँ गतिशील, सभ सँ प्रगतिशील छी...।

काल्हि 'दीपक' भाइ केँ एकटा पत्र लिखि देबइन जे हम सभ चाय पिबैत आ भाँगक आलस्य मे मातल बैसल छलउँ। मुदा ओ दम्पत्ति आगू बढ़ल जा रहल छल, चल जा रहल छल—बेटाक दबाइक लेल, पुतोहुक धर्मरक्षाक लेल, जीबाक लेल। आ, एहि यात्राक अन्त तखनहि हेतइ, जहिया, कोनो पुत्र दबाइक बिना मरैत नइँ रहत, जहिया चण्डीदासक काव्य पैसा दू पैसा भीखक लेल बेचल नइँ जाएत, जहिया समाजक आर्थिक व्यवस्था बदलि जायत...।

आ, से जाबत धरि नइँ हयत, ताबत हमहूँ सभ चुपचाप बैसल चाह पिबैत रहब, आ चण्डीदासक बेटी-पुतोहु नहुँए डेगेँ सौंसे संसार मे बउआइत रहत, अन्हार मे चिचिआइत रहत।

मिथिला दर्शन, 1958

कमलमुखी कनियाँ

भूमिका :

भारतवर्ष महाद्वीपक उत्तर भाग मे राजर्षि हरिसिंह देवक समय सँ एकटा जंगली जाति दस-बारह कोसक भूखंड मे निवास करैत अछि। सभ मिला क' अधिक सँ अधिक सत्तरि-अस्सी परिवार। एहि जंगली जाति केँ अप्पन आसुरी सभ्यता आ प्राक्वैदिक संस्कृति आ सामन्ती जीवन-व्यवस्था आ रूढ़िवादी परिवार-तन्त्र पर बड्ड गौरव, बड्ड आस्था। विवाह ई मृतप्राय जाति अपने मे करत, आन जातिक पानि सँ स्नानो नइँ करत, दिन-राति दोसराक छिद्रान्वेषण मे लागल रहत, परिवारक स्त्री केँ एक परदा, दू परदा, दस परदा मे झँपने रहत, आ चिकरि-चिकरि क' बाजत जे एकहोऽहम् द्वितीयो नास्ति !

अस्तु :

एहि जातिक एकटा बी.ए. पास युवक सहरसा जिलाक कोनो गामक परम सुन्दरी कनियाँ सँ चुप्पे-चुप्पे बिआह क' लेलक। अजाति मे बिआह क' लेलक। सँउसे देस मे एहि दारुण भयानक भीषण समाचार सँ बिहाड़ि-बिरड़ो उठि गेलै। धर्माधिप सभक पाग-दोपटा खसि पड़लनि, हरिसिंह देवक न्याय शिलाखंड केँ फोड़ि नवीन सीता, नव अहिल्या ऊपर भ' गेलीह...

प्रतापक बल :

मुदा, एहि बी.ए. पास विद्रोही युवकक पिता गामक सभ सँ धनीक व्यक्ति। दू-टा मोटर, चारि-टा हाथी, आठ-टा घोड़ा, सोलह-टा गाय, आ बत्तीस-टा खबासिन-नउँड़ीवला व्यक्ति। संगहि, जातिक सर्वशक्तिमान महन्थ, महराज, महाधर्माचार्यक [जेना आदिवासी जाति मे ट्राइबल (Tribal) सरदार होइ छैक] ई व्यक्ति परम सनेही, परम आप्त लोक। तेँ कतबो मानसिक प्रतिक्रिया भेला उपरान्तो सम्मुख जा क' दुर्मुख जकाँ किछु बजबाक, उपराग देवाक साहस जातिक कोनो लोक केँ नइँ भेलनि। अप्पन दलान पर, मचान पर, टोल मे, इनार पर, खरिहान मे तँ कलियुगक एहि महान पाप पर बड्ड हल्ला कयल गेल। परंच, एहि बी.ए. पास युवक, नन्द मिसरक दलान पर आबि क' संगी साथी मित्र नन्दक एहि घोर अपराधक कार्यक प्रशंसे करैत रहलाह।

पूर्वाभास :

युवक दलक एहि प्रशंसाक कारण एकटा दोसरे गप्प। गामक नउआ जे माछक भार ल' नन्दक सासुर गेल छल, ई प्रचार कयलक जे सहरसावाली-सन सुन्नरि स्त्री आइ धरि विश्व मे जन्म नइँ लेने अछि, आ ने एहेन रूप-रस-यौवन-पराग-मधुमती युवती पुनः एहि भूतल पर कहिओ आओत। नउआ जेना महाकवि जयदेवक वंशज छल। ओकरा मुँहेँ चन्द्रमहुँ सँ अधिक अमृतमय मुँहक वर्णन सूनि गामक युवक-वयस्क-प्रौढ़ सभक मुँह सँ टपाटप लार चूबए लगलइन। कारण, एहि जातिक युवती आन किछु हो, सुन्दरी नइँ होइत छल। कारण, सुन्दर पुष्प प्रस्फुटित होइछ उपवन मे, कानन मे, वन मे। भनसाघरक चिनुआर पर कतउ गुलाब आ सूरजमुखी विकसलइए ? आ, एहि जातिक स्त्री बिना साढ़े सतरह हाथक घोघ तनने, भनसाघर सँ बाहर नइँ भ' सकइए...

नन्दक पत्नीक प्रति सँउसे गामक सभ स्त्री-पुरुख केँ आकर्षण, देखबाक लालसा। गामक बिनबिआहलि युवती-प्रौढ़ा सभ तँ नन्दक बिआहे सँ अपना केँ अपमानिता-अवहेलिता बुझैत छलीह। कतेक श्यामा, अभिरामा, सुकामा, सुवामा, सुदामा केँ नन्द वचन देने छलइन, बिआहक वचन ! आब अकस्मात् ओ कोनो अनगमियाँ, पुबाहि मउगी सँ बिआह क' लेलक, मात्र ओकर सुन्दरतेक कारणेँ बिआह कयलक–ई महान अपराधक काज भेल।

नेपथ्यक दृश्य :

नन्दक परिवार मे नोकर-चाकर खबास-खबासिन हाथी घोड़ा कुकूरक अतिरिक्त आन किओ नइँ। वृद्ध पिता सदिखन अप्पन मित्र, धर्माधिप-महाराजक सगेँ कोनो हिल-स्टेशन (हिल-स्टेशन ओहेन नगर केँ कहल जाइछ, जतय पहाड़-पहाड़ी सभक मध्य देशक धनीक लोक बूड़ि बन' जाइए, आ जत' पर्वतीय वनमार्ग पर रुपइए सेर चाउर आ चारि आने सेर नारी शरीरक माँउस भेटइ छै !) अथवा दिल्ली बम्बइ कलकत्ता मे रहइ छथि। एकटा बहीन छलथिन, से आब सासुरे बसै छथिन। माय आब जीवित नइँ। पित्ती सभ भिन्ने बथान बन्हने छथि। सारांश जे, जखन बिआहेक संगेँ दुरागमन क' सहरसावाली पत्नी संगेँ नन्द ओहार लागल मोटर मे अप्पन आँगन प्रवेश कयलक, तँ रातुक एगारह-बारह बाजल रहइ आ एक-दू-टा खबासिनक अतिरिक्त आँगन मे किओ आरती, धूप, दीप, माला, पुष्प, मंगलकलश ल' ठाढ़ नइँ छलै।

सहरसावाली अर्थात् कुलवधू अर्थात् कमलमुखी अर्थात् अजाति-कुजातिक कनियाँ भयेँ डरलि, लाजेँ ठिठुरलि, पिआसेँ सुखायलि, संशयेँ, सिहरलि, सजल-धजल शयन कक्षक गंगा-जमुनी पलंग पर खसि पड़लि, पड़ि रहलि। निन्न भ' गेलै। नन्द बड़ी काल धरि नोकर-चाकर केँ गरिआबैत रहल, अप्पन प्रिय खबासिन सँ गप्प करैत रहल आ तकरा बाद शयनकक्ष मे आबि क' सूतल पत्नीक सुप्त सौन्दर्य केँ गुणग्राहक जकाँ देख' लागल।

नायक-नायिका वर्णन :

नन्दक विषय मे एतबा निर्धोख कहल जा सकइए जे ओ परम जंगली थिकाह। समाज, नियम, उपनियम, धर्म पद्धति, उपपद्धति, सभ्यता आदि सद्वस्तु सँ जेना कोनो परिचये नइँ। बन्दूक ल' चिड़इ मारब, माछ माँउस खायब, शतरंज मे हारि गेला पर मारि क' लेब, साधारण गप्प मे गारि-मारि पर तैयार भ' जाएब, नन्दक प्रथम गुण।

सहरसावाली कमलमुखी एकर ठीक उनटा। बड्ड लजकोटरि, बड्ड सुद्ध, बड्ड सद्द। माधवीक लता जकाँ, जे सदिखन कोनो सशक्त आम्रवृक्षक आलिंगन से लपटल रहइए, माय-बाप, परिवार, पति, सासु-ननदि।

कमलमुखी मायक संगेँ महादेवपुर घाट गंगा स्नान कर' आयलि छलीह आ ओत्तइ नन्द पहिले-पहिल हिनका देखलनि आ एहि रूपदर्शन सँ एत्ते प्रभावित भेलाह जे अगिले शुद्ध मे समाज सँ चोरा क', मित्र सभक संगेँ जा कथा ठीक कयनिहार घटकराज कें पचीस टा टाका द', बिआह क' लेलनि।

प्रथम दृश्य मे मक्षिका-पात :

दोसर दिन भोरे नन्दक दलान पर मित्रवर्ग, संगीवर्ग, सहपाठीवर्गक भीड़ लागि गेल। प्राइमरी स्कूलक भोलामास्टर, मैट्रिक फेल रामजी ठाकुर, गामक शकुनि राधा बाबू, पहलमान जयदेव खलीफा, नाटक दलक मन्त्री सुदामा चौधरी, सोशलिस्ट नेता मधुकान्तजी, कविवर श्री अलिन्दजी आदि-आदि।

सासुर मे भेटल सोनक अँउठी पर आँगुर फेरइत, नन्द रेडिओ बजबय लगलाह आ चिकरि क' खबास केँ आज्ञा देलथिन, "रउ, किसुनमा ! चाय ला रउ !"

तकरा बाद नन्द अप्पन सासुर आ कमलमुखीक प्रशंसा करय लगलाह, "जाति पाँतिक आब कोनोँ मोल नइँ छइ ! हरि केँ भजे से हरि के होइ, जाति-पाँति पूछय नइँ कोइ। जाति केँ की हम चाटब ? हम तँ बड्ड प्रसन्न छी जे कमलमुखी सन कनियाँ भेटलि छथि। हुनका सन सुन्नरि अपना जाति मे कोनो मउगी नइँए।"

कविवर अलिन्दजी बजलाह, "उचित कहइ छी बाबू, स्त्रीक सौन्दर्य सँ बढ़ि क' आन की वस्तु हेतइ ! स्वयं सरकार अपनहुँ ('सरकार' अर्थात् त्रेतायुगक राजा रामचन्द्रजी) सीता जीक रूप देखि पानि-पानि भ' गेल छलाह।"

सुदामा चौधरी गाम मे प्रतिवर्ष दमयन्ती-नलक नाटक खेलाइ छथि। चुप किऐ रहितथि। कहलथिन, "जखन स्वर्गक देवतो सभ महारानी दमयन्ती सँ बिआह कर' लेल स्वर्ग सँ उतरि मर्त्यलोक दिस दउगलाह तँ हमरा अहाँक गप्पे कोन !"

"से त' ठीके, मुदा, ओ सब तँ देवता छलाह"—गप्पक जौड़ मे गेँठी-गिरह बन्हैत, ससरफानी लगबैत, राधा बाबू बजलाह, "हम सभ तँ मनुक्ख छी। हमरा सभक लेल तँ धर्म, जातिक नियम-बन्धन अछि। हम सभ देवतादिक अनुकरण कोन बलेँ क' सकै छी ?"

देवी देवताक परम विरोधी छलाह मधुकान्तजी। सोशलिस्ट संस्थाक सदस्य कत्तउ

सहस्राक्ष इन्द्र आ सहस्रकाम चन्द्रदेवता केँ आदर करय ! तरजनी उठबैत चिकरलाह, ''राधा बाबू, धरम केँ अपना स्थान पर रहए दिअउ ! एहेन साधारण गप्प मे धरमक कोन काज ? नन्द भाइ जे कयने छथि, से परम उचित ! सहरसावाली भौजी सन रूप आ गुणवाली स्त्रीक आगू कोनोँ नियम बन्धन नइँ मोन रहइ छइ। हम तँ मोटर सँ उतरइत काल अझक्के सहरसाबाली केँ देखने छिअनि। तइओ कहि सकइ छी जे एहेन स्वरूपवती कनियाँ अइ इलाका मे एक्को टा नइँ छथि।''

सहसा कथानक मे भयानक मोड़ :

समाजवादी नेता, मधुकान्तजीक भाषणक बाद गप्प ओझरा गेल। धार्मिक नियम सँ गप्प नारी सौन्दर्यक व्याख्या पर उनटि गेल। मधुकान्तजी सहरसावाली केँ देखि लेने छथि–ई घटना सभक लेल परम ईर्ष्याक चरम विषय बनि गेल। उपस्थित मित्र मंडलीक मोन नायिकाक रूप देखबा हेतु चंचल आ उताहुल होबय लगलनि। कविवर अलिन्द केँ शैवाल-जाल लिप्ता-कमलिनी सन वनवासिनी शकुन्तला मोन पड़ि गेलनि। जयदेव खलीफा अपनहुँ सँ मोट डाँट आ गजवदना अप्पन धर्मपत्नीक ध्यान करय लगलाह। अभागल भोलामास्टरक तँ एखन बिआहो नइँ भेल छनि।

किसुन खबास चाह अनलनि। रेलवे-स्टेशनक पनिसोह गरम पानि-सन चाह। चाहक बाद पान। पानक बाद भाँग पीसल गेल। जखन सभ गोटे चारि-चारि गिलास भाँग कंठ मार्ग सँ ब्रह्मांड मे चढ़ओलनि, तखन पुनः मगही पानक खिल्ली पर खिल्लीक संगेँ गप्प चलय लागल। अपने नन्द तँ दू तीन गिलास पहिनहुँ पीने छलाह। जखन नीक जकाँ सुर चढ़लनि तँ बजलाह, ''एतबा तँ हमहूँ कहब रामजी बाबू, जे सहरसावाली देखबा मे साक्षाते सरस्वती छथि।''

रामजी ठाकुरक कान मे अप्पन ठोर सटा क' भोलामास्टर फुसफुसयलाह, ''इह, नन्दो खूब जमौड़ा दइ छथिन ! कुजातिक छौंउड़ी थिक। वेश्या सभ जकाँ सिंगार-पटार करय अबैत हेतै। गाल मे स्नो-पाउडर रगड़ैत हैत। बंगालिन जकाँ केश बन्हइत हैत। तेँ होइ छनि जे साक्षात सरस्वतिए छथि।''

आ, ई एकान्ती गप्प नन्द सूनि लेलनि, सभटा गप्प सूनि लेलनि–

''ई अहाँ एकदम्म फूसि बजइ छी, रामजी बाबू ! हमर स्त्री पाउडर-फाउडर नइँ लगबै छथि। पाउडर लगौला सँ कतउ लोक सुन्नर भेलइए। सहरसावाली तँ रक्तकमल जकाँ रूपवती छथि। हुनका पाउडरक काज नइँ होइ छनि !''

''ई बेकारक गप्प हम नइँ मानब !''–सुदामा चौधरी पुनर्प्रतिवाद क' सकलाह, ''बिना शृंगार कयने पूब भरक स्त्री रहि नइँ सकइए ! पाउडर तँ सहरसावाली एक डिब्बा नित्त लगबैत हेतीह ! पाउडर लगबैत हेती, जूड़ा मे बेली-चमेलीक कोंढ़ी खोंसइत हेतीह, साया पहिरैत हेतीह, आँगी पहिरैत हेतीह, आँगीक तरो मे किदन सभ पहिरैत हेतीह ! जखन सिनेमा-जगतक नरगिस-बैजन्तीमाला-गीताबाली आदि स्वर्गक अप्सरा सभ, ई सभ करै छथि तँ आनक कथे कोन !''

फुट-नोट :

एहिठाम ई, जे बीसम शताब्दिक पचास-पचपन बर्ख बितलाक बादो धरि उक्त वनजातिक स्त्रीवर्ग कें आँगी, चोली, बाडी अथवा कंचुकी पहिरबाक अधिकारे नइँ छै। नियम छै जे एहि महाजातिक स्त्री समुदाय एकवस्त्रा रहय, एक्के-टा नूआ सँ शरीरक सभ अंग नुकओने रहय। एतबा ज्ञातव्य अछि जे ई नियम पुरुख जातिक बनाओल थिक मुदा, ई ज्ञातव्य नइँ थिक जे कोन भावना सँ प्रेरित भ' पुरुख ई प्रतिबन्ध लगओलक !

दुःशासनक प्रयाण :

कमलमुखी (सहरसावाली)क पति, श्री नन्द महाराज कुरसी सँ उठि क' ठाढ़ होइत घोषणा कयलनि, ''नइँ, असम्भव थीक ! सहरसावाली कथमपि आँगी नइँ पहिरइ छथि ! सुदामा बाबू, बिना बुझने-सुझने अहाँ एहेन फूसि-फासि गप्प जुनि बाजल करू !''

''हम किऐ ने बाजब !''—लाल-लाल आँखि कें आँगुर सँ मीरैत नाटकमन्त्री बजलाह, ''ई परम सत्य थिक जे सहरसावाली आँगी पहिरइ छथि ! हम की आन कोनो बिजातिक मौगी कें नइँ देखने छी ? हमरा जुनि सिखाउ ! अलगी मौगी सभक सभ हालचाल हमरा देखल अछि !''

''हमर स्त्री अलगी मौगी नइँ छथि। ओहन लाजवती, ओहन सज्जन, ओहन शुद्ध स्त्री भेटनाइ अपनो देस मे असम्भव !''

''असम्भव नइँ ! सम्भव !! पुबाहि छौंड़ी सभ तँ राति-राति भरि आमक गाछी मे ओगरबाही करैए। महीस चरबइए, गाछ पर चढ़ि क' लताम-जामु तोड़ैए ! तखन आँगी पहिरत से कोन आश्चर्य ?''

''नइँ, ई नइँ भ' सकइए !''

''किऐ ने भ' सकइए ? हम की पुबाहि कनियाँ-बहुरिया सभक खेल-तमासा नइँ देखने छी ? चारि बरख धरि मधेपुरा मे मास्टरी करै छलहुँ ! हम उम्हरकी मौगी सभक चालि नइँ बुझबइ तँ आन बूझत !''

''उम्हरकी मौगी सभ आ सहरसावाली मे बड़्ड भेद ! हमरा सँ बेसी अहाँ हिनका नइँ जनै छी !''

''जनबा मे भाँगठे की अछि, जे नइँ जानब ?''

''अहाँ किछु नइँ जनै छी। हम ई साबित क' सकै छी जे हम्मर पत्नी स्नो, पाउडर, आँगी, ब्लाउज, किछु नइँ व्यवहार करै छथि !''

''अहाँ ई सिद्ध नइँ क' सकै छी !''

''हम सिद्ध क' सकै छी ! एक बेर नइँ, हजार बेर सिद्ध क' सकै छी !''—भाँगक मादकता आ क्रोधक आगि मे सुखायल काठ जकाँ पजरैत, नन्द बजलाह आ तड़ाक सँ हबेलीक आँगन मे हेलि गेलाह, ई कहैत, ''अहाँ सभ बैसू, हम तुरत्ते अबइ छी !''

अशोक वाटिका मे जानकी :

भीतर हवेलीक ओसार पर ठेहुनक मध्य मूड़ी निहुड़यने पाँच हाथक घोघ लटकेने, घोघ तर आँखि मुनने, मोने-मोन आइ-माइक परम्परागत व्यंग्य कटाक्ष कटाह गप्प-शप्प आ बोली-बानी पर कबदइत, खउँझाइत, विकल होइत कमलमुखी देवी बइसलि छलीह। चारू कात सँ घेरने छलनि सँउसे टोलक बूढ़ि-पुरान पुतोहु सभ आ कुमारि-युवती बेटी सभ। किओ कमलमुखीक नबका जरजेटी साड़ी मे बाझल, किओ कमलमुखीक ताम्र-गौर शरीरक स्वर्णवर्ण रूपाभा मे ओझरायल, किओ कमलमुखीक हाथ मे जगजग करैत सोनाक बालाक दाम निर्धारित करैत। अकस्मात नन्द केँ अबइत देखि कमलमुखी उठि क' लगक कोठली दिस पड़यलीह। क्रोधें-अभिभूत कथा-नायक बिना कोनो लाज-धाख कयने कोठली मे पैसि गेलाह।

क्लाइमैक्स : नाटकक मुख्य घटना :

ई परम अलभ्य आ परम अलौकिक घटना देखि क', आइ-माइ सभ आहे-माहे करैत अप्पन घर-आँगन दिस पड़यलीह। नन्द कोठली मे पैसलाह, कमलमुखी कोठलीक एकटा अन्हार कोन मे भीजल बिलाइ (बिलाड़ि) जकाँ दुबकि गेलि छलीह। नन्द हुनका समीप ठाढ़ होइत चिकरल, "अहाँ पाउडर लगबै छी ? अहाँ केँ बूझल नइँए जे स्नो-पाउडर धर्मक विरुद्ध थिक ?"

बुच्ची दाइ चुप्प !*

"अहाँ आँगी पहिरइ छी ? अहाँ केँ बूझल नइँ-ए जे आँगी-ब्लाउज धर्मक विरुद्ध थिक ?"

बुच्ची दाइ चुप्प !!*

बुच्ची दाइ केँ दृश्य आ घटनाक ई आकस्मिक विरोधक अर्थ नइँ बूझि पड़लनि। जँ बूझिओ पड़लनि त बिना चतुर्थीक राति भेने, बिना मुँह-देखाओन लेने पतिदेवता सँ कोना गप्प करती !

बाहर दालान पर बैसल मित्र-मंडली केँ कोना बुझाओल जाय जे कमलमुखी अपूर्व सुन्दरी छथि, आ ई कोना सिद्ध-प्रसिद्ध कयल जाय जे कमलमुखी केँ पाउडर आ आँगी सँ कोनो प्रकारक सम्बन्ध नइँ छनि—मात्र एतबे मानसिक उद्वेग सँ मथित-प्रमथित होइत नन्द चट्ट द', दुनू हाथेँ, धर्मपत्नीक डेन पकड़ि क' हुनका उठा लेलनि।

उठा क', घिचने-घिचने दलान पर घिसिअबैत ल' अयलाह।

भंग-भवानीक विजय-घोष मे उनमत्त भेल भोलामास्टर, राधा-बाबू, मधुकान्तजी, इत्यादि कथाक 'क्लाइमेक्स' देखबा लेल प्रस्तुत भ' गेलाह। विचित्र वीभत्स स्वर मे रामजी बजलाह, "भौजी आबि गेलीह !"

तावत नन्द सँ अप्पन बाँहि छोड़ा क' कमलमुखी ठामहि धप्प सँ पसरि गेलि छलीह। हारल सन जुआरी जकाँ नन्द बजलाह, "यैह छथि सहरसावाली। आब अहीं सभ

हिनकर मुँह देखू आ कहू जे ई सरस्वती सन सुन्दरि छथि की नइँ। अहीँ सभ कहू जे ई पाउडर लगबै छथि की नइँ। अहीँ सभ कहू जे ई आँगी...''

आ, नन्द गरम हाथेँ कमलमुखीक घोघ हटयबाक भगीरथ प्रयत्न करय लगलाह। कमलमुखी घोघ केँ दुन्नू हाथेँ पकड़ि आँचर मुहेँ पर रखने रहबाक सतत चेष्टा करय लगलीह। उपस्थित मित्रवर्गक सभ सदस्य केँ एहि दृश्य मे कोनो हिन्दी फिल्मक आनन्द अबए लगलइन।

''भौजी, हमरा सभ सँ की लाज करइ छी !'' मधुकान्त जी कहलथिन, ''आ छोट जातिक स्त्री केँ लाजे कोन। कनिएँ घोघ हटा लिअ ने माथ सँ !''

''हाँ भौजी ! मुँह पर सँ आँचर हटा लिअ'।'' भोलामास्टर शह लगौलनि।

आ मित्र-समाजक आग्रह सँ, शरीरक सभटा शक्ति लगा क', चेतानन्द कमलमुखीक जरजेटी साड़ीक आँचर घीचि लेलनि आ महाभारत-पुराणक दुःशासन जकाँ घीचिते रहि गेलाह...अकस्मात्, जेना कमलमुखीक चान-सन मुखड़ा सँ सौंसे दलान मे नवीन इजोत पसरि गेलै। ठहाका मारि क' हँसय लगलाह उपस्थित व्यक्ति सभ।

हँसी, ठहाका, पिहकारी...एक मिनट धरि कमलमुखी अप्पन दुनू हाथ आ बाँहि सँ चेहरा आ चेहरा सँ नीचाँक भाग झँपने रहलीह।

ठोर पर हर्ष आ विजयक भाव आनि, नन्द चिकरलाह, ''देख लिअ', रामजी बाबू ! सहरसावाली पाउडर नइँ लगौने छलीह। कंजूस बाप कहिओ स्नो-पाउडर कीनि क' आनिए नइँ द' सकलथिन। पाउडर-स्नो माने दू-अढ़ाइ टाका आ एतबा मे तँ जन हरबाह भरि दिन खेत मे ह'र चलाओत, रोपनी करत !!''

नायिकाक भाषण :

घीचल जाइत साड़ीक आँचर छोड़ि कमलमुखी सोझे सोझ बाँसक ध्वजा जकाँ ठाढ़ि भ' गेलीह आ, नोराएल शब्द मे बाझल गरेँ बाज' लगलीह, ''ठीके हम स्नो-पाउडर नइँ लगौने छी। पाउडरे-टा की, हम आँगिओ नइँ पहिरने छी। अहाँ सभ केँ विश्वास नइँ होइए ? विश्वास नइँ होइए तँ देख लिअ !'' आ, एतबा कहइत, एहि जंगली जातिक कुलवधू कमलमुखी अप्पन पतिदेवताक हाथ सँ साड़ीक आँचर छीनि लेलनि आ सउँसे साड़ी धरती पर फोलि क' फेकि देलनि, आ दलानक कुरसी सभ पर बैसल मित्र-मंडलीक समीप जाइत बजलीह, ''आँगिए की, अहाँ सभक माय-बेटी केँ, पुतोहु केँ तँ साड़िओ नइँ पहिरबाक चाही !''

भरत वाक्य :

एकरा बाद राति भ' गेल, घनघोर अमावस्याक राति आ एहि अन्हार मे सभ किछु डूबि गेल, भसिआ गेल, समाप्त भ' गेल।

एतद्धि !

—कथापराग (संकलन)/ 1958

आकाश-गंगा

सभ लोक आबि गेल। मुदा, अपनहि नहि छथि चौधरीजी। चौधरीजी, माने बड़का गामक जमीन्दार, विवेकानन्द चौधरी। नहि, मिथ्या कहलहुँ, आब जमीन्दार नहि, साधारण नागरिक। नागरिको नहि, साधारण ग्रामीण। मुदा, विवेकानन्द चौधरीक ग्रामीणत्व किंवा जमीन्दारी मे कोनो आन भेद नहि, कोनो आन परिवर्तन नहि—मात्र शब्दक भेद, मात्र शब्दक परिवर्तन। जमीन्दार नहि छथि, मुदा पहिनहुँ सँ बेसी छनि। दलानक आगाँ मे भीमकाय बखारीक पतियानी नहि छनि। पटना आ कलकत्ताक बैंक सभ मे टाका प्रचुर छनि। तीनटा हाथी मरि गेलनि, पाँचटा बेचिओ देलनि। मुदा, सहरसा मे एकटा जीपगाड़ी आ एकटा ट्रक छनि, पटना मे गोट चारिएक टैक्सी। एकटा नीक मोटर सेहो छनि।

शब्दे बदलल अछि, नामेक परिवर्तन भेल अछि। मूल वस्तु ओएह अछि, ओहिना अछि। लोककेँ, राजभक्त लोक केँ बड्ड दया होइत छैक, दस-बीस बरख आगाँक जमीन्दार सभक दयनीय दशा देखि क'। फल्लाँ कुमार साहेब अपनहिँ हाथेँ ट्रेक्टर चलबैत छथि। फल्लाँ राजाबहादुरक बेटा नोकरी कर' लगलथिन। फल्लाँ राजाबहादुरक बेटी...।

नहि-नहि, बेटी नहि, पत्नी नहि, परिवारो नहि ! किओ कतहु नहि...एकटा भयावह बिहाड़ि आ ताही मे भसिआइत एकटा सुखायल फूल—अप्पन शयनकक्ष मे, किताबक बड़का अलमारी लग ठाढ़ भेल विवेकानन्द बाबू चिन्ता क' रहल छलाह। दलान पर गामक चारि-आठ टा प्रतिष्ठित लोक प्रतीक्षा क' रहल छलथिन। अओताह तखन महफिल गरम होयत। पहिने, बिलैतिया खबासक पीसल, हफीमक पानि मे भिजाओल, गुलाबक पात मे सुखाओल भाँगक गिलास। तखन, पान आ साठि रुपैआ पौआवला जर्दा। आ तकर बाद गप्प। गप्प पर गप्प। निछच्छ गप्प। शतरंज। ताशक तिनपतिया। कोनो नवसिक्खा गवैयाक अनचिन्हार कण्ठ सँ बहराइत ठुमरी किंवा दादरा किंवा असली नटुआ-राग, ''पिआ के लए गेलइ कलकतवा, रेलगड़िया बैरिन भेलै ना।'

साँझ पड़ि गेल अछि। भ' गेल अछि पूरा-पूरी अन्हार। टेबुल पर राखल लैम्प अछि देशक कारीगरीक विलक्षण नमूना। असली चानीक बनल, डेढ़ बीतक एकटा अर्धनग्न युवती केँ घेरने असली चानीक एकटा अजगर साँप। आ साँपक मुँह सँ बहरायल लैम्पक बत्ती। माने लैम्प नहि, एकटा अर्धनग्न युवती केँ घेरने एकटा भयावह साँप !

साँप के थिक ? ई युवती के थिक ? आ झक-झक करैत ई इजोत कथिक थिक ?—

विवेकानन्द चौधरीक मोन मे प्रश्नक-प्रतिप्रश्नक बरखा झहर' लगलनि। झहर' लगलनि ज्वाला।

ई युवती के थिक ? अन्नपूर्णा थिक ? कि मदालसा थिक ? अन्नपूर्णा...कतेक बरखक बाद ओहि दिन सहरसा मे देखने छलथिन...।

ओहि दिन भागलपुर सँ मोकदमा जीति क' घुरल छलाह। मोन बड्ड हल्लुक छलनि, बड्ड प्रसन्न। सहरसा स्टेशन पर उतरलाह तँ बिलेतिया खबास केँ कहलथिन, "तोँ जीप गाड़ी ल' क' पोस्ट-ऑफिस लग ठाढ़ रह। हम अबैत छी।"

मालिक केँ एकसरे लाइन ध' क' जाइत देखि खबास केँ आश्चर्य भेलैक। कत' जाइत छथि ? किएक जाइत छथि ? विवेकानन्द बाबू लाइनक काते-काते चल जाइत रहलाह। मालगोदाम पार भ' गेल। गुमती पार भ' गेल। कुसियारक राटन सेहो पार भ' गेल। तखन विवेकानन्द बाबू रेलवे लाइन सँ नीचाँ उतरलाह। बड़का टा गाछी, गाछीक ओहि पार सहरसाक एकटा छोट सन टोल, नवगाम। थाल-कादो सँ भरल रस्ता आ अन्हार। मुदा कोनो भय नहि। तीस टाकाक जूता टूटि जाए, चालीस टाकाक रेशमी कोर धोती खराब भ' जाए– कोनो भय नहि। जाइए पड़तनि। अन्नपूर्णा लग जाइए पड़तनि। तीन बरख बीति गेल अछि, मुदा, कोनो दिन मोन नहि पड़ल छलनि अन्नपूर्णा। आइ मोन पड़लनि। जाइए पड़तनि। नहि गेने उपाय नहि...।

अन्हार। आकाश मे घटाटोप मेघ। एक्कोटा तारा नहि। चन्द्रमाक कोनो पता नहि। आ, नीचा थाल-कादो। कच्ची सड़क। दुनू कात डाबर-खत्ता मे ढाबुस बेंग आ साँप ! हरहरा साँप ! तेलिया साँप, ढोंढ़ साँप, अन्हार रस्ता मे साँपे-साँप, आर किछु नहि।

एकटा खपरैल घर लग आबि विवेकानन्द बाबू ठाढ़ भ' गेलाह। इएह घर थिक। एहेन दुरवस्था आन कोनो घरक नहि। एहेन घर थिक अन्नपूर्णाक। अन्नपूर्णा अपनहि बहरयलीह। केबाड़ खोलि बजलीह, "भीतरे चल आउ। बरखा होइत छैक। भीजब तँ मोन खराब भ' जायत। चल आउ।"

भीतर गेलाह। कच्चा ईंटाक कोठली। एकटा खाट। एक-दूटा टिनही बक्सा। देवाल पर एकटा फोटो। से विवेकानन्द चौधरीक। आजुक नहि, दस बरख पहिनेक विवेकानन्द चौधरी। माटिक बासन-बरतन। चूल्हा। छोट सन जाँत। कोन मे तख्ता पर राखल भगवतीक एकटा चित्र–महादेवक छाती पर चढ़लि कालिका ! कालिका माने दरिद्रता। चिर दरिद्रता। दरिद्रताक अतिरिक्त आर किछु नहि, मात्र विवेकानन्द चौधरीक एकटा पुरान-धुरान फोटो।

"हमर फोटो किएक टँगने छी ? कोन लाभ ?" खाटक पासि पर बैसि विवेकानन्द बाबू पुछलथिन।

"देवाल पर सँ हँटाइयो देबैक, तँ की मोनक देबाल सँ फोटो हटि जायत ? मनुक्ख तँ बिसरि नहि पबइए। ने दुःख, आ ने सुख !" अन्नपूर्णा बजलीह। विवेकानन्द बाबू उत्तर नहि देलथिन। हुनका बूझल छनि जे मनुक्ख बिसरि जाइए। हुनके कहाँ किछु मोन पड़लनि, विगत तीन बरख सँ मोकदमा मे बाझल रहलाह। भागलपुर मे रेशमक

कारखाना, हजारीबाग मे अबरखक कारखाना। पटना मे लालटेनक फैक्टरी किनबा मे बाझल रहलाह। लोक बाझल रहइए आ बिसरि जाइए।

''मुदा आइ किएक आयल छी ? हमर बासाक पता के कहलक ? रस्ता के देखौलक ? राति मे किएक अयलहुँ ? दिन-देखार अयबा मे लाज भेल की ?''—अन्नपूर्णा पुछबाक इच्छा कयलनि। मुदा, पुछलनि नहि। विवेका बाबू सँ ओ कहिओ कोनो कथा पुछने नहि छथि। बिन पुछनहि ओ सब कथा बुझि जाइत छथिन।

''किओ कहलक जे अहाँ कष्ट मे छी। सहानुभूति देखयबाक लेल नहि आयल छी। सहायता करबाक लेल नहि, भिक्षा देबाक लेल नहि , मात्र देखबाक लेल। अहाँ केँ कष्ट मे देखब तँ हमरा सुख भेटत। शान्ति भेटत।'' विवेकाबाबूक ई उत्तर सूनि अन्नापूर्णा मुस्कयलीह। जेना कोनो सुखायल फूल मुस्काइत हो। जेना कोनो गरम बसात बहैत हो, जेना कोनो आन्हर भिखमंगनी लाठी ठक-ठक करैत चलि जाइत हो। अन्नपूर्णा मुस्कयलीह। आ खाटक सिरमा दिस राखल एक-सवा हाथक पोटरी केँ कनिएँ नीचाँ खीचि देलथिन।

''पोटरीमे की अछि ?'' विवेकाबाबू पुछलथिन।

''पोटरी नहि थिक, अशोक थिक।''

''अशोक के ?''

''हमर बच्चा ! बैसाख मे दोसर बर्ख चढ़लइए। मुदा, मोन खराब रहैत छैक। अस्पतालक दवाइ सँ कोनो लाभ नहि। दवाइ नहि दैत छैक। पानि दैत छैक। पानि सँ कतउ रोग छुटलइए ?''

''नाम बड्ड सुन्नर—अशोक ! मुदा, अशोक की बाँचत ? कतेक दिन बाँचत ?''

''बाँचत ! अबस्से बाँचत। आ, पैघ होयत। स्कूल मे पढ़त। कौलेज मे पढ़त। डॉक्टर होयत। लोक केँ दबाइ देत, पानि नहि देत।''—बजैत-बजैत अन्नपूर्णाक आँखि सँ इजोत झहरय लगलनि। बेसी बाजि नहि सकलीह। चुप्प भ' गेलीह।

''अस्पतालक बड़का डॉक्टर हमर मित्र छथि। कागज दिअ। हुनका नामे चिट्ठी लिखि दैत छी'' विवेकाबाबू बजलाह।

''बँचबाक हेतै तँ अहिना बाँचि जायत। अहाँक चिट्ठीक उपकार हमर अशोक नहि लेत। कोनो उपकार नहि लेत।''

एतद्धि। एहि सँ आगू कोनो गप्प नहि। कोनो कथन नहि ! कोनो अभियोग नहि। कोनो सफाइ नहि। सभ समाप्त भ' गेल अछि। सम्बन्धक कोनो ताग नहि बाँचल अछि।

''जाइ छी।'' विवेकाबाबू खाट सँ उठि गेलाह। कात मे राखल पोटरी एक बेर सिहरल, आ फेर शान्त भ' गेल।

''जाउ !'' अन्नपूर्णा केवाड़ लग ठाढ़ि रहलीह। कुरताक जेब मे दू हजार टाका रखने, विवेकानन्द चौधरी चुपचाप घर सँ बाहर भ' गेलाह। फेर ओएह अन्हार रस्ता आ फेर ओएह थाल-कादो। आ अन्नपूर्णा चौकठि लग ठाढ़ि रहलीह।

अन्नपूर्णा विवेकानन्द चौधरीक बेटी थिकीह। विवेकानन्द चौधरी अन्नपूर्णाक पिता

थिकाह।

लैम्पक इजोत मे, अलमारी मे सजाओल अंग्रेजीक किताब सभ कें देखैत विवेकाबाबूक सौंसे शरीर मे जेना करेन्ट मारि देलकनि। अन्नपूर्णा हमर बेटी भ' क' एहेन किएक भ' गेलीह ? पढ़बा-लिखबा मे केहन तीव्र बुद्धि छलीह, केहन सिनेह सँ लग आबि पुछैत छलीह, "काका, सीता पैघ सती छलीह कि सावित्री ?" पुछैत छलीह, "हमरा लेल नव माय कहिआ आनब काका ?" आ से अन्नपूर्णा मरि रहल छथि। हुनकर बच्चा मरि रहल छनि। अन्नपूर्णा मूर्ख छथि। ज्ञान नहि छनि, ज्ञान कहिओ नहि हेतनि। आइ दू हजार टाका ल' क' गेल छलहुँ। इच्छा छल जे टाका द' देबनि। मुदा... विवेकानन्द चौधरी हँसबाक चेष्टा कयलनि। घर सँ बहार भ', दलान पर जयबाक चेष्टा कयलनि। मुदा, हाथ, पयर, मोन सुन्न होब' लगलनि। लगलनि जे, जेना कोठली सँ बाहर, केवाड़ लग केओ ठाढ़ अछि। जेना कोनो छाया। जेना कोनो नारी मूर्त्ति।

"ओसारा पर के थिक ?" चिकरलाह विवेकाबाबू। मुदा, कोनो उत्तर नहि। ओसारा पर केओ नहि छल। शयन-कक्षक ओसारा पर ककरो अयबाक आज्ञा नहि छैक। विवेकाबाबूक शयन-कक्ष लग केओ नहि आबि सकैत अछि। मुदा, ई के थिक ? ई छाया ? दीपक बाती जकाँ छाया सिहरल आ बिला गेल। छाया सिहरल आ बिला गेल। आइ दस बरख सँ ई छाया विवेकानन्द चौधरी कें 'तंग' क' रहल छनि–ई प्रेत छाया ! शयन-कक्ष मे नहि अबैत अछि, ओसारे पर ठाढ़ रहि जाइत छथि। आ बिला जाइत छनि। विवेकाबाबू करेजक सभ शक्ति लगा क' चिकरैत छथि, "अहाँ के छी ? भीतर चल आउ !" मुदा, छाया भीतर नहि अबैत अछि। सिहरइए आ बिला जाइए–कोनो स्मृति जकाँ, कोनो स्वप्न जकाँ, कोनो प्रेत जकाँ ! आ, विवेकाबाबू बताह भ' जाइत छथि। मूड़ी घुमा क' देखैत छथि–एकटा अर्धनग्न युवती अछि, आ तकरा एकटा अजगर साँप अपना कुंडली मे घेरने छैक। ई साँप के थिक ? ई युवती के थिक ? ई युवती थिक मदालसा।

तखन विवेकाबाबूक जमीन्दारी छलनि। तखन विवेकाबाबू युवक छलाह। आबहु देखबा मे चालीस-बिआलीस सँ एक्को बरख बेसीक नहि लगैत छथि, मुदा, मोन जर्जर भ' गेल छनि। टाका-पैसा, नोकर-चाकर, मान-मर्य्यादा की मोनक जर्जरता हटा सकैत अछि ?

कथमपि नहि। मोनक जर्जरता हटयबाक कोनो साधन आब विवेकाबाबूक संग मे नहि छनि। नहि छथि मदालसा। नहि छथि अन्नपूर्णा।

विवेकानन्दबाबू अलमारी फोललनि आ किताबक पाछाँ सँ एकटा बोतल बहार कयलनि–अंग्रेजी दारूक बोतल। गिलास मे ढारि चारि घोंट पीलनि। बोतल-गिलास किताबक पाछाँ राखि शयन-कक्ष सँ बहरयलाह। सीढ़ी सँ नीचाँ उतरलाह। आँगन मे आबि एक छन ठाढ़ भेलाह, फेर दलान दिस बिदा भ' गेलाह।

एकटा नटुआ आयल अछि। विद्यापति गयबा मे प्रवीण। नाँच सेहो करैत अछि। तेँ दलान पर बेसी भीड़ अछि।

विवेकानन्द बाबूक अभ्यर्थना मे किछु समीपस्थ लोक उठि क' ठाढ़ भ' गेलाह। विवेकानन्दबाबू मसनद सँ ओँगठि क' बैसलाह। मुँहलगुआ भातिज, बिससेर बाजल, ''बड़का काका, सीबीपट्टी सँ एकटा नटुआ आयल अछि। बढ़ियाँ नचैत अछि। कण्ठ सेहो नीक छैक।''

''पुरुख की नाचत बीसो, नाचब तँ मौगीक काज थिक। पुरुखक इच्छा पर नँचबाक काज ! मुदा नटुआ कहाँ अछि ? कहक किछु गान करय, विद्यापतिक कोनो शृंगार-पद ! हम बड्ड थाकल छी'' विवेकानन्द बाबू आँखि मूनि क' मसनद सँ ओँगठि गेलाह। नटुआक लेल मोहफिलक मध्य मे जगह बनाओल गेल। नटुआ, मृदंगिया, सारंगीवला। दलान पर लोक। दलानक कोनटा मे महिला आदि।

मानिनि आब उचित नहि मान, मानिनि, आब उचित नहि मान...प्रथम एकादश दए पहु गेल...प्रथम एकादश...सारंगी, मृदंग, नटुआक सुललित कण्ठस्वर, विद्यापतिक दैहिक वासना, श्रोतागणक चेहरा पर उल्लास, महिला दिस आँखिक कोर मे लाज...आ विवेकानन्दबाबू ? विवेकानन्दबाबू कत' छथि ? विवेकाबाबू की क' रहल छथि ?

विवेकाबाबू शयन-कक्षक केवाड़ लग ठाढ़ छथि। भीतर, पलंग पर सूतलि अछि, पाँच-छओ बरखक कन्या, अन्नपूर्णा। बाहर ओसारा पर ठाढ़ि छथि मदालसा।

''नहि ! कथमपि नहि ! अहाँ घर मे नहि आबि सकैत छी। अहाँ चलि जाउ। एहि ओसारा सँ, एहि आँगन सँ, एहि परिवार सँ। समाप्त भ' गेल मदालसा ! सभ किछु समाप्त भ' गेल।'' चिकरैत छथि विवेकानन्द चौधरी। इलाकाक सभ सँ धनिक जमीन्दार विवेकानन्द चौधरी !

''हम अहाँ केँ अपना संगेँ ल' जायब !''—मदालसा उत्तर दैत छथिन।

''नहि ! कथमपि नहि ! कोनो स्थिति मे नहि !'' विवेकानन्दबाबू भीतर सँ केबाड़ बन्द क' लैत छथि। बाहरे रहि जाइत छथि मदालसा। आ, आँगन मे सभटा खबासिन, सभटा नौकर-चाकर भय-आतंक सँ त्रस्त भेल ठाढ़ अछि। मदालसा केँ लाज होइत छनि। माथ झुका क', जाड़ मे थर-थर कँपैत, मात्र एकटा साड़ी, आ मात्र एकटा आँगी पहिरने मदालसा सीढ़ी सँ नीचाँ उतरैत छथि आ आँगन सँ बहार जाइत छथि।

''वाह ! नीक गबइए ई नटुआ ! बीसो, मोन प्रसन्न भ' गेल। कतेक दिन सँ विद्यापतिक गान नहि सुनने छलहुँ !'' विवेकाबाबू जेब सँ दस-दस टाकाक पाँच-छओ नोट बहार कयलनि आ मोड़ि क' नटुआ दिस फेकि देलथिन। सीबीपट्टीक नटुआ कृतकृत्य भ' गेल। नाच देखैवला स्त्री, पुरुख कृतकृत्य भ' गेलाह। मुदा, विवेकाबाबू ? हुनका मोन मे पाँच बरखक अन्नपूर्णाक रुदनस्वर गूँजि रहल छलनि, नटुआक वा विद्याापतिक नायिकाक रूप नहि !

मदालसाक गेलाक बाद अन्नपूर्णा 'माइ-माइ' कहि कतेक कनैत छलीह। कतेक दिन, हफ्ता, मास, बर्ख धरि कनैत रहलि छलीह। विवेकानन्द केँ भेलनि जे विद्यापतिक गीत फूसि थिक...कोनो प्रियतमा अपन प्रेमीक लेल नहि कनइए। कनइए केवल कन्या ? कनइए केवल कन्या अपन मायक स्तन सँ झरैत दूधक निर्झरक लेल, मायक हृदय सँ

झरैत स्नेह-वात्सल्यक निर्झरक लेल। आ माय ? आ मदालसा ? मदालसा एहिना बेटी कें ओछान पर सूतलि छोड़ि अन्हार राति मे, साओन-भादोक बरखा मे अभिसारिका बन' चलि जाइत छलि। विवेकाबाबू कें भेलनि जे सभ किछु फूसि थिक, सत्य थिक मात्र अन्नपूर्णाक रोदन। आइ अन्नपूर्णा कनइए, काल्हि अन्नपूर्णाक बेटा अशोक कानत।

नहि, नहि, अशोक कानत नहि। अशोक मरि जायत, मुदा कानत नहि।

कारण मदालसा आ अन्नपूर्णा मे बड्ड भेद आकाश-पातालक भेद। मदालसा छलीह इतिहासक एकटा फाटल पात। अन्नपूर्णा अछि भविष्यक नूतन किरण-ज्वाला। ई सभ विचारि क', मसनद पर ओँगठल, अंग्रेजी दारूक निसाँ मे मातल, पान चिबबैत, मुँहलगुआ भातिज बीसोक हास्यविनोद सुनैत, विवेकानन्द चौधरी हँसलाह..।

इह ! कहलनि जे अशोक कें बचबाक हेतैक तँ अहिना बाँचि जायत ? अस्पतालक बड़का डॉक्टरक नामे अहाँक चिट्ठीक कोनो दरकार नहि। किएक कहलनि ? अपन पिता सँ एतेक घृणा किएक छनि ? एहि घृणाक पाछाँ अछि एकटा नवयुवक। प्रथम श्रेणी मे बी.ए. पास नवयुवक, राधाकान्त। गामक सभ सँ गरीब ब्राह्मण-परिवारक पुत्र।

एक दिन भोरे अन्नपूर्णा अपन पिताक कोठरी मे अयलीह। बड़ी काल धरि लग मे ठाढ़ि रहलीह। विवेकाबाबू कोनो मोकदमाक कागज-पत्र ठीक क' रहल छलाह। सुपौलक शक्ति ठाकुर कें कोनो जालसाजी मे फँसा क' जेल पठओने बिना, ओकर कटिहारवला जूट मिल अप्पन नहि भ' सकैत अछि। शक्ति ठाकुर जेल जायत, निश्चय जायत। विवेकानन्द चौधरीक शनि-दृष्टि सँ बचि गेनाइ असम्भव !

''की अए अन्ना ? हमरा सँ किछु कहबाक अछि ?'' विवेकाबाबू मूड़ी ऊपर उठओलनि।

''हँ काका, कहबाक अछि। अहाँ सँ चोरा-नुका क' कोनो काज हम नहि करब। तें कह' आयलि छी !'' अन्नपूर्णा कुर्सीक पीठ धयने ठाढ़ि रहलीह।

''कहू ! कोन काज चोरा क' नहि क' सकैत छी ?''

''हम राधाकान्तबाबू सँ विवाह करब। हम-ओ भगवती स्थान मे शपथ खयने छी !'' बड़ शान्त स्वरें अन्नपूर्णा बाजलि छलीह।

मुदा, एहि शान्त स्वर सँ आगि लागि गेल छल विवेकाबाबूक शरीर मे, आ मोन मे, आ जीवन मे। राधाकान्त ! के राधाकान्त !! ओएह दरिद्रकोटर राधाकान्त ? मिडिल स्कूल मे मास्टरी करयवला राधाकान्त ?

आगि लागि गेल। जमीन्दारी कोठी जरय लागल। सोना-चानीक मुकुट जरय लागल। सोनित भीजल तरुआरि-बरछी जरय लागल। हजार बर्खक सामन्तवादी जीवन-व्यवस्था भस्म भ' गेल। सुड्डाह भ' गेल।

सभ किछु सुड्डाह भ' गेल, मुदा, राधाकान्त आ अन्नपूर्णाक विवाह रुकल नहि, विवेकानन्दबाबू रोकबाक चेष्टा नहि कयलनि। आ ने विवाहक समर्थने कयलनि। जहिया सिन्दुरदान छलैक, कलकत्ता मे अपन जूट मिल मशीन कीनि रहल छलाह।

मिडिल-स्कूल मे पचास टाका पाब'वला मास्टर राधाकान्तबाबू कतेक दिन

बँचितथि ? किऐ बँचितथि ? राधाकान्त चल गेलाह। रहि गेलीह अन्नपूर्णा, रहि गेल अशोक !

अन्नपूर्णा नवग्राम मे ग्राम-सेविका छलीह। मुदा, मुदा नोकरी बेसी दिन टिकलनि नहि। स्वामीक मृत्यु, शिशुक रोग, आर्थिक दुर्दशाक कारण ने स्वास्थ्य रहि सकल छलनि, ने रूप, ने आकर्षण, ने यौवन ! सतरह-अठारहैक वयस मे अन्नपूर्णा भीतक ढलह घर भ' गेलि छलीह। तेँ नौकरी नहि, तेँ हाथ पर टाका-पैसा नहि, तेँ बेटाक लेल दवाइ-दारू नहि।

नवग्रामक अड़ोस-पड़ोसक मौगी कहबो केलकनि जे अन्नपूर्णा दाइ, माथ मे तेल-कूड़ दिअ', नूआ-आँगी मे साबुन लगाउ, केश बान्हू। अर्थात कनिएँ नीक जकाँ रहू। अर्थात कनिएँ लोक सभ सँ भेँट-घाँट करू...।

तँ अन्नपूर्णा उत्तर मे कहलथि, "दरिद्रा रहय, कोनो हानि नहि ! अशोकक दबाइ-दारू नहि होइ कोनो हानि नहि ! मुदा, अशोक एक दिन पैघ होयत। तखन जँ ओकरा संगी सभ कहतैक जे तोँ बच्चा छलह, तोहर माय तोरा सूतलि छोड़ि लोक सभ सँ भेँट-घाँट करय जाइत छलथुन्ह—तँ ओकरा कतेक दुख हेतैक ? अशोक भूखले रहय, पढ़ि-लिखि नहि सकय, मरि जाय—मुदा ओकरा ई दुःख हम कहियो नहि होब' देबैक।"

अन्नपूर्णा आ मदालसामे बड्ड फर्क, बड्ड भेद। बेटी आ माय मे कोनो मिलान नहि। माय मरि गेलीह, मुदा, बेटी एखन जीवित अछि। बेटी नहि मरत, जीवित रहत।

विवेकानन्द चौधरीक माथ गौरव सँ ऊँच भ' गेलनि—बेटीक गौरव सँ ऊँच भ' गेलनि।

मोहफिल समाप्त भ' गेल। रातुक एगारह-बारह बाजि रहल छल विवेकानन्दबाबू मसनद छोड़ि क' उठलाह आ बिलैतिया खबास केँ कहलथिन, "जीप-गाड़ी बहार कर ! एखनहि बहार कर ! एखनहि बहार कर ! बिदागरी करब' जाइत छी।"

"ककर बिदागरी काका ?" बीसो पुछलथिन।

"आर ककर बिदागरी ! बेटीक बिदागरी करब' जाइत छी। तोहूँ संगेँ चलह बीसो, अशोकक मोन खराब छै !"—विवेकानन्द चौधरी दलान सँ नीचाँ उतरलाह तँ मोन बड्ड हल्लुक छलनि। आँगन गेलाह। सीढ़ी चढ़ि क' शयन-कक्ष मे गेलाह। बड़ी काल धरि ठाढ़ रहलाह। ओसारा पर कोनो प्रेत-छायाक भ्रम नहि भेलनि। ओसारा पर अयलाह। देखलनि—उज्जर गगन मे आकाश-गंगा बहि रहल अछि। मोन पवित्र भ' गेलनि। जीवन पवित्र भ' गेलनि।

मिथिला दर्शन (विशेषांक) / 1959

हाथीक दाँत

साँझ भ' रहल छल। नीचाँक तल्ला पर किओ रेडिओ बजा रहल छल आ यज्ञक धूमहीन वह्निशिखा जकाँ संगीतक ज्वाला ऊपर उठि क' हम्मर देह झरका रहल छल। संगीतक भाव एतबे जे तों छ' आ हम छी, आ सँउसे विश्व फूसि थिक ! वाह बड्ड दार्शनिक तत्त्व...ब्रह्म आ जीव, बाँकी जड़ जगत तँ मिथ्या, मात्र मिथ्या ! मुदा, रेडिओक फिल्मी गीत-संगीतक भाव, अर्थ, आ व्याख्या बड्ड साधारण, बड्ड लौकिक, बड्ड दैहिक...

बाबा दोसर दिस धेआन कयने छलाह। अर्थात्, अप्पन पुतोहु दिस। दिल्ली अजमेर वा अलबर दिसक पुतोहु थिकथीन। अखबार मे विज्ञापन बहरायल छलइ–बी.ए. पास कुमारि मैथिल कन्या (परम रूपवती, गृहकार्यदक्षा, हस्तकला प्रवीणा, संगीत मुखरा, आदि-आदि) क हेतु सुयोग्य वर चाही।

बाबा सँ बिन पुछनइँ पुत्र विज्ञापनक उत्तर द' देलथिन। एम.ए. पास कयने छथि। पिता उच्च पदस्थ अर्धसरकारी सेवक छथिन। माय सेहो फारवर्ड, रेडियो-विभाग मे लोक-संगीतक प्रमुख गायिका। कन्यागत केँ आर की चाही...। बाबा तँ मोने-मोन विचारने छलाह, दस-बारह हजार टाका उगाहब आ सात-आठ बिघा खेत भ' जायत। मुदा दिल्ली वा अजमेर जा क', जे एक बेर पुतोहु केँ देखलनि तँ मोन भंगबताह भ' गेलनि। मैथिल रक्त पर ओ भीषण पछिमाहा आवरण...बाजब मे ओ पंजाबी आरोह-अवरोह...साड़ीक ओ समतूल चढ़ान ओ खसान...मुस्कानक ओ नापल-तउलल, गहिकी व्यवहार। बाबा तृप्त-परितृपत भ' गेलाह।

पुतोहु जखन दुरागमनक उपरान्त पटना अयलथिन, तँ दिनानुदिन मोन प्रसन्न होइत गेलनि, दुखेलनि नइँ। कारण, बाबा समाज मे एकटा बड्ड पैघ समाजसेवी, सुधारकक रूप मे प्रसिद्ध छथि। राजा राममोहन रायक संक्षिप्त संस्करण बूझल जाइए हिनका। अप्पन भाषणादि आ लेख सभ मे जाति, धर्म, समाज आ संस्कृति केँ खूब मिचरा-मिचरा क' बोकिआबै छथि। ठीक ओहि सुर आ भाखा मे, जेना आर्यसमाजी सभ सनातन धर्म केँ गरिआबइए...

से, बाबा अप्पन पुतोहु दिस धेआन कयने छलाह। पुतोहु गरदनिए पर आँचर लपेटने, लाल रंग सँ ठोर रंजित कयने, आँखिक कोर सँ एक बीत आगू धरि काजरक रेघा घिचने एकटा कुर्सी पर बैसल छलीह, चाय सुड़कि रहल छलीह, प्राण छलनि नीचाँ उधिआइत रेडिओक गीत पर–

हम छी अहाँ छी आ गंगाक किनार अछि
हम छी अहाँ छी आ राति बड़ अन्हार अछि

बाबा बजलाह, "की हौ कमल, कनियाँ कनिओँ पसिन्न भेलथुन की नइँ ?" हमरा हँसी लागि गेल। पुतोहु (बाबाक। हमर तँ कोनो-ने-कोनो सम्बन्धे भौजिए लगतीह) लजा गेलीह आ टेबुल पर चाहक पेआली राखि, दुन्नू हाथेँ साड़ीक खसान छाबा धरि उठा, अलबटाहि कन्या जकाँ कोठली मे पड़ा गेलीह।

बाबी चाहक तेसर कप द' गेलीह। हमरा बड्ड हड़बड़ी छल। बासा पर कैकटा मित्र प्रतीक्षा करैत हेताह..."हौ तहूँ की रोज-रोज अबै छह ! ई तँ रेडिओ-प्रोग्राम छलौ तइँ चल अइलै, नइँ तँ कलकत्ता छोड़बाक की तोरा मोनो होइ छह...कते रास गप करबाक अछि...हमरा सभक बाद तँ समाजक रास तोरे सभक हाथ मे अओतह...हेअइ, कत' गेलहुँ अइ, कमल केँ खाली चाहे देने जाइ छिअनि, किछु जलखइ हैबाक चाही...पुतोहु केँ कहिऔन, कनी अपने हाथेँ...नइँ, नइँ हुनका जुनि कहिऔन, हाथ-ताथ झरका लेतीह..."

आब निस्तार नइँ अछि, से नीक जकाँ बुझबा मे आबि गेल। आर जे हो, बाबा लोक बड्ड दिव्य छथि। विद्यापति जयन्ती मे सभाध्यक्ष पद सँ पढ़ने छलाह, से सौंसे भाषण, डबल डिमाइ साइज मे छप्पल तेरह पेज, सुनाब' लगलाह। मोन बताह जकाँ होब' लागल, कोन साँप कटने छल जे एहि ठाम अयलहुँ, कोन काज छल...

"काज ई अछि जे देस मे फेर सीता, अनुसूया, गार्गी, मैत्रेयी, सरस्वती, लखिमा केँ जन्माब' पड़त। पंचहत्थी घोघ मे, दसहत्थी ओहार मे महिला-जाति केँ नुकयने रहला सँ समाजक उद्धार नइँ हैत। देस मे क्रान्ति चाहै छी त' पहिने महिला-समाज केँ आगू आनू..." बाबा द्वारा भाषण-पारायण चलि रहल छल कि तखनइँ अकस्मात सीढ़ी पर ककरो ऊपर अयबाक पदध्वनि। एकटा बँगला डिजाइनक साड़ी धारिणी युवती। पैर छूबि क', बाबा केँ प्रणाम कयलनि आ लगे मे राखल, सोफा पर बैसि गेलीह। बाबा हरखेँ उल्लसित आ अस्त-व्यस्त भ' गेलाह...

"ई थिकी अमृता...सुरेश बाबू इंजिनियरक पत्नी। हमर तँ बेटिए जकाँ छथि। मैथिल कन्या केँ जाहि आदर्श धरि हम ल' जाय चाहइ छी, तकरे प्रतिरूप थिक अमृता ! पढ़ल-लिखल, साहित्य बुझैवाली, लजकोटरि नइँ, मुदा, निर्ल्लज्जो नइँ, कोनो बात मे पुरुष सँ पाछाँ नइँ रहैवाली..."

अमृता...अमृता...अमृता...जेना आठ-सात बरख पहिनेक कोनो घटना मोन पड़इए। कोनो पुरान युगक घटना। जेना मोनक काठ केँ स्मृतिक कठखोधवा-पक्षी चोँच सँ खुरचि रहल अछि। मुदा, नइँ ! कोनो लाभ नइँ, कोनो काज नइँ...घाव केँ खोधला सँ मात्र पीव बहार होइ छै, परिमल-पराग नइँ ! तेँ हाथ जोड़ि क' नमस्कार कयलहुँ आ ठोर पर एक चुटकी मुस्की रोपलहुँ।

"ई छथि कमल बाबू..." बाबाक कहब केँ बीचे मे तोड़ि क', अमृता बजलीह, "परिचय देबाक आवश्यकता नइँ ! हिनकर लिखल पुस्तक सभ पढ़ने छी..."

"किऐ नइँ ! किऐ नइँ !! पढ़ने हैब" बाबा पुनः अप्पन चरखा आरम्भ कयलनि, "अमृता आ सुकन्या (बाबाक पुतोहु) सनक एक दर्जन कन्या समाज मे हो तँ समाजक कल्याण भ' जाए...हमर तँ विचार अछि जे एहने विदुषी कन्या सभ केँ संग क' क' एक बेर सौराठक सभा-गाछी जाइ आ ओहि ठाम हिनका सभ सँ व्यवस्थाक विरुद्ध, दहेज-प्रथाक विरुद्ध, अनमेल विवाहक विरुद्ध, जाति-पाँतिक विरुद्ध, लेक्चर दिआबी, भाषण कराबी, आन्दोलन कराबी...की अइ अमरीता, चलबै ने अहाँ ?"

"हँ बाबा, चलबइ किअए ने ! इएह ने हैत जे लोक कपार फोड़ि देत, मुदा, अहाँ कहब तँ जायब किऐ ने"–अमृता हमरा दिस कनखी सँ तकैत बजलीह, आ खन-खन-खन जेना चारि-दस टा कांचक पेआली एक दोसरा मे लागि क' गाबि उठल हो, हँस' लगलीह।

भोर भ' गेल। मोन पर जे एकटा अन्हार राति पसरि गेल छल, तकर जेना लोप भ' गेल हो आ बाल-रविक कोमल कान्त इजोर आगाँक सभ वस्तु केँ उज्जर बना रहल हो...आ, एहि इजोर सँ बाबाक आँखि आ चेहरा आ सौंसे गत्र-गत्र इजोरिया राति बनि गेल। बजलाह, '''कमल, हमरा लगइए जे आब देशक दिन फिरल जाइए...एकटा अमृत नइँ, कतेको पढ़लि-लिखलि कन्या आब आगू आबि रहल अछि। आब तिरहुतोक स्त्रीवर्ग बी.ए., एम.ए. पास करइए, मोटर चलेनाइ सिखइए, प्रगतिक विशाल राजपथ पर समर्थि भ' आगू बढ़इए। सुवंशबाबूक बेटी, गायत्री एन.सी.सी. मे फर्स्ट कयलनिहेँ, कुलाबाबू एस.डी.ओ.क भ्रातृजाया बन्दूक चलबै छथि, शिकार खेलै छथि, वन्दना चौधरी दर्शनशास्त्र मे फर्स्ट क्लास फर्स्ट कएलनिहेँ, मालती, वासन्ती..."

बाबी अयलीह। बाबीक मोटका ऊनी कोटक टहाटही लाल रंगक छाया जकाँ पातर रेसमी साड़ी पहिरने, दुब्बरि, दिल्ली वा अलबर वा जयपुरवाली सेहो अयलीह, आ बड्ड मधुर भाव भंगिमा सँ अमृता केँ कल जोड़ि, नमस्कार क', हुनके पांजर तर बैसि रहलीह। हम दुनू युवती दिस ताकि नइँ रहल छलहुँ, मुदा हुनके विषय मे सोचि रहल छलहुँ–की सत्ते देसक नारी आब स्वाधीनता दिस बढ़ल जाइए ? की सत्ते युग-युगक 'असूर्य्यंपश्यात्वक मर्य्यादा समाप्त भेल जाइए ? की ई मर्यादाहानि नीक आ अनुकरणीय ? की महिला सभ घर, आँगन, चिनुआर, तुलसीचौरा, अहिपन, आम्र पल्लव शोभित कलश, पिठार रंजित पीढ़ी, कोहबर, देबाल पर चित्रित नैना-योगिन केँ बिसरि क' सड़क पर आबि जाथि, चउराहा पर आबि जाथि, भगवती-घर मे जरैत पवित्र दीप नइँ रहि, गली-कातक लैम्पपोस्ट बनि जाथि ?

लोक कहत मध्यम मार्ग बहार करू। एहेन रस्ता बहार करू जे गाम घरक संस्कृतिओ नष्ट नइँ हो, आ कनिआँ-पुतोहु हाथ मे बैग ल' हाट-बजार सेहो करथि। ई मध्यम मार्ग असम्भव थिक ! पूर्वीय आ पश्चिमी संस्कृति दू थिक, दुन्नू मे कोनो सामंजस्य कहिओ नइँ भ' सकइए !

करीब पाँच बजे धरि गप्प-शप्प होइत रहल। तखन गप्प केँ समाप्त करैत जकाँ बाबा बाबी दिस इंगित करैत बजलाह, "हमरा आ हिनका कनिएँ एक ठाम जयबाक

अछि। एकटा मिनिस्टरक बासा पर निमंत्रण अछि ! चन्द्रनाथ (बाबाक श्रेष्ठ पुत्र, दिल्ली वा अलबरवालीक पतिदेवता) इन्टर्व्यू मे दिल्ली गेल छथि...''

''हमहूँ सभ जाइ छी, बाबा !'' अमृता बजलीह, ''भौजी केँ सेहो लेने जाइ छिअनि। बड्ड नीक फिल्म आयल छै 'एलिफिन्स्टन' मे। से देखबाक विचार कयने छी हम आ भौजी !'' फेर हमरा दिस ताकि क' कहलनि, ''कमल भाइ, अहूँ चलू ने ! अहाँ बड्ड संयोग सँ भेंट भ' गेलहुँ...किन्तु गप्पे नइँ भ' सकल...''

''सिनेमा देखबाक प्रोग्राम कोनो आन दिनक लेल रह' दिअ, अमृता ! आइ कोनो नोकरो नइँए डेरा पर, जकरा संग क' दितहुँ...'' बाबा हिचकिचयलाह।

''नोकर नइँ छै तँ की हेतै ? कमल भाइ तँ संग रहबे करताह ! फेर हम सभ कोनो देहाती कन्या नइँ छी'' अमृता कहलथिन। मुदा, बाबाक चेहरा सँ विरोध झलकैत। बाबीक चेहरा पर आश्चर्य...अमृता एना किऐ बाजि रहल अछि। पुतोहु परपुरुखक संगेँ कोना सिनेमा जयतीह...अमृते किऐ जयतीह...कमल बाबू सँ हिनका कोन सम्बन्ध...''

हम चुप्पे रहलहुँ। बजबे की करितहुँ। हमरा कोन अधिकार ई कहबाक जे अप्पन पुतोहु केँ हमरा संगेँ जाय दिअउन। तखन, सुकन्या (बाबाक पुतोहु) लजाइते-लजाइत बजलीह, ''बाबूजी, जाने दीजिए न ! अमृता बहन साथ रहेंगी...''

''कोना जाने देंगे ? चन्द्रनाथ एहि ठाम नइँ छथि। हम सभ मिनिस्टरक पार्टी मे जा रहल छी ! सिनेमा भागल नइँ जाइए। काल्हि वा परसू जा क' देखि आयब। आइ नइँ !'' बाबा बजलाह। क्रोध सँ हुनकर मुखड़ा रक्तवर्ण भ' गेलनि। क्रोध भेलनि पहिने अमृता पर जे एहन प्रस्तावे किऐ कयलनि। क्रोध भेलनि तखन पुतोहु पर जे एहन अनुमोदन किऐ कयलनि। क्रोध भेलनि अन्ततः हमरा पर जे...

हम विचारहुँ जे आब हमरो किछु बजबाक चाही। एहन छोट गप्प पर ससुर आ पुतोहु मे मनोमालिन्य भ' जाय, से उचित नइँ। बजलहुँ, ''कोन हर्ज भौजी ! आने दिन चल जायब !''

किन्तु, अमृता त' जेना झगड़ा करबाक निश्चय कइए क' आयल छलीह। आब किओ किछु बजितय, तइ सँ पहिनइँ बाजि उठलीह, ''हर्ज कोनो नइँ ! मुदा, हम ई बूझ' चाहइ छी जे जयबा मे; एकसरे जयबा मे कोन हर्ज छै ! भौजी बी.ए. पास स्त्री छथि। चारि बर्ख कॉलेज मे पढ़ने छथि। कतेक पुरुख सँ भेंट-घाँट, गप्प-शप्प भेल हेतनि। आइ हमरा-अहाँ संगेँ सिनेमा जयतीह तँ कोन अनर्थ...''

अहाँ केँअनर्थ नइँ लगइए। हमरा सभ केँ लगइए।...बिआहक पहिने जे गप्प कयने होथि परपुरुखक संग। आब हम्मर पुतोहु छथि। अप्पन स्वामीक संगेँ, सातु-ससुरक संगेँ कतौ जा सकै छथि। एसकरे कोना जयतीह जँ रस्ता मे किछु भ' जाइन...'' बाबी बजलीह। बाबीक गप्प पर क्रोधेँ झमान भ' उठलीह भौजी आ दोसर कोठली मे पैस क', तड़ाक सँ भीतर सँ किल्ली ठोकि लेलनि।

दोसर दिन अमृताक ओहि ठाम निमन्त्रण छल। भोजन करबा काल बाबाक विषय मे गप्प चलल तँ अमृता मुस्कयलीह आ कहलनि, ''कमल भाइ, हाथी कें दू टा दाँत होइ छै, एकटा खयबाक आ दोसर देखयबाक !''

–मिथिला-दर्शन/फरवरी, 1960

कादम्बरी उपकथा

एगारह बर्खक छलीह तखन विवाह भेलनि। सतरहम चढ़ैत-चढ़ैत सिन्दुर मे आगि लेसि देलकनि विधाता। बाप केँ सौ-पचास बीघा खेत छलनि, कादम्बरी नैहर चलि अयलीह। बाप संस्कृतक पंडित छलथिन, कादम्बरी 'लघुकौमुदी' सँ आरम्भ क' कालिदासक 'कुमार सम्भव' धरि अबि गेलीह। 'कुमार सम्भव' समाप्त क' उठलीह तँ मोन भेलनि, ऐना मे एकरत्ती अपन मुँह देखथि। घाम सँ भीजल केश आँखि पर पसरि गेल छलनि। देखलनि जे केशक एकटा लच्छा पाकि गेल अछि। हाथ सँ ऐना छूटि क' धरती पर खसि पड़लनि। साहस नहि भेलनि जे फेर ओकरा मुँहक सोझाँ ल' जाथि। साहस नहि भेलनि जे फेर अपन मुँह देखथि। मोन पर एकटा विचित्र, अपरिचित अवसाद, जेना भसिआयल मेघक कोनो कारी सन टुकड़ी, जेना कोनो फूटल सिलेटक कोनाह सन खंड, जेना कोनो बिसरल गीतक टूटल सन पाँती...माय आबि क' कहलथिन, ''कादम, शान्तिपुर सँ दिअर आयल छथि। संग मे खबास सेहो छनि।''

कादम्बरी केँ देखि क' गायत्री देवी जेना पाथरक मुरूत भ' गेलीह। पाथरक मुरूतक भीतर प्रवाहित होबय लागल क्रोध। प्रवाहित होबय लागल क्रोध आ ईर्ष्या आ घृणा आ दुःख आ आतंक। मुदा, तइयो पाथरक मुरूत मुस्कायलि आ बाजलि, ''बहीन दाइ, जहिआ दुरागमन भेल आ एहि गाम अयलहुँ, अहाँ केँ देखबा लेल मोन माछ जकाँ छटपटाइत छल। आइ भगवती आसा पूर कयलनि।

कादम्बरी किछु नहि बजलीह अपन छोट दिआदनीक उत्तर मे किछु नहि बजलीह। मात्र एतबे कहलनि, ''अहाँ पढ़ुआबाबू लग जाउ, बोखार फेर बढ़ि गेल छनि। निरसा केँ सहरसा पठौने छिअइ। साँझ खसैत-खसैत बड़का अस्पतालक डॉक्टर आबि जयताह। डॉक्टर लेल चाह ओ जलपानक व्यवस्था कर' पड़त।''

माने, कादम्बरी नहि, पढ़ुआबाबूक धर्मपत्नी गायत्री देवी नहि, पढ़ुआबाबू नहि, केवल हुनक बोखार ! बोखारक उन्माद मे पढ़ुआबाबू चिकरल छलाह, ''चन्द्रनाथ, भौजी केँ विदागरी करा आनह। हमर भौजी केँ ल' आनह।''

पढ़ुआबाबू अर्थात् श्री वैद्यनाथ चौधरी, शान्तिपुर ग्रामक सभ सँ पैघ परिवारक स्वामी छथि। पाँच भाइ अपने, आ पाँचो भाइ मे ककरो चारि-पाँच सँ कम सन्तान नहि। पाँचो भाइक स्त्री, दूटा विधवा बहिन, एकटा पितामही, तीनटा पित्ती, ताहि हिसाब सँ पितिऔत। एक साँझ मे कते सेर चउर-दालि खर्च होइत छनि, से गामक लोकक प्रमुख

चर्चाक विषय थिक। चर्चाक विषय थिक जे धन्न छथि वैद्यनाथ, धन्न छथि चन्द्रनाथ, धन्न छथि सिर्नियाँवाली...।

सिर्नियाँवाली कनियाँ श्रीमती गायत्री देवी 'शशिमुखी बहुरिया' सत्ते धन्न छथि। सौंसे परिवारक भोजन, पानि, जलखै, वस्त्र, दवाइ, जन-हरवाहक बोनि, बच्चा सभक पोथी आ सिलेट-पेन्सिल, सत्यनारायणक पूजा, संक्रान्ति, एकादशी, सोमवारी, पाहुनक आगत-स्वागत, सभ वस्तुक व्यवस्था एकसरे क' लैत छथि।

मुदा कादम्बरी ? कादम्बरी केँ देखि क', परिवार मे उपस्थित पाबि क' गायत्रिए टा नहि, आनो कनियाँ आ बूढ़ि लोकनि स्तम्भित भ' गेलीह। बड़की कनियाँक आँखि केहन छनि, जे दू मुँहवला दीपक लह-लह करैत दुनू टेमी। बड़की कनियाँक धूआ केहेन छनि, हनुमानक सिन्दूर सँ सरस्वतीक प्रतिमा केँ रंगि देल गेल हो। बड़की कनियाँक बाजब एतेक मधुर, एतेक कोमल, एतेक सिनेह सँ भरल छनि, तइओ लोक केँ हुनक बाजब सुनितहिँ भय किएक होअ' लगैत छैक ? बड़की कनियाँ कादम्बरीक आगमन सँ जेना चौधरि परिवारक कोलाहलपूर्ण वातावरण मे रातुक गाछीक निस्तब्धता पसरि गेल।

नहि आएल छली, तँ सभक मोन मे छलनि कादम्बरीक प्रति अनिर्वचनीय सहानुभूति–बेचारीक कोरा मे एकटा बेटो-बेटी नहि, जकर मुँह देखि सन्तोख करितथि... बेचारी चूड़ी फोड़ि क' गेलीह तँ फेर सासुरक मुँह नहि देखलनि...एहन अभाग ! मुदा आबि गेलीह तँ सभक मोन मे छनि अज्ञात भय। एहि भयक की प्रतिकार ?

गायत्रीक कल्पना छलनि जे बहीनदाइ हेतीह सामान्य विधवा स्त्री सन। फाटल नूआ...सुखायल हाथ-पथर...देहपर सदिखन कोनो-ने-कोनो रोग-विआधि...आँखि मे कोनो-ने-कोनो कारणे सदिखन नोरक टहटही...डेग-डेग पर भगवत्तीक नामे गोहारि, ठाम-ठाम पर लोकक नामे उपराग, मुदा एहन नहि छथि कादम्बरी बहीनदाइ। जेना सुन्न बाध मे एकसरे ठाढ़ पाकड़िक पसरल-चतरल विशाल वृक्ष होथि। स्वच्छ आ उज्जर वस्त्र मे सोन-सन चकचक करैत गोर चाकर देह...आँखि मे धहधह करैत आगिक प्रचण्ड धधरा...बत्तीस-चौंतीस वर्षक विकल रौद मे पाकल सोनक धान...साओनक उफनल धार नहि, बाढ़िमे जलामय भेल बाध, बोन, गाम, खेत-खरिहान...।

गायत्री देवी आ कादम्बरी मे वयसेक नहि, सभ बातक अन्तर। गायत्रीक क्रोध सँ परिवारक जेठ-छोट सभ भयभीत रहैत छथि। गायत्री केँ बिना पुछने बिलाड़िओ भनसा घर मे नहि पैसइए। गायत्री छथि तेँ पितामही प्रति बर्ख सिमरियाघाट जयबाक सुयोग पबैत छथि। गायत्री नहि रहथि तँ चन्द्रनाथक स्त्री आ इन्द्रनाथक स्त्री आ शम्भुनाथक स्त्री चारि दिन मे भिनाओज क' क' अपन-अपन ओसारा आ घर आ चूल्हा दलान आ इनार बाँटि लेतीह। गायत्री देवी चौधरी-परिवारक लक्ष्मी आ दुर्गा दुनू छथि।

मुदा, कादम्बरी ? कादम्बरी चन्द्रनाथ केँ कलहथिन, "चन्द्रबाबू, अपना आँगन मे सभ मिला क' चौदह-पन्द्रह टा बच्चा अछि। स्कूल गाम सँ बाहर, रस्ते मे दू-तीन टा पोखरि छैक। किएक ने दलाने पर एकटा गुरुजी राखि लेल जाय ?"

मुदा, कादम्बरी ? कादम्बरी इन्द्रनाथक स्त्री सँ कहलथिन, ''कनियाँ अहाँ केँ तँ सीबय-फाड़य आबैए। पटनावला मिसर जी गर्मी छुट्टी मे आबि रहल छथि। चिट्ठी पठा दिऔक, एकटा सिलाई मशीन लेने अओताह, दाम एहिठाम सँ भेटि जयतनि। एकटा आँगिओ सीबाक होइत अछि तँ सहरसाक कनहा दरजीबाक मुँह ताक' पड़ैत अछि। सेहो ने देहक भजार, ने नीक जकाँ सिबले...।''

मुदा कादम्बरी ? राति मे सुतबा सँ पहिने कादम्बरी पितामहीक पैर जाँत' गेलीह, तँ पितामहीक आँखि सँ टप-टप नोर खस' लगलनि। एहन सुन्दरि, एहन स्वभाववाली कनियाँ, आ तकरो संगेँ भगवत्तीक व्यवहार तँ देखू...हमर विश्वनाथ सन पढ़ल-लिखल आ गुणवन्त छल एहि दस गाम मे किओ ?...किओ नहि छल ! गंगाक ओहि पार पटना जा क' एफ.ए. पास क' आयल...अंग्रेजी की धुरझाड़ बजैत छल...मुभमेन्ट मे असली गोरा-अंग्रेज गाम मे अड्डा देने छलैक तँ आर ककरो दुइयो आखर गप्प क' भेलैक ? हमरे विश्वनाथ तखन गामक लाज रखलक।

विश्वनाथ माने कादम्बरीक परलोकवासी स्वामी। कादम्बरीक आँखि सँ नोर नहि खसलनि। शान्त भावेँ विश्वानाथक पितामहीक पैर जँतैत रहलीह।

अर्थात् आँगन मे टूटा गाछ एके संगेँ ठाढ़ भ' गेल—तुलसीक गाछ आ नेबोक गाछ तँ पहिनहि सँ छलैहे।

तुलसीक चौरा लग बाँसक तराइ ओछा क' बैसलि छलीह कादम्बरी। वैद्यनाथ सोहारी आ परोरक रस्सा पथ्य ल' चुकल छलाह। काल्हि सँ स्कूल जाएब आरम्भ करताह। ओहिना हेड मास्टर लाल-पीअर भेल रहैत छनि, नहि जयताह तँ दरमाहा कटि जयतनि।

''भौजी, अहीँक सेवा सँ हमर पुर्नजन्म भेल अछि। अहाँ नहि अबितहुँ त' गेले रही हम एहि बेर ! एतेक वर्षक बाद अहाँ केँ देखबाक सौभाग्य भेटल अछि। आब कहियो जाय नहि देब अहाँ केँ, बूझि लिअ'' वैद्यनाथ केँ ओ कादम्ब मोने छथिन, आइ सँ एक युग पहिनेक दुरगमनियाँ कनियाँ, जनिकर मुँह देखि क' टोल-पड़ोसक सभ पुतोहु छाउड़ भ' गेल छलीह।

भनसा घरक मोखा लग ठाढ़ि गायत्री, दिआदनीक प्रशंसा सुनि रहल छलीह। नीक नहि लगलनि। नोनछाह लगलनि। मुदा, एकर ई अर्थ कथमपि नहि जे गायत्री देवी स्वभावक जरन्ताहि अथवा मोनक पपिआहि छथि। छथि एतबे जे आनक सोझाँ अपन हीनता नहि सहल जाइत छनि। एक बेर कहि दिऔन—सुभद्राक भौजी एहि बेर दू पथिया अमोट पारने छथि ! आ, दोसरे दिन देखि लिअ', बुढ़बागाछीक सभटा बिज्जू आम आँगन मे पसरल अछि आ गायत्री उक्खरि मे आम थकुचने जा रहल छथि। तीन पथिया अमौटक बोर नहि हेतनि जधरि ताधरि नूआ नहि बदलतीह गायत्री ! आदि-आदि।

असल गप्प आरम्भ भेल जखन दरबाजा पर गुरुजीक व्यवस्था भेला पर कादम्बरी भोर आ साँझ सभ बच्चा केँ आँगन मे जमा क' क' 'जय जय भैरवि असुर भयाउनि, पशुपति भामिनि माया'क महाप्रार्थना सँ, एक महीसक दाम तीन टाका तँ सवा चारि

महीसक दाम कतेक ?' सँ, 'प्राचीनकाल मिथिला मे एकटा राजा छलाह कीर्तिध्वज जनक' सँ, 'ऐंग्री माने क्रोधी ऐंग्री माने क्रोधी...

ऐंग्री माने क्रोधी, क्रोधी माने जेहन क्रोधी मास्टरनी काकी छथि। इन्द्रनाथक जेठ बालक कमल बाजि उठल। वैद्यनाथ मास्टर छथि, तेँ गायत्री देवी मास्टरनी काकी। आ, बिनु पुछने बाड़ी सँ खीरा तोड़ि लेबाक कारणेँ काल्हिए कमल केँ गायत्री थपड़ौने छलीह, तेँ गायत्री देवी 'ऐंग्री', 'ऐंग्री' माने क्रोधी।

''हम कथी लेल रहबौक तोहर मास्टरनी, मास्टरनी तँ छथुन बहिनदाइ। एंगरी-फेंगरी सभ ओएह रहथुन, हम कथी लए रहबौक !''–गायत्री देवी ओसारे पर सँ फोफिआय लगलीह। कमल पाँच वर्षक अबोध बालक भय सँ त्रस्त भ', कादम्बरीक आँचर मे सन्हिआय लागल।

''अहाँकेँ मास्टरनी नहि कहने अछि कमल। हमरे कहने अछि। मास्टरनी तँ ओकर हमही छिऐक।'' कादम्बरी बालकक पक्ष लेब' लगलीह। गायत्री पजरि उठलीह। मुँह सँ धधरा बहराय लगलनि। धधरा आ धुआँ !

''अपना तँ मुँह मे ऊक देबाक लेल एकटा अल्लुआ पेट सँ नहि उखड़लनि...आँगनक बच्चा सभक चालि खराब कयने जाइ छथि।'' गायत्री नहुँए जोर सँ बजैत एहि घर सँ ओहि घर चलि गेलीह। वज्र खसि पड़ल। मोन पर, देह पर, अंग-अंग पर वज्र खसि पड़ल। पेट मे जेना एकटा पाथरक पैघ गोला बहार होमय लेल छटपट कर' लागल। देह पर कसल आँगी मे सँ जेना गेँटक-गेँट पजेबा खस' लागल। डाँड़ मे बान्हल बिन पाढ़िक साड़ी जेना तार-तार भ' जायत आ लाले-लाल जीह बहार कयने हजारक हजार साँप...

कादम्बक गत्र-गत्र पर वज्र खसि पड़ल। दुइयो मास नहि भेल छनि आ कम्मे-कम बीसो बेर गायत्री इएह बिखक बान छोड़ने छथि...पेट सँ एक्कोटा अल्लुओ नहि बहरयलनि ! नहि बहरयलनि एहि मे ककर दोख ! अल्लुए बहरायब टा की जीवनक मात्र प्रयोजन थिक ! आब तँ बहुत पढ़लि-लिखलि मौगी सभ बिआहो नहि करइए ! हमहीं कोन बिआह कयलहुँ ! दुरागमन भेल, सासुर अयलहुँ। मुदा, कहिओ चारि सँ पाँच दिन गाम रहलाह ? पटना मे पढ़ैत छलाह, छुट्टिओ मे मात्रिके जाथि प्रायः, ई सभ बुझिते नहि रहथिन। नहि बुझैत रहथिन जे हम चल जायब तँ लोक कादम्बरी केँ एहि तरहें गरिऔतनि...।

मुदा, ई सभ विचारिओ क' कादम्ब कनली नहि। क्रोध नहि कयलनि। मुस्काइत बजलीह, ''कनियाँ, आन लोक तँ कहिते अछि। अहूँ छोट लोक जेकाँ एहन कथा कहब ?''

एहि घटनाक तेसरे दिन, किंवा दोसरे दिन गायत्रीक छोटकी बेटी निरमला केँ बाड़ी मे साँप काटि लेलकनि। जावत गोनर झा बजाओल जाथि, जाबत भगता सभ आबथि, जाबत मन्त्र पड़ल जाय, कौड़ी फेकल जाय, निरमलाक देह पीअर, हरिअर, कारी भ' गेलनि। निरमला चलि गेलीह।

निरमला चलि गेलीह आ गाम भरि मे घोल भ' गेल जे कादम्बरी साधारण विधवा

नहि छथि, गाछ हँकै वाली डाइन छथि। डाइन छथि। नैहरो मे कतेको नेना-भुटका कें खा क' बैसल छथि। एहिठाम अबिते देरी निरमला कें खयलनि। डाइन नहि रहितथि तँ माय-बाप अपना लग किएक नहि रखितथिन, सासुर किएक पठा दितथिन ? विधवा छथि, मुदा एहन सिलौट सन देह छनि...जाहि राति निरमला मुइलीह, ताही राति चरबाह सभ देखलकनि जे महारानी पोखरिक भीड़ पर नूआ राखल छनि आ कादम्ब नँगटे गाछी दिस नचैत पड़ायलि जाइत छथि।

कादम्बरीक आँगन-पाठशाला बन्द भ' गेलनि। आन आँगन मे जायब बन्न भ' गेलनि। सुख आ शान्तिक सभ रास्ता बन्न भ' गेलनि। भरि दिन आ भरि राति घर आँगनक काज करथि आ कोनो अन्हार घरक कोन मे पड़लि रहथि।

मुँह पर किओ किछु नहि कहथिन, गायत्रीओ नहि। डाइन सँ के झगड़ा मोल लेत !

वैद्यनाथ सभ बूझथि। परिवारक सभ पुरुष बूझथि। मुदा, मिथिलाक आँगन मे मौगी जातिक अखण्ड साम्राज्य होइत अछि। के बिलाड़ि सँ मुँह नोचाब' लेल तैयार हो...

वैद्यनाथ स्कूलक पुस्तकालय सँ शरच्चन्द्र चटर्जीक उपन्यास आनि दैत छलथिन। इएह छल कादम्बरीक एकमात्र संगी; एकमात्र परितोषक एकमात्र सन्तोख ! शरच्चन्द्रक किरणमयीक पतन-कथा पढ़थि आ विचारथि जे हम कोनो दिवाकरक संगे रंगून नहि भागि गेलहुँ से नीक कयलहुँ। विचारथि जे हमरा राजलक्ष्मी जकाँ वेश्या नहि बन' पड़ल सएह बड्ड सौभाग्य !

छाती पर पुस्तक राखि निन्न छलीह। सिरमा मे राखल डिबिया मिझा गेल छलनि। जाड़क मास छल, मुदा बिना सीरक ओढ़ने भनसा घर मे पड़ल छलीह। परिवारक आन सभ स्त्री अपन बाल-बच्चाक संगेँ अप्पन-अप्पन कोठली मे। आ आँगन किंवा दलान पर एक्कोटा पुरुख नहि। सहर्षा मे कानपुर सँ नौटंकी कम्पनी आयल छैक। आइ छैक अन्तिम राति। सौंसे गाम उनटि क' ओतहि गेल अछि। गाड़ी पर ओहार लगा क' कतेक कनियाँ-बहुरिया सभ गेल छथि :

हम तँ तोहरो ओरिया देखबउ, चाहे अँखिया फोड़ि दे...

सिरीकिसुन, नौटंकी कम्पनीक सीतादाइ, जखन द्रौपदीक पार्ट करैत छथिन आ चीरहरण होयबा काल मे सिरीकिसुन भगवान कें गोहराबैत छथिन, ''हम तँ तोहरे नामटा लबउ, चाहे जिहिआ काटि ले' तखन लोकक आँखि सँ भादबक बरखा झहरय लगैत छैक। से द्रौपदीक पार्ट देखबाक लालसा सँ सौंसे गाम सहरसा गेल अछि। वैद्यानाथ चारू भाइ, खबास-हरबाह-चरबाह समेतंच गेल छथि। दलान सुन्न अछि, अन्हार अछि आङन।

मुदा, सूतलि कादम्ब कें भेलनि जे आँगन मे माछ छटपटा रहल अछि। छटपटायब आ तखन कुहरब। भेलनि जे केओ कानि रहल अछि। भय सँ त्रस्त भ' गेलीह। फेर विचारलनि भय ककर! भूतो-प्रेत हो, तइयो भय करबाक काज नहि। नीक होयत जे प्राण ल' लेत।

दिआसलाइ नहि भेटलनि, तेँ डिबिआ नहि जरौलनि। उठलीह आ आँगन मे

उतरलीह। अन्हरिया रातिक मद्धिम छाह मे देखलनि–कोनो स्त्रीगण आँगन मे ओँघड़ा रहलि अछि। माँछ जकाँ, मिरगी लागल कुकूर जकाँ, प्रसवासन्न गर्भवती स्त्री जकाँ।

मोन पड़ि गेलनि, आइए भोर मे लुबधा खबासक स्त्री केँ पुछने छलथिन, "एतेक टा पेट ल' क' किएक पानि भर' अबैत छी !" मुदा, खबासिन आओत नहि तँ सीधा कोना भेटतैक ?

"गिरहथनी, हमरा आँगन मे कोइ नइँ छइ। मौगिए-पुरुख सब नौटंकी देखए गेलइए। गिरहथनी हम आब नइँ बचबइ। गिरहथनी !"–एहि करौट सँ ओहि करौट होइत लुबधाक स्त्री बाजलि।

चीत्कार सुनि क' गायत्री देवी सेहो अप्पन कोठली सँ बहरयलीह। निनायल आँखि सँ देखलनि–एकटा मौगी आँगन मे छटपटा रहलि अछि, दोसर मौगी लग मे ठाढ़ि, की कयल जाय, से विचारि रहल अछि !

"अही ठाम पेट खोलबा लेल छेँ, आँगन मे कोनो कोनटा नहि भेटलहु !...एहि ठाम की तोरा लेल लोक सौरीघर बना क' रखने छहु !...अही ठाम गिरने छलेँ जे अही ठाम बोकरबेँ !...जो, जो भाग !...आइए आङ्न निपने छी, भाग एहि ठाम सँ !"–गायत्री देवी अधिकारपूर्ण स्वरेँ बजलीह आ आँगन मे आबि ठाढ़ि भ' गेलीह।

मुदा, लुबधाक स्त्री केँ तँ कोनो बातक होश नहि। प्रसव-वेदना सँ गत्र-गत्र टूटल जाइत छैक। आगि मे जरैत बाँसक पोर जकाँ देहक जोड़-जोड़ चटचटा रहल छैक। बेहोस अछि, आ कोनो बातक होश नहि। बेहोश अछि आ लगैत छैक जे चारू कात हरिअर पीअर, बैंगनी, लाल, कारी बत्ती जगमग-जगमग क' रहल अछि। बेहोश अछि आ लगैत छैक जे ढोल-पिपही बाजि रहल अछि, नटुआ नाचि रहल अछि।

"नइँ, नइँ हमरा नइँ बइलाउ, छोटकी मलिकाइन, हमरा अही ठाम मर' दिअ'। आब हम बाँचब नइँ !" लुबधाक स्त्री कुहरैत बाजलि आ पेट जाँति क' छटपटाय लागलि।

"उठै छेँ की नइँ ! जाइ छेँ की नइँ ! दिऔ पेट पर दू लात ?"

गायत्री देवी मनुक्ख नहि रहलीह, पशु किंवा राक्षसी भ' गेलीह। एखन कादम्बरी किछुओ, एको शब्द नहि बाजल छलीह। शान्त भावेँ अनासक्त भावेँ देखि रहल छलीह, एकटा मनुक्खक कष्ट, वेदना, हाहाकार आ दोसर मनुक्खक कठोरता, निर्दयता आ राक्षसी व्यवहार।

बीच आङ्न मे पड़लि छलि लुबधाक स्त्री। ओकर माथ लग ठाढ़ि छलीह कादम्ब, आ पयर लग गायत्री आ गायत्रीक मोन मे क्रोधक आ हिंसाक ओ प्रचंड ज्वालामुखी फाट'बला छलैक, जखन ओ लुबधाक स्त्रीक टाँग पकड़ि क' घिसिआबय लगलीह, घिचने-घिचने आँगन सँ बहार फेकि देलनि। गायत्री केँ जखन क्रोध अबैत छनि तँ कोनो कथाक होश नहि रहैत छनि। ओहि बेर चरना धानुक केँ बामे हाथेँ तेहेन लोढ़ी मारलथिन जे तीन मास अस्पताल ओगरलक आ नाक जे टेढ़ भेलैक से टेढ़े रहि गेलैक। एक बेर तँ वैद्यनाथक मुँह नोचि लेने रहथिन...।

मुदा, तखनहि कादम्ब बजलीह, ''कनियाँ चुपचाप घर चलि जाउ ! हिनकर आखिरी हालत छनि। अहाँ कें कोनो गत्र मे लाज-संकोच नहि अछि ? छिः ! एहन पैघ वंशक कनियाँक ई हाल ? जाउ, तुरत चल जाउ। हम अहाँक मुँह नहि देख' चाहैत छी।''

गायत्री कादम्बक चेहरा आ चेहरा मे ओड़हुलक फूल जकाँ आरक्त भेल, दीपशिखा जकाँ जरैत दूटा आँखि दिस देखलनि तँ गायत्रीक प्राण कण्ठे मे अटकि गेलनि। देखलनि जे ओ दुन्नू आँखि चेहरा सँ बाहर निकलि गेल अछि आ पैघ भेल जाइए आ हुनका दिस सुदर्शन-चक्र जकाँ बढ़ल अबइए। गायत्री काठ भ' गेलीह। गायत्री पाथर भ' गेलीह। भेलनि जे कादम्बक आँखिक सुदर्शन-चक्र सँ बचि जयबाक आब कोनो सम्भावना नहि।

लुबधाक स्त्री कुहरलि आ करौट फेरय लागलि, ''माय गे माय !''

कादम्ब चिकरलीह, ''कनियाँ हमर मुँह की तकै छी ? आँगन मे बच्चा होब' देबै ? एम्हर आउ, हिनका उठा क' अपन कोटरी मे लए चलू !''

गायत्री कें साहस नहि भेलनि जे कादम्बक कथा नहि मानथि। गायत्री कें साहस नहि भेलनि।

चमैन नहि बजाओल गेल, सौरी-गृह नहि बनाओल गेल। अन्हार राति मे, डिबिआक मद्धिम इजोत मे लुबधाक स्त्री एकटा तीन-चारि सेरक बच्चा कें जन्म देलनि। कादम्ब रहथि चमैन आ गायत्रीक शयनगृह छल सौरी।

बच्चाक चिचिअयनाइ आ गायत्रीक हर्ष विह्वल चीत्कार सुनि क' आँगनक आरो स्त्रीगण सभ जागि गेलीह। कादम्ब बड्ड थाकि गेल छलीह। चुपचाप स्नान कर' पछुआड़क इनार पर चलि गेलीह।

छठियारक बाद लुबधाक स्त्री आँचर मे बच्चा कें नुकौने आँगन मे आयलि। कादम्ब रौद मे बैसलि, केश सुखबैत चरखा काटि रहल छलीह। गायत्री ओसारा पर बैसलि, धान फटकि रहल छलीह।

लुबधाक स्त्री अप्पन बच्चा कें कादम्बक पैर लग राखि क' लजाइत-लजाइत बाजलि, ''बड़की मलिकाइन, अहाँ नहि रहितहुँ तँ ने हम बचितहुँ, न हमर बच्चा बचितय।''

बड्ड सुन्दर बच्चा छलैक ! छोट-छोट हाथ-पैर रौद मे झक-झक करैत छलैक। आँचरक गिरह मे सँ एकटा दुटकही बहार क', लुबधाक स्त्री कें दैत बजलीह, ''बच्चाक दिस सँ भगवत्ती कें एकटा छोट-छीन छागर चढ़ा दिऔन ! ओहि राति हम कबुला कयने छलहुँ जे जँ बच्चा कें कोनो अमंगल नहि होयत, तँ भगवती कें छागर चढ़ाओत...''

ओसारा पर बैसलि गायत्रीक आँखि सँ नोरक धार बह' लगलनि। मुदा, गायत्रीक नोरक कथा ने लुबधाक स्त्री बुझलक, ने कादम्ब बुझलनि।

—वैदेही/मार्च, 1960

ननदि-भाउजि

पदुमा परम खिन्न आ महाग चिन्तित भेलि आँगन अयलीह। आँखि मे अपराध आ पश्चातापक सलज्ज रेखा। अप्पन भौजी सँ बिना किछु बजनहि, पुबरिया घर मे पैसि गेलीह। भनसा-घर सँ भौजी पुछलथिन, ''लाल दाइ छी ?''

बिना कोनो उत्तर देने, पदुमा ऐना-ककबा ल' क' घर सँ बहरयलीह आ आँगन मे राखल पटिया पर बैसि गेलीह, मन्हुआयलि।

घाम सँ भीजल मुँह आँचर सँ पोछैत रामगंजवाली भनसा घर सँ बहार भेलीह आ ननदिक उदास नेत्र, शिथिल चेष्टा, निहुरल माथ देखि क' सन्न भ' गेलीह, 'रुपैयो-आठ आना नहि भेटलनि की ?'

लग आबि बड्ड सिनेह सँ पदुमाक माथ पर हाथ फेरैत रामगंजवाली बजलीह, ''की अइ ? एना मोन किएक खसल अछि ? बंगट बाबू सँ भेँट नहि भेल की ?''

''नहि, भौजी, से गप्प नहि थिक। बगट सँ तँ भेँट भेल छल, दूटा रुपैयो देने अछि, मुदा, एकटा विचित्र गप्प भ' गेलैक। इह, अनर्थ भ' गेलैक, भौजी ! हम अहाँ सँ की कहू।'' सुखायल ठोर केँ जी सँ चटैत पदुमा बजलीह।

आँचर मे बान्हल एक रुपैयाक दू टा नोट बहार क' क' पदुमा भौजीक हाथ मे राखि देलनि। भौजीक चिन्ता समाप्त भेलनि, ''आब किछु होउक ! हाथ पर दूटा टाका अछि तखन कोन चिन्ता, कथीक चिन्ता ?''

पदुमा आ पदुमाक भौजी दुनू विधवा छथि। पदुमाक बयस तइस-चौबीस, रामगंजवालीक बत्तीस-तेंतीस। आ दुन्नू निस्सन्तान, दुन्नू स्वाधीन प्रकृतिक।

पदुमाक गाम, बनग्राम बड्ड पैघ गाम अछि। गामे मे हाइ स्कूल, थाना, पोस्ट आफिस अस्पताल आ हाट-बाजार। तेँ, एहि दू विधवा ब्राह्मणीक जीवन-निर्वाह कोनो कठिन वस्तु नहि। दू हजार घरक बस्ती मे दू सय बंगट अबस्से छथि।

मुदा तैयो आइ राति मे पदुमा बड्ड दुखिता छलीह। भौजी फेर पुछलथिन, ''लालदाइ ! अहाँ बड्ड नेना-भुटका जकाँ करैत छी। एना काज नहि चलत। हमरा कहू, की भेल अछि। कहीं रस्ता मे थानावला तँ नहि पकड़ि लेलक ? आइ-काल्हि भरि राति सिपाही सभ गाछिए-गाछी बौआइत रहैत छैक।''

''कोन सिपहियाक मजाल छैक से हमरा पकड़त। हमरा की दरोगा साहेब नहि चिन्हैत छथि ? हम अहाँ केँ कोना कहू जे हमरा की भेल अछि, भौजी ! यैह बुझू जे

हम जिबैत नहि छी ! मरि गेल छी।''

भौजी हँसलीह, ''ई त' बुझलहुँ, जे अहाँ मरि गेलहुँ ! मुदा, ई कहू जे के मारलक, कोना मरलहुँ।''

तखन, पदुमा अप्पन राति-कथा प्रारम्भ कयलनि :

मन्दिरे लग बंगट भेटि गेल। मन्दिरक पछुआड़ मे ल' जा क' कहलियैक, ''हउ बंगट, पाँच टा टाका चाही।'' ओ बाजल, ''तोँ भुतही गाछी दिस चल, हम टाका लेने अबैत छी।'' मन्दिर मे आओर किछु करबाक साहस नहि भेलैक ओकरा। हम भुतही गाछी मे पाकड़िक गाछ तर ठाढ़ि भेलि ओकर रस्ता देखैत रहलहुँ। बड़ी कालक पश्चात बंगट आयल। हमरा आँगी मे दूटा टाका खोँसि देलक आ हाथ पकड़ैत बाजल, ''एखन दूइए टा भेलौ। बाँकी तीन टा भोरे आबि क' द' देबौक।'' आ फेर बड़ी काल धरि चुम्मा-चाटी लैत रहल। हम हड़बड़ायलि छलहुँ, जे बेसी देरी भ' जायत त' भौजी खिसिअयतीह, मुदा ओ छोड़बे नहि करय। कखनहुँ भरि पाँज पकड़ि राखय, कखनहुँ आने किछु करय। तखन हमरो मोन अपना मे नहि रहल। लागल जेना सौंसे गाछी झुलुआ बनि गेल अछि आ हम बंगटक संगेँ अकास मे उड़लि जा रहलि छी।'

अकस्मात पदुमा केँ भरि पाँज मे कसि क' जँतैत रामगंजवाली बजलीह, ''लालदाइ, गप्प केँ एतेक जुनि छिड़िअबियौक। ई कहू जे तखन की भेल ?''

पदुमा कहैत रहलीह :

तखन बंगट हमरा निवस्त्र क' देलक। हमरा त' बुझू कोनो होसे नहि छल। मुदा, एतबे मे जोर-जोर सँ गीत गबैत एकटा सिपाही गाछी मे पैसल। सिपाही केँ देखितहिँ बंगट हमरा ओही अवस्था मे छोड़ि क' पड़ायल। हमरा नहि रहल गेल। केहेन भीरु छल ओ। हमहूँ बंगटक पाछाँ-पाछाँ दौगलहुँ। मुदा, ओ त' अन्हार गाछी मे निपत्ता भ' गेल छल। कतबो तकियैक, भेटबे नहि करय। एक-दू बेर नामो ध' क' चिकरलहुँ, कोनो थाह-पता नहि। ओ सिपहिया त' अप्पन रस्ता ध' क' चलि गेल छल आ हम गाछिए-गाछी औनाइत छलहुँ। बड़ी कालक पश्चात कत्तहु सँ बंगट चिकरल, ''पदुमा ! गय पदुमा ! गय पदुमा ! दौगिहेँ गे !'' जिम्हर सँ बंगटक शब्द आयल छल, ओम्हरे दौगलहुँ। देखैत छी, एकटा गाछक नीचाँ बंगट नंगटे पड़ल अछि, छटपटा रहल अछि, चिचिया रहल अछि। मुदा, भौजी हम तँ जेना भाँग खयने मस्त रही। इजोरिया राति मे बंगटक सौंसे देह, सभ अंग एक्के बेर देखि क' नहि रहल गेल। एक्को रत्ती होस नहि रहल जे कत' छी, की क' रहलि छी, किएक क' रहलि छी। एहि सँ बेसी की कहू, भौजी, एकरा पश्चात की भेलैक से एखनहुँ मोन नहि पड़ैत अछि। मुदा, जखन होस भेल तँ देखैत छी बंगट नहि अछि, मात्र ओकर शरीरे टा अछि।

"बाप रे !" रामगंजवाली चिकरलीह।

पदुमा सेहो चिकरली, "भौजी, बंगट केँ साँप काटि लेने छलैक, तेँ ओ हम्मर नाम ध' क' चिकरल छल। भौजी, हम मरल लोक संगेँ सुतलहुँ, आब कोना बाँचब !"

पदुमा कान' लगलीह। बड़ी काल धरि कनिते रहलीह।

तखन भौजी कहलथिन, "लालदाइ, जाउ, पोखरि सँ नहा आउ आ देह पर गंगाजल छींट लिअ'। आर क'ए की सकैत छी। जखन जिबैत पुरुखक संग सुतबा मे लाजे नहि, तखन मरल पुरुख सँ कोन लाज ?"

पदुमा उठि क' नहयबाक हेतु विदा भ' गेलीह।

—वैदेही/जून, 1960

वैष्णव

''सरकार, जुम्मन मियाँ आ गेलइ। संग मे दू गो छँओड़ा सेहो हइ...की कहिअइ ?'' ड्योढ़ीक बूढ़ खबास, चलित्तर धानुक बजलाह।

''कहबाक की छै, जे तोँ ओकरा कहबेँ ? चीज-वस्तु तँ ओकरा देखले छै...टाका देलकौ की नहि ?'' आगाँ मे पसरल हिसाब-पत्तरक कागज समेटैत श्रीमन्त बाबू पुछलथिन।

''टाका देलकइ...हम अपने हाथेँ गिरथाइन केँ द' अएली'' खबास उत्तर देलथिन। दलानक बरंडा सँ उतरि क' रातुक पसरैत अन्हार मे हेरा गेलाह, समुद्र मे डूबल जाइत नाह जकाँ। खबासक गेलाक पश्चात श्रीमन्त बाबू मसनदक तर सँ चानीक छोट सन डिबिया बहार कयलनि आ कोकेनक पैघ गोली कंठ मे चाँपि लेलनि। पनबट्टा सँ पान-जर्दा बहारे करैत छलाह कि लोअर प्राइमरी स्कूलक वृद्ध पंडितजी ओसारा पर चढ़ि, कर जोड़ि क' ठाढ़ भ' गेलाह, ''सरकार एकटा प्रार्थना ल' क' आयल छी...बड्ड विपत्ति मे पड़ि गेलहुँ-ए...''

श्रीमन्त बाबू अरण्यपुर ड्योढ़ीक भूतपूर्व जमीन्दार छथि। जमीन्दारी तँ चल गेलनि, मुदा एखन धरि गामक लोक 'सरकार' कहिते छनि, कारण प्रतापी व्यक्ति छथि। एलेक्शन मे कांग्रेसक टिकट सँ ठाढ़ भेलाह आ कम्युनिस्ट उम्मीदवार केँ परास्त क', विधानसभा सदस्य बनि गेलाह। अपने विधुर छथि, बेटाक विधवा स्त्री संगेँ छथिन, छोट बेटा सपत्नीक टाटानगर रहि, डॉक्टरी करै छथिन।

''अहाँ सभ तँ अहिना सदिखन विपत्ति मे पड़ल रहै छी...हम की करू...साफ बाजू की चाही ?''—कोकेनक नशा मे ओंघाइत-लटपटाइत सरकार प्रश्न कयलथिन।

''हमर जेठका बेटा केँ हैजा भ' गेल छइ...अब-तब मे अछि...सरकार, समस्तीपुर ल' जयबै...अपनेक टायर-गाड़ी चाही। ओकरा अस्पताल मे भरती करा क' अन्हरोखे गाड़ी घुमा क' पहुँचा जायब'' करुण-स्वरेँ आर्त्तनाद करैत पंडितजी कहलथिन।

कागत-पत्तर काँख तर दाबि क' श्रीमन्त बाबू पलंगड़ी सँ उतरलाह आ आग्नेय आँखि सँ हुनका दिस तकैत, चिकरलाह, ''अहाँ बड्ड बुधिआर आ हम बड्ड गदहा। जाउ, जाउ कोनो दयामन्त लोक सँ टायर-गाड़ी माँगि लिअ'...हम श्रीमन्त छी, दयामन्त नहि। हैजावला पसिंजर केँ ल' जयबा लेल हम गाड़ी सातो जनम मे नहि द' सकै छी...'' आ मृत्यु-पुख पुत्रक दुख सँ कनैत पिता केँ ओही ठाम छोड़ि, श्रीमन्त बाबू

आँगन दिस विदा भ' गेलाह।

श्वसुर कें आयल देखि, विधवा मुदा युवती पुतोहु भनसा घर मे पैसि गेलीह। पाछू सँ श्रीमन्त बाबू सेहो भनसा घर मे प्रवेश कएलनि। आँखि लाल-सुर्ख छलनि आ बोली अनसम्हार...

''कमलपुरवाली, कनिएँ पुबरिया घर चलू !''

''नहि, एखन नहि जाएब।''

''हम कहै छी ! चलबे करू...''

''पहिने अहाँ भोजन क' लिअ' !''

पतिक मृत्योपरान्त चारि बर्ख सँ विधुर श्वसुरक संगें रहनिहारि पुतोहु आर कहिए की सकै-ए !!

भात परोसैत काल, कमलपुरवाली पुछलथिन, ''खबास टाका कथीक द' गेल छथि ?''

''हेतइ कोनो वस्तुक ! अहाँ कें कोन काज अछि ई सभ जनबाक ? चुपचाप खाउ आ पड़ल रहू।''

श्रीमन्त बाबू परम अनासक्त भावें उत्तर देलथिन आ पीढ़ी पर बैसि रहलाह।

मुदा, एक्के छनक पश्चात आगू मे राखल थारी मे भात आ बाटी मे रोहु माछक मूड़ा देखि क' ओ भयानक स्वरें चिकरलाह, ''हमरा आगू मे माछ देलहुँए ? अहाँ बताहि भ' गेल छी ? एते दिन सँ हमरा संगें रहै छी, एतबा बुझल नहि-ए जे हम वैष्णव छी, माछ-माँस नहि खाइ छी ?''

आ, क्रोध सँ बताह होइत आ माछक बाटी उठा क' भनसा घरक बाहर फेकि ओ भोजन पर सँ उठि गेलाह। तखन अकस्मात ज्वालामुखी फूटल आ कमलपुरवाली बजलीह, ''जँ अहाँ वैष्णव छी तँ विष्णु भगवान विष्णु नहि छथि, राच्छस छथि ! अहाँ कें तँ माछे टा की, ओहि गाय सभक माँस खयबाक चाही जे कनिएँ काल पहिने अहाँ जुम्मानक हाथें बेचने छी...जुम्मन मियाँ गाय पर तरुआरि चलबैए तँ गाय कें एक-दू छन कष्ट होइत छनि...मुदा, हमरा...हमरा जे चारि वर्ष सँ कष्ट भ' रहल अछि से के बुझत...?''

—वैदेही/सितम्बर, 1960

आवागमन

दस बर्खक समय कम नहि होइत छैक। लोक मरि जाइत अछि। गाम-घर उजड़ि जाइत छैक। एहि देशक हवा-बसात आन देश चलि जाइत छैक। मुदा, तैयो आदित्यनाथ सहरसा-स्टेशन पर ट्रेन सँ उतरि क' तीन कोस दूर अपन गामक सिमान पर पहुँचलो नहि छलाह कि बिहाड़िक लुत्ती जकाँ सौंसे रतनपुर गाम मे घोल मचि गेल–आदित्य गाम आबि रहल छथि। के आदित्य ? राजशेखर चौधरीक पुत्र ? जे आसामक जंगल मे ठीकेदारी करैत छथि ? वैह जे चारि मास पूर्व अपन स्त्री केँ किरासन-तेल ढारि क' झरका देलनि ? सैह आदित्य ? सैह आदित्यनाथ।

दस बर्ख पहिने अपन विधवा भाउजक व्यंग्य-विनोद सँ बताह भ' आदित्य कलकत्ता चलि गेल छलाह। कलकत्ता सँ सोझे आसाम। कर्म तेज छलनि। बुद्धि सेहो संग देब' लगलनि। साहसी लोक छलाह। पहिने कोनो ट्रक कम्पनी मे ड्राइभरी कयलनि। फेर अपने एकटा ट्रक किनलनि। दू टा ट्रक। तीन टा ट्रक। गाल ढोएबाक ठीकेदारी कर' लगलाह। मालिक बनि गेलाह। आब जंगलक ठीकेदारी करैत छथि। एकटा छोटछीन चाह-बगान सेहो अपन छनि।

मुदा, कोनो दिन गाम नहि अयलाह। स्त्री नैहर मे छलथिन। लोक पठा क' आसाम मँगबा लेलनि। विधवा भाउज केँ जखन-तखन सय-पचासो टाका पठबैत रहलाह। भाउज विगलित भ' चिट्ठी लिखलथिन, ''हमरा अहाँक टाकाक प्रयोजन नहि। ओ अपने हमरा भवसागर मे छोड़ि चल गेलाह। आब हमर के अछि ? एकटा अहाँ छी ! अहाँ गाम आउ।'' आदित्यनाथ गाम नहि अयलाह। भाउज आसाम जयबाक उत्साह नहि कयलनि। टाका अबैत रहलनि। पूजा-पाठ आ तीर्थ-व्रत मे डूबलि रहलीह। रतनपुरक कतेक साहसी युवक गोसाउनि केँ प्रणाम क' आसाम चलि गेलाह। आदित्य कनिको अपन कम्पनी मे, कनिको आन ठाम रखबा देलथिन।

सैह युवक सभ फगुआक छुट्टी मे गाम अयलाह। अपना आँगन मे बजलाह, ''आदित्यनाथ मनुक्ख नहि छथि, राक्षस छथि। एहन सुन्दरी-सुशीला स्त्री छलथिन, तिनका जिविते आगि मे डाहि देलनि।''

आ आदित्यनाथ आब दस बर्खक उपरान्त गाम आबि रहल छथि। गामक लोक भयावह समस्या मे पड़ि गेल छथि। हुनका सँ केहन व्यवहार कयल जाय ? रमेश झाक कहल गप्प मिथ्या नहि भ' सकैत अछि। दिवाकर फूसि नहि बजताह। चन्द्रकान्तो सैह

कहने छथि। आदित्य आब धनीक लोक छथि। जैह नहि करथि सैह अनर्थ। गामक सभ सँ प्रतिष्ठित व्यक्ति छथि बैकुण्ठ झा। ओ बजलाह, "आदित्य आबि जँ जाथि तँ हुनका सँ पूछल जाय। जँ रमेश-दिवाकर-चन्द्रकान्तक गप्प सत्य हो, तँ आदित्य प्रायश्चित करथि। गाम सँ उपटि जाथि।"

आदित्य बैलगाड़ी पर नहि, पालकी पर नहि, सहरसाक कोनो पैघ सरकारी अफसरक मोटरगाड़ी पर अयलाह। सड़कक कात मे घर छनि, दलान लग गाड़ी ठाढ़ भेल। आदित्यनाथ उतरलाह। एकसरे छलाह। संग मे एकटा नौकरो नहि। माल-असबाब बेस छलनि। ओछाओन-बिछाओन, स्टीलक पैघ-पैघ बक्सा। ड्राइभर एक-एकटा वस्तु-जात उतारि क' दलान पर राख' लागल। दिवाकर गामे मे छथि, मायक अस्वस्थताक कारण एखन धरि आसाम नहि जा सकल छथि। मोटरक शब्द सुनिते दौड़ल गेलाह। आदित्यनाथ केँ प्रणाम कयलनि। ठाढ़ रहलाह। आदित्य किछु दुबरा गेल छथि। गोर देहक कान्ति मलिन भ' गेल छनि। मुदा, आँखि मे वैह तेज, वैह आगि, वैह ज्योति। आदित्य कहलथिन, "अहाँ वस्तु-जात दलान मे रखबा लिअ'। हम भौजी केँ प्रणाम कयने अबैत छी।"

आदित्यक नाम सुनिते भौजी जलधार बनि गेल छलीह। ओसार पर बैसलि छलीह आ किछु अस्फुट, किछु सस्वर कानि रहल छलीह। आँखि मूनल छनि, नोरक टघार सँ आँचर भीजल जा रहल छनि। कम्मे वयस मे विधवा भेल छलीह। कनबाक सुदीर्घ अभ्यास छनि। दस वर्ष सँ एकसरे रहैत छथि। काज-प्रयोजन मे क्यो सहायता कर' वला नहि। गामक लोक तँ आब शहर बजारोक लोक सँ बेसी दयाहीन-ममताहीन भ' गेल अछि। मुदा, रुदन-कौशलक कारा मे भौजी केँ कहियो कोनो कष्ट नहि भेलनि। रुदन आ उपराग, श्राप आ अन्ततः गारि—एखनो विधवा स्त्रीक सहज सम्बल अछि। आदित्य भाउज केँ प्रणाम कयलनि। बजलाह, "हम आगल छी भौजी!"

देबालक ओहि कात सँ आन एहि देयोर-भाउज मिलनक दृश्य देखि रहल छलीह। आदित्यक दृष्टि ओहि दिस गेलनि तँ सभ देबालक अ'ढ़ भ' गेलीह। दिवाकर आँगन अयलाह। ड्राइभर जाय चाहैत अछि। दिवकरक संग आदित्यनाथ दलान पर अयलाह।

दलान उजड़ि गेल छनि। लोक बाँस-काठ उखाड़ि ल' गेल। आदित्य ग्राम त्यागि पड़ा गेलाह। जेठ भाइ पहिनहि स्वर्गवासी भ' गेल छलथिन। दलान पर सूतल छलथिन, तीन-चारिटा रदृद भेलनि। डॉक्टर वैद्य बजयबा सँ पहिनहि आँखि उनटि गेलनि। आर्थिक स्थिति बड्ड खराप छलनि। आदित्य श्राद्ध मे सौंसे जयबारक परम्परागत भोज-भात नहि कयलनि। सौजनियाँ भोज कयलनि। सेहो साधारणे जकाँ। अपने एक्को नोर नहि कनलाह। ककरो सँ कर्जा-उधार नहि कयलनि। देयाद-बाद सँ राय-बात नहि कयलनि। लोक कोन-कान बाज' लागल, "आदित्यनाथ भाइ केँ बिक्ख खोआ क' मारि देलनि। भाउज सँ हेल-मेल रहैत छनि, भाइ केँ मारि देलनि।" आदित्यक मुँह पर बजबाक साहस किनको नहि छलनि, आ परोक्ष मे तँ लोक भगवानो केँ गारि दैत अछि।

पित्ती सभ भिन्न छलथिन। आ भाइक स्वर्गवासक उपरान्त आदित्य ककरो सँ कोनो

सम्बन्ध नहि रखलनि। जे चारि कट्ठा खेत बचि गेल छलनि, गामक लोक किनबाक लेल मुँह बौने छल। मुदा, आदित्य छलाह बज्र-पाथर। अपना हाथेँ एक्को धूर जगह-जमीन नहि बेचलनि। गाम मे गोलैसी चलैत रहल, लोक शतंरजक गोटी बैसेबाक चेष्टा करैत रहल, आगि-पानि, बिहाड़ि-पत्थर जकाँ सत्य आ फूसिक लहरि चलैत रहल। आ आदित्यनाथ आँगन मे अथवा दलान पर बैसल भविष्यक प्रतीक्षा करैत रहलाह। भविष्य बनि गेल भाउज सँ विवाद। भविष्य बनि गेल गाम आ गामक लोक सँ हुनकर विरक्ति। आदित्य रतुका ट्रेन पकड़ि क' चलि गेलाह। कलकत्ता सँ सोझे आसाम। चारू कात अकादारुण जंगल। चारू कात अन्हार। अन्हार आ अनिश्चय, अनिश्चय आ अन्हार।

दस बर्ख बीति गेल अछि। मुदा भाउज देखलनि, आदित्य मे कोनो परिवर्तन नहि भेल छनि। वैह गोर देह, वैह प्रज्वलित आँखि, वैह चाकर कपार। कनिएँ दुबरा गेल छथि। गम्भीरता बढ़ि गेल छनि। मुदा बढ़ल वयसक कोनो लक्षण देह पर नहि, मुखाकृति पर नहि, दृष्टि-निक्षेप पर नहि। दलान सँ घूरि क' आँगन अयलाह तँ भाउज देखलथिन, आदित्यक दृष्टि-निपेक्ष मे वैह सतर्कता छनि, आ वैह इजोत। बजलीह, ''अहाँ इनार पर सँ स्नान क' आउ, गाड़ी मे किछु खयने नहि हैब, किछु जलखै बना दैत छी।''

आदित्यनाथ जलखै करैत छलाह, आ भाउज लग मे बैसलि कहि रहल छलथिन, खेत पर पित्ती सभ कब्जा क' लेने छथि। सेरो भरि धान-चाउर कहियो हमरा नहि देलनि। गाछीक सभटा सखुआक गाछ लोक काटि लेलक। आम फरैत अछि, मुदा हमरा टिकुलो नहि भेटल। अहाँ जँ टाका नहि पठबैत रहितहुँ तँ हम उपासे मरि गेल छलहुँ। आदित्य सभटा गप्प सुनने जाइत छलाह। तखने अयलाह दिवाकर। एतबे काल मे सौंसे गाम बूलि आयल छलाह।

आदित्यक सोझाँ अयबा मे लोक केँ डर होइत छैक। डर आ घृणा। घृणा आ क्रोध। क्रोध आ ईर्ष्या। लोक बिचारैत अछि, पहिने आन लोक जाथि, तखन हम जायब। दिवाकर बजलाह, ''वेदानन्द झा छथि मिडिल स्कूलक सेक्रेट्री। हुनका हम सभ गप्प कहलिअनि। ओ साँझ खन अपने सँ भेँट कर' औताह। मिडिल स्कूल जँ हाइ स्कूल भ' जाय, एहि मे हुनका विरोध किएक होयतनि ! सभ पढ़त...''

''हम एखन तीस हजार टाका देब। हाइ स्कूल बनि जायत, तखन तीस हजार आर देब। मुदा, नाम रहतैक तारा देवी हाइ स्कूल। एकटा हाइ स्कूल आ एकटा अस्पताल। हुनका नाम पर ई दूटा वस्तु हम गाममे स्थापित करब'' आदित्य बजलाह। तारा देवी छथिन आदित्यक स्वर्गवासिनी स्त्री। तनिका नामक लेल आदित्य तीस हजार टाका खर्च करताह ? भाउज चकित भ' गेलीह। मुदा, तखन कनिया केँ जिबिते डाहि किएक देलनि ? तारा देवीक कोनो चर्चा आदित्य सँ करबाक साहस भाउज केँ नहि भ' सकलनि। एक बेर आँखि उठा क' अपन देओर केँ देखलनि, फेर मूड़ी निहुरा क' बैसलि रहलीह। आँखि मे एकटा धधरा अवश्य उठलनि, फेर मिझा गेलनि।

दुपहर मे आदित्य भोजन क' दलान पर अयलाह। दिवाकर संगेँ छलथिन।

राजमिस्त्री बजाओल गेल। ईंटा पाथ'वला बजाओल गेल। ई दलान तोड़ि क' सात कट्ठा घरारी पर दोमहला बनाओल जायत। दोमहलाक नक्सा आदित्य कलकत्ता सँ बनबौने आयल छथि। सहरसा सँ मिस्त्री बजायल जायत। दिवाकर आब आसाम नहि जयताह। गामे मे आदित्यनाथक संगेँ रहताह। क्रमशः लोक आदित्यक टूटल दलान पर आब' लागल। सभ सँ पहिने अयलाह कमलाकान्त ज्योतिषी। साठि बर्खक वृद्ध। आदित्यक पिताक संगेँ काशी मे संस्कृत पढ़ने छलाह। आदित्य केँ आशीर्वाद देब' आयल छथि। तखन अयलाह श्रीधर चौधरी। मिडिल स्कूल मे हेड पण्डित छथि। तखन गामक पोस्टमास्टर दास बाबू। होमियोपैथिक डॉक्टर श्रीकान्त बाबू। दलान पर भीड़ लागि गेल। मुदा, तारा देवीक देहान्त कोना भेलनि। अन्त मे आदित्य अपनहि बजलाह, ''हमर स्त्री परदेस मे मुइलीह। गामक ब्राह्मण सभ केँ जा भोजन नहि करायब, ताबत हुनकर आत्मा केँ शान्ति नहि भेटतनि। ज्योतिषीजी दिन ताक' लगलाह। चारिए दिनक उपरान्त बुध केँ भोजनक दिन निश्चित कयल गेल।

दलान पर बैसल सभ एक दोसराक मुँह देख' लागल। जँ ई बात सत्य थिक, जे आदित्य अपन स्त्रीक हत्या कयने छथि, तँ ओ प्रायश्चित करथु। पहिने प्रायश्चित तखन भोज-भात ! मुदा, साहस ककरा छैक ? के आब आदित्य सँ जन्मभरिक शत्रुता करत ?

साँझ भेल। दिवाकरक आँगन सँ आदित्य लेल जलखै आयल। आँगनक टहल-टिकोरा करबाक लेल किसनाक माइ आबि गेलीह। दलान पर राखल गेल चनरा धानुक। भाँग पीसल गेल। आदित्य ज्योतिषी ककाक संगेँ शतरंज खेलाय बैसलाह। लोक आबि रहल अछि। लोक जा रहल अछि। आदित्य नव पेट्रोमैक्स अनने छथि। आदित्य तीस हाथक शतरंजी अनने छथि। आदित्य अनने छथि सुख-सुविधाक सभ सरंजाम। शतरंजक घर अछि पाथरक, आ हाथी दाँतक गोटी। ज्योतिषी काका सन शतरंज खेलेनिहार जिला-जबार मे नहि अछि। मुदा, आँखि चोन्हरा रहल छनि। पेट्रोमैक्सक इजोत। हाथी दाँतक चमचम करैत गोटी। आदित्यक अनामिका मे दू भरि सोनाक औंठी, आ औंठी मे बिलाइक आँखि जकाँ चमकैत हीरा। लोकक आँखि चोन्हरा रहल छैक।

आँगन सँ आदित्यक बजाहटि भेलनि। एक बाजी खेला क' आदित्य आँगन गेलाह। आब लोक शतरंज पर बैसि रहल। पितिआइन आ भाउज श्रेणीक स्त्रीगण सभ आदित्यक भेँट कर' आयलि छलथिन। आदित्य सभ केँ चिन्हैत छथि। कनिको बिसरल नहि छथि। पितिआइन सभक लेल अनने छथि फर्दी साड़ी आ भाउज सभक लेल मद्रासी प्रिन्ट। साँझे खन दिवाकर सभ आँगन मे साड़ी आ सिन्दूरक डिबिया आ कलकत्ताक मधुर द' आयल छथि।

घण्टा आधेक भाउज सभ लग बैसलाक बाद आदित्य फेर दलान पर अयलाह। शतरंज होइत रहल। चाह बनाओल गेल। पान-जर्दा आयल। आदित्य अपन जेठ पित्ती दिनकर चौधरी आ बैकुण्ठ झा सँ गप्प करैत रहलाह। दोमहला आ दोमहलाक चारू कात छोट सन फुलवाड़ी लगयबाक लेल आदित्य बैकुण्ठ झाक घरारी कीन' चाहैत छथि।

आदित्यक घरक पिछुआड़ मे छनि हुनक घर। पन्द्रह कट्ठाक घरारी। आदित्य बजलाह, ''अहाँ केँ जतेक टाका चाही, हम देब। मुदा अहाँ पन्द्रहो कट्ठा हमरा द' दिअ'। अहाँ आन ठाम जगह-जमीन कीनि क' घर बना लिअ'।''

बैकुण्ठ झा राजी नहि भेलाह। कहलनि, ''घरडीह हम नहि बेचब।'' आदित्य केँ क्रोध नहि भेलनि। बड्ड शान्त स्वर मे आ हँसैत, बजलाह, ''अहाँ हमर पूज्य व्यक्ति छी। हम अहाँक अपमान नहि करब। मुदा, अपनेक घरारी हमरा चाही। पन्द्रहो कट्ठा। काल्हि भोर मे अहाँ हमरा संग सहरसा चलब। अहाँ जमीन रजिस्ट्री क' देब। हम टाका गनि देब। एहि सँ दोसर बात यैह भ' सकैत अछि, हम आँगन सँ बन्दूक ल' क' बहार होइ आ अहाँ केँ चिड़ै-चुनमुनी बूझि क' गोली मारि दी। जे इच्छा, से, हमरा दिवाकरक द्वारा आठ बजे भोर धरि समाद पठा दिअ'।''

आ, एतबा कहि क' आदित्य दूटा पान खयलनि, जर्दा खयलनि, आ दलान सँ उतरि क' आँगन दिस विदा भ' गेलाह। शतरंजक खेल बन्द भ' गेल। बैकुण्ठ झा ठाढ़ भ' गेलाह। कमलाकान्त ज्योतिषी उठि अयलाह। लोक चारू कात सँ बैकुण्ठ झा केँ घेरि लेलकनि। बैकुण्ठ झा गाम मे सभ सँ प्रतिष्ठित लोक। आब ततेक धन सम्पत्ति नहि छनि, मुदा, मान-मर्यादा छनि। धार्मिक व्यक्ति छथि। पूजा पाठ मे लागल रहैत छथि। गामक राजनीति मुट्ठी मे रहैत छनि।

''की हौ दिवाकर ? आदित्य की कहि गेलाह सुनि लेलह ने ?''—बैकुण्ठ झा बजलाह। दिवाकर नहुँए-नहुँए कहलथिन, ''हम आसाम मे सात बर्ख आदित्य बाबूक सँगेँ रहल छी। हुनकर स्वभाव सँ हम नीक जकाँ परिचित छी। हम तँ यैह कहब, जे जँ जमीन देबाक इच्छा नहि हो तँ आइए राति मे गाम सँ बाहर चलि जाउ। थाना-पुलिस करू। अपना चारू कात चारि टा बन्दूक राखू। आदित्य बाबू जे कहने छथि, सैह करताह। हुनका अपन अथवा आनक जीवनक कोनो मोह-ममता नहि छनि।''

तकरा बाद दिवाकर आसामक खिस्सा सुनाब' लगलथिन। कोना आदित्य एकसरे एकटा जंगली हाथी केँ पकड़ि क' ल' अयलाह। कोना आदित्य पंजाबी ट्रक-ड्राइवर सभ केँ परास्त कयलनि। कोना आदित्य बाघक शिकार करथि, कोना आदिवासी नागा सभ सँ लड़ाइ करथि।

बैकुण्ठ झा आ दिनकर चौधरी एकान्ती गप्प करबाक लेल चलि गेलाह। आन लोक सभ मोने-मोन आतंकित, पान खाइत रहल, शतरंज खेलाइत रहल, गप-सप करैत रहल।

बड़ राति भ' गेल छलैक। बीच आँगन मे मसहरी लगा क' आदित्य एकसरे सूतल छलाह। लग मे लालटेन जरि रहल छलनि। भाउज जगले छलथिन, आ वस्तु-जात सरिया क' घर मे राखि रहल छलथिन। काल्हि सँ राजमिस्त्री सभ काज आरम्भ करत। दलान तोड़ि देल जायत। आदित्यक रहबाक लेल ताबत एकटा कोठली बनत।

भाउज मसहरी लग आबि क' बजलीह, ''लाल बाबू निन्न पड़ि गेलहुँ ? उठू, पूर्णियाँवाली भेँट कर' आयलि छथि। पूर्णियाँवाली अर्थात् बैकुण्ठ झाक स्त्री। एकसरे नहि छलीह। पाछू मे छाया जकाँ सटल छलथिन, तेरह बर्खक कन्या सरस्वती। आदित्य

जगले छलाह। मसहरी उठा क' खाट सँ उतरि अयलाह। पूर्णियाँवाली कें प्रणाम कयलनि। खाट पर बैसि रहलाह। भाउज खाट लग पटिया ओछा देलथिन।

राति इजोरिया छल। आदित्य देखलनि, पूर्णियाँवालीक वयस बेसी नहि छनि, बड्ड दुर्बल भ' गेल छथि। दस बर्ख पहिने छलीह गामक सभ सँ सुन्दर स्त्री। आदित्य बजलाह, ''एत्तेक राति कें आयल छी ?''

''साँझे अबितहुँ। मुदा, आँगन मे एकसरे छी। भानस-भात मे लागल रहि गेलहुँ। आब पलखति भेटल अछि। आ काजो एहने अछि जे सभक सोझाँ मे नहि कहल जा सकैत छल। तें एखन आयलि छी।'' पूर्णियाँवाली बजलीह। सरस्वती पटिया पर माइक पीठ लग बैसलि छलीह। आदित्य सँ अपन मुँह नुकौने। आदित्यक भाउज ओसार पर राखल बासन-बर्तन, तश्तरी, पेट्रोमैक्स शतरंज, सभ घर मे रखबा मे व्यस्त।

आदित्य बजलाह, ''ई के थिक ? सरस्वती तँ नहि ?''

''अहीं नाम रखने छलिऐक सरस्वती, तें नाम मोन अछि। ई तीनिए बर्खक छलि, तखने अहाँ विदेश चलि गेलहुँ। गामक मिडिल स्कूल मे पढ़ैत अछि। एही साल स्कूलक पढ़ाइ समाप्त करति।...किएक हय सरो हमरा पाछू मे नुकायलि किएक छह, तोरा हिनका सँ कोन लाज ? सोझाँ भ' क' बैसह !

सरस्वती आगू घसकि अयलीह। भरि दिन घर-आँगनक लोक जकर नाम लैत रहल अछि, जकर श्रीसम्पतिक चर्चा करैत रहल अछि, तकरा भरि नजरि देखबाक सेहन्ता सरस्वतीक मोन मे अवश्य छलनि। आदित्य कहलथिन, ''आब कहू कोन काज सँ आयलि छी ?''

''काज की रहत, एकटा भीख मँगबाक लेल आयलि छी। अहाँ पैघ लोक छी, लाखक लाख टाका कमयने छी, हम सभ छी दरिद्र। टाका नहि अछि विद्या-बुद्धि किछु नहि अछि। सरस्वतीक पिता आबि क' आँगन मे बजलाह जे अहाँ कें हमरा सभक घरारी चाही। पन्द्रह कट्ठा घरारी अछि, सभटा चाही। हमरा सँ पुछलनि की कयल जाय। हम कहलियनि, आदित्यबाबू जखन हाथ पसारि क' माँगि लेलनि, तखन अहाँ सँ नहि कोना कहल गेल ? काल्हि खन ओ अहाँक संग जा क' जमीन रजिस्ट्री क' देताह। मुदा, आब हम अहाँ लग आयल छी। हाथ पसार' आयल छी। गामक सम्बन्ध सँ हमहूँ अहाँक भाउजे लागब। हमरा एकटा भीख दिअ'।'' पूर्णियाँवाली एतबा बजलीह, आ चुप्प भ' गेलीह।

इजोरिया राति छल। आदित्य देखलनि, सरस्वती हुनके दिस ताकि रहल छथि। तेरह बर्खक अबोध कन्या सरस्वती। आदित्य बजलाह, ''पन्द्रह कट्ठाक जतेक दाम बैकुण्ठ बाबू माँगताह, हम देबनि। मुदा, ओ जमीन नहि भेटत, तँ हम अपन इच्छाक अनुसार घर नहि बना सकब। मुदा, अहाँ कह' की चाहैत छी, से हमरा बुझबा मे नहि आबि रहल अछि ! आब साफ-साफ किएक नहि बजैत छी ?''

तखन, बड्ड शान्त स्वर मे नहुँए-नहुँए पूर्णियाँवाली बजलीह, ''अहाँ हमर सरस्वती सँ विवाह क' लिअ'। हुनको सैह इच्छा छनि। हमर कन्या मे कोनो अवगुण नहि अछि।

अहाँ सन सुपात्र केँ अपन जमाय बना क' हमरा बड्ड प्रसन्नता होयत..."

आदित्य मूड़ी निहुरा लेलनि। आँखि ऊपर उठा नहि सकलाह। तकिया तर सँ पनबट्टा बहार क' पान खयलनि। जर्दा खयलनि। बजलाह, "अहाँ केँ बूझल नहि अछि, लोक सभ गाम मे बजैत अछि, हम तारा देवीक हत्या क' देने छी ! हमरा सन खूनी आदमी सँ अहाँ अपन तेरह बर्खक बेटीक विवाह करब ?"

सरस्वती एतबा काल मे उछलि क' ओसार पर चल गेल छलीह। ओहि ठाम ठाढ़ि आदित्यक भाउज, गप्प सुनि रहल छलीह। पूर्णियाँवालीक प्रस्ताव सुनि क' अवाक भ' गेल छथि। एहनो होइत छैक ? कहाँ तेरह बर्खक सरोसत्ती आ कहाँ सैंतीस-अड़तीस बर्खक लालबाबू ! छिः, लाल बाबूक धन-सम्पत्तिक लोभेँ बैकुण्ठ झा बेटीक जिनगी खराप कर' चाहैत छथि।

पूर्णियाँवाली बजलीह, "लोक तँ एहिना किछु कहैत रहैत छैक। सरोक बापेक विषय मे की-की नहि गप्प उड़बैत रहैत अछि। आ, अहाँ स्त्री केँ आगि मे झरकाइए देलिअनि, तँ की कयलहुँ ! निश्चय कोनो पैघ अपराध कयने होयतीह। हमर बेटी कोनो अपराध नहि करत। जे कहबैक सैह करत। हमर बेटी सन सुशील आ सुन्दरि कन्या अहाँ केँ आन ठाम कतहु नहि भेटत आदित्य बाबू।"

आदित्य चुप रहि गेलाह। कोनो उत्तर सुझिए नहि रहल छलनि। ओम्हर भाउज कान पथने छलीह, जे लालबाबू की उत्तर दैत छथिन। जँ सरस्वती सँ बियाह क' लैत छथि, तखन तँ एहि घरक असली मलिकाइन भ' जयतीह पूर्णियाँवाली। भाउजक जीवन नरक भ' जयतनि...।

मुदा, एतबे मे पायाक अ'ढ़ सँ बाहर आबि क' सरस्वती बजलीह। स्पष्ट स्वर मे बजलीह, "नहि माय, हम हिनका सँ बियाह नहि करब ! हमर जान मारि देब, तैयो नहि करब !"

अपन बेटीक गप्प सुनि क' पूर्णियाँवाली चकित भ' गेलीह। सरस्वती केँ ई बजबाक साहस कोना भेलैक ?

आ, आदित्यनाथ मोने-मोन निर्णय कयलनि...की निर्णय कयलनि ? आदित्यनाथक मोनक थाह पायब बड्ड कठिन अछि।

—मिथिला मिहिर /15 सितम्बर, 1963

माहुर

मधुसूदन घूरि क' अयलाह तँ एक मिनट सीढ़ी लग ठाढ़ भेलाह। मूड़ी निहरौने, आँखि मे जेना आब इजोत नहि, कारी-सियाह भेल मुँह...। मधुसूदन सीढ़ीक कात मे टीनक प्लेट पर लागल अपन नाम, मधुसूदन मिश्र पढ़लनि, आ सोझे अपन कोठली मे चल गेलाह। केबाड़े लग एकटा टूल पर बैसलि छलीह शकुन। देबाल मे पीठ सटौने, आँखि मुनने, पाथरक सिलौट भेल ! मधुसूदन शकुन केँ देखि नहि सकलाह। अन्हारक दुआरे नहि, साँझक अन्हारक दुआरे नहि, अपन मोन, अपन आत्मा, अपन अस्तित्वक दुआरे, जाहि मे चारू कात अन्हारे-अन्हार रहि गेल छलनि।

अन्हार रहि गेल छनि। एकान्त, भय, करुणा, मिथ्या, अपवाद, लाँछना, सर्पदंश, आगि-बिहाड़ि, मृत्युक भयावह स्मृति रहि गेल छनि। नहि रहि गेलीह मात्र एक गिरिजा। गिरिजा, मधुसूदनक पत्नी आइ भोर मे एकसरे गंगा-स्नान कर' चलि गेलि छलीह। मधुसूदन जगले छलाह। गिरिजा प्रणाम कयलथिन, आ लग मे आबि क' कहलथिन, ''हम जाइ छी। गंगा मे डूबि क' मरि जायब। ई सभ हमरा देखल नहि जाइत अछि !''

मधुसूदन जगले छलाह। मुदा, आँखि मे तन्द्रा छलनि। रातुक जगरनाक कारणेँ थाकल-झमारल छलाह। करोट फेरि क' सूति रहलाह। गिरिजा हँसी करैत छथि, आत्महत्या नहि करतीह ! एकसरे नहि जयतीह, शकुन केँ अथवा खबासिन सुगिया केँ अथवा अपन देओर चन्द्रभूषण केँ संग क' लेतीह। आइ धरि एकसरे नहि गेलि छथि। आइयो नहि जयतीह। दुःख छनि, भ्रम छनि, मोनक कोनो नुकायल दोग मे एहि बातक पीड़ा छनि, जे शकुन हुनका सँ बेसी बुझनुक, बेसी सुन्नरि, बेसी पढ़लि-लिखलि, बेसी सिंगार-पटार जान' वाली छथि–तँ, ई सभटा पीड़ा, भ्रम, दुःख, नहुँए-नहुँए मेटा जयतनि। गिरिजा गिरजे रहतीह, मरती नहि, बताहि नहि बनतीह। मधुसूदन बाँहि आगू बढ़ा गिरिजा केँ चौकीक कोर पर बैसा लेलनि। बजलाह, ''संजय केँ हमरा लग द' जाउ, आ कनियाँक संग गंगा-स्नान क' आउ। अहाँ आयब तखने हम चाह पीब। तखन एक निन्न आर मारि लैत छी।''

बाँहिक बन्धन तोड़ि क' गिरिजा चलि गेलीह। तीन बर्खक संजय शकुन आ चन्द्रभूषणक संग दोसर कोठली मे सूतल रहय। गिरिजा चलि गेलीह, एकसरे, ककरो संग नहि कयलनि। स्नानक उपरान्त पहिरबाक लेल साड़ी धरि नहि ल' गेलीह। भोर दुपहर भेल, दुपहर साँझ। तीन बाजल, चारि बाजि गेल। चन्द्रभूषण दरभंगा घाट सँ रानीघाट

धरि ताकि अयलाह। टोल-पड़ोस मे, संगी-सम्बन्धी मे, सभ ठाम पुछारी क' अयलाह।

गिरिजा कोनो ठाम नहि छथि। कृष्णा घाटक सीढ़ी पर बैसि क' बेलपात बेच' वाली बूढ़ी मधुसूदन केँ कहलकनि, "तैस-चौबीस बर्खक एकटा स्त्री, उज्जर फर्दी साड़ी पहिरने, हरियर रंगक आङी, बड्ड पैघ-पैघ आँखि, देखबा-सुनबा मे ततेक सुन्दरि नहि, भोर मे घण्टा भरि घाट पर एकसरे ठाढ़ि छलीह। संग मे क्यो नहि छलनि। हमरा मोन नहि अछि, ओ नहयबाक लेल पानि मे गेलीह कि बिनु नहयनहि घुरि गेलीह !"

थाना मे रिपोर्ट लिखा क' मधुसूदन बासा घूरि अयलाह। चन्द्रभूषण एखन धरि नहि आयल छथि। अपन भाउजक प्रति भूषण केँ अगाध भक्ति, अगाध सिनेह छनि ! भाउजक प्रति, आ मधुसूदनक प्रति ! मुदा, एम्हर किछु दिन सँ चारि व्यक्ति, आ तीन बर्खक संजयक एहि छोट परिवार मे बिहाड़ि-बसात आबि गेल छल। भूषण गाम गेल छलाह, आ तीन मास पहिनेँ अपन स्त्री केँ संग लेने आयल छलाह। शकुन मैट्रिक धरि पढ़लि छथि, आ गप्प-शप मे, लोक केँ प्रसन्न रखबा मे, साज-सिंगार करबा मे पटु छथि।

चन्द्रभूषण पहिने हाइ स्कूल मे शिक्षक छलाह, एम्हर एक बर्ख सँ जेठ भाइ लग पटना मे बैसि नोकरी ताकि रहल छथि। नोकरी नहि भेटैत छनि। डेरा पर बैसल रहैत छथि। भौजी सँ, पत्नी सँ, अथवा संजय सँ गप्प करैत छथि। आर करबे की करताह ? मधुसूदन पटना सचिवालय मे काज करैत छथि। आब सवा सय टाका भेटैत छनि। दस बजे भोर मे जाइत छथि, ठीक सवा पाँच मे घुरि अबैत छथि। शकुन चाह बना क' राखि जाइत छथिन। मधुसूदन कहैत छथि, "एहन स्वादिष्ट चाह आर क्यो नहि बना सकैत अछि। कोनो होटलो वला नहि !"

शकुन अल्पवयस युवती छथि। स्वभाव मे स्फूर्ति छनि, सहजत्व आ चंचलता। जेठ जनक प्रशंसा सूनि लजा जाइत छथि, लजा क' हँसि दैत छथि, हँसि क' पड़ा अबैत छथि। शकुनक बनाओल चाह, शकुनक बनाओल तर-तरकारी, आ शकुनक स्वभाव, शकुनक चरित्र मधुसूदन केँ बड्ड पसिन्न छनि। गिरिजा सँ शकुनक प्रशंसा करैत छथि। कहैत छथि, हमर विचार अछि, कनियाँ मगध महिला कालेज मे नाम लिखा बी.ए. पास क' लेतीह तँ कोनो स्कूल मे काज भेटि जयतनि।

गिरिजा मिथिलाक ग्राम-वधू छथि, ई सभ गप्प अधलाह लगैत छनि। एक दिन मधुसूदन आ चन्द्रभूषणक सोझाँ मे शकुन गीत गबैत छथि, "माधव हम परिणाम निरासा !" गीत सूनि क', मधुसूदनक ठहाका सूनि क', शकुनक गप्प सूनि क', गिरिजाक देह मे जेना धधरा उठ' लगैत छनि। भनसा घर मे एकसरे बैसलि छथि। खबासिन सुगिया आबि क' फुसफुसाइत कहैत छनि, "एहन अजगुत कोनो दिन नहि देखलहुँ मलिकाइन ! बड़का मालिक आ छोटकी कनियाँ एक्के चौकी पर बैसल छथिन, आ छोटका मालिक कुरसी पर बैसल तमासा देखि रहल छथिन !"

दूटा कोठली, एकटा ओसारा, एकटा भनसाघर, तीन बर्खक एकटा बच्चा, एकटा युवती, एकटा अधवयसू खबासिन, आ भाइ–एहि छोट-छीन परिवार मे, परिवारक

सुख-शान्ति मे आगि लागि जाइत अछि। गिरिजा भोर मे गंगा-स्नानक लेल जाइत छथि, साँझ धरि घूरि क' अबैत नहि छथि। चन्द्रभूषण बताह भेल गंगाक कात, स्टेशन पर, बजार मे, गली-गलियारी मे अपन भाउज केँ तकैत, आन्हर कुकूर जकाँ बौआ रहल अछि। मधुसूदन थाना मे रिपोर्ट लिखा क' घूरि आयल छथि अपन कोठली मे काठक खाम्ह बनल ठाढ़ भेल छथि। चौकी पर एक कात मे संजय सूतल अछि, कनैत-कनैत सूति रहल अछि। ओसार पर देबाल सँ लागल शकुन टूल पर बैसलि छथि, सुखायल, भयभीत, बताहि भेल ! किछु कालक बाद शकुन केँ होश होइत छनि। उठि क' मधुसूदनक कोठली मे अबैत छथि। चारू कात अन्हार अछि। मधुसूदन कोठलीक बिजली नहि जरौने छथि। इजोतक कोनो काज नहि। गिरिजा नहि छथि, क्यो नहि अछि, संजय सूतल अछि, पड़ोसियाक घर मे रेडियो बाजि रहल अछि, सड़क पर लोकक भीड़-भड़क्का, सड़क पर हाट-बाजार, सड़क पर जीवन आ इजोत आ सौन्दर्य आ हर्ष-उल्लास, एहि ठाम नहि। एहि ठाम, एहि अन्हार घर मे केवल मृत्युक भयावह छाया !

एहि अन्हार घर मे एकटा बताह पुरुख आ एकटा बताहि स्त्री। मधुसूदन आ शकुन। शकुन आ मधुसूदन। आ दुनू दिस भूकम्प भ' रहल अछि। आगि लागि रहल अछि। सभ किछु जरि गेल अछि, जे बचि गेल छल सेहो सुड्डाह भ' रहल अछि। माधव, हम परिनाम निरासा। माधव, हम परिनाम...।

शकुन, अहाँक कोनो दोख नहि ! गिरिजा गंगा मे डूबि क' मरि गेलीह, एहि मे अहाँक कोनो दोख नहि, शकुनक दिस बिनु तकनहिँ मधुसूदन बजैत छथि। शकुन किछु बाज' चाहैत छथि, मुदा ठोर सँ बकार नहि फुरैत छनि। ठोर जेना लोहाक तार सँ सीबि देल गेल हो। शकुन कान' चाहैत छथि, मुदा आँखि मे आगि छनि, ज्वाला छनि, नोर नहि ! सभटा भोर सँ कनैत-कनैत आ संजय केँ चुप करैत सुखा गेल छनि।

दुपहर मे सुगिया आयल छलनि। आबि क' शकुन केँ कहने छलनि, "अहीँक दुआरे बड़की बहुआसिन गंगा मे डूबि क' मरि गेलीह। अहाँ केँ बड़का मालिक एतेक मानैत छथि, अहीँक हाथेँ चाह पीबैत छथि, अहीँक परसल भोजन करैत छथि—से बड़की बहुआसिन केँ नीक नहि लगलनि। ओ चलि गेलीह। अहाँ आब राज करू। दुनू भाइ केँ गीत गाबि-गाबि सुनाउ, दुनू भाइ केँ सुख दियौन !"

खबासिनक गप्प सूनि क' शकुन कोनो उत्तर नहि देने छलथिन। एतेक दिन मे आइ पहिल बेर ई बुझबा मे आयल छलनि, जे जेठ जनक लेल चाह बनायब, गीत गायब, हँसब-बाजब पाप थिक, अपराध थिक, एहन कुकर्म थिक, जकरा कारणेँ बहिनदाइ गंगा मे डूबि सकैत छथि। पहिल बेर ई बुझबा मे अयलनि। पहिल बेर ई बुझवा मे अयलनि, जे चन्द्रभूषण नोकरी नहि करैत छथि, एक्को पाइ नहि कमाइत छथि, आ अपन पत्नीक संग जेठ भाइक आश्रित छथि ! परिवारक मालिक, कर्ता-धर्ता, प्रतिपालक छथि मधुसूदन, आ चन्द्रभूषण, गिरिजा, शकुन, संजय, सुगिया सभ हुनकर आश्रित अछि !

सुगिया चल गेलि, शकुन संजय केँ परतारैत एकसरे रहि गेलीह। आब संजय सूतल अछि आ अन्हार घर मे ठाढ़ भेल मधुसूदन कहि रहल छथि, "अहाँक कोनो दोख नहि,

शकुन ! गिरिजा बताहि भ' गेल छलीह, तेँ गंगा मे डूब' गेलीह !''

मधुसूदन चुप भ' गेलाह। बिजली जरयबाक लेल देबाल दिस आगू बढ़लाह। अन्हारक काज नहि, अन्हारक कोनो काज नहि। मुदा, शकुन लग जा क' देबाल दिस बढ़ल मधुसूदनक हाथक आगाँ द' क' स्वीच पर हाथ धयलनि। हाथ धयनहिँ बजलीह, ''इजोत नहि करू ! अन्हारे रह' दियौक ! हमरा इजोत नहि चाही, हमरा माहुर चाही। हमहूँ मरि जायब। हमरा माहुर खुआ दिअ' हमहूँ मरि जायब !''

मधुसूदन केँ बुझबा मे आबि गेलनि, आब एहि घर मे, एहि परिवार मे एहि जीवन मे कहिओ इजोत नहि होयत। अन्हारे-अन्हार रहत, आ सौंसे जीवन मे माहुरक ज्वाला पसरल रहत।

–मिथिला मिहिर/26 जनवरी, 1964

पनिडुब्बी

पहिले बेर ट्रेन। पहिले बेर जहाज। सोझे परानपुर सँ पहलेजाघाट। जहाज पर कादम केँ भेलनि जे जहाज डूबि जायत। अधलाह नहि, सेहो एकटा नीके होयत। जहाज डूबए, सभ लोक डूबि जाय। मातु गंगाक जल मे मरि जयबा सँ बेसी पुन्न आर की ? मुदा मरब किएक ? जिबिते किएक नहि रहब ?

जे करम-लेख अछि, जे भबितब अछि, जे धारि लेने छी, से सभटा सहब। मुदा, जँ जहाजे डूबि जाय ? ओ चाह आन' गेल छथि। जहाजे पर चाह भेटैत छैक ! बुझू पैघ सन मेला लागल अछि। कतेक लोक। कतेक स्त्री। गेंटक गेंट माल-असबाब। पेटी पर पेटी, ओछाने पर ओछान।

ओ चाह आन' गेल छथि। कादम बड़का पेटी पर बैसलि जहाजक चारू कात पसरल गंगाक हरियर पानि देखि रहल छथि। हरियर अथवा कारी। राति मे रंग सूझब बड़ड कठिन काज। सुझबाक लाभे की ?

पानि पर जहाज अछि, जहाज पर अनचिन्हार लोकक भीड़। चीन्हल लोक एक्केटा, से चाह आन' गेल छथि। मुदा, सेहो की कादमक चीन्हल लोक ? हुनका सँ बिआह भेलनि। दुरागमन नहि भ' सकलनि। ओ दुरागमन कराब' नहि अयलाह।

कारण ? कादम्ब देखबा-सुनबा मे पवित्र नहि छथि। आँखि पैघ-पैघ, मुदा ताहि सँ की ? दाँतक पाँती बड़ड उज्जर-सफेद छनि, मुदा ताहि सँ की ? कादम कारी छथि, आ थोपल-थापल देह मे कतहु कोनो कोमलता आ कान्ति आ पवित्रता नहि छनि।

तपोवनक कामधेनु नहि, कंसा गोआरक सिंघटुट्टी महींस लगैत छथि कादम। दुरागमन नहि भेलनि। ओ पश्चिम चल गेलाह। चाकरी कयलनि। आब आठ बर्खक उपरान्त बदली भेल छनि पटना। एहि देस-कोसक राजधानी पटना।

गामक पाठशाला पर कादम पढ़ने छलीह—पहिने पटनाक नाम छलैक पाटलीपुत्र आ एहि ठाम नन्द नामक राजा राज करैत छल। एहि पटना सँ एक दिन ओ रामपुर आबि गेलाह। गाम रामपुर, स्टेशन परानपुर, जिला दरभंगा। कादम केँ ने ईर्ष्या भेलनि, ने विषाद। कादम ने कनलीह, ने बताहि भेलीह।

परानपुर स्टेशन सँ महेन्द्रू घाटक भाड़ा चारि टाका बेरासी नवका पाइ मात्र। एक पाइ बेसी नहि, मुदा जहाज डूबि जाय, तँ एहि चारि बेरासीक कोनो लाभ नहि होयत। होयत एतबे जे सभलोक डूबि जायत। इला गेल, मिला गेल, कादम दाइ बिला गेल, मिला

गेल, कादम दाइ...

माटिक चुक्कड़ि मे ओ चाह लेने आयल छथि। इन्होर पानि सन चाह। कोनो स्वाद नहि। मीठो नहि, ने तीत। कादम मुँह बिचकौलनि, आ एक्के घोंट मे सभटा चाह पीबि गेलीह।

ओ ओछानक मोटा पर उकड़ूँ जकाँ बैसि जाइत छथि। कहैत छथि, एकटा संगी भेटि गेल अछि, हम ओकरे लग जाइत छी। जहाज लगबा सँ पहिने चलि आयब।

कादम की बजतीह ! चल जाउ, चल आउ। भेटि जाउ, हेरा जाउ। जहाज पर जेना कोनो बड़का मेला अछि। दसमीक मेला। कतहु-कतहु भगवती सन सुन्नरि कनियाँ सभ कुर्सी पर बैसलि छथि। पंचकनियाँ सभ। कुन्ती...तारा...अहिल्या...मन्दोदरी। पाँचम कनियाँ के ? मोन नहि पड़ैत अछि। बिसरि गेल छी।

एतबे काल मे गामक सभटा गप्प बिसरि गेल छी। इहो नहि धेयान अछि जे जयदेव भाइ अबैत काल की कहने छलाह। गुलाब की गछौने छलीह। केओ मन नहि अछि। कोनो लोक नहि। कोनो ठाम नहि। ने बिसनाथ बाबाक पोखरि, ने राम काकाक गाछी।

एतबे मोन अछि जे सौंसे पोखरि लाल सोनित सँ रंगा गेल छल। लिधुराह भ' गेल छल। मुदा, पहिने पोखरि नहि, पहिने आमक गाछी। गाछी, तकरा बादे पोखरि। मुदा, हम—कादम, बिसेसर झाक बेटी कादम—गाछी मे डूबि गेलहुँ, आ पोखरि मे ऊपर भ' गेलहुँ। डुबनाइ। उगनाइ। गाछी सँ पोखरि धरि माटिक तरे-तर एकटा सुरंग अछि। एकटा अन्हार एकपेड़िया रस्ता। एहि रास्ता सँ हम एक बेर गेलहुँ, फेर जयबाक अवसर नहि भ' सकल।

जयदेव भाइ, लाल काका, किसुन, रामकिसुन, केओ नहि, एहि बड़का जहाज पर केओ नहि अछि। ओ अपन संगी सँ गप्प कर' गेलि छथि। चाह मे कोनो स्वाद नहि छल। गुलाब कहने छलीह, ''बच्चूक उपनयन मे अहाँ बिदागरी भ' क' आयब। मुदा, एकसरे नहि आयब। कोरा मे...कोरा मे...''

आ, गुलाब अपने लजा गेलि छलीह। गुलाब बड्ड लजकोटरि, एहन कथा कोना बाजि भेलनि ? किएक बजलीह ?

दूटा कुर्सी एक्के संग लागल छैक—एक पर कनियाँ, दोसर पर ब'र। ब'रक बाँहि कनियाँक कुर्सीक पीठ पर। कनियाँक हाथ ब'रक कुर्सीक बाँहि पर। आ, दुनू मे कोनो लाज-धाख नहि, कोनो चिन्ता-बेयाधि नहि !

कादम पेटी पर बैसलि छलीह। उठि क' आ चाहक चुक्कड़ि उठा क' जहाजक कात मे चल अयलीह।

चारू कात हिलकोर लैत पानि। हरियर कि कारी। कादम चुक्कड़ि पानि मे फेकि देलिन—जेना कोनो माइ अपन ननकिरबा केँ ओछाओन पर रखैत हो। पानिक ओछान पर।

पानि लाल भ' गेल। सोनित सन लाल। लिधुरायल, गन्ह करैत पिलुआ सन छह-छह करैत पानि।

कादम कें भेलनि, ओ बताहि भ' जयतीह, करेजक सभटा शक्ति लगा क' चिकर' लगतीह। मुदा, कादम चुप्पे रहलीह। ठोर सीबि लेलनि।

कादम देखलनि, भोर भ' गेल अछि, आ कोनो ओंघायल बच्चा जकाँ सुरुज देवता आँखि मीड़ैत उठि रहल छथि।

–मिथिला मिहिर/10 मई, 1964

सुरमा सगुन विचारै ना

अन्हार मे पानि भरब

दलानक एक कोन मे ओलती मे टांगल लालटेन कनिएँ काल मे मिझा जायत। मामाजी चौकी पर बैसल इनार दिस ताकि रहल छथि। ध्यानमग्न। तेल नहि छैक, बत्ती सेहो जरि गेल छैक। लालटेन मिझायल जा रहल अछि। पैघ इनार। लगे मे भालसरिक एकटा गाछ। मँजरल। अन्हार मे के पानि भरि रहल अछि ? के थिक ? के अहाँ ! की नाम थिक ? राति भरि एहिना क्यो पानि भरैत रहत आ भोर होइत-होइत इनार सुखा जायत। भोरे लोक कहत–जाः, इनार सुखा गेल ! आश्चर्य सँ आँखि उनटि जयतैक। पानि नहि, भोर मे इनार सँ बहरायत थाल-कादो, दू-चारिटा मुइल बेंग, एकटा पीतरिक लोटा। किछु फूटल चूड़ी। एकटा सिलेट। फूटल गैलक कनखा। दूटा गिलास। पाँचटा कटोरा। जेना समुद्र-मंथन सँ ऐरावत, भूरिश्रवा, विषकुम्भ बहराइत हो। मुदा, लक्ष्मी नहि बहरयतीह। मुदा, पानि नहि बहरायत।

अपने चिन्ता-विचार पर अपने हँसी लगैत अछि। सूर्यास्त सँ पहिनहि भाँग पीने छलहुँ। भबक्क एखनो नहि टूटल अछि। कतेक राति गेल छैक ? सुनरा बजाबय नहि आयल अछि। कखन आओत ?

के अछि इनार पर ? मामा जी बड्ड सिनेह सँ पुछलथिन। कोनो उत्तर नहि। इनार पर अन्हार अछि, पछबा बसात अछि, दूटा गाड़ल बाँस, एकटा डोल आ एकटा भालसरिक गाछ अछि, कोनो लोक नहि। हम कहलियनि–मामा भाँग लागि गेल अछि ? इनार पर क्यो नहि अछि। मामा कचहरी मे की भेल ? तारीख पड़ल ?

मामाजी आँखि बन्द क' लेलनि। बड़ी कालधरि चुप्पे रहलाह। फेर कहलनि, "इनार पर तोहर मामी छलथुन। ठीक एही काल पानि भर' अबैत छथि। सोझे शिवलोक सँ अबैत छथि। कैलास-परबत सँ। भोलानाथ माहदेव कहैत छथिन–कनियाँ, एक डोल पानि ल' आउ, आ तोहर मामी डोल उठा केँ सोझे एही इनार पर चल अबैत छथि। ठीक एही काल। अन्हार मे पानि भरैत छथि।

मामीक स्वर्गवास भेला पूरे-पूर आठ मास बीति गेल अछि। मलेरिया भेल छलनि। टाइफाइड भ' गेलनि। मरि गेलीह। निस्सन्तान। सेहन्ता संगहि गेलनि। मामी बड्ड चेष्टा

कयने छलीह जे मामाजीक दोसर बिआह हुनके छोट बहिन सँ भ' जाइनि। अप्पन नहि भेल, बहीनक सन्तान केँ अपन बूझब। शान्ति कैक बेर अपन जेठ बहीनक सासुर आयलो छलीह। चम्पा फूलक कोंढ़ी सन पवित्र आ सुन्नर। हमरा बड्ड पसिन्न। शान्ति सँ हमरा प्रेम भ' जाय, दू-एक बेर से चेष्टा हम कयनो छलहुँ। फेर डर भेल छल, जँ मामाजी अपन सारि सँ बियाह क' लेथि ? मामी कतेक जतन कएलनि। शान्ति, हुनका लेल चाह बनाउ। शान्ति, हुनका लेल भाँग पीसू। सुनू शान्ति, लाज जुनि करू, अहाँ तँ हुनकर सारि छियनि। मुदा, मामाजी एक्के बेर कहलथिन, ''सोनपट्टीवाली, अहाँ अपना माय केँ समाद पठा दियौन। शान्तिक लेल एकटा कथा ठीक कयने छी। पात्र बी.ए. पास छथि। पटना मे नौकरी करैत छथि। टाका-पैसा नहि लेताह।''

शान्तिक विवाह भेलनि। मामाजी भाँग पिबैत रहलाह, देयाद-बाद सभक संग मोकदमा लड़ैत रहलाह। हफ्ता मे दू बेर पूर्णियाँ कचहरी जाइत छथि। कटिहार मे हाट-बजार करैत छथि। मामी निस्सन्ताने मरि गेलीह। मामजी दलाने पर रहैत छथि, आ साँझ मे भाँग पीबि क', जे बीति गेल तकर, आ जे नहि बीतल अछि तकर, चिन्ता करैत छथि। वर्तमानक कोनो चिन्ता नहि। वर्तमान केँ अपन इच्छाक अनुसार मोड़ि लेबाक, सोझरा लेबाक कोनो आशा नहि, उपाय नहि। जे बीति गेल तकर, खिस्सा-पिहानी मोन केँ आनन्दित करत। जे बीति गेल, से नीक छल, उचित छल, श्रेयस्कर छल। आ, जे नहि बीतल अछि, तकर चिन्ता कयला सँ वर्तमान बिसरल आ हेरायल रहैत अछि।

''सुनह कमल, एकटा खिस्सा कहैत छियह। कोनो गाम मे एकटा प्रकाण्ड पण्डित छलाह। सौंसे महाभारत आ भागवत कण्ठस्थ छलनि। कथा बाँचि क' बड्ड सम्पत्ति अरजलनि। खेत-पथार बेसी नहि किनलनि, मुदा, बोराक बोरा असली चानीक रुपैया माटि मे गाड़ि क' रखलनि। तदुपरान्त स्वयं स्वर्गवासी भ' गेलाह। रहि गेलथिन विधवा ब्राह्मणी, बिनु बियाहल तीनटा बेटी आ छोट-छोट दू टा बेटा। ब्राह्मणी काशीवास कर' चलि गेलीह। बेटा सभ कलकत्ता अथवा मोरंग भागि गेल। चानीक रुपैया माटि मे पड़ले रहि गेल। रहि गेलीह तीनटा कुमारि कन्या। तोँ सभ तँ पढ़ल-लिखल लोक छह। आब बाजह तँ तीनू बहीनक की हाल-चाल भेल ! कोन घाट लगलीह ?''

मामाजी लालटेनक मिझाइत इजोत मे खिस्सा कहैत छथि। खिस्सा नहि सत्यकथा। मामी हमर तीन बहीन छलीह। बापक मुइलाक बाद बिलट' लगलीह। जेठि बहिन शोभा बताहि भ' गेलि छलीह। कोनो तरहेँ बियाह भेलनि, आब विधवा छथि। नैहरे मे रहि क' गुजर करैत छथि। माँझिल बहिन विभा हमर मामी भेलीह। शान्ति पटना मे छथि, अपन स्वामीकेँ संगेँ। तीनू बहिनक अलग-अलग खिस्सा। तीनटा नदी, तेरह टा धार। एकटा नदी सुखा गेल। दोसर नदी सुखा गेल। तेसर नदी मे बाढ़ि आयल अछि। केहेन बाढ़ि ?

इनार पर के ठाढ़ि अछि ?

सुनरा आबि गेल। बाजल, ''चलू छोटका मालिक, भानस भ' गेल। बड़का मालिक केँ

नोँत छनि। जोतसी-कका बिझो करब' आयल छलाह।''

''हँ, हमरा नोँत अछि। राति मे दही-चूड़ा खाय पड़त। बोखार लागि जायत। मरि जायब। मुदा, जोतसी काका मान' वला लोक नहि'' मामाजी तमाकू ठोर मे रखैत उठलाह आ अलगनी सँ रेशमी चद्दरि उठा क' कान्ह पर रखलनि।

सुनराक पाछाँ-पाछाँ हम आँगन मे गेलहुँ। एक्के लगाति सँ चारिटा कोठली। आँगन बड्ड पैघ। चारू कात देबाल। कोनो-कोनो ठाम टूटल। एक कात बाड़ी। नेबो, लताम, शरीफा आ सिंगरहारक गाछ। एतेटा आँगन सुन्न। भाँय-भाँय करैत। मौसी ओसारा पर थारी राखि रहल छथि। बाल-विधवा मौसी सभ दिन नैहरे मे रहलीह। भानस करैत रहलीह। जन-हरबाहक लेल रोटी पकायब। धान उसनब। चूड़ा कूटब। मौसी कहियो कोनो तीर्थ-व्रत नहि कयलनि। वैद्यनाथधाम नहि गेलीह। भागवत-पुराण नहि सुनलनि। घर-परिवारक टूटल देबालक लक्ष्मण रेखा मे छेकल रहलीह। कम्मे वयस मे बिआह भेलनि, कम्मे वयस मे विधवा भ' गेलीह। कोनो दिन सासुरक मुँह नहि देखलनि। जहिना छलीह, जीवन भरि तहिना रहि गेलीह। मुदा, मौसी केँ कोनो दुःख, कोनो आन्तरिक व्यथा नहि छनि। क्षतिहीन देहक भार आँखि मे सम्हारने, उज्जर नूआक परिधि मे मोन केँ समेटने, मौसी सदिखन व्यस्त रहैत छथि।

काज मे, भानस मे, ठोर पर उतरि आयल कोनो गीतक कोनो आखर मे, मौसी बाझल रहैत छथि। एहन बाझल जे कोनो चिन्ता विचारक पलखतिए नहि।

सुनरा बाजल, ''छोटका मालिक, अपने केँ भूत-प्रेत पर विश्वास होइत अछि ? आइए साँझ खन मधुसूदन बाबू बड़का पीपर लग भूत देखलथिन। बोखार लागल छनि। अर्र-दर्र बजैत छथि। बड़का पीपर पर आइ-काल्हि भूतक डेरा छैक। गाम भरिक डाइन सभ राति मे ओहि ठाम पूजा कर' जाइए।''

सुनराक गप्प सूनि क' मौसी हँस' लगलीह। थारी मे घी ढारैत बजलीह, ''बड़का पीपर किएक, अपनो दालान पर भूत-प्रेत रहैत छथि—इनार मे। भाइजी भाँग पीबि क' दलान पर बैसैत छथि तँ देखबा मे अबैत छनि इनार पर क्यो पानि भरि रहल अछि। आन क्यो नहि, तँ हमर भौजी।''

''मौसी, हमर मामाजी भंगबताह नहि छथि। अहाँ हुनका सँ हँसी जुनि करू। मामीक मुइना एखन बर्खो भरि नहि बीतल अछि'' हम कहलियनि। मुदा, मौसीक हँसी सँ सौंसे आँगन-ओसारा मे इजोत पसरल रहैत अछि। लाल-हरियर इजोत। एकटा इन्द्रधनुष। सुन्न पाँतर मे एकटा मौलसिरीक गाछ। अन्हार घर मे कोनो गीत। मौसी बजलीह, ''अहाँ तँ कमलबाबू, भूत-प्रेत पर विश्वासे नहि करैत छी। मुदा, इनार पर हमहूँ दू-एक बेर भौजी केँ देखने छियनि। उज्जर साड़ी पहिरने, इनार पर ठाढ़ि बाल्टीक-बाल्टी पानि भरैत।''

आ एतबा कालक बाद फेर वैह हँसी। वैह इजोत। वैह मौलसिरीक गाछ। मौसी कहने जाइत छथि, ''इस्स ! एक राति तँ अनर्थ भ' जाइत। हमरा बड्ड पियास लागल। निन्न टूटि गेल। घैल मे एक्को बूँद पानि नहि। की करितहुँ, लोटा ल' क' इनार पर

चलि गेलहुँ। पानि भरलहुँ। अन्हरिया राति। डर होइत छल। तखने दलान पर सँ भाइ जी चिकरलाह–के थिक इनार पर ? के छी अहाँ ? आ, भाइजी एतबा कहि धड़फड़ा क' उठलाह, इनार दिस आब' लगलाह। मुदा, चारू कात अन्हार छल। हम अन्हार मे नुका रहलहुँ। पड़ायलि-पड़ायलि आँगन चलि अयलहुँ।''

''माने, ताही राति सँ मामाजी इनार पर मामी केँ देखैत छथि, सैह कहब ने मौसी ?'' हम पुछलियनि। मौसी लजा गेलीह। मौसी सुनरा केँ कहलथिन, ''तोँ बैसल छेँ ? कमल बाबूक लेल पान नहि अनबेँ ?''

''जाः, बिसरिए गेलिये'' कहैत सुनरा चल गेल। मौसी आश्वस्त भेलीह। दही परसैत काल बजलीह, ''हमहूँ सभ तँ एक प्रकार सँ भूत-प्रेत छी कमलबाबू।''

सुरमा सगुन विचारै ना

राति बीतल। चिड़ै-चुनमुनी चहक' लागल। दलान पर हम सूतल छी आ मामाजी सूतल छथि। सुनरा दू गिलास चाह ल' क' अबैत अछि, ''छोटका मालिक, उठू, चाह लिअ' !''

चाह पिबैत काल मामाजी पुछैत छथि, ''तोहर कॉलेज कहिया फुजैत छह ?...हमर विचार अछि, एक बेर जगन्नाथपुरी भ' आबी। गायत्री केँ सेहो तीर्थ करा देबनि। कहियो कोनो तीर्थ-व्रत नहि कयने छथि। हमरो मोन ठीक नहि रहैत अछि। राति मे निन्न नहि होइत अछि। लगैत अछि, तोहर मामी बजा रहल छथि। डर होइत अछि। एक बेर जगन्नाथ धाम सँ भ' आयब। तोहर की विचार ?''

''हमर की विचार होयत ? गायत्री मौसी जीवन मे पहिल बेर गाम सँ बाहर जयतीह। तीर्थ करतीह। देवदर्शन सँ आत्मा केँ शान्ति भेटतनि। अहाँ केँ सेहो मोकदमाबाजी सँ, खेत पथार सँ, दुःस्वप्न सँ किछु दिनक लेल शान्ति भेटत'', हम शान्त स्वर मे कहलियनि। मामाजी चाह पिबैत रहलाह। इनार लग ठाढ़ भलसरिक गाछ दिस तकैत रहलाह।

आब दलान पर रौद आबि रहल अछि। हम चाह पीबि रहल छी, आ मोनेमोन गनि रहल छी, जे छुट्टी मे आब कते दिन बाँकी अछि। छुट्टी मे मातृक अबैत छी तँ मामाजीक सिनेह मे, मौसीक दुलार मे शान्ति भेटैत अछि। मामी छलीह तँ आरो सुख, आरो शान्ति भेटैत छल।

मुदा, आब शान्ति नहि भेटत। ने मातृक अयबा मे, आ ने मातृक सँ चल जायबा मे। किएक नहि भेटत ?

–मिथिला मिहिर : 9 मई, 1965

पात

साँझ भ' गेल छल। मुदा, पानि काल्हि-परसू नहि बरिसत, जतेक जल-प्रलय कराबक होयतैक, आइए साँझ आ राति भरि मे क' लेत। दुनू कोठलीक देबाल पर पानिक पीयर-कारी टघार आँगनक बरण्डा पर मुसलाधार, आँगन मे जायब, ठाढ़ो होयब परम असम्भव। साँझ भ' गेल छल, मुदा ठीक समय बुझयबाक कोनो टा उपाय नहि। दोकान सँ अबैत काल घड़ी भीजि गेल। बन्द भ' गेल। देसी घड़ी बेसी काल एहिना बन्द रहि जाइत अछि।

चलबाक कोन काज ? चान, सुरुज, पृथ्वी–सभ जखन चलिए रहल अछि अपन धरती पर, अपन वृत्त-गमन-पथ पर, तखन लोक केँ चलबाक कोन काज ? घड़ी सेहो बन्द भ' जाए। की समय भेल, ई बुझबाक कोनो उपाय नहि रहए। उपाय नहि अछि। सीता भनसा घर मे छथि। ऊपर मुसलाधार बरखा, नीचाँ धरती पर राखल कोइलाक चूल्हि सर्दिया गेल अछि। धुआँ बहरायत, मुदा आगि नहि बहरायत। धुआँ जतए हो, ओत' आगि अवश्य होयत, न्याय-शास्त्रक ई अधिनियम हमर भनसा घर मे लागू नहि अछि। हमर भनसा घर मे हमर विवाहित धर्मपत्नीक आ पथरकोइलाक न्याय-शास्त्र चलैत अछि। आ, एकरा अनुसारेँ, धुआँ होयत, मुदा आगि नहि। राति भरि एहिना बरखा होइत रहत, आ सीता एक प्याला चाहो धरि नहि बना सकतीह। हम थाकल, आ ठेहिआयले रहि जायब।

एहि अर्द्ध नागरिक वातावरण मे एकटा रिक्सा ठाढ़ भेल बरसाती ओढ़ने, कनटोपा लगौने, श्रीमान लोकनाथ जी हमर मित्र उतरलाह। आगू दिसका बरण्डा पर आबि क' चिकरलाह, "भौजी, भौजी, एक पेयाला चाह, हमरो लेल बनायब।" ओ हमरा देखलनि, हिन-हिन-हिन हँस' लगलाह। हम पुछलियनि, "एखन ? एतेक राति मे ?...कोनो खास गप्प ?"

लोकनाथ एकटा किताबक दोकान मे चाकरी करैत छथि। अलग डेरा नहि रखने छथि। राति मे दोकाने मे सूति रहताह। किताबेक तकिया आ किताबेक ओछाओन। एक सय तीस टाका मासिक आय छनि तेँ पटना-नगरी मे परिवारक संग रहबाक मोन नहि होइत छनि। मास, छओ मास पर गाम भ' अबैत छथि। एही छौमसिया प्रेम-प्रसंग पर सौंसे वर्ष काटि लैत छथि। सात दिन पर, अर्थात प्रत्येक रवि केँ सिनेमा जयबे टा करताह। जे कोनो खेल हो, धार्मिक अथवा सामाजिक।

हमर बालसंगी छथि लोकनाथ। दस वर्ष, नहि, बारह वर्ष पहिने एक्के संगेँ मैट्रिक मे फेल क' जीविकाक उपाय मे पटना अयलहुँ। हमरा नोकरी नहि भेटल। दरबानी-चौकीदारी अथवा भानसक काज, हम करब नहि। तखन की करब ? आन किछु नहि सूझल, तखन चाहक एकटा छोट-छीन दोकान कयलहुँ। वैह दोकान आब, बारह बर्खक बाद 'प्रभात-होटल' बनि गेल अछि। हमर नाम थिक महेश्वर झा, किन्तु नया टोला, भिखना पहाड़ी आ मछुआ टोलीक अधिकांश चिन्हार लोक कहैत छथि–प्रभात बाबू ! होटलेक नाम भ' गेल हम्मर नाम।

होटल अछि, दस टा लोक सदिखन चाह, जलपान, भोजन करैत रहैत अछि तेँ हम छी, हमर व्यक्तिगत आ सामाजिक अस्तित्व अछि, अपन होटलक कारणेँ। हम प्रमाणित क' सकैत छी, जे हम मनुक्ख छी, हम जिबैत छी, किएक तँ होटलक कारणेँ हमरा जीबाक लेल, मनुक्ख होयबाक लेल चारिटा पाइ भेटैत अछि। हमर होटल आ हमर धर्मपत्नी जीवन मे हमरा लेल यैह दूटा सत्य, दूटा प्रमाण-केन्द्र अछि।

''सुनिये साहब, अपने ही आबि करके चाह बना लीजिए'' भनसे घर सँ सीता बजलीह। 'साहेब' ओ लोकनाथ केँ कहैत छथिन। आ, साहेब सँ ओ आधा मैथिली आधा फारसिये मे गप करैत छथि। देशक कोनो गाम सँ, स्थायी रहबाक लेल पटना अयला पर स्त्री-जाति मे पहिल परिवर्तन यैह होइत अछि। कालान्तरेँ, विद्यापतिक पद सन मधुर मैथिल बालाक कण्ठ-स्वर पर मगही, पटनियाँ हिन्दी आ भोजपुरीक मोट गोलाबा चढ़ि-पसरि जाइत छैक। सीता मे दोसर परिवर्तन भेल छनि, देह-दशा आ काज-बेबहारक अश्लीलता। निर्लज्जता नहि, सीता बड्ड लजकोटरि छथि एखनो। डेढ़ हाथक घोघट तानि क', देह समेटि क' कोठलीक कोनो कोन मे दबकि रहतीह, तँ एखनो मोटरी-सन 'नव-कनिएँ' लगैत छथि। आँखि मे लाज छनि सीता केँ। मुदा, काज-बेबहार मे देहदशा 'अश्लील' भ' जाइत छनि।

मोट-सोंट थुल-थुल करैत मालगाड़ीक पुरान इंजन जकाँ सीता एहि ओसार सँ भनसा घरक ओसार पर जाइत छथि, तँ देह नहि सम्हरैत छनि। ओ सम्हारि रखबाक चेष्टा नहि करैत छथि। बेसी-काल आँगी नहि पहिरतीह। बड्ड भेल तँ एकटा गंजी पहीरि लेतीह, अधगंजी ! अनचिन्हारो लोक बरण्डा पर ठाढ़ रहत तँ आँगनक पाइप पर नहाय लगतीह। छींटक साया पहिरने, लक्स-साबुन घसैत निट्ठाह आत्म-विस्मृत भेल सीता नहाइत रहती। आ बजतीह, ''इस्स, आँखि मे साबुनक फेन चल गेलइ। आब की करियइ ! हे राम !!''

लोकनाथ बरसाती आ कन्टोप केबाड़ पर टाँगि रहल छथि। भनसा घर मे सीता धुआँक संग संग्राम क' रहलि छथि। दोसर कोठली मे एसकरे सूतल अछि दिलीप कुमार। हम सभ कहैत छी, 'दिल्लू' ! वयस आठ बर्ख। पीअर देह, हाथ-पयर मे सुखौनी लागल दिल्लू सदिखन बीमारे रहैत छथि। कहिओ सर्दी बोखार आ कहिओ पिल्ही-मलेरिया। दिल्लूक उपरान्त सीता केँ दूर बेर गर्भक्षय भेलनि। चारि-तीन मास अस्पतालो मे रहि अयलीह। तकरा बाद कोनो सन्तान नहि। सीताक स्वाभाविक अश्लीलता एहि प्राकृतिक

शक्तिहीनताक कारणेँ आरो बढ़ि गेल छनि। घटि गेल छनि देह-धर्म सँ सभटा ममता-माया ! देहक कोन काज ? आ निष्प्राण अशक्क देहक कोन लाज ''सुनू साहेब, अहाँ अपना घरवाली को काहे नहीं ल' आता है ई बरसात मे...चाह पीबाक लेल इहाँ-उहाँ काहे को मुँह मारै छी ?'' सीता बजलीह।

मुदा लोकनाथ हँसलाह नहि, मुस्कयबो नहि कयलनि। रुमाल सँ नाक-कान पोछैत रहलाह। तदुपरान्त चौकी पर बैसि गेलाह। कहलथिन, ''महेस्सर भाइ, एकटा काज अछि। परमावश्यक काज ! तें एतेक पानि-बिहाड़ि मे...।''

हम चिन्तित भेलहुँ। जँ कहीं ओ टाका-पैसा माँगि देलनि तँ हम विपत्ति मे पड़ि जायब। टाका हमरा अछि, मुदा, टाका हमरा नहि अछि। पीरमोहानी-चौबटिया पर, पान-सिगरेटक एकटा कठघरा-दोकान खोलबाक लेल टाका जमा क' रहल छी। छौ-सात सय टाका घूस-घास देब' पड़त, तखन ओहन सीटल जगह भेटत, कठघरा ठाढ़ करबाक लेल। जँ लोकनाथ सय-पचास टाका माँगि लेताह तँ हम झामर-झाम मे पड़ि जायब। लोकनाथ नहुँए-नहुँए बजलाह जे सीता हमरा सभक गप्प नहि सूनि सकथि—एकटा गरीब लोकक मदति कर' पड़तह। कर्मक मारल लोक। आश्रयक लेल बताह कुकुर जकाँ छिछिआयल फिरै ए...।

के लोक ? के थिक ? की बात छैक ? हम आरो बेसी आश्चर्य मे पड़ि गेलहुँ। लोकनाथ अ-स्वार्थें अ-कारणेँ ककरो उपकार कर' वला जीव नहि छथि। सदिखन बसिलबे धार मे लागल रहताह। अपने थारी मे बेसी भात परसताह, दोसराक थारी लोकनाथक लेल बेसी काल अनदेखले रहि जाइत छनि। विद्वान पुरान लोक कहै छथि, ''थारी बाटी सँ अन्नक महत्त्व बेसी छैक। पात-पल्लव सँ बेसी महत्त्वपूर्ण छैक फूल आ ताहू सँ बेसी फल ! मात्र फले टा अन्तिम आ चरम चिन्ताक विषय होबाक चाही। मात्र फले टा, पात नहि।''

लोकनाथ एही पुरान मत आ मतिक व्यक्ति छथि। थारी सँ, पात्र सँ, डारि-पात सँ हिनका कोनो स्वार्थ नहि रहैत छनि। तखन, ओ एखन एहि पानि-बिहाड़ि मे कोनो समयक सताओल, असहाय व्यक्तिक सहायता करयबाक लेल, किएक आयल छथि ? के लोक अनाथ थिक ? हम पुछलियनि—सुद्ध-सुद्ध बाजह ! अपन फैसनवाली भौजी जकाँ सन्ध्या भाषा मे की कहैत छह ? के लोक थिक ?''

''चाह पीबि क', हमरा संग चलह, हमर दोकान धरि। रस्ते मे गप्प करब। रिक्सा हम रोकने छी'' लोकनाथ उत्तर देलनि, आ उठि क' भनसा घर दिस चल गेलाह, अपन भौजी सँ गप्प करबाक लेल, चाहक ओरिआन मे मददि करबाक लेल। सीताक नैहर-गामक नाम थिक—फैसन ! बूझल नहि, के बुद्धिमान एहि गाम केँ 'फैसन'क संज्ञा देलनि।

मुदा, नाम धयलनि, एमदम ठीक-ठीक। तेँ, सुविधा भेटला सँ हम सीता केँ कहैत छियनि—फैसनवाली। फैसन-गामक फैसनबाली 'हस्तिनी-सुन्नरि, सीता-दाइ' !!

अपन विशेषण सूनि क' सीता दाइ क्रोध मे ओझरा जाइत छथि। भनसे घर सँ

चिकरैत छथि, ''आइ धरि की कोनो रबरक पेटकसना आ जालीदार छतिकसनाक हम फरमाइश कयने छी ? कहिया हमरा लेल स्नो-पाउडर अनने छी ? तखन हमरा अहाँ सभ फैसनवाली किएक कहब ! हमरा गारि किएक देब ? हम की...?''

एहि ठाम दूटा कथा स्मरणीय अछि। एकटा तँ ई जे क्रोध, घृणा आ कोनो समय प्रेमक अतिरेक मे आबि क' सीता शुद्ध मैथिली बाज' लगैत छथि। क्रोध मे फारसी बिसरि जाइत छथि सीता, देसिले बयना सँ काज चलि जाइत छनि। दोसर कथा ई जे 'फैसन' शब्द केँ ओ गारि बुझैत छथि। 'फैसन' माने अन्हार कोठलीक कोनो अन्हार गप्प—यैह हुनका बुझल छनि। सीता पुरान ढंगेँ रहैत छथि। आँगन सँ बाहरक संसार सँ एतबे सम्पर्क हुनका छनि, जे रिक्सा पर चढ़ि कहियो गंगा स्नानक लेल दरभंगा घाट, आ कहियो-कहियो बिड़ला-मन्दिर मे जाइत छथि। काली-मन्दिर, राम-मन्दिर, राधाकृष्ण-मन्दिर, बिड़ला-मन्दिर 'बिड़ला' नामक कोनो देवी-देवताक मन्दिर होयतैक, पहिने सीता सैह बुझैत छलथिन। अड़तीस-कोटि देवताक पाँती मे एहू नामक कोनो देवता होथि, से असम्भव नहि। पहिल बेर लोकनाथेक संग ओ बिड़ला-मन्दिर गेलीह। सीता, राम, लक्ष्मण आ हनुमानक स्फटिक मूर्तिक आगाँ प्रणाम क' फूल-पात राखि, जल ढारि, बजलीह, ''साहेब, एहि मे बिड़ला देवता के छथि ?'' लोकनाथ हँस' लगलाह।

भनसाघर मे सीता सँ गप्प करैत लोकनाथ हँस' लगलाह। हम गली मे ठाढ़ भेल रिक्सावला केँ कहलिऐक, ''बरण्डे पर आबि जाउ ! पानि मे बेसी भीजब तँ...।'' चाह आबि गेल। सीता चौकीक एक कोन पर बैसि अपनहुँ चाह पीब' लगलीह। लोकनाथ चाहे पीबैत हमरा दिस तकैत रहलाह। बासा मे सीता केँ एकसरि छोड़ि, एखन बाहर जयबाक साहस हमरा होयत की नहि ? हम सीता केँ कहलियनि, ''हम दोकान जा रहल छी। काज अछि। अहाँ खा-पीबि क' सूति रहब।'

ओकर स्वामी कमर्सियल बैंक मे चपरासी छलैक। मीठापुर मे एकटा कोठली लेने छल। शान्ति-सुविधा सँ रहैत छल। मुदा, बोखार भेलैक, अस्पताल गेल, धनुष्टंकार भ' गेलैक। जाँघ पर एकटा फोसरी भेल छलैक, तकरे ई सभटा उत्पात। ओ अस्पतालक बरण्डा पर बैसल सतरह दिन धरि कनैत रहलीह। अठारहम दिन भोर मे बैंकक चपरासी, हरखित मंडल एहि असार संसार केँ त्यागि क' परलोक चलि गेल। अपने संग अपन स्त्रीक लोक-परलोक दुनू लेने गेल।

''ओ आब असहाय अछि। स्वामी मुइलाक बाद आब मीठापुर सँ भागि आयलि। कत' जाय, की करय...एखन वयस नबे छैक...यैह चौबीस-पचीस। पतियाक नैहर हमर मात्रिक मे छैक...'' लोकनाथ हमरा सभटा कथा फरिछा क' कहलनि। पतिया असहाय अछि। कत' जायत ? सासुर मे क्यो नहि छैक। देयोर सभ मोरंग-रंगपुर मे नोकरी करैत छैक।

''नैहर किएक नहि चल जाइए ?'' हम प्रश्न कयलहुँ। लोकनाथ एक छन चुप्पे

रहलाह। फेर कहलनि, ''ओ मरि जायत, मुदा, घुरि क' नैहर नहि जायत। नैहर मे सतमाय छैक। बाप मरि गेलैक।''

''तखन ?''

''तखन की ? कोनो व्यवस्था कर' पड़त।''

''की व्यवस्था ?''

''तोहर बासन चौका करत, भौजीक सेवा करतनि, कोनो बरण्डा पर पड़लि रहत... ।''

अपन दोकान आबि गेलहुँ, ''प्रभात होटल'। एक्कोटा गाहक नहि छल। एहन कुबेर-कुसमय मे के चाह पीब' आओत ? रमसरना आ गुलटेन बड़का होटलिया चूल्हा लग बेंच पर बैसल बीड़ी पीबि रहल छल। हमरा अबैत देखि बीड़ी फेकि देलक। आश्चर्य भेलैक, एतेक राति क' मालिक की कर' आयल छथि ? कुर्सी पर बैसि क' लोकनाथ बजलाह, ''रामसरन, खूब गरम-गरम दू टा चाह बनाबह ! आ देखह, दूध कने बेसी क' दिहक।''

हम सोच मे पड़ि गेलहुँ। सीता कतेक दिन सँ कहैत छथि, एकटा दाइ राखि लिअ' ! मुदा, दाइ किएक राखब ! तीन प्राणीक लेल दाइ-नोकरक कोन काज ? होटल मे दूटा नोकर अछि। एकटा भनसिया। रामजी, हमर भातिज सेहो होटल मे रहैत छथि। तखन, आँगन मे दाइ रखबाक की लाभ ? रमसरना भोर-साँझ बासा पर जा क' बासन माँजि दैत अछि, कोइला फोड़ि दैत अछि, हाट-बजार करैत अछि।

''मुदा, एकटा स्त्रीक जीवन-मरणक प्रश्न छैक महेस्सर भाइ ! मददि नहि करबहक तँ ओ पानि-बिहारि मे भसिया जायति। मरि-हरि जायति...पटना-सहरक हाल-चाल तँ बूझिते छहक ?'' लोकनाथ ई एकटा गम्भीर कथा बजलाह। हरखित मंडल मरि गेल। अस्पतालक लोक सभ चन्दा जमा क' ओकर दाह-संस्कार कयलक। पतिया बसात-बिरड़ो मे सुखायलि पात जकाँ भसिया गेलीह। चारि दिन कमर्सियल बैंकक एकटा किरानी महोदयक बासा पर रहलि। किरानीक बासा मे एक्कोटा स्त्री लोक नहि। पुरुखे-पुरुख। ओहि ठाम सँ पड़ा क' एकटा सिक्ख ड्राइवरक डेरा मे आयलि। डेढ़ मास रहलि। ड्राइवर साहेब राति मे दारू पिबैत छलाह। अपन स्त्री आ बच्चा सभ संग मारि-पीट करैत छलाह। पतिया केँ सेहो कोनो राति दू-चारि थापड़-लात लागि जाइक। ओहू ठाम सँ पड़ायलि। कत' जाय ? की करय ? कोनो गृहस्थ गृहिणी एहन पाकल आ एहन असहाय युवती केँ अपन बासा मे नौड़ियो राखय नहि चाहत; के जानय, कखन 'हुनकर' मोन हाथ सँ बेहाथ भ' जाइनि...। पतिया सुखायल पात जकाँ भसियाइत रहलि। एहि गली सँ ओहि गली, एहि अन्हार घर सँ ओहि अन्हार घर। कतहु दू दिन रहल, कतहु एक उखड़ा। तकरा बाद तकैत-तकैत लोकनाथक दोकान पर आयलि काल्हि साँझ खन। लोकनाथक कर्म नीक छलनि, दोकान पर तखन क्यो नहि छल। मालिक कलकत्ता गेल छलाह। बुन्नी-पानिक कारणेँ दोकान पर भीड़ नहि। लोकनाथ पहिने तँ नहि चिन्हलथिन, मुदा, चिन्हबा मे बेसी देर नहि लगलनि। अस्पताल मे हरखित मंडल केँ देखबाक लेल एक बेर लोकनाथ गेल छलाह। तकरा दोसर दिन दुपहर मे पतिया

दोकान पर आयलि छलि, तीनटा टाका मांगि क' ल' गेल छलि। हरखितक दाह-संस्कार मे लोकनाथ नहि गेलाह। दाह-संस्कारक उपरान्त पतिया कत' चल गेलि, सेहो हिनका बूझल नहि छलनि।

एक बेर लोकनाथ मीठापुर गेलो छलाह तँ ज्ञात भेलनि, एक मास सँ पतियाक कोनो पता नहि। अकास मे उड़ि गेलि, कि पताल मे बिला गेलि। काल्हि साँझ खन पतिया केँ एहि ध्वस्त हालति मे देखि क' लोकनाथ केँ बेसी आश्चर्य नहि भेलनि। एहन खिस्साक यैह अन्त होइत छैक। मुदा, लोकनाथ बजलाह, ''पतियाक खिस्सा की कहू भाइ ! अहाँ बुद्धिमान लोक छी, सभ बात बुझैत हेबैक। हम ओकरा किताबक गोदाम मे राखि देलिऐक। कहलिऐक, ''तों तावत एहि ठाम रह। कोनो ने कोनो बेबस्था भ' जयतौक। कनला सँ कोन लाभ ?'' राति भरि ओही ठाम रहलि। भरि दिन ओही ठाम रहलि। एखनो ओही ठाम अछि। आब अहीं कहू, हम ओकरा कत' बैला दिऐक ?... आ, असली बात ई भेल, जे आइ साँझ खन मालिक हमर, कलकत्ता सँ घूरि आयल छथि। काल्हि भोर दोकान पर औताह। नव किताब सभ अनने छथि, से सभ गोदाम मे रखताह...।

किताबक एकटा गेंट पर माथा रखने, अखबार ओछा क' पतिया निन्न अछि। देह उघार भ' गेल छैक। घाम सँ चेहरा भीजल। आँखिक पकोट बन्द। मास, डेढ़ मासक एहि छिछिअयनी मे, पलायन मे, प्राण रक्षाक लेल घिघरी कटैत पतियाक देह नहि टूटल छैक। गामक माटि-पानि सँ गढ़ल गेल देह केँ टुटबा मे एक जुग, दू जुग, तीन जुग लागि जाइत छैक। हम आ लोकनाथ केबाड़ लग ठाढ़ छलहुँ। कनेके लजाइत-सन स्वर मे लोकनाथ बजलाह, ''एहन, जोआयल महींस खुट्टा सँ बान्हि क' नहि राखल जाय...।''

मुदा, हुनकर वाक्य सम्पूर्ण नहि भेलनि। हमरा दिस ताकि क' ओ चुप्प भ' गेलाह। हम पतियाक विषय मे नहि, नारी-शरीरक विषय मे सोचि रहल छलहुँ। सोच फिकिर मे पड़ि गेल छलहुँ। एहने नारी शरीरक कारणेँ संसार मे दू वस्तुक उत्पादन होइत अछि। एकटा साहित्य, कला, नृत्य आ संगीत। आ, दोसर, ''क्राइम'। 'क्राइम' माने विग्रह, खून-खराबी, दंगा-फसाद, आ एकरा संग आरो कतेक उत्पात। राम-रावण युद्धक मूल आग्रह की सीताहरण नहि छल ? क्लियोपैट्राक एकटा मुस्कीक कारणेँ मिस्र देशक इतिहास बदलि गेल। हेलेनक एकटा आलिंगनक कारणेँ ट्राय-साम्राज्य ध्वस्त भ' गेल। नारी-शरीर नहि हो, तँ कविता, चित्रकला, मूर्तिकला, नृत्य, संगीत, सभ टा निरस आ निष्प्राण भ' जायत। जेना निरस आ निष्प्राण भेल सूतलि अछि हरखित मंडलक ई विधवा स्त्री, पतिया !

जेना कतेक मासक बाद पतिआ केँ भरि निन्न सुतबाक अवसर भेटल हो। चारू कात, किताबे-किताबक ढेरी। कोर्सक किताब, उपन्यास, कविता-संग्रह, आ 'थीसिस'क मोट-मोट ग्रन्थ। पतिया सूतलि अछि। लोकनाथ पुछैत छथि, ''की महेस्सर भाइ, की

विचार ? एहि अनाथ केँ आश्रय देबहक ?...एहि गोदाम सँ तँ एकरा हटाबहि पड़त, भोर सँ पहिने।''

एकटा ग्रामीण स्त्री छोट जातिक, जकरा देह मे गामक गाय-माल आ आम-जामुनक गन्ध, जकरा मोन मे एखनो कोनो ठाम पसरल होयतैक खेत-खरिहान, बोनि आ पनिपिआइ। से ग्रामीण स्त्री मोट-मोट ग्रन्थक बीच मे पड़लि अछि, द्यूत-क्रीड़ा मे बिका गेलि द्रौपदी जकाँ। मुनिक श्राप सँ पाथर भेल अहल्या जकाँ। हमरा आब चुप नहि रहल गेल। सीता केँ कोनो आपत्ति नहि होयतनि। ककरो कोनो आपत्ति नहि होयतैक। रमसरना केँ बासाक बेगारी सँ छुट्टी भेटि जयतैक...।

हम बजलहुँ, ''काल्हि भोर मे हिनका हमरा बासा पर लेने आबह। अपन भाउज केँ सभटा गप्प कहि दहुन। ओ तोहर बात मानि लेथुन।''

''नहि, से सम्भव नहि होयत। हमरा आइये राति मे पतिया केँ एहि ठाम सँ हँटा देब' पड़त। आइये राति। भोर मे जँ मालिक देखलनि, जे हम एकटा जहाज-सन मौगी केँ किताबक दोकान मे बन्द राखने छी, तँ हमर नोकरी खतम भ' जायत। लोकनाथ उताहुल होइत बजलाह।

पतिया जागि गेलि। अपरिचित व्यक्ति केँ देखि हड़बड़ा क' उठलि, आँचर सम्हारैत, लजायलि, ठाढ़ि भ' गेलि। लोकनाथ गोदामक भीतर गेलाह। पतिया केँ हमरा विषय मे बुझाब' लगलथिन जे हम के छी, आ हम कोना ओकरा आश्रय द' रहल छिऐक ! पतिया एक बीत घोघ तानि क', हमरा दिस पीठ कयने ठाढ़ि रहलि। आँगी नहि पहिरने अछि। मुदा, नूआ तेहन मैल नहि छैक। हम बाहर दोकान मे चल अयलहुँ। दोकानक आन कर्मचारी, अर्थात नोकर जा चुकल छल। ताला-चाभी, लोकनाथक कब्जा मे रहैत छनि। एही ठाम, दूटा टेबुल जोड़ि क' ओछान ओछा क', ओ राति आ जीवन कटैत छथि। लोकनाथ हमरा सोर कयलनि। बजलाह, ''महेसर भाइ ! एम्हर आबह। पतिया केँ सभटा गप्प बुझा दहक।'' हम फेर गोदाम मे गेलहुँ।

''ई हम्मर अपने जेठ भाइ जकाँ छथि। हिनक बासा मे तों रहबें। बासन माँजब, घर बहारब, परिवारक सभटा काज तोरा कर' पड़तौक। मलिकाइनक पयर जाँत' पड़तौक। मालिक जे कहथुन, सभ करबें। करबें ने ?'' लोकनाथ पुछलथिन। पतिया एक बेर कनेके घूमि क' एक नजरि हमरा देखलक। आधा केस हमर पाकि गेल अछि। बूढ़ नहि भेल छी, मुदा एक तरहेँ, बूढ़-पुरान भ' गेल छी। चेहरा-मोहरा देखि क' क्यो हमरा चोर-लफंगा नहि कहत। कनिएँ टा धोधि सेहो अछिये, प्रतिष्ठाक चिह्न जकाँ।

पतिया मूड़ी निहुरा लेलक। बाजलि एक्को आखर नहि। लोकनाथ दोसर बेर पुछलथिन। तेसर बेर। चारिम बेर। जखन क्रोधित भेलाह, तँ ओहिना घोघ मे मूड़ी नुकौने बाजलि, ''जे कहताह, से काज करब।''

प्राण-रक्षाक लेल उच्छिष्टो खायब, सड़लो-पाकल खायब अनुचित नहि थिक, ऋषि-मुनि सैह कहैत आयल छथि। प्राण रक्षाक लेल पतिया, जे कहल जाइक, सभ काज करबाक लेल प्रस्तुत अछि।

दूटा रिक्सा आनल गेल। लोकनाथ दोकान मे ताला लगौलनि। पतियाक संग रिक्सा पर बैसि गेलाह। दोसर रिक्सा पर हम छलहुँ। बरखाक वेग समाप्त भ' गेल छल, परंच, पानि पड़ि रहल छल। हल्लुक बुन्नी, अछार नहि। हमरा बासा लग रिक्सा रोकल गेल। लोकनाथे रिक्साक भाड़ा देलथिन–चारि-चारि आना। नहुएँ स्वर मे बजलाह, ''भाइ, आब एखन हम जाइत छी। भोरे आयब। भौजी अवश्श मानि जयतीह। सभटा हाल हुनका हम कहबनि।'' आ, एतबा कहि उनटे पयरेँ घूरि गेलाह। पानिक वेग बढ़ि गेल छलैक।

चारू कात सभ लोक अपन-अपन घर मे केबाड़ ठोकि सूतल अछि। कोनो आँगन मे बिजली किंबा लालटेम नहि जरैत छैक। बरण्डाक देबाल सँ सटि क' सूतल अछि एकटा कुकूर। भिजैत। थर-थर करैत। पतिया भीजि रहल अछि। हमरा सूझि नहि रहल अछि, गृह-प्रवेश कोना कयल जाय ? अपन कोठली मे सीता निन्न छथि। नाक बाजि रहल छनि। भरि राति सीताक नाक बजैत रहैत अछि। एहि नाक-बजबाक भय सँ त्रस्त हम दोसर कोठली मे सुतैत छी। एखन दुनू कोठली भीतर सँ बन्द अछि। केबाड़ खटखटा क' हम सीता केँ उठबियनि, तँ पतिया केँ देखि क' ओ की बजतीह ? कोना क्रोधित होयतीह ? कोना कहतीह, ''एतेक राति मे, कत' सँ एहि घर-फोड़नी केँ उठा अनने छी ? के थिक ई राच्छसनी ? के थिक ? बाजू ने, के थिक ? सकदम्म किऐ भ' गेल छी ?...तोहीँ बाज ने गे मुँहझौंसी, की लेब' आयल छेँ ?''

आ सीता एहन स्वर मे, एहन संगीतबद्ध ढंग सँ ई सभ बात कहतीह, जे देबालक ओहि पारक, शर्मा जी जागि जयताह, आ सामने वला घरक बाल बच्चा समेत सभ लोक अपना बरण्डा पर चल आओत, तमासा देखबाक लेल। दिन देखारे कैक बेर सीता दाइ एहन तमासा लगौने छथि। एक बेर तँ अपन छोटका बक्सा माथ पर उठा क' दिल्लू केँ घिसियबैत, मेलाघुमनीक भेस मे, हमरा सँ घनघोर झगड़ा क', सीता दाइ नैहर पड़ायल जाइत छलीह। शर्मा जीक स्त्री आबि गेलीह। बुझब' सुझब' लगलथिन तँ सीता हुनको सँ गारि-गरौअलि क' लेलनि। इज्जति नहि बाँचल। गली मे ठाढ़ भेल अड़ोस-पड़ोसक लोक व्यंग्य बान छोड़' लागल। मुदा, संजोग सँ ओही काल लोकनाथ आबि गेलाह, आ अपन भाउजक हाथ पकड़ि क', माथ परहक बक्सा छीनि क' हुनका घिचने भीतर आँगन चल गेलाह। गप्प थोस-थाम कयल गेल।

जँ सैह तमासा सीता एखन एहि प्रलय-रात्रि मे आरम्भ क' दैथि ? लोक की कहत ? लोक कहत, ''प्रभात होटलक मालिक, आ कि महेश्वर झा कतहु सँ एकटा माउग बझा क' अनने छथि, आ तेँ धरमपत्नी भागल जाइत छथिन। अतएव, रुमाल सँ भीजल चेहरा पोछैत, जड़ाइत जकाँ, हम पतिया केँ कहलिऐक, ''अहाँ देबाल सँ सटि क' ठाढ़ि रहू। हम केबाड़ फोलबबैत छी, केबाड़ फोला क' हम भीतर जायब। अहाँ नुकायलि रहब। फेर, कने कालक बाद हम अहाँ केँ भीतर ल' जायब। तकरा बाद देखल जयतैक। अहाँ केँ अनने छी, तँ हम शरण अवस्स देब ! धोखा नहि करब !''

पतिया देबाल सँ सटि क', पाथरक मुरुत जकाँ ठाढ़ि भ' गेलि। पानि फेर मुसलाधार बरस' लागल। कड़ियल झपास आ पानिक अधसेरा बुन्न, जेना पाथर खसैत

हो। जोर सँ दू-तीन बेर बिजुरी चमकल। कोनो आन गाम मे ठनका बजरल होयतैक। पतिया देबाल मे समा गेल, सटि क' एकाकार भ' गेल। पतिया स्त्री नहि थिक, हमरा ओही एक छन मे भान भेल, पतिया देबालक एकटा मनुक्खाकार पजेबा थिक, कारी पजेबा, तीन हजार बर्ख पुरान।

ई पजेबा वैशालीक एकटा ग्राम-कन्याक देह पर खसल तँ ओ आजातशत्रु राजा आ गौतम बुद्ध संन्यासीक राजसी आ मानसी भ' गेलीह। ई पजेबा बंगालक एकटा महारानी राममनिक माथ पर खसलनि, तँ ओ परमपुरुष रामकृष्ण परमहंसक पोषिका आ भक्त शिरोमणि भ' गेलीह।

ई पजेबा की थिक ? ई पजेबा थिक, पतियाक सौंसे देह, आ देहो सँ बेसी, बिजुरीक क्षणिक इजोत मे चमकैत पतियाक मुइल माछ सन आँखि। एहि आँखि मे जीबाक, जीवन देखबाक आ सहैत रहबाक लालसा अछि। तेँ मुइल माछ चमकि जाइत अछि, छटपट करैत अछि।

अन्त मे, बड़ी कालक बाद, केबाड़ फूजल। ओंघी आ पसेना सँ लथपथ सीता आँखि मीड़ैत बजलीह, ''माय गे ! एतेक राति हो गीया ? कत' छलौं ? खाना त' बरफ हो गेल होयत। चलू, खा लिअ', हमको निम्न लागल अछि।'' हम कतबो कहलियनि, हम नहि खायब, नहिएँ खायब, मुदा के मानैत अछि ? हम धोती उतारि क' लुंगी आ सुखायल अंगा पहिरलहुँ। दू-चारि-दस क'र खयबो केलहुँ। हाथ धो क' अपन कोठली मे अयलहुँ, ओछान झार' लगलहुँ, जे आब बत्ती मिझा क' सीता दाइ सूतथि आ हम बरण्डाक नीचाँ, देबाल लग घनघोर पानि से भिजैत पतिया केँ भीतर ल' आनी।

मुदा, सीता बासन-बरतन सरिया क' बरफ भेल दूधक बड़का गिलास लेने हमरे कोठली मे चल अयलीह। हम नाक-मुँह बन्द क', एक्के घोंट मे गिलास पीबि गेलहुँ, जे आबो ओ अपन कोठली मे जा क' सूति रहथि। सीता दाइ चौकी पर बैसि गेलीह। कहलनि, ''एकटा बात कहबाक अछि। अहाँ सूनब ?'' हम आश्चर्य चकित भेलहुँ। सीता एहन प्रेमपूर्ण शब्द मे कहियो गप्प नहि करैत छथि। आइ आधा राति बितलाक बाद एहन प्रेम किएक ?

''कहू, की कहबाक अछि ? हम सूतब, मोन ठीक नहि अछि।''

''पानि मे भीजब तँ ऐसन काहे न होगा ? देह के खियाले नै रखैत छी अहाँ।''

''की कहबाक अछि ?''

''अहाँ सूनब ?''

''अहाँ कहब तँ सुनबे करब'' हम बजलहुँ, आ तकिया पर मूड़ी राखि क' चित्त पड़ि रहलहुँ। सीता सिरम लग बैसलि रहलीह। बहार मे देबाल सँ सटल, पाथरक नहि, कारी माटिक एकटा मुरुत भीजि रहल अछि। भीजल जा रहल अछि। पानिक बताह झटका सँ गलि रहल छैक ओकर सम्पूर्ण अस्तित्व। कनेल काल धरि ओहिना लजाइत रहलाक बाद सीता दाइ बजलीह, ''सुनै छी...अहाँ दोसर बियाह क' लिय'। हमरो सँ अहाँ सम्हरैत नहि छी।'' हमरा मोने मोन हँसी लागल। मुदा, हँसल नहि भेल। हम हँसि दितहुँ

तँ ओ खौंझा जाइतथि। गप्प बेगप्प भ' जाइत। तेँ, हम पुछलियनि, "से की ?" सीता बड्ड गम्भीर रूप धारण कयलनि। गम्भीर आ रहस्यमय, अप्पन स्वाभावक एकदम्मे विपरीत।

"हमरा आब सन्तान नहि होयत। तखन की, एक्केटा दिल्लू केँ ल' क' अहाँ जीवन काटब ? एकटा आरो शादी क' लिअ'।"

"अहाँ बताहि भ' गेलि छी ?"

"हम बताहि नहि छी। अहाँ कनिएँ नीक जकाँ एकरा पर ध्यान दियौ। एक्केटा सन्तान सँ बूढ़ अवस्था मे काज नहि चलत।"

"जाउ अहाँ आब सूतू। भोरे गप्प करब।"

आर कनेके काल धरि, यैह सब कवित्वपूर्ण गप्प-शप्प क', सीता अपन कोठली मे चलि गेलीह। बत्ती मिझा लेलनि। हम अपन ओछाओन पर मटिया क' सूतल, सीताक फोंफ काटबाक प्रतीक्षा कर' लगलहुँ। नाक निन्नेटा मे बजैत छनि। नाक बाजय, तँ हम पतिया केँ कोठली मे बजा लेब। तकरा बादे सोचब-विचारब, आब की कयल जाय ! मुदा, बड़ी काल धरि सीता जागल रहलीह। एक बेर पानि पीबाक लेल उठलीह। तकरा कनेक कालक उपरान्त नाकक तार-स्वर प्रारम्भ भेल।

सीता आब भोर सँ पहिने एक्को बेर नहि उठतीह आ लोकनाथ भोरे औताह। भोर होयबा मे आब कतेक देरी छैक ? कतेक राति बीति गेल अछि ? कतेक राति ? कतेक ?

बत्ती बारि क', केबाड़ खोलि क', हम बाहर अयलहुँ। पतिया ओहिना देबाल लग ठाढ़ि छलीह, थरथराइत। पानिक गाछ बनलि। कारी बसात, पानिक झटका, आ पाथरक ढेप सन-सन बुन्न। हम हाथ सँ इसारा कयलहुँ, "चलि आउ, जल्दी चलि आउ। पतिया आबि जाउ।"

पतिया हमरा लग आबि क' केबाड़ लग ठाढ़ि भ' गेलि, जेना बाढ़ि मे मातल कोनो नदी मे दहाइत कोनो लहास, कोनो एकटा गाछक बहैत डारि मे लसकि जाइत अछि। लहासे जकाँ दहाइत पतिया। कोठली से आबि क' ओ दाँत कटकटब' लागलि। देह थरथर काँपि रहल छनि। आँखि मे धधरा धधकि रहल छलनि। मलेरियाक मारल लोक एहिना धधकि जाइत अछि। पतिया धरती पर बैसि रहलि। ठाढ़ रहल नहि गेलनि। देबाल सँ कटि क' बैसैत, पतिया बजलीह, "हमरा जाड़ होइए। बड्ड जाड़।"

बक्सा फोलि क' हम अपन धोती बहार कयलहुँ। धोती, आ एकटा चद्दरि। कहलियानि, "लिअ'। पहिरि लिअ'। हम बाहर जाइत छी।" आँगनक बरण्डा पर अयलहुँ। जँ ओसारा पर, अलगनी पर सीताक कोनो सुखायल ब्लाउज आ पेटीकोट राखल होइतनि तँ आनि क' हिनका देबनि। बाहरे सँ सीताक सूती ब्लाउज आ छीटक पेटीकोट कोठली मे फेकि क', हम बरण्डा पर टहलैत रहलहुँ। एक बेर सीताक कोठली मे गेलहुँ। सीता निन्न मे डूबलि छथि। उठबाक कोनो सम्भावना नहि। नाक बाजि रहल छनि। ठण्डक कारणेँ दिल्लू ओछाओन भिजा देने अछि। बत्ती मिझा क' हम अपन कोठली मे चलि अयलहुँ। तावत हमरा ओछाओन मे सँ एकटा कम्बल घीचि सिमेण्ट पर

पसारि क' आ चद्दरि सँ हाथ-पयर झाँपि क' पतिया सूति रहलि छथि।

ओ चद्दरिक तर मे थर-थर क' रहल छलि। दाँत कट-कट करैत। बीच-बीच मे गोंगिआइत, जेना क्यो हुनकर कण्ठ दाबि रहल हो। हमर पाँच सेर तूर वला सीरक एक कोन मे बान्हल राखल छल। हम बाहर कयलहुँ। ओढ़ा देलियनि। सीरक ओढ़यबा मे पतियाक देह सँ हाथ भीड़ि गेल। पतियाक देह कोइलाक आगि जकाँ धधकि रहल छल। फेर, छूबि क' देखलियनि एक सय तीन, एक सय चारि डिग्री बोखार तँ अवस्से भ' गेल छनि। पुछलियनि, ''बोखार भ' गेल अछि ? बड्ड जाड़ होइए ? दम्म साधि क' सूति रहू। भोर धरि बोखार छूटि जायत।''

ओ दाँत कटकटबैत रहलि। कोनो उत्तर नहि देलनि। वर्षा समाप्त भ' गेल। हम बत्ती मिझा क' अपन चौकी पर सूति रहलहुँ। विचारैत रहलहुँ—भोर खन कोन तमासा होयत ? की होयत ? सीता की करतीह ? एकटा छोटका जातिक स्त्री भरि राति हमरा कोठली मे धरतीए पर किएक नहि, सूतलि अछि, ई समाचार सूनि क' सीता दाइ कोन भाषा मे गप्प करतीह। मैथिली मे, कि फारसी मे ? ई क्यो नहि पूछत, जे पतिया केँ कतेक बोखार छनि ? सभ यैह बूझत, बोखार एकटा तमासा थिक।

सीताक नाक निरन्तर राति सँ बाजि रहल अछि। बूढ़ि दादीक चर्खा जकाँ। घर्र...घर्र...घर्र...। आ एहि कोठली मे धरती पर सूतलि पतिया बोखारक गर्मी मे बेहोस भेलि, अर्र-दर्र की कहाँ बाजि रहल छथि, ''मरि गेलहुँ गे माइ, आब नहि, आब दोसर लोक नहि...हे भगवती, हमर प्राण बचा लिअ', हमर प्राण...हमरा मारू जुनि, हे भगवती, हमरा जीब' दिअ' !...हमरा तेयागि क' कत' चलि गेल' हौ हरखित मड़र, हौ हरखित कत' गेल' हौ ? जय भवगती, जय भगवती, जय, जय...माइ गे माइ...हमर हाथ छोड़ि दे, रे पपिअहबा, हम्मर चूड़ी फूटल अछि रे, हमर हाथ छोड़ि दे, रे कुकुर बताह छै, हम्मर हड्डी खाइ छै, कुकुर बताह छै...हमर सोनित पीबै छै...।''

हमरा एहू हाल मे निम्न आबि गेल। वयस आब कम्म नहि भेल। पानि मे हमहूँ भीजल छी। देह हमरो गरम अछि। निन्न पड़ि गेलहुँ। पतियाक हाहाकार, सीताक नकबाजा, बसात, पानि, तरुआरि जकाँ चमकैत बिजुरी, सभटा हमरा लेल निन्नक अथाह समुद्र मे डूबि गेल। भोर कखन होयत ? कखन ?

रौद उगलाक बाद हमर निन्न खुजल। लोकनाथ आबि चुकल छलाह। अप्पन भाउज सँ पूछि रहल छलाह, ''ओ कत' गेलि ? कत' बिला गेलि ? भौजी, अहाँ बड्ड खराब काज कयलहुँ। अहाँ ओकरा कत' बैला देलियैक ?''

''हम कहिलयैक। जहाँ से आयल छेँ, वहीं चल जो। हमारा घर मे आग मत लगा। भागि जो यहाँ से। हम कहलियैक आ ओ हिनकर धोती आ हमारा बिलाउज उतारि कर के, अपन गुदरी-चेथड़ी पहीर करके चल गेल। तखन तँ पूरा-पूरी भोरो नहि भेल छल।''

सीता दाइ पाइप लग बैसलि अपन ब्लाउज मे साबुन लगबैत बजलीह।

हमर निन्न भक्क सँ फूजि गेल। हम साकांक्ष भेलहुँ। पतिया पड़ा गेलि ? बोखारक एहन हालति मे सीता ओकरा भगा देलथिन ? हे ईश्वर ! लोकनाथ कनिएँ तीव्र स्वर मे पुछलथिन, ''अहाँ एक बेर महेस्सर भाइ केँ उठा क' जिज्ञासा किएक नहि कयलहुँ ? हमरा किएक नहि बजा पठौलहुँ ?

सीता ब्लाउज पटकब बन्न कयलनि। साबुन वला हाथ धो क' ठाढ़ि भ' गेलीह। झगड़ करबाक स्वर-शैली मे बजलीह, ''साहेब, अहाँ हमको एतना बेकूफ बुझते हैं, हम ओइ छिनारी मौगी केँ अपन सौतिन बना लेते ? ओकरा हमारा ऊपर राज कर' दितियै ? हम एतेक बेकूफ नहि छी साहेब।''

हम एक बेर फेर आँखि मूनि क' सूति रहबाक चेष्टा कयलहुँ। रौद भ' गेल अछि मुदा, हम घोर निद्राक समुद्र मे डूबि जाए चाहैत छी। लाजक रक्षा आर कोना होयत ?

—मिथिला मिहिर /12 सितम्बर, 1965

घड़ी

संसार मे साधारणतः दुइए प्रकारक लोक होइत अछि—एकटा लोक जे घड़ी देखि क', राति आ राति-दिनक काज करैत अछि...आ, दोसर प्रकारक लोक जे हाथि मे, देबाल मे, टेबुल पर टांगल-राखल घड़ीक काँटा अपना मोने, अपन इच्छाक अनुसारेँ, घुमा लैत अछि...अर्थात् जखन हमर निन्न फूजत तखने भोर होयत, तखने सवा सात बाजत !

जखन हम सौंसे नगरक तिरपेच्छन क' अपन बासा घुरब, थाकल, ठेहिआयल, औंघी आ भांगक निसाँ मे मत्त भेल, अन्हार रस्ता-सड़कक अन्हार मे डूबल, भासल जाइत, तखने चन्द्रमा उगत, तखने बाजत सात, अथवा सवा सात...रजनीकान्त एहने प्रकारक व्यक्ति छलाह। आन सभ बात मे मैथिल, मात्र एहि बात मे मध्यमवर्गीय मैथिल संस्कार सँ मुक्त !

आन सभ बात मे रजनीकान्त...माने प्रोफेसर रजनीकान्त, साढ़े सैंतीस आना मैथिल छलाह...स्वभाव मे, दैनन्दिन चरित्र मे ! मुदा, ओ घड़ी देखि क' कोनो काज नहि करताह। जँ सम्भव हो तँ घड़िए हुनका देखि क' अपन गति आ अपन दुर्गतिक निर्णय करत।..अतएव, राजेन्द्र नगर मोहल्ला मे सड़क नम्बर 30, मकान नम्बर 143 मे एक सय बीस टाका किरायाक बासा मे रहनिहार प्रोफेसर रजनीकान्त झा, एम.ए., भूगोल विभागक अध्यापक, आन सभ किछु रखैत छलाह, मुदा अपना बासा मे एकटा घड़ी (ने देबाल पर आ ने टेबुल पर) नहि रखैत छलाह। घड़ी किएक रखताह ?

2

रजनीकान्तक परिवार... स्त्रीक नाम चन्द्रमुखी, आ पाँचो सन्तानक नाम जया, विजया, विद्या, राकेश आ चन्द्रेश; जया तेरह बर्खक बालिका...चन्द्रेश चारि बर्खक बालक... रजनीकान्तक विधवा मौसी उर्मिला देवी (एकटा प्राइमरी स्कूल मे मास्टरनी...अधवयसू, मुदा देह-दशा एखनो तेजस्वी !)...नोकरक नाम पंचा धानुक, चन्द्रमुखी सतरह-अठारह बर्खक एहि बहसल देहाती छौंड़ा केँ नैहर सँ अनने छथि...रजनीकान्तक परिवार मे ककरो कोनो दुःख आ अभाव नहि छैक। कारण एतबे जे रजनी पर्याप्त टाका-पैसा अनैत छथि...टाका, आ यश-प्रतिष्ठा !

टाकाक ओछान पर सुतला सँ सभक पीठ मे 'गुदगुदी' लगैत छैक...टाका, दसटकही

नोटक थाक, कोनो प्रतिष्ठित बैंकक 'चेकबुक' पाबि कोनो आँखिक नोर गुलाबी मुस्की बनि जाइत अछि। चन्द्रमुखी कनियाँ केँ आन कोनो सन्ताप नहि...सदिखन 'गुदगुदी', सदिखन गत्र-गत्र मे राग आ अनुराग...केवल एकटा सन्ताप।

'टाइम पर कोनो काज नहि करताह। खयबाक ठीक नहि, सुतबाक ठीक नहि। 'हेल्थ' चौपट्ट भेल छनि...जे आदमी 'टाइम' पर बासा नहि घूरत, टाइम पर खायत-पिअत नहि से बीमार किएक नहि रहत ? चन्द्रमुखी अपन पड़ोसिया, श्रीमती राधारानी केँ अपन दुखड़ा कहैत छथि।...इएह एकटा सन्ताप, एक्के टा इएह दुखड़ा...।

एक राति रजनीकान्तक ओछान पर बैसि क' स्नेह आ लज्जामय वाणी मे चन्द्रमुखी बजलीह, ''एकटा घड़ी कीनब जरूरी अछि !...जया-विजया केँ रोज स्कूल जयबा मे लेट भ' जाइत छनि।...की 'टाइम' भेल अछि, बुझना नहि जाइत अछि। एकटा देबाल घड़ी अथवा 'टाइम-पीस'...।'' रजनीकान्त तखन कोनो उत्तर नहि देलखिन। चुप्पे रहि, किताब पढ़ैत रहि गेलाह।

'घड़ी' नामक वैज्ञानिक यन्त्र सँ प्रोफेसर रजनीकान्त घृणा करैत छथि...ई बात पटना-नगर मे, मैथिल-समाजक सभ लोक केँ बुझल छैक। ''रजनी बाबू अपनेक घड़ी मे की समय भेल अछि ? कतेक घण्टा बाजि क' कतेक मिनट ?...कतेक सेकेण्ड ?'' ई प्रश्न सुनि क' रजनीकान्त आबो क्रोधित भ' जाइत छथि।

3

'हरि अनन्त हरिकथा अनन्ता' एहि लोकोक्ति मे हम एतबे परिवर्तन कर' चाहैत छी जे हरिकथा आ मनुक्खक कथा मे कोनो भेद, कोनो अन्तर नहि छैक। हम सभ मनुक्ख छी...माने, हमरा सभक देह आ आत्मा मे मात्र हरि, मात्र देवता नहि दैत्य आ राक्षसक निवास-स्थान सेहो अछि। अस्तु हमरा सभक कथा...हमरा सभक व्यक्तित्व आ सामाजिक चरित्रक कथा अनन्त अछि, हरिकथा सँ बेसी अनन्त !

आ एही अनन्तताक कारणेँ प्रोफेसर रजनीकान्त, हाथ-घड़ी अथवा जेब घड़ी नहियो राखि क' ठीक समय पर ठीक सात बजे साँझखन, प्रति दिन, बारहो मास, तीन सय पैंसठियो दिन मोसल्लहपुर-महल्लाक एकटा नवका मकान मे पहुँचि जाइत छथि। ठीक सात बजे साँझ मे...।

4

पछिला तीन बर्ख सँ रजनीकान्त एहि मकान मे अबैत छथि। पहिल बेर हमरे संगेँ आयल छलाह।...आब ठीक सात बजे साँझ मे, जहूरन सँ भेँट करबाक लेल ओ एकसरे आबि जाइत छथि।

जहूरन...माने, जहूरनी चूड़िहारिन ! बेनीपट्टी थाना मे धुनियाँ जोलहा आ चुड़िहार सभक एकटा मुसलमानी बस्ती, सलीमपुर...मुदा सलीमपुर मे आ सवर्ण मैथिलक कोनो गाम मे जेना, धकजरी, जेना चानपुरा कोनो भेद नहि–ने संस्कारक, आ ने व्यवहारक !... सलीमपुर गामक मुसलमान, धुनियाँ, चूड़िहार, जोलहा, शेख, सैयद सभ मात्र नामेक लेल मुसलमान। नाम आ धर्मक लेल अमजद मियाँ पाँच बेर नमाज अबस्स पढ़ैत अछि...मुदा, अमजद मियाँ अपन ढोलक आगि पर सेदि क' 'लोरिक' आ 'सलहेस' सेहो गबैत अछि। 'लोरिक-सलहेस' आ 'मानिकचन्द-बिरहा' आ 'पराती' गयबा मे अमजद मियाँ सौंसे परगन्ना मे नामी लोक !

बूढ़ बयस मे आबि क' पचीस बीघा खेत आ सात बीघा खरहोड़िक मालिक अमजद मियाँ एकटा 'बूढ़सन' काज कयलक। ई काज भेल जरैल गामक दरोगनी चूड़िहारिनीक बेटी जहूरनी सँ निकाह। एहि निकाह आ एहि बिआहक पन्द्रहमे दिन जहूरनी सलीमपुर चलि आयलि।

जहूरनीक अंग-अंग मे मैथिल सुन्दरताक चंचल कोमलता...माटिक गन्ध, फूल-पातक गन्ध आ जहूरनीक आँखि मे, देहक ऊँच-नीच मे, प्राण मे मुसलमानी अमलक मुगल-राजकन्या पवन-सुन्दरीक पिपासा, आलस्य, रंग-रूप, आ यौवन...जहूरनीक विषय मे बनाओल गेल एकटा 'फकड़ा' इलाका भरि मे प्रसिद्धि-प्रचलित भ' गेल–

कन्ही घोड़ी लाल लगाम
कौआ भागेँ पाकै आम
बुढ़बा अपने छाती पीटय
पटपट-पटपट छाती पीटय
गामक छौंड़ा चोभै आम
कन्ही घोड़ी लाल लगाम
कौआ भागेँ पकलै लताम

ई 'फकड़ा' सुनि-सुनि क' जखन जहूरनी थाकि गेलि, क्रोध-व्यथा सँ बताहि भ' गेलि...ओ अपन पेटक इलाज करयबाक लेल अपन 'मालिक' अमजद मियाँक संगेँ पटना चल आयलि।

5

अमजद मियाँ जातिक चूड़िहार मुदा, सुखी सम्पन्न।...आठ-दस बर्ख पहिने, एक बेर बेनीपट्टी सँ पैरे बसैठ-हाट जाइत काल, अमजद मियाँक दलान पर हम कनिएँ काल सुस्तायल छलहुँ...टाटक ओहि पार सँ हुलकी दैत पुर्णिमाक चान सन एकटा चेहरा हम देखने छलहुँ आ ठाढ़ भ' गेल छलहुँ। पियास लागि गेल छल। जेठक दुपहरिया, चारू कात धुक्कड़ आ धधरा सन रौद ! हमरा कंठ मे आगि लेसि देने छल।

मुदा अमजद मियाँ अपन अधपाकल चुग्गी दाढ़ी पर हाथ पिजबैत बाजल, ''अपने कैँ हम पानी कैसे पिलायब ?...अपने बराम्हन कैँ बेटा, अन्सारी-चुड़िहार के घर मे पानी... !''

हम पियासल मरि जायब, परंच अमजद मियाँ हमर जाति-धर्म नहि लेत। हमरा एक लोटा पानि नहि पिआओत। हम बड्ड थाकि गेल छलहुँ। ओकरा सँ तर्क-वितर्क करबाक इच्छा नहि भेल।...चौकी पर बैसल हम अपन पियास आ हुलकी दैत पूर्णिमाक ओहि चानक विषय मे चिन्ता क' रहल छी। घाम सँ लथ-पथ अछि गत्र-गत्र।...मोन होइत अछि, अपना देह सँ चमड़ीक ई मोट खाल उतारि क' नंगटे भ' जाइ। नंगटे अपन हड्डीक 'फ्रेम' मे ठाढ़ भेल, हम मुँह खोलि क' राहु जकाँ, ओहि चन्द्रमा कैँ गीड़ि जाइ !...मोन होइत अछि, हम चन्द्रमा कैँ गीड़ि जाइ, आ नचैत रही। आइ भरि दुपहरिया, साँझ धरि अमजद मियाँक एहि खाली दलान पर नचैत रहि जाइ...ताता-थैया, तात-थैया, थैया, ताता-थैया...।

मुदा, किछुए काल बाद कारी घघरा पहिरने, सात-आठ बर्खक एकटा सुखायलि सन छौंड़ी एकटा थारी मे चारि टा गूड़क लड्डू, आ एक लोटा पानि लेने आयलि।... देस-विदेस घुरबाक कारणैँ हमरो जाति-कुजातिक कोनो ध्यान नहि रहैत अछि। हमरा लेल जेना अमजद मियाँ, ठीक तहिना बीलट झा ज्योतिषी। ठीक तहिना हमरा लेल जहूरनी-चूड़िहारिन, जेना मित्रवर रजनीकान्तक स्त्री चन्द्रमुखी !

6

अतएव, पटना आबि अमजद मियाँ सभ सँ पहिने हमरे 'खोज' कयलक, आ रिक्सा पर मोटरी-चोटरी, बक्सा-ओछाओन आ जहूरनी कैँ लदने हमरे बासा पर चल आयल।... मोसल्लहपुर हाट लग एकटा अनचिन्हार गली मे बीस टाका मासिक किराया पर एकटा कोठली लेल गेल। जहूरनीक इलाजक लेल कोन डॉक्टर कैँ 'फीस' देल जाय..., अस्पताल मे भरती होयब ठीक होयत की नहि...आपरेशन कहिया होयत, कोना होयत... ई सभटा काज-विचार हमरे पर छोड़ि देल गेल।

जहूरनीक बीमारी एतबे जे हुनका पेट मे एकटा 'पाथर'क गोला छनि। एहि पाथरक कारणैँ हुनक प्रान...।

7

एक रिक्सा पर हम आ जहूरनी, दोसर रिक्सा पर अमजद मियाँ, रत्नेश झा कम्पाउन्डर आ दुसाध खबास अस्पताल सँ घुरल अबैल छलहुँ, तखने प्रोफेसर रजनीकान्त झा एम.ए. भूगोल विभागक अध्यापक, पाँच सन्तान आ एकटा सुशीला सुन्दरी स्त्रीक कर्ता-धर्ता...एहि दृश्यावलीक नाटक मे प्रधान नायक जकाँ अवतीर्ण भेलाह।

रिक्सा पर हमरा संगेँ बैसलि, जहूरनी केँ देखि क' ओ आश्चर्य-चकित भ' गेलाह, आँखि हुनक उनटि गेलनि। नागरिक सभ्यताक सभटा सिमान केँ उल्लंघन करैत रजनीबाबू चिकरलाह, ''हे औ मीता...मीता !''

खजाँची रोड चौबटिया पर रिक्सा रोकल गेल। जहूरनी रिक्से पर बैसलि रहलि। हम सभ पानक दोकान पर अयलहुँ। रजनीबाबूक आज्ञा सँ हम सभ मगही-पानक चारि-चारि खिल्ली गाल तर दबौलहुँ।...अमजद मियाँ बड्ड उदास छथि। जहूरनीक खून, पेशाब, पैखानाक जाँच मे बत्तीस टाका, डॉक्टरक दोसर बत्तीस टाका दवाइ-दारू, आ 'इंजेक्शन' किनबा मे तेसर बत्तीस टाका खर्च भेल छनि। आब 'बड़का डॉक्टर' कहि रहल अछि जे दस-बारह दिन बाद 'आपरेशन' कयल जायत पेट सँ पाथरक गोला बाहर कयल जायत। तकरा बाद फेर दू-मास धरि दबाइ आ सुइ !...अमजद मियाँ बड्ड उदास छथि, आ हुनक चुग्गी अधपाकल दाढ़ी पर पानक पीक !

मुदा रंगमंच पर अवतरित होइते प्रोफेसर रजनीबाबू एहि रोग-संकट रूपी वृषभ-शकटक रासि अपना हाथ मे सम्हारि लेलनि ! पान चिबबैत, बीच-बीच मे एक नजरि जहूरनी केँ देखैत, रजनीबाबू अमजद मियाँक पीठ पर हाथ राखि केँ बजलाह (एतेक स्पष्ट स्वर मे बजलाह, जे रिक्सा पर बैसलि जहूरनी चूड़िहारिन हुनक गप्प सुनि सकय !) ''आब हमरा सँ भेँट भ' गेल !...आब कोनो चिन्ता-फिकिर नहि करू। अस्पतालक बड़का-बड़का डॉक्टर हमर दोस्त छथि ! हम सभटा इन्तजाम करा देब। फीस-तीस देबाक कोनो काज नहि, 'मेडिसिन' इत्यादि सेहो हम मंगनी मे देआ देब।''

अपन स्नेहमय वाणी सँ अमजद मियाँ केँ आश्वस्त क' रजनीबाबू कए बेर पुनः रिक्सा दिस तकलनि...तीन सेकेण्ड धरि तकिते रहि गेलाह। जहूरनी हुनके दिस ताकि रहलि छलि...आँखि मे, दृष्टि मे आर किछु नहि, मात्र एकटा उत्सुकता !

8

लोक कहैत अछि, पृथ्वी पर जतेक पाप होइत अछि, सभक एक मात्र कारण थिक इएह वस्तु—उत्सुकता ! उत्सुकता पाप आ अपराध दुनू वस्तुक जननी !...हम सभ कोनो वस्तुक प्रति, ओकरा प्राप्त करबाक लेल, ओहि वस्तुक सम्पूर्ण व्यक्तित्व केँ अपन बाँहि मे, अपन वक्ष मे, अपन अनामा आँगुर मे सोनाक अनन्त जकाँ, मणिहार जकाँ, नीलमणि औँठी जकाँ पहिरि लेबाक लेल उत्सुक होइत छी आ उताहुल होइत छी। आ तकरा बाद हमरा सभक जीवन आ जीवनक उद्‌देश्य आ विधेय बदलि जाइत अछि...।

एहि उत्सुकता केँ आब तीन बर्ख सँ बेसी भ' चुकल अछि, आ एहि तीन बर्ख सँ कतेक बाढ़ि गंगा नदी मे आयल, कतेक लोक बताह भेल, कतेक बेर चन्द्रमा अमावस्याक अन्हार मे डूबल आ पूर्णिमाक इजोत से चमकैत रहल।...मुदा, जहूरनी चुड़िहारिन एक बेर जे पटना शहर मे आयलि, मोसल्लहपुर मोहल्ला मे रहय लागलि, तँ फेर अपन सलीमपुर गाम घुरि क' अपन 'मालिक' अहमद मियाँक संगेँ घुरि क' नहि गेलि।

जहूरनीक पेट सँ पाथर निकालल गेल। तीन सप्ताह अस्पताल मे रहि क' ओ अपन बासापर घुरि आयल। एहि बेर रिक्सा पर जहूरनी आ रजनीबाबू एक संगेँ बैसलाह, दोसर रिक्सापर बैसल रहलहुँ हम आ अमजद मियाँ।

गली मे रिक्सा रोकल गेल। अमजद मियाँ ओसारा पर जा क' ताला खोल' लागल। जहूरनी केँ रिक्सा सँ सम्हारि क' उतारैत प्रोफेसर रजनीकान्त झा बजलाह, ''आब चिन्ताक बात नहि। अहाँक जीवन बचि गेल...मुदा, चौपट भ' गेल हमरे जीवन !'' एतबा कहि रजनीबाबू हँस' लगलाह...सिनेहक मधुर हास्य। आ जहूरनी लजा गेलि...जेना, कोनो नवकनियाँ लजाइत हो !

9

जहूरनी चूड़िहारिन केँ रजनीबाबू कोनो समय कहैत छथि, 'जहूरन'। कोनो काल कहैत छथि, 'जहूर' अथवा 'जहर'। कहबाक अर्थ जे जहूरनी सँ 'जहर' बनि जयबा मे एहि चंचल स्वभाव आ आलसी चरित्रक अनपढ़-गमार युवती केँ बेसी देरी नहि लगलैक।

जहूरनीक अनुरोध सँ अमजद मियाँ अपन खेती-बारी छोट भाइ महमद मियाँ पर छोड़ि क' लगभग स्थाइ रूप सँ रहबाक लेल मोसल्लहपुर हाट चल अयलाह। सब्जीबाग मे एकटा दोकान भाड़ा पर ल' क' चूड़ी आ सिंगार-पटारक दोकान खोलल गेल। एहि चूड़ी दोकानक नाम रजनीबाबू रखलनि, 'पटना बैंगल स्टोर'। 'बैंगल' माने चूड़ी आ 'स्टोर' माने दोकान—रजनीबाबू सँ एकान्त मे भेँट भेला पर जहूर दाइ बजलीह, ''आब की कहते हैं ? दोकान भेल, हम पटना आ गेली, एहि ठाम रहेंगे आब...अहाँ की कहते हैं ?''

अर्थात् रोज साँझ मे ठीक सात बजे, सवा सात बजे रजनीबाबू कोनो-ने-कोनो लाथेँ अमजद मियाँक बासा पर आब' लगलाह।...अमजद मियाँ नओ बजे राति मे दोकान बन्द करैत अछि। एहि तीन बर्ख मे ओ पक्का-पक्की सब्जीबागक 'पटना बैंगल स्टोरक' मालिक भ' गेल अछि। आब कहियो मोन नहि पड़ैत छैक सलहेसक गीत...गाम'क खेत-पथार, गाछी-बिरछी ! आब ओ दुपहर मे अपन दोकानदार वर्गक दोस्त सभक संगेँ सब्जीबागक कोनो 'मुस्लिम' होटल मे बैसैत अछि, आ चाह पिबैत, रेडियो पर सिनेमाक रंग-बिरंगक गीत सुनैत, चूड़ीक व्यापार, महगीक जमाना, कांग्रेसी राज आ पाकिस्तानक विषय मे गप्प करैत अछि...अमजद मियाँ !

ई फकड़ा आब सुनबाक कोनो अवसर जहूर अथवा अमजद मियाँ केँ नहि भेटैत छनि।...अमजद मियाँ केँ हमरा पर, प्रोफेसर रजनीकान्त पर, समाज आ संसार पर, आ अपन अल्लाह पर विश्वास-भरोस रहैत छनि। 'हम ककरो चोरी नहीं किये, तब हमर कोनो चीज कोई काहे चोरी करेगा' अमजद मियाँ आस्था रखैत छथि, एहि सिद्धान्त पर।

मुदा राजेन्द्रनगर, सड़क नम्बर 30 मकान नम्बर 143 मे, खिड़की पर ठाढ़ि भेलि श्रीमती चन्द्रमुखी झा केँ एहि प्रकारक कोनो सिद्धान्त पर आस्था नहि छनि। हम

रजनीकान्तक अभिन्न मित्र छी, तेँ ओ हमरा सँ पुछैत छथि, "की औ फूलबाबू, अहाँ हमरा कहब नहि ?"

"कोन बात ?"

"इएह जे ओ 'डेली' साँझ मे कत' जाइत छथि ?"

"के ? रजनी !"

"हँ ! कत' जाइत छथि ओ ?"

"हमरा बूझल नहि।"

"नहि कहब ?"

"सत्ते कहैत छी, भौजी। हमरा बूझल नहि अछि...।"

हमरा बूझल अछि मुदा, अपन मित्रक प्रेम-काण्डक रहस्य-उद्घाटन क' ओकरा प्रति विश्वासघात करब हमरा उचित नहि लगैत अछि। हमरा बूझल अछि जे जहूरन माछ रन्हैत अछि, अण्डाक 'पोच' बनायब सीखि लेने अछि, रजनीकान्त एहि तीन बर्ख मे ओकरा चन्द्रमुखी सँ बेसी बुझनुक आ 'आधुनिक' बना देने छथिन।

10

अंग्रेजी-भाषा मे एकटा बड्ड पैघ शब्द अछि, 'सोशल कन्फ्लिक्ट'। अर्थात्, 'सामाजिक अन्तर्द्वन्द्व'–सम्प्रति रजनीकान्त झा प्रोफेसरक जीवन मे इएह 'सोशल कन्फ्लिक्ट' चलि रहल अछि...जेना शतरंजक घोड़ा पर मात्र दुइए टा पात्र बचि गेल हो, एकटा कारी 'फरजी' आ एकटा उज्जर 'फरजी'...एकटा चन्द्रमुखी आ एकटा जहूरन...एकटा ओ अपने आ एकटा अमजद मियाँ।

शतरंज मे प्रत्येक शह'क उत्तर छैक, मुदा, घोड़ा जखन 'शह' देल तँ उत्तरहीन रहि, बादशाह कें स्थानच्युत कर' पड़त।...प्रोफेसर रजनीबाबू कें ई अनुभूति भेलनि जे ओ अपने एहि 'शोसल कन्फ्लिक्ट' मे घोड़ाक शह छथि...हुनक आब क्यो उत्तर नहि द' सकैत अछि।

11

मुदा, शतरंजक चुनौटा, सिनूर लगाओल घोड़ा रहितो, रजनीबाबू साधारण मैथिल गृहस्थ जकाँ परम भीरु छथि। अपना आङन मे, अपन पत्नीक आगाँ, अपन विधवा मौसीक सामने दयनीय रूप सँ भीरु छथि रजनीबाबू।...नओ बजे राति धरि, रजनीबाबूक डेरा मे सन्नाटा भ' जाइत छनि। जया, विजया, विद्या, राकेश आ चन्द्रेश एके ओछाओन पर सूतल छथि...उर्मिला देवीक फोँफ सौंसे घर मे गूँजि रहल अछि। मुदा, जगले छथि चन्द्रमुखी। एखन कतेक बाजल अछि ?...नओ, दस, ग्यारह ?...कतेक बाजल अछि, से जनबाक कोनो उपाय नहि। कोनो-कोनो राति, चन्द्रमुखी कें ओंघी लगैत छनि, आ

बैसले-बैसले सूति रहैत छथि।...तखन रजनीबाबू कहैत छथिन–एखन बेसी सँ बेसी नओ बाजल होयत, एखने सूति रहलहुँ ?"

असल मे नओ नहि बाजल अछि, साढ़े बारह बाजि गेल अछि। मुदा, समय जनबाक कोनो उपाय नहि। कोट-कमीज उतारैत, लुंगी पहिरैत, हाथ-मुँह धोइत, रजनीबाबू कहैत छथिन, "एकटा 'मीटिंग' छल। ताही मे देरी भ' गेल।"

"अहाँ बड्ड फुसिआह छी। रोज कोनो-ने-कोनो 'मीटिंग', सभा, भोज-भात रहैत अछि अहाँ केँ !...के थिक ओ मुँहझौंसी ?...ककरा लग एतेक काल धरि बैसल रहैत छी ? ककर सिनूर लागि गेल अछि अहाँक कोटक बाँही पर ? के थिक ओ मौगी ?"– एहि प्रकारक कोनो वाक्य चन्द्रमुखी कहैत छथि। मुदा, हुनक आँखि मे, भंगिमा मे, मुखाकृति मे एहने वाक्य, एहने शब्दावली पसरल रहैत छनि सदिखन।

सदिखन चन्द्रमुखी मोने-मोन गोइठाक आगि जकाँ पजरैत-जरैत। सदिखन ज्वालामुखी।

12

परंच जखन हम सौंसे नगरक तिरपेच्छन क' अपन बासा घुरब, थाकल-ठेहिआयल, ओंघी-भांगक निसाँ मे मत्त भेल, तखने साँझ पड़त, रजनीकान्त एहने प्रकारक व्यक्ति छलाह। आन सभ बात मे मैथिल, मात्र एहि टा बात मे मध्यवर्गी आ मैथिल संस्कार सँ मुक्त !...तेँ चन्द्रमुखी सँ रजनीबाबू केँ भय होइत छनि। एकरा एक तरहेँ समाजिक भय कहल जा सकैत अछि, 'सोशल फिअर'। माने, जे रजनी बेसी बतहपनी करताह... कोनो आन चिड़ै-चुनमुनीक खोंता मे अपन आसन-ओछाओन लगओताह...तँ अपन पाँचो बच्चा सभ आ राभटा जरूरी माल असबाब ल' क' चन्द्रमुखी नैहर चलि जयतीह, अथवा काशीवास करैत अपन वृद्ध सासु-ससुर लग चलि जयतीह आ सौंसे दुनिया-जहान मे 'गुणगान' करैत चलतीह जे रजनीकान्त बताह भ' गेलाह, बताह आ चरित्रहीन !

...चरित्रहीनता आ बतहपनीक सर्टिफिकेट पायब आब एहि तेसर वयस मे रजनीबाबू केँ नीक नहि लगतनि। नीक नहि लगतनि जे सहकर्ता अध्यापक-वर्ग मुँह पर रुमाल दाबि क' हँसी करय आ विधार्थी-वर्ग पाछाँक बेंच पर पिहकी मारय...एहि प्रेमकांडक उपलक्ष्य मे।

अतएव, बिहाड़ि-बाढ़ि-बेमारी केँ रोकबाक उपाय कयने छथि प्रोफेसर रजनीकान्त जे अपना बासा मे, अथवा अपना ताख मे कोनो घड़ी नहि रखने छथि। ने रहत बाँस आ ने बाजत बाँसुरी–ई फकड़ा एहि ठाम चरितार्थ नहि होइत अछि। मुदा सत्य इएह थिक यथातथ्य इएह थिक...जँ घड़ी रहत तँ रजनीबाबू बासा पर घड़ियो भरि चैन सँ रहि नहि सकताह !

13

जहूरन चुड़िहारिन ओहि दिन चूड़ा भुजने छलि आ चूड़ाक संगेँ इचना-माछक तेल-मसाला मे लटपट...रजनीबाबू छलाह। हुनका संगेँ हमहूँ छलहुँ। साँझक समय, दिसम्बरक सर्दिआयल साँझ...कोनो आन बासा मे रेडियो बाजि रहल छल...एकटा फिल्मी-गीत, कोनो भोजपुरी सिनेमाक...'नजरि भरिके देख ले, हाय चलती बेरिया...उमरि भरिके देख ले...तोहरा खातिर भइल जिनगी जियान, हो बलमू, नजरि भरिके देख ले'–रजनीबाबू ई गीत सुनि रहल छलाह आ चाह पीबि रहल छलाह। हम कुर्सी पर बैसल छी, रजनीबाबू खाट पर।...लगे मे ठाढ़ि अछि जहूरन !

जहूरनक आँखि मे कोनो लाज-शरम नहि, हमरा सँ कोनो परदा नहि। ओ खाट पर रजनीबाबूक समीप बैसि जाइत अछि, आ रजनीबाबू अपन चाहक गिलास ओकर ठोर मे लगा दैत छथि, जेना कोनो बूढ़ि स्त्री लोक कोनो छोट बच्चा केँ दूध पियबैत हो ! रजनीबाबूक आँखि मे पाप...अपराधक भावना...मुदा, जहूरन चुड़िहारिनक चेहरा पर केवल प्रेम, केवल अनुराग।

विचित्र रहस्यमयी स्त्री अछि ई जहूरनी। ओकरा बूझल छैक जे रजनी पाँच सन्तानक पिताजी छथि आ एकटा दमगर बलिष्ठ प्रौढ़ स्त्रीक स्वामी ! मुदा, ओकरा कोनो चिन्ता नहि छैक, कोनो बातक दुःख-क्लेश नहि। हमरे टा सँ नहि, अपन अमजद मियाँ धरि सँ जहूरन केँ कोनो डर-भय-आतंक नहि छैक !...जहूरन प्रेम करैत अछि, कोन चोरा-नुक्की नहि खोलाइत अछि !

रजनीबाबू बड़ी काल धरि जहूरनक ऐँठ चाह पिबैत रहैत छथि आ जहूरन हुनक 'जुल्फी' मे आँगुर बुलबैत रहैत अछि, बड़ी काल धरि...जखन दुनू व्यक्ति कछमछ कर' लगैत छथि...अँगेठी लैत, बे-ठेकान गप्प करैत–तँ हम नमस्कार क' अपन बासा जयबाक उपक्रम करैत छी। रजनीबाबू हमरा कहैत छथि–एकटा जरूरी बात !...अहाँ हमरे बासाक रस्ता सँ जायब। चन्द्रमुखी सँ कहबनि हम एकटा 'मीटिंग' मे गेल छी...देरी सँ बासा घुरब।

हम एवमस्तु कहि बाहर चल अबैत छी, जहूरनक 'लज्जाहीनता' सँ प्रभावित होइत, हम बाहर चल अबैत छी।

जहूरनी चुड़िहारिन भीतर सँ केबाड़ बन्द क' लैत अछि। हम एकटा रिक्सा पर बैसि राजेन्द्रनगर दिस विदा होइत छी।

14

ई घटना 10 दिसम्बर, 1965 शुक्र दिनक थिक। हम रजनीबाबूक बासा पर अयलहुँ तँ 'बैठकखाना' मे अमजद मियाँ चन्द्रमुखी आ उर्मिला देवी ठाढ़ि छलीह आ चिकरि रहलि छलीह, ''हम तुमको जेहल पठा देंगे, मियाँ जी ! तुम हमलोक को चिन्हते नहीं हो।...

हमारा परिवार का शान्ती तुम खराप करेगा, तुम आओर तुम्हारा बीबी, तो हमलोग चुप नहीं बैठेगा। हमारा बात तुम बुझता है कि नहीं ?''

चन्द्रमुखी हाथ-पैर समेटने, गाल पर हाथ रखने, कुर्सी पर बैसलि छलीह चुपचाप। ...हमरा भीतर जयबाक साहस नहि भेल। हम गरीब लोक छी...एहि नाटकीय दुर्घटना मे भाग लेबाक इच्छा हमरा नहि भेल।

...तकरा बाद, दू-तीन दिन हमरा राजेन्द्रनगर अथवा मोसल्लहपुर हाट जयबाक अवकाश नहि भेटि सकल। अपन रोजी-रोटी मे हम व्यस्त रहलहुँ। मुदा, काल्हि साँझ खन एकटा मित्र हमरा सूचित कयलक जे रजनीकान्त हमर खोज क' रहल छलाह।

15

प्रोफेसर रजनीकान्त झाक दहिना गट्टा मे साढ़े तीन सय टाकाक 'फेबरलुबा' घड़ी बान्हल देखि क' हम आश्चर्यचकित भ' गेलहुँ।...आइ बहुत दिनक बाद चाह पिबैत काल चन्द्रमुखी भौजी हमरा दुनू मित्रक समीप बैसलीह।

''ई घड़ी कहिया किनलहुँ ?''—हम रजनी सँ पुछलियनि। हुनका लाज भ' गेलनि। घड़ीवला बाँहि हमरा दिस बढ़ा क' बजलाह, ''काल्हिए किनने छी।...चन्द्रमुखी किछु टाका बचा क' रखने छली, घड़ी किनबाक लेल।...समयक अनुसार चलबाक लेल, एकटा घड़ी, बड्ड आवश्यक।...घड़ी देखि क' काज करब बड्ड आवश्यक।''

रजनीबाबूक उत्तर सूनि क', चाह पीबि क' पान-सुपारी लेबाक बाद मोसल्लहपुर हाट दिस विदा भेलहुँ।...अमजद मियाँ घड़ी किनने अछि की नहि से देखब हमरा बड्ड आवश्यक बुझना जाइत अछि।

—मिथिला मिहिर /19 दिसम्बर, 1965

माछ

एक

कन्हैयाजी हँसैत-हँसैत बताह भ' गेलाह। बताह आ पाथरक महादेव। महादेव आ लाल सिनूर सँ नीपल-पोतल हनुमान। कन्हैयाजी अशोक वाटिकाक डारि पर नुकायल, सीताक कोरा मे रामक औँठी खसबैत हनुमान जकाँ, प्रेममय वाणी मे बजलाह, "गदाधर बाबू, आगू जे हो, मुदा मैथिल-नारीक सुन्दरता सँ बढ़ि क' सुन्दरता कोनो देश, कोनो भेष मे नहि भेटि सकैत अछि।...सुन्दरता मे एकटा खास बात होइत छैक, पवित्रताक लावण्य। से ई मैथिल-लावण्य आन ठाम कतहु प्राप्त नहि। हम तँ सौंसे भारत-भूमिक परिक्रमा कयने छी। पंजाब देखलहुँ, केरल देखलहुँ...।"

गदाधर केँ बतकट्टीक अभ्यास छनि, पुरान अभ्यास। अहाँ कहब मालदह आमक स्वाद, तँ ओ तखने सिनुरिआ आ गुलाबखासक गुणगान कर' लगताह। अस्तु कन्हैयाजीक अपूर्ण वाक्य केँ अपूर्ण रखैत ओ बाजि उठलाह, "डॉक्टर के.के. नाम्बूद्रीक बासा पर अहाँ कोनो दिन नहि गेल छी, तेँ एहन अनटोटल गप्प बाजि रहल छी। कहाँ काजर आ हरदि-सिनूर मे रंगल मैथिल कन्या, गन्हाइत, गमकैत...आ कहाँ नाम्बूद्रीक तीनू कन्या ! जेठकीक नाम सुरबाला, मझिलीक नाम मधुबाला, छोटकीक नाम जयबाला। एक बेर हमरा संगेँ चलू कन्हैयाजी ! सुन्दरताक विषय मे अहाँक सभटा अज्ञान एहि तीनू देवांगनाक दर्शन सँ समाप्त भ' जायत !

सुरबाला, मधुबाला, जयबाला, कविताक पाँती सन नाम। सुनि क' कन्हैयाजी चुप भ' गेलाह। रेडियो पर विविध-भारती सँ फिल्मी गीत चलि रहल अछि। मास थिक जनवरी, मुदा भोर सँ बरखा मुसलधार...। लोक कहैत अछि एहि बरखा सँ रब्बी-फसल केँ बड्ड लाभ। गहूम बेसी उपजत। खेत पथार हरिअर भ' जायत। परंच कन्हैयाजी आ हुनकर अगाध-प्रगाढ़ बन्धु गदाधर झाक एहि बरखा सँ एतबे अर्थ जे ओ दुनू आइ पढ़ौनी करबा लेल कालेज नहि गेल छथि, आ राजेन्द्रनगर मोहल्ला मे संयुक्त रूपेँ किराया पर लेल गेल अपन बासा मे बैसल मैथिल-नारीक शरीरक विशेषतादिक विषय मे वार्तालाप क' रहल छथि।

दू

भगवानपुर हाइ-स्कूलक आठमे वर्ग मे छलाह, तखने मरणासन्न पिताक (रोग छलनि हफीमक सेवन) अन्तिम इच्छापूर्तिक-स्वरूपेँ गदाधरक विवाह भ' गेल छलनि। दरभंगा सँ अंग्रेजी प्रथम श्रेणी आनर्सक संग बी.ए. पास क' पटना अयलाह। विश्वविद्यालय मे नाम लिखा लेलनि। छात्रावास मे रह' लगलाह। कन्हैयाजी ओही छात्रावास मे गत तीन बर्ख सँ रहैत छलाह। मित्रताक सूत्रपात भेल। एहि समय मे एकटा पत्र द्वारा सासुर सँ गदाधर केँ सूचना भेटलनि जे कमला नदीक बाढ़ि मे डूबि क' गदाधरक पत्नी स्वर्गवासी भेलीह। गदाधर केँ ने हर्ष, ने विषाद, ने प्रसन्नता, ने पीड़ा। मुदा, ओहि दिन पहिल बेर दुनू नवीन मित्र पाँच टाका तेरह आना मे 'ह्विस्की' नामक अंग्रेजी मदिराक छोट छिन बोतल किनलनि आ अपन कोठली भीतर सँ बन्द क' पानिक संगेँ सुर-सुर क' सौंसे बोतल पीबि गेलाह। मदिराक बहन्ती उल्लास मे दुनू मित्र प्रतिज्ञा कयलनि, आब जीवन मे कोनो दिन कोनो हालतेँ विवाह नहि करब।

कन्हैयाजी तँ कुमारे छलाह। स्वभाव सँ लजकोटर, पढ़बा-लिखबा मे तेजस्वी आ दस-पाँच टाका हाथ पर रहैत छनि, तेँ संगी-साथीक संगति मे लोकप्रिय। कन्हैयाजी आ गदाधर झा जुगल-जोड़ी जकाँ बेसी खन संगेँ रहैत छथि। दुनू मित्रक प्रिय विषय छनि सिनेमा, आ सिनेमाक प्रसिद्ध अभिनेत्री केँ शुभकामना-पत्र पठायब नहि बिसरैत छथि। उत्तर अबैत छनि, तँ कैक सप्ताह धरि जेब मे रखने एहि छात्रावास सँ ओहि छात्रावास धरि घूमि अबैत छथि। मुदा, कन्हैयाजी स्वभाव सँ परम लजकोटर, लजौनी-लता जकाँ। अपन अन्तरंग मित्रक संग साफ-साफ कोनो गप्प क' सकैत छथि, आ कोनो व्यक्तिक उपस्थिति मे मौनी बाबाजी बनल रहताह। गदाधरक स्वभाव ठीक हिनकर उनटा। गप्प-शप्प मे निर्लज्ज आ थेथर। अवसर भेटिते त्वंचाहंच लाधि बैसताह। अपना क्लासक स्त्री-समाज मे गदाधर बड़ आदर पबैत छथि, अपन हास्यप्रिय चरित्रक कारणेँ।

तीन

कन्हैयाजीक एहि अन्तर्मुखी प्रतिभाक एकटा विशिष्ट कारण अछि–एकटा विशिष्ट घटना। बी.ए. मे पढ़ैत काल कन्हैयाजी अपना क्लासक एकटा कुमारि-कन्या दिस आकृष्ट भेल छलाह। कन्याक नाम गायत्री झा। पशुपति झा हाइकोर्टक एडभोकेट, गायत्रीक पिता। दू-एक बेर कोनो लाथेँ कन्हैयाजी पशुपतिबाबूक बासा पर बोरिंग-रोड गेल छलाह। गायत्रीक माय केँ प्रणाम कयने छलाह। गायत्रीक छोट भाइ सभक लेल कैडवरी कम्पनीक टॉफी लेमन्जूस ल' गेल छलाह। गायत्री सेहो एक बेर कन्हैयाजी केँ कहने छलथिन, "अहाँ एतेक गम्भीर किएक रहैत छी ? किछु बाजबो करू...।"

मुदा, कन्हैयाजी किछु बाजि नहि सकलाह। आन मित्र सभ कन्हैयाजी केँ कतबो

कहलथिन, कतबो बुझओलथिन, गायत्री कें सिनेमा जयबाक, अथवा 'गोलघर' पर चढ़बाक अथवा हवाइ-अड्डा दिस टहलि अयबाक निमन्त्रण लेल देल हुनका सँ पार नहि लगलनि। आ, जखन एम.ए. मे नाम लिखयबाक लेल। कन्हैयाजी पुनः सहरसा सँ पटना अयलाह तँ सुनबा मे अयलनि, पटना हाइकोर्टक एकटा नवोदित एडभोकेट सँ गायत्रीक विवाह-कार्य सम्पन्न भ' चुकल छनि आ सम्प्रति नवविवाहिता दम्पति दार्जिलिंग गेल छथि, हवा-पानी बदलबाक लेल, नवीन जीवन प्रारम्भ करबाक लेल।

अस्तु, विधुर गदाधर झा आ असफल प्रेमी कन्हैयाजी प्रतिज्ञा कयलनि, साँप, हाथी, पुलिस आ नारी जाति सँ दस हाथ फराके रहबाक चाही। फराके रहि क' एम.ए. क दू बर्ख आ प्रोफेसरीक एक बर्ख दुनू मित्र बिता लेलनि।

वर्तमान स्थितिक भूमिका एवं पात्र-परिचयक रूप मे एतबा कहब आवश्यक छल। आवश्यक ईहो कहब छल जे दुनू मित्र कोनो-ने-कोनो प्रकारें सामाजिक जीवन आ जीविकाक लेल एक-दोसराक प्रति आश्रित छथि। अंग्रेजी विभागक गदाधर झा आ अर्थशास्त्र विभागक कन्हैयाजी, अपना कालेज़क राजनीति मे, सीनेटक सदस्य सभक दलबन्दी मे, मिनिस्टर सँ प्रिन्सिपल धरिक शोभा-यात्रा मे संगें रहैत छथि। संगें रहबाक लेल विवश छथि। कालेजक प्रत्येक प्रोफेसर कोनो-ने-कोनो जाति, दल, सम्प्रदाय आ 'ग्रुप' मे सम्मिलित रहैत अछि। जे ई सभ नहि करत, तकरा ने पदोन्नति होयतैक आ ने अर्थोन्नति।

गदाधर आ कन्हैयाजीक राजेन्द्रनगर स्थित बासाक नाम छात्र सभ रखने छथि— 'बैचलर्स होम' अर्थात् कुमार-बालक बासा ! एकटा नोकर रखने छथि। भोर-साँझ बासन-बरतन करबाक लेल दाइ अबैत छनि। नोकरक नाम बिल्टू। दाइक नाम पतिया। गत कैक मास सँ कन्हैयाजी गुप्त रूप सँ अठारह-उनैस बर्खक बिल्टू आ तीस-बत्तीस बर्खक जुआइलि थाकलि पतियाक रागात्मक सम्बन्धक अध्ययन क' रहल छथि। गदाधर कहैत छथिन, "ई नीक काज नहि ! अहाँ कें नोकर-चाकरक गप्प मे नहि पड़बाक चाही !"

"ई हमर स्टडीक विषय थिक। छोट जाति मे, अनपढ़ लोक मे प्रेम-भावनाक विकास कोना होइत छैक, से हम देख' चाहैत छी। बूड़ि-गँवार सभक 'एस्थेटिक-सेन्स' माने सौन्दर्य-चेतना", कहैत-कहैत कन्हैयाजी चुप भ' जाइत छथि, किएक तँ चाहक प्याली ल' क' पतिया एम्हरे आबि रहलि अछि।

गदाधर क्रोधित भ' जाइत छथि। अपन स्वर कें आर्ष बनबैत कहैत छथि, "मुदा अहाँक विषय सौन्दर्य-शास्त्र नहि थिक। अहाँ अर्थशास्त्रक प्रोफेसर छी। अहाँ ई अध्ययन करू जे भोर सँ राति धरि पाँच परिवार मे चौका-बरतन क' ई पतिया खबासिन अपन पाँचटा सन्तान आ मदक्की पतिक पालन कोना करैत अछि !"

कन्हैयाजी अर्थशास्त्र नहि पढ़ताह। ओ देखैत रहताह जे बिल्टू कोना पतियाक लेल दू बूटी माँउस आ एक बाटी भात चोरा क' राखि लैत अछि...जे कोना पतिया बिल्टू कें जिज्ञासा करैत छैक...एत्ते जाड़ा लगै छौ, तँ मालिक सँ एकटा पुरान-धुरान कोट

किएक नहि माँगि लैत छें ? इएह सभ देखबा-सुनबा मे कन्हैयाजी कें आनन्द भेटैत छनि। रेशमी खोल बला सीरक ओढ़ने रेडियोक गीत-नाद सुनैत, कोनो रससिद्ध पत्रिका अथवा पुस्तक पढ़ैत ओ बेसी काल अपने कोठली मे पड़ल रहैत छथि–अपन बैचलर्स होम मे पड़ल, कोनो स्वप्नक ध्यान करैत ?

चारि

मुदा, गदाधर झा निर्णय करैत छथि जे एक बेर कन्हैयाजी कें समय ताकि क' डॉक्टर नाम्बूद्रीक बासा पर ल' जयबाक चाही। सौन्दर्य आ प्रतिभा, आधुनिकता आ फैशन, शिष्टाचार आ सिनेहक विषय मे जे सभ प्राचीन धारणा कन्हैयाजीक मोन मे नांगड़ि मोड़ने बैसल जमकल अछि से सभटा सुरबाला, मधुबाला, जयबालाक प्रथमे दर्शन मे बिला जायत।

एहि निर्णयक कारण एतबे जे सम्प्रति गदाधर झा, अंग्रेजी विभागक लेक्चरर गदाधर झा, अपन आ मित्रक विवाह नहि करबाक प्रतिज्ञा कें भंग कर' चाहैत छथि। 'घरनी बिन घर सून', एहि लोकोक्तिक सार्थकता हुनका बुझबा मे आबि गेल छनि।

''दक्षिणक कन्या दक्षिणी (किंवा यक्षिणी) अड़ाँची जकाँ होइत अछि, सुन्दर आ सुगन्धित, सोना मे सोहागा देल'', ई गदाधरक विचार। मुदा, कन्हैयाजी बजैत छथि, ''जिला दरभंगा, कृष्णपुर गामक हमर बड़की भौजी छथि। जे हम कोनो दिन विवाह करबो करब तँ हुनके सन सुन्नरि, हुनके सन पवित्र, हुनके सन सुशील कोनो मैथिल कन्या सँ ! जखन गायत्री नहि भेटलीह, तँ कोनो सावित्री, मनोरमा, कल्याणी, निरुपमा...।''

पाँच

दिनांक बीस जनवरी, उनैस सय छियासठि। समय सायंकाल सात बजे। पार्श्व सँ गीतक रूप मे 'आकाशवाणी' सँ रविशंकरक सितार बाजि रहल अछि। कन्हैयाजी अपन नवका कोट-पैन्ट मे नुकायल जकाँ सोफा पर एक कात मे बैसल छथि। श्रीमती नाम्बूद्री किछु काल पहिने धरि एहि ठाम बैसलि छलीह, आब आँगन दिस चलि गेलि छथि। अपने डॉक्टर साहेब पटना मे नहि छथि, सप्ताह भरि बाहरे रहताह। गदाधर अपन सम्पूर्ण ध्यान केन्द्रित क' डॉक्टरक तेसर कन्या जयबाला सँ, रविशंकर आ विलायत खाँक सितार वादन मे तुलना करैत, संगीत विषयक अपन ज्ञानक प्रदर्शन क' रहल छथि। चुप्पे बैसल कन्हैयाजी दिस ताकि रहल छथि मधुबाला, डॉक्टरक दोसर कन्या। पहिल कन्या सुरबाला पिताक संग कलकत्ता गेलि छथि। पार्श्वसंगीत मे रविशंकरक सितार। मालकोश अथवा एहने कोनो मधुर राग। मधुबालाक आँखि मे स्वप्न। कन्हैयाजीक आँखि मे स्वप्न। स्वप्न मे कविता। कविता मे मन्द्राक्रान्ता छन्द।

''छन्द यदि मिले जाय, जीवने थाके दुःखे की आर ?''—रवीन्द्रनाथक कोनो नायिका जिज्ञासा करै छथि, जँ छन्द भेटि जाय तँ जीवनक कविता मे आर कोनो अभाव की रहि जायत ? आर कोनो अभाव नहि, दुख नहि, आशंका नहि—कन्हैयाजी मोने-मोने एकटा नवीन छन्द जोड़ि रहल छलाह। ई मैथिल-भाषाक कोनो अपरिचित देह-काव्यक अपरिचित छन्द...जाहि सँ पहिले बेर चिन्हार होयबाक ओ चेष्टा क' रहल छथि। आप्राण चेष्टा। महाप्राण चेष्टा।

जीवन मे पहिने कोनो दिन अवसर नहि भेटल छनि सुदूर केरल प्रान्तक कोनो नारिकेल-सुन्दरीक धकधक करैत करेजक संगीत सुनबाक। पहिने कोनो दिन कन्हैयाजी एतेक समीप सँ आ एतेक स्पष्ट रूपेँ रोहु माछक जोड़ा आँखिक निशा-निमन्त्रण नहि पओने छथि। वयस बेसी नहि छनि, अनुभव आरो कम। आ, गदाधर झा एहि माछक जोड़ा एहि रसदग्ध वातावरण, एहि अप्सरा लोकक प्रभाव सँ कन्हैयाजी केँ भरल यमुना नदी मे सहस्रमुख कालिय-सर्पक माथ-मुकुट पर ठाढ़ भेल, मन्द-मन्द मुस्की दैत देखि क' मोने-मोन अपना विजय सँ प्रसन्न भ' रहल छलाह।

रविशंकरक सितारक बाद अली अकबर खाँक सरोद वादन। सरोदक संगेँ चाहक दोसर खेप। चाहक बाद कन्हैयाजी जेबी सँ 555 सिकरेटक टिन आ दियासलाई बाहर कयलनि। सिकरेटक सेवी नहि छथि, मुदा विशेष अवसरक लेल 555 सिकरेट कोटक जेबी मे रखने रहैत छथि। कोनो सीनियर प्रोफेसर केँ प्रसन्न करबाक लेल, कोनो सभा-गोष्ठी मे धाख जमयबाक लेल, ई दामी सिकरेट बड़ लाभप्रद होइत अछि।... जयबाला* पुछलथिन, ''अहाँ केँ ई सिकरेट बड्ड पसिन्न अछि ?''

''नहि, बड्ड पसिन्न नहि अछि। मुदा, मोन बहटारबाक हेतु, कौखन एकटा सिकरेट पीबि लैत छी।'' सिकरेट जरा क' कन्हैयाजी सलज्ज भावेँ जेना अपन नवीना जेठसासु केँ उत्तर देल जाइत छैक, बजलाह। जयबाला अगिला बर्ख 'प्राइवेट' रूप सँ अर्थशास्त्र मे एम.ए. परीक्षा देब' चाहैत छथि...कन्हैयाजी अर्थशास्त्रक लेक्चरर छथि, अतएव हुनकर समीपता पायब जयबालाक लेल अधलाह नहि, लाभदायक। गदाधर सँ अपन ध्यान हटा क' कन्हैयाजी दिस आकृष्ट होइत, ओ पुनः एकटा प्रश्न उठओलनि, ''अहाँ केँ कोन-कोन वस्तु पसिन्न अछि खयबा मे ? आ पीबा मे ?'' जखन प्रश्न कयल गेल अछि तँ कोनो उत्तर अवश्य देबाक चाही, ई सोचि क' कन्हैयाजी मोने-मोन अपन पसिन्नक वस्तु सभ ताकय लगलाह। गदाधर कहलथिन, ''पीबाक वस्तु सभ मे हमरा सभ सँ पसिन्न अछि प्रिन्स होटलक हरियरका पत्तीक चाह।''

कन्हैयाजी लजा गेलाह। लजाइते-लजाइते बजलाह, ''हमरा लेल कोकाकोला सँ बढ़ि क' आन किछु नहि। एखनो भरि दिन मे आठ-दस बोतल 'कोकाकोला' पीबि जाइत छी। मुदा आब पटना मे जल्दी भेटिते नहि अछि!'' मधुबाला ई उत्तर सुनि क' उत्तेजित भ' गेलीह, ''हमहूँ एहि पेय-द्रव्यक भक्त छी ! एक बेर मे हम दस-दस बोतल 'कोका कोला' पीने छी। माय हमर एहि अभ्यासक कारणेँ हमरा पर क्रोधित रहैत छथि, मुदा 'कोकाकोला' सँ बढ़ि क' आन कोनो वस्तु नहि, ने चाह, ने आन कोनो शरबत। गदाधर

आ जयबाला चाहक पक्ष मे छथि आ मधुबाला आ कन्हैयाजी 'कोकाकोला'क प्रशंसक।

कन्हैयाजी सिकरेटक सुगन्धित धुआँ उगिलैत रहलाह। जयबाला चाहक प्रशंसा मे नव-नव खिस्सा सुनओलनि। 'कोकाकोला' सँ आरम्भ भ' फ्रांस इटली धरिक मदिरा सभक गप्प भेल। चारू व्यक्ति सोफा पर बैसल, एक-दोसराक अधिक समीप आबि गेलाह। गदाधर मोने-मोने भजार कर' लगलाह जे कन्हैयाजी मधुबाला सँ विवाह करबाक लेल तैयार होथि तँ ओ अपने जयबाला केँ वरमाला पहिरा देथिन।...डॉक्टर नाम्बूद्री केँ अथवा हुनकर स्त्री केँ कोनो विरोध नहि होयतनि। ओ सभ केरल प्रदेशक ब्राह्मण छथि, ई सभ मैथिल देशक ब्राह्मण। एक बेर पुनः शंकराचार्य आ मंडन मिश्रक परिवार मे आत्मिक मिलन होयत। गदाधर एकटा पुरान स्वप्न देखि रहल छथि।

छओ

पटना नगरीक डॉक्टरी राजनीतिक कारणेँ डॉक्टर नाम्बूद्रीक डॉक्टरी नहिएँ चलैत छल। नीक लोक छथि ओ, सज्जन आ मुँहदुब्बर। रोगी सभ मात्र दवाइ-दारू नहि चाहैत अछि, चाहैत अछि बड़का लिफाफा—डॉक्टर महोदय केँ विद्या नहि होइनि, अनुभव नहि होइनि, मुदा अवश्य होइनि एकटा नीक मोटरगाड़ी, एकटा नीक हबेली, बाजब-भूकब मे विलायती कुकूर जकाँ तेजी, दू टा नर्स होइनि, चारिटा कम्पाउण्डर—माने डॉक्टर महोदय डॉक्टरी सँ बेसी विज्ञापन आ प्रचारक विद्या मे पारंगत लोक नहि छथि। कोनो तरहेँ जीवन-निर्वाह क' रहल छथि—फाटल-चीटल जिनगीक छिद्र सभ केँ कोनो तरहेँ झँपैत कोनो तरहेँ मध्यवर्गीय जीवनक दिन आ राति बितबैत। जयबाला आ मधुबाला कोनो नीक परिवार मे चलि जाथि एहि सँ बेसी प्रसन्नता हुनका आर की भ' सकैत छनि...।

गदाधर हिसाबी लोक छथि। हिसाब करैत छथि जे जयबाला बी.ए. पास छथि, अगिला वर्ष एम.ए. कैए टा लेतीह। कोनो कालेज मे नोकरी भैए जयतनि। दुनू प्राणी मिलि क' हजार टाका प्रतिमास कमा लेताह। आर की चाही ? जीवन मे लोक केँ आर की चाही...? एकटा सुन्नरि स्त्री, एकटा सजल-सजाओल घर, एकटा अर्थ आ प्रतिष्ठावाला चाकरी—आर किछु नहि। गदाधर हिसाब जोड़ि रहल छलाह आ खयबा-पीबाक वस्तु सभक विषय मे गप्प क' रहल छलाह।

तखने मधुबाला पुछलथिन, ''पीबाक गप्प बड्ड भेल ! आब ई कहल जाय जे खयबाक वस्तु मे अहाँ केँ सभ सँ प्रिय कोन वस्तु अछि। माने कोन-कोन वस्तु।'' जयबाला स्वयं सेहो जेना एहि प्रश्नक प्रतीक्षा क' रहलि छलीह। गप्प केँ लोकैत बाजि उठलीह, ''हँ हँ गदाधरबाबू, ई कहू जे अहाँ केँ सभ सँ पसिन्न कोन भोज्य पदार्थ !... कोनो दिन निमन्त्रण द' क' अहाँ सभ केँ हम सैह खोआयब। अपना हाथेँ रान्हि क' लोक केँ भोजन करायब हमरा नीक लगैत अछि। तेँ हमर माय हमर दोसर नाम रखने छथि—द्रौपदी ! पाण्डवक स्त्री द्रौपदी भानस करबा मे बड़ कुशल छलीह।...हमरा देश मे कहल जाइत छैक जे मद्रासी उपमा आ मराठी श्रीखंड सभ सँ पहिने ओएह बनओलनि।''

द्रौपदी–ई नाम सुनि क' कन्हैयाजी बड़ प्रसन्न भेलाह। पाँचो पाण्डवक स्त्री द्रुपदसुता द्रौपदी ! श्रीकृष्णक रक्षिता...दुर्योधन-दुःशासन प्राणहारिणी...मुदा मधुबाला द्रौपदी नहि छथि, कोनो अंग आ कोनो रंग-ढंग सँ नहि। मधुबाला जँ छथि तँ रासलीलाक राधा रानी छथि...धीर समीरे यमुना तीरे बसति बने वनमाली !'' महगी भत्ता मिला क' सात सय टाकाक एकटा नोकरी, साल मे तीन मासक अवकाश, राजेन्द्रनगर इलाका मे अपन छोट-छिन बंगला आ स्वामीक लेल भानस करैत चाह-पान बनबैत, मित्र-मंडलीक स्वागत करैत, कोना सुमधुर गीत गबैत एकटा रासलीलाक राधारानी–कन्हैयाजी अपने कल्पना सँ भाव-विभोर छथि।

विवाह नहि करबाक, अथवा मात्र मैथिल कन्या सँ विवाह करबाक मानसिक प्रतिज्ञा बिसरि गेल छनि। गदाधर ठीके कहने छलथिन जे मधुबालाक इन्द्रजाल सँ बाँचि क' बाहर चल आयब असम्भव थिक। किन्तु...प्रत्येक नाटकीय घटनाक चूड़ान्त विक्षेप जकाँ जखन तेसर बेर मधुबाला भोजन प्रसंग प्रारम्भ कयलनि, तँ गदाधर कहलथिन, ''खाद्य पदार्थ मे हमरा सभ सँ प्रिय अछि बंगालक प्रसिद्ध मिष्टान्न, जकर नाम थिकैक रसगुल्ला !''

''हमरा रसगुल्ला बनब' अबैत अछि ! अगिला रवि दिन हम अहाँ सभ केँ अपना हाथेँ रसगुल्ला बना क' खोआयब।'' जयबाला जेना छोट बच्चा जकाँ प्रसन्न होइत, दुनू हाथेँ थपड़ी बजबैत उठि क' ठाढ़ि होइत बजलीह। एतेक काल धरि कन्हैयाजी इएह विचारि रहल छलाह जे अपन पसिन्नक विषय मे ओ की कहथि, सत्य अथवा फूसि ! सत्य गप्प एतबे जे रोहु-माछक पले कन्हैयाजी केँ बड़ प्रिय छनि। गात्र गाछ टा खएबाक हेतु ओ प्रत्येक छुट्टी मे अपन गाम जाइत छथि। शहर-बाजार, होटलक माछ हुनका एको रत्ती पसिन्न नहि। दही-हरदि मे सानि क' भूजल गेल, सरिसो सँ झोराओल गेल, अपना पोखरिक रोहु !

सात

''हमरा माछ पसिन्न अछि। रोहु माछ सँ बेसी नीक भोज्य पदार्थ एहि असार संसार मे किछु नहि छैक। हम मैथिल ब्राह्मण छी, हमरा सभक जीवन मे प्रथम वस्तु थिक माछ आ दोसर वस्तु थिक दही-चूड़ा आ तेसर वस्तु कोनो नहि थिक !'' कन्हैयाजी कहलथिन। ई उत्तर सुनि क' ठीके रोहु माछ जकाँ जयबाला आ मधुबाला दुनू बहीनिक आँखि पसरि गेलनि।...गदाधर झा ठोर टेढ़ क' आँखि नचबैत, दुःख प्रकट करैत इशारा कयलथिन जे कन्हैयाजी एखनो अपन ई निर्णय बदलि लेथु। एखनो ओ कहि देथु जे रसगुल्ला अथवा श्रीखंड अथवा उपमा-उत्तपमा अथवा सन्देश अथवा एहन कोनो आन निरामिष वस्तु कन्हैयाजी केँ पसिन्न छनि। किन्तु, कन्हैयाजी अपन मित्रक इशारा बूझि नहि सकलाह। बूझि नहि सकलाह जे दक्षिण भारत मे मत्स्य-मांस खायब ब्राह्मणक लेल एकटा बड़ पैघ अपराध बूझल जाइत छैक आ कतबो 'आधुनिक' आ कतबो 'फैशनेबुल'

भ' क' जयबाला-मधुबाला दक्षिणक ब्राह्मणक कन्या छथि–कोनो दिन रोहु माछक नामो नहि सुनने होयतीह !

"अहाँ केँ बूझल नहि होयत, मुदा, मिथिलाक राष्ट्रीय-चिह्न थिक इएह रोहु माछ ! एहि सँ अधिक शुभ वस्तु आन किछु नहि। माछ देखि क' यात्रा करी तँ सभ काज सफल भ' जाय। मैथिलीक प्राचीन आ आधुनिक दुनू कविता मे सभ सँ बेसी उपमा माछक भेटत। माछे सन नायिकाक आँखि...माछे सन नायिकाक देह-यष्टि...आ माछे सन नायिकाक स्वभाव !" कन्हैयाजी माछक प्रशंसा मे धाराप्रवाह प्रवचन कर' लगलाह।

जयबाला अपन छोट बहिन दिस ताकि रहलि छथि। मधुबाला विचित्र दृष्टि सँ चकित-भयभीत, कन्हैयाजीक भाषण सुनि रहलि छथि। गदाधर झा पराजित भ' ई सोचि रहल छथि जे ई ऊँट आब दोसर करौट कोना फेरत। कन्हैयाजी माछक प्रसंग मे आन सभ गप्प बिसरल रहताह...।

आठ

डॉक्टर नाम्बूद्रीक बासा सँ घुरि क' अपना डेरा मे अयलाक बाद कन्हैयाजी पहिल काज इएह कयलनि जे बिल्टू केँ बजा क' कहलथिन, "मछुआटोली जा क' एक सेर रोहु माछ कीनि क' ल' आन ! आइ राति मे रोटी आ माछ खायब...पतिया कतय गेल ? चल गेल की ?"...पतियाक हाथक माछ कन्हैयाजी केँ बड़ पसिन्न। जहिया माछ अबैत अछि, पतिये भानस करैत अछि। चारि खंड तरल, आठ खंड झोराओल रोहु खा क' कन्हैयाजी तृप्त भ' जाइत छथि।

"मित्रवर कन्हैयाजी, अहाँक मूर्खताक कारणेँ आजुक साँझ पानि मे भसिया गेल !. ..कोन काज छल माछक प्रशस्ति गयबाक ?" गदाधर झाक मोनक सन्ताप एखनो धरि समाप्त नहि भेल छनि। जी धक्-धक् क' रहल छनि। जँ एही बातक कारणेँ जयबाला हुनका सँ विमुख भ' जाथि ? मुदा, कन्हैयाजी केँ कोनो दुःख नहि। ओ उत्तर देलथिन, "माछ आ प्रेमिका मे हम सभ दिन माछे केँ प्रश्रय दैत रहब, गदाधर बाबू ! प्रेमिका तँ मुइलाक बादो स्वर्ग मे भेटत–उर्वशी, मेनका, रम्भा, तिलोत्तमा, एक-सँ-एक सुन्नरि, एक-सँ-एक मधुबाला ! मुदा, रोहु माछ नहि भेटत ! अतएव एहि जीवन मे हमरा माछे चाही, माछ-नयनी नहि !"

क्रोध आ आन्तरिक व्यथाक कारणेँ गदाधर झा राति मे माछ नहि खयलनि ! कन्हैयाजी कतबो कहलथिन, ओ आलूक सन्ना आ रोटी खा क' सूति रहलाह। सुतबा सँ पहिने निश्चय कयलनि काल्हि भोरे जयबाला केँ सूचित करताह जे आइ सँ ओ माछ-मांस खायब त्यागि देने छथि।

दोसर दिन कन्हैयाजी सँ पहिने तैयार भ' क' गदाधर झा कॉलेज चल गेलाह। मित्रक एहि अप्रत्याशित व्यवहार सँ कन्हैयाजी केँ बड़ दुःख भेलनि। प्रतिदिन एके रिक्सा पर दुनू मित्र कॉलेज जाइत छलाह। एके संगेँ 'रीगल' होटल मे चाह-सिंघाड़ा

खाइत छलाह। दुःखक कारणेँ कन्हैयाजी आइ कॉलेज नहि गेलाह। बिल्टूक हाथेँ छुट्टीक दरखास्त पठा देलथिन। अपने रतुका माछ आ आलू-कोबीक संगेँ भात खा क' सूति रहलाह। लगले निन्न भ' गेलनि।

कन्हैयाजी दुपहरिया दिनक निद्रा मे एकटा अलौकिक स्वप्न देखलनि। ओ देखलनि जे चारू कात अथाह समुद्र अछि, ओ स्वयं एकटा हंसग्रीव नौका मे बैसल छथि आ हुनका दुनू दिस बैसलि अछि दू टा सुन्नरि, मुदा, दुनू युवतीक डाँड़ सँ नीचा आधा देह रोहु माछ जकाँ छैक आ उपरका आधा देह मनुक्ख जकाँ !

नओ

निन्न फुजलाक बाद, कन्हैयाजी बिल्टू केँ कहलथिन, ''जल्दी सँ एक कप चाह बना क' ल' आ।''...कनिएँ कालक उपरान्त बिल्टू चाहक संगेँ एकटा चिट्ठी आनि क' देलकनि। बाजल, ''कोनो डॉक्टर साहेबक नोकर द' गेल अछि।''

मधुबालाक चिट्ठी मे एतबे टा गप्प लिखल छलैक जे ओ अपन पड़ोसिया, चौधरीजीक स्त्री सँ रोहु माछ रान्हब सीखि रहल छथि। अतएव, रवि दिन साँझ खन कन्हैयाजी केँ हुनका बासा पर अवश्य जयबाक चाही—माछ खयबाक हेतु। चिट्ठी पढ़लाक बाद, कन्हैयाजी पुनः आँखि मूनि क' सूति रहलाह...फेर ओएह स्वप्न देखबाक हेतु।

—मिथिला मिहिर/30 जनवरी, 1966

साँझक गाछ

एक

माघक पड़िबक साँझ। पहिल पहरक ललछौँह अन्हार मे चतरल पाकड़िक एकटा सहस्रडारि गाछ एहि मन्हुआयल साँझ मे स्वरूप आ एकटा विशिष्ट अर्थ द' रहल अछि। हम अस्थायी एकान्तक एकान्त आत्मपीड़ा मे, अस्वस्थ आ मानसिक रूपेँ जर्जर गामक सिमान पर ठाढ़ छी। चारू कात पसरल अछि हरिअर-पीयर खेत, पुआरक टाल सँ पीअर, आलू, रहड़िया आ आन हरियरी सँ हरियर...एहि मे कोनो खेत हमर अपन खेत नहि. ..ई गाम हमर अपन गाम नहि...।

हमर गाम कत' ? मोनक निर्जनता मे ई प्रश्न आइ सँ पहिनो हमरा कतेको बेर व्यग्र कयने अछि। व्यग्र आ निरीह; जेना हम जाति, कुल, घर-दुआर, समाज आ परम्परा सँ उठा क' कोनो अथाह इनार मे फेकि देल गेल छी आ डूबल जा रहल छी, नीचाँ, आर नीचाँ—एहि पतनशीलता, एहि डूबल जयबाक कोनो अन्त नहि। मोनक निर्जनताक इनार सँ बाहर भ' जगति पर, कोनो जगति पर पैर देबाक सुविधा हमरा नहि अछि। मुदा तैयो ई गाछ, पाकड़िक ई सहस्रडारि गाछ, जे एके संगेँ एहि गामक सिमान पर, आ हमरा हृदय मे चतरल आ पसरल अछि, हमरा जीबाक हेतु, जीबैत रहबाक हेतु शान्ति आ सान्त्वना दैत अछि। सान्त्वना दैत अछि ई माघक साँझ, ई ललछौँह अन्हार, अर्थात् मिथिलाक एहि निस्तब्ध ग्रामांचलक हरियर-पीयर दिवसावसान हमरे जकाँ अस्वस्थ आ जर्जर।

एहि अगहन मे हम वयसक पैंतिसम सिमान पार क' '३' आ '६' एहि दू अंकक विपरीत-मुख सन्धि-स्थल पर ठाढ़ भेल छी। एहि अगहन मे पहिल बेर हमरा मोन पड़ल अछि जे आइ सँ पन्द्रह-बीस बर्ख पहिने हमरो एकटा गाम छल। एकटा भनसाघर, जाहि मे मलिन साड़ी आ मलिन चेहरा पहिरने एकटा संतप्त स्त्री चूल्हि लग चुपचाप बैसलि.. .चूल्हि मे आगि नहि छैक, मात्र गोइठाक मिझायल छाउर...एकटा बिन नीपल आँगन. ..आँगन मे अनेरे उपजल भाँग आ धतूरक गाछ, एकटा नेबो, एकटा सिंगरहार, आ एकटा सहिजन—ई तीनू गाछ फलहीन, फूलविहीन—भाँग-धतूरक कोनो उपयोग नहि एहि आँगन मे...एहि आँगनक महादेव तीन सय योजन दूर बसैत छथि। आइ सँ पन्द्रह-बीस बर्ख पहिने हमरो एकटा गाम छल...एकटा घर-आँगन, एकटा स्त्री।

स्त्री मलिन साड़ी मे किरासनक तेल ढारि क' चूल्हि पर बैसि रहलि। भनसा घर सुड्डाह भ' गेल। सुड्डाह भ' गेल हमर गाम। सुनैत छी सिंगरहारक गाछ एखनो आँगनक पूब कोन पर ओहिना ठाढ़ अछि—बाँझ, फूल विहीन। हम ट्रेन मे भेटल गामक लोक सँ आ कहियो कोनो विशेष अवसर पर अपन पित्ती आ भातिज सभक चिट्ठी सँ गामक समाचार बुझैत छी।...फलाँ बाबूक बेटा बँटबाराक मोकदमा दायर कयने अछि...फलाँक स्त्री बताहि भ' गेलि छथिन...हमर उजड़ल घरडीह पर फलाँ चौधरी अपन माल-महींस बान्हब प्रारम्भ कयने छथि...एहि कुशल-समाचार सभ मे हम अपन गाम तकबाक चेष्टा करैत छी—ओ गाम जे कहियो छल, मुदा, आब रहितो नहि अछि हमरा लेल।

दू

जीवनक छत्तीसमे बर्ख मे हमर वयस आ देह-दसा आ दृष्टिकोण पचास-पचपन बर्खक प्रौढ़ भ' गेल अछि। एहि वार्द्धक्यक कारणेँ सामाज मे कोनो विशेष आदर भेटल हो, से नहि। आदर नहि भेटल। अपना मालिक संगेँ गामे-गाम बौआइत 'नकली' बसहा-बड़द जकाँ हम मात्र भिक्षा, मात्र प्रतारणा, मात्र अपमान-अनादर पबैत रहलहुँ। हमर मालिक थिक हमर बताह मोन ! हमर आन्तरिक विक्षिप्तता केँ आदर आ सिनेहक शान्ति-वृत्त कोनो पथ पर नहि भेटल। आइ ई गाम, काल्हि ओ नगर, परसू ओ थाना-कचहरी, चारिम दिन अस्पताल, ओ धर्मशाला, ओ जंगल, पहाड़-नदी-मरुभूमि, ओ इनारक जगति...चरैवेति, चरैवेति, चरैवेति...चलैत रहू हे राजा, दिन-राति, अन्हरिया-इजोरिया, बिहाड़ि बसात, चलैत रहू। हमर गाम हेरा गेल, आ हम गामे-गाम चलैत रहलहुँ, नौटंकी-नाटक कम्पनीक संग, कोनो सर्कस जादू खेलक संग, तबला बजबैत, भनिता करैत, बिसहारा खेलाइत, भगता बनैत, बिपटाक स्वांग रचैत...।

स्वांग रचब हमर जीवन आ जीविका भ' गेल। बीस बर्ख पहिने ई सत्य हमरा बुझबा मे आबि गेल छल जे जीबाक अछि, पोसल कुकूर जकाँ वा अरना महीस जेकाँ, कोनो तरहेँ जीबाक अछि; तेँ स्वांग रच' पड़त, कोनो-ने-कोनो स्वांग—नीक लोकक वा अधलाह लोकक ! बुझबा मे आबि गेल छल जे सभ लोक कोनो-ने-कोनो स्वांग रचैत अछि। जे हम छी, जे हमर असली व्यक्तित्व अछि, हमर असली चेहरा, से व्यक्त कयने, से व्यक्त करैत रहला सँ ने हमरा अन्न-पानि भेटि सकैत अछि, ने ठाढ़ होयबाक लेल कोनो ओसारा, कोनो आँगन ! अतएव, अपन गाम त्यागि क' हम नकली जीवन बेसाहि रहलहुँ।

अपना गाम मे, अपन लोकक मध्य, स्वांग हमरा सँ नहि भेल। भौजी कहलनि, "बाउ, खेत नहि रोपब, माल-जाल नहि चरायब तँ खायब की ?" फूसि बाजब ताबत धरि हम सिखने नहि छलहुँ। उत्तर देलियनि, "ई सभ काज हमरा सँ नहि होयत। पान खायब, सुपारी-जर्दा खायब, ताश खेलायब आ ककरो दलान पर बैसि गप्प लड़ायब,

शतरंजक गोटी लड़ायब, झगड़ा कड़ब, हँसी-ठट्ठा करब; माल-जाल नहि, खेतक जंजाल नहि।'' भौजी चुप्प भ' गेलि छलीह। आनो कोनो लोक-वेद किछु नहि बाजल छल। हम अपन घर-आँगनक स्वामी छी। आब लोक किएक किछु बाजत ?

मुदा ओहार लगाओल बैलगाड़ी पर बैसि, अपन तीनू सन्तान केँ सीरक सँ झाँपि, एकटा बड़का पेटी आ आठ-दसटा छोट-पैघ मोटरी मे अपन वस्तु-जात बान्हि हमर विधवा-भौजी कनैत-कनैत अपन नैहर चलि गेलीह। भौजीक ओ विदा-यात्रा हमरा आइ धरि नहि बिसरल अछि। भौजी धनीकक बेटी छलीह। हमरा परिवार मे आबि कहियो सुख-शान्ति नहि भेटलनि। भाइजी सदिखन बीमारे रहैत छलाह। बीमार आ गामक राजनीति मे सक्रिय-संलग्न। हमरे जकाँ अपन घर-आँगनक समस्यादि सँ कोनो मतलब नहि रहैत छलनि। राजरोग यक्ष्मा सँ पीड़ित भ' भाइजी अस्पताल गेलाह। संगेँ गेलथिन भौजी। बर्ख भरि पूर्णियाँ; सहरसा आ पटना कयल गेल। मुदा मुइनिहार केँ के रोकत ?

घर-परिवारक भीत, धरनि, चार, खिड़की-केबाड़ सभटा ढनमना गेल। भौजी कहलनि, ''बाउ, खेत नहि रोपब ? तीन टा भातिज अछि...अपनो संतान होयत...घर कोना चलत ?'' घर नहि चलल। भौजी नैहर चलि गेलीह। साँझ पड़ि गेल। अन्हार। चारूकात भादवक कारी अन्हार। अन्हार मे हम भाइजीक खेत देखैत छी। अन्हार मे हम भगवती-स्थानक चारू कात औनाइत फिरैत छी। अन्हार मे हम तकैत छी इजोतक कोनो पिंड, कतहु जयबाक हेतु कोनो एकटा मार्ग, कोनो अर्थ, कोनो संगति...किन्तु ने प्रेत, आ ने भवगती, कियो हमरा इजोतक रस्ता नहि देखबैत अछि एहि अन्हार मे !

तमसो मा ज्योतिर्गमय...तमसो मा ज्योतिर्गमय...अन्हार सँ इजोत दिस ल' चलू हमरा—कतबो जोर सँ ई श्लोक-खण्ड चिकरला सँ कोनो लाभ नहि। बैलगाड़ी पर बैसलि अपन विधवा भौजीक ओ अन्तिम दृष्टि हम देखने छलहुँ, मुइल माछ जकाँ दुनू आँखि थिर भेल ! एहि दृष्टि मे कोनो उलहन नहि, कोनो वेदना-सन्ताप नहि, केवल मृत्यु ! ...भाइजीक चिकित्सा मे भौजीक श्रीसम्पन्न पिता-भ्राता कोनो आर्थिक सहायता नहि कयने छलनि। भौजी प्रण कयने छलीह—मरि जायब, परंच आब कोनो दिन घुरि क' नैहर नहि जायब। से प्रण आइ समाप्त भ' गेल छनि। पाथरक मुरुत सन सुन्दर तीन टा बालक...।

तीन

जीबह, जागह, चूल्हि मे लागह—ई कहबी हमरे चरित्र मे चरितार्थ भेल अछि सम्पूर्ण रूपेँ। जीबैत छी, जागल रहैत छी, मुदा, जिनगी एकटा विराट चूल्हि अछि जाहि मे हम सदिखन हरियर-काँच जारनि जकाँ जरैत-सुनगैत रहैत छी। आगि पजारबा मे सभ सँ बेसी सहायक होइत अछि अतीत। बीतल दिनक स्मृति।...सुख हमरा कहियो नहि भेटल—ई कहब अनर्गल होयत। सुख हमरा सभ सँ बेसी ओहि व्यक्ति सँ भेटल, जकरा व्यक्ति बुझबाक इच्छा हमरा कहियो नहि भेल। भौजी छलीह, तैयो ओ व्यक्ति अदृश्य

छल आ भौजी चलि गेलीह तैयो ओ व्यक्ति अदृश्ये रहल—अपन अदृष्ट ओ हमर कर्म पर निर्भर ! ओ व्यक्ति छलीह हमर स्त्री आ भनसा घर छलनि हुनक एक मात्र कर्मस्थल आ वासस्थल।

गामक आन कोनो लोक हुनकर बाजब नहि सुनलक। हम स्वयं हुनकर कानब, अथवा हुनकर हँसी सँ अपरिचिते रहि गेलहुँ। मुदा, समय पर हमरा चाह, पान आ पीसल भांगक नगिनियाँ गोली मरीच मे डूबल, भेटैत रहल। कोना भेटल तकर ज्ञान हमरा कहियो नहि भेल। हमरा सन तुच्छ आ दुर्बल मनुक्ख केँ एहि ज्ञानक जिज्ञासा नहि होइत छैक।

जिज्ञासा नहि, मुदा समय पर भूख-पियास, समय पर सुतबाक चेष्टा, समय पर नववस्त्रखंड, अपन दलान पर बैसि मित्रमंडलीक अभ्यर्थना करबाक इच्छा सभ केँ होइत छैक। से ई तीन वस्तु हमरा प्राप्त होइत रहल, गामक अपन अकर्मण्य निरीहता मे प्राप्त होइत रहल, ओही अदृश्य व्यक्तिक कारणेँ। ओ कालान्तर सँ अवसर पाबि किरासन-तेलक मटिआइन दुर्गन्धि मे डूबि, आगिक लह-लह धधरा मे झरकि क' स्वाहा भ' गेलि, बिन कनने, बिन बजने ! हम गाममे नहि छलहुँ। गुलाबबाग मेला, अथवा भागलपुरक बाजार अथवा राजनगरक जंगल मे छलहुँ। कतेक दिनक उपरान्त हमर पित्ती, श्री दुःखनारायण चौधरीक एकटा पोस्टकार्ड हमरा भेटल। पोस्टकार्ड पर कतेक ठामक मोहर, कतेक पता सभ काटि-काटि क' लिखल।

पत्र मे एतबे कथा ''चिरंजीवी श्रीयुत...केँ परम दुःखपूर्वक ज्ञातव्य जे जगन्नाथपुरवाली कनियाँ आगि मे झरकि क' मरि गेलीह। अपनेक जेठ भातिज जयनारायण आगि देलथिन। अपने पत्र पबिते गाम चलि आउ, जाहि सँ श्राद्धादि व्यवस्था हो। हमर सभक परिस्थिति तँ अपने जनिते छी।''

ई पत्र पढ़ि हमरा ने दुःख भेल, ने विषाद। हम अपन स्वांग रचबा मे मस्त भ' गेलहुँ। गाम जयबाक कोनो सेहन्ता नहि भेल। केवल एतबे कथा मोन पड़ल जे कोनो दिन कोनो व्यक्ति केँ जगन्नाथपुर गाम सँ महफा मे बैसा क', कोसिकाक धार मे महफा-सहित नाओ मे चढ़ा क' हम अपन गाम अनने छलहुँ, से व्यक्ति आब नहि अछि, कतहु नहि अछि। से व्यक्ति बिला गेल, जेना लालटेन मिझा गेला पर इजोत बिला जाइत छैक। एकटा रातिक कथा मोन पड़ैत अछि...।

घटाटोप अन्हार। पानि झहरि रहल अछि। गामक धार बाढ़ि मे उमगि क' सौंसे गाम केँ पोखरि बना देने अछि। हम भाँग पीने मत्त छी, आ महादेव जकाँ प्रसन्न। मोन होइत अछि, ई सौँसे पृथ्वी, आ अपन सम्पूर्ण जीवन ककरो दान द' दिअइ। मोन होइत अछि, हँसैत-हँसैत बताह भ' जाइ। हम ओछाओन पर चित्त पड़ल बरखाक संगीत सुनि रहल छी। ओ घरक एक मात्र खिड़की लग ठाढ़ि बाहरक अन्हड़ आ बाढ़िक हाहाकार देखि रहलि छथि। हम पुछलियनि, ''गुलाब-दाइ, आइ जे मंगबाक हो मांगि लिअ'। आइ हम महादेव जकाँ ढरल छी, बनि गेल छी औघड़दानी ! किछु मांगि लिअ'। जे मंगबाक इच्छा हो।'' किन्तु ओ चुप्पे रहलीह ! बाजब, मुँह सँ बाजि क' किछु मांगि लेब हुनकर

स्वभाव नहि। बड्ड तंग कयला पर, बड़ी कालक बाद, बजलीह, ''हमरा की नहि देने छी अहाँ, जे हम मांगब ! की मांगब हम ! एतबे मंगैत छी, दिन-राति भगवती सँ एतबे मंगैत छी जे अहाँ नीकेँ रही, अहाँ निरोग रही...।''

हमर नीक, हमर नैरोग्य मंगल-कामना कयनिहार व्यक्ति एकटा अछि, ई जानि क' ओहि दिन हमरा क्रोध आ परितापे भेल छल, कोनो प्रकारेँ सुख नहि। तेँ हम दोसर वा चारिम दिन गाम सँ भागि आयल छलहुँ। जेना तानल बन्दूक देखि क' कोनो हरिण, कोनो बनैया सूगर भगैत अछि। तहिया सँ हम नव-नव भेस लगबैत, नव-नव मुखड़ा पहिरैत भागले जाइत छी, एहि जाल सँ ओहि जंगल, एहि गाम सँ ओहि गाम। रस्ता मे चलैत-चलैत कोनो ठाम साँझ भ' जाइत अछि, आ हम कोनो गाछ तर ठाढ़ भ' एक बेर पाछू घूमि क' तकैत छी–केयो आबि तँ नहि रहल अछि, कोनो प्रेत, कोनो स्त्री, अथवा कोनो पथरायल दृष्टि।

साँझक गाछ तर ठाढ़ भेल, दू गामक सिमान पर, हम अन्हार आ इजोतक मिलान करैत छी। अन्हार की थिक ? आ इजोत की थिक ? जीवनक ई पैघसन छत्तीस बर्ख हम कोन वस्तुक लेल काटि देलहुँ। कथीक लेल ?

चारि

हमर एतेक पैघ आ वैविध्यपूर्ण जीवन मे हमरा मात्र दुइए तरहक स्त्रीगण सँ भेँट भेल अछि–पहिल तरहक हमर स्त्री आ हमर भौजी आ दोसर तरहक ओ सभ स्त्रीगण जे शहर-बाजार मे घुमैत अछि, एक दोकान मे कोनो वस्तु कीनि, दोसर दोकान मे कोनो आन वस्तु बेचैत अछि। जे थिएटर-नौटंकी मे काज करैत अछि, जे ओ काज करैत अछि जे एहि विशाल संसार मे कयल जाइत छैक। पहिल तरहक स्त्री सँ हम पचहत्तरि योजन दूर भागि क' भरि जीवन बौआइत रहल छी, पहिले तरहक स्त्रीक सम्पर्क पयबाक हेतु, आ अपन गाम सँ भागि क', हम सभ ठाम अपने गाम ताकि रहल छी...।

इएह थिक हमर जीवनक विरोधाभास–एहन विरोधाभास जे अपन स्वामी केँ शरीर सँ रुग्ण-रोगग्रस्त, मोन सँ जर्जर आ जीवनक प्रत्येक क्षेत्र मे असफल बना दैत अछि।... रवीन्द्रनाथ ठाकुरक एकटा उक्ति प्रसिद्ध अछि, 'जाहा चाई ताहा भूल कोरे चाई, जाहा पाई ताहा चाई ना', अर्थात् जकरा प्राप्त करबाक इच्छा कयलहुँ से एकटा भ्रान्त इच्छा छल, आ जकरा प्राप्त कयलहुँ तकरा पयबाक कोनो इच्छा मोन मे नहि छल। इएह थिक हमर बिडम्बना–हमर जीवनक ग्रह-दशा। शनि आ चन्द्रमाक कुदृष्टि हमरा कत' नहि ल' गेल, कोन अन्हार घर, काजरक घर मे नहि ल' गेल ! मुदा, सभ घर मे, सभ अन्हार मे, किरासन-तेल मे डूबलि कोनो स्त्री जरैत रहलि...कोनो दोसर स्त्री कातर, स्थिर, अमंगल दृष्टि सँ हमरा दिस तकैत, बैलगाड़ी पर बैसलि गामक सिमान सँ दूर, आर बेसी दूर, आर बेसी दूर चल जाइत रहलि, हमरे हृदय मे, हमरे निन्न मे, दू स्त्री, एक्के तरहक दू स्त्री...आन कोनो व्यक्ति नहि, आन कोनो जीवधारी हमरा कहियो कोनो दुःख-परिताप

नहि द' सकल।

जीवन-यापनक हेतु हम सभ तरहक काज कयलहुँ; नीक, अधलाह, ठेकनगर, खराब ! जीवन बितैत रहल। जेना कहियो समाप्त नहि होब'वला कोनो तीर्थयात्राक रेलगाड़ी पर निरुद्देश्य नास्तिक जकाँ हम बैसल छी। किऐक जा रहल छी...कत' जा रहल छी, की कारण, की उद्देश्य–हमरा किछु बुझल नहि भेल। जेना कोनो बड़द गरदनि पर बैलगाड़ीक जूआ रखने, लीख धयने चलल जाइत अछि।

पाँच

किछुए दिन पहिने पूर्णिमाक दिन रामगंज बाजार मे मेला लागल छल। एकटा नाटक कम्पनीक संग हम ओहि मेला मे गेल छलहुँ। 'सत्य-हरिश्चन्द्र' नाटक मे हम हरिश्चन्द्रक पार्ट करैत छी–'चन्द्र टरै, सूरज टरै, टरै जगत-व्योहार, पै राजा हरिश्चन्द्र को टरै न सत्य विचार।'...रोहिताश्वरक शव लग बैसलि श्मशान मे महारानी शैव्या, अर्थात् कानपुर शहरक रामप्यारी देवी कानि रहलि छथि, आ हम हुनका सँ श्मशानक 'टैक्स' मांगि रहल छी। सत्य पर आधारित एहि नाटकक ई चरम दृश्य थिक। शामियाना मे बैसल स्त्रीगण-समाज नोर बहा रहल अछि। हारमोनियम आ वायलिन पर बाजि रहल अछि कोनो कर्णरागिनी। सभ केँ बूझल छैक जे अन्त मे सत्यक विजय होयत, रोहिताश्व पुनः जीवित भ' जयताह, राजा हरिश्चन्द्र केँ पुनः अयोध्याक राज-सिंहासन भेटि जयतनि, परंच, तैयो सभ श्वास रोकने नाटक देखि रहल अछि। सभ निस्तब्ध अछि। सभ व्याकुल अछि।

आ, ओहीकाल मे हम देखैत छी, सभ सँ आगूक पतियानी मे बैसलि छथि हमर भौजी, हमर अप्पन भौजी...आँखि मे काजर, देह मे तीन-चारि जोड़ गहना, रेशमी ब्लाउज आ रेशमी साड़ी, भौजी जेना पहिनो सँ अल्पवयस, पहिनो सँ बेसी 'सधवा' भ' गेलि छथि।...रामगंज बाजार सँ भौजीक नैहर तिनिए-चारि कोस छनि, तैयो एहिठाम एहि अवस्था मे हुनका देखि क' हम नाटकक अपन पार्ट बिसरि गेलहुँ। बिसरि गेल राजा हरिश्चन्द्रक अपन ई स्वांग।

नाटक समाप्त भेलाक उपरान्त, जल्दी-जल्दी 'ड्रेस' उतारि क' हम स्त्रीगणक भीड़ मे भौजी केँ ताक' लगलहुँ। ओ एकसरि नहि छलीह। संग मे छलथिन रामगंजक सभ सँ धनी व्यक्ति श्री रघुनाथ पाठक। पाठकजीक नाम-यश सौँसे जिला-जबार मे प्रसिद्ध छनि। भौजी बजलीह, ''आब हम रामगंजे मे रहैत छी। बच्चा सभ एही ठाम स्कूल मे पढ़ैत अछि। अहाँ की भरि जीवन नाटके करैत रहब ?''

हम भौजी केँ नहि कहि सकलियनि जे एकटा नाटक हम क' रहल छी आ दोसर नाटक भौजी स्वयं क' रहलि छथि। अर्थात् पहिल वर्गक स्त्री-समाज सँ नाम कटा क' हमर भौजी दोसर वर्गक स्त्री-समाज मे आबि गेलि छथि–किछु किनबाक लेल, आ तकरा बदला मे बहुत किछु बेचि लेबाक हेतु।...दुख नहि भेल। भौजीक एहि कायाकल्प सँ

हमरा कोनो दुःख नहि भेल। भरि जीवन तँ हम एहने स्त्रीगण सभक संगेँ जीवन बितबैत आयल छी।

छओ

अपवर्गक समाज मे रहितो, सभटा स्वांग रचितो, एकटा स्वप्न छल हमरा मोन मे, आ हमरा आँखि मे। इच्छा छल, कोनो दिन हम अपन गाम घूरि जायब। भौजी केँ आ तीनू बच्चा केँ बजा लेब। साग-भात खाइत, कोनो तरहेँ जीवन बितबैत, बच्चा सभ केँ पढ़ायब आ अपने गाम मे कोनो नीक काज करब...नीके काज सभ करैत रहब। मुदा, ओहि रामगंज मे ओ स्वप्न सुड्डाह भ' गेल।

भौजी कतबो कहलनि, हम हुनका संगेँ रघुनाथ पाठकक बासा पर नहि जा सकलहुँ। जयबाक साहस नहि भेल। तीनू भातिजक उदास; ग्लानि आ अपमान-लांछना मे डूबल चेहरा देखबाक साहस नहि भेल। दोसरे दिन हम नाटक-कम्पनी सँ छुट्टी ल' पूर्णियाँ चल गेलहुँ। पूर्णियाँ सँ भागलपुर, आ भागलपुर सँ मुंगेर। कतेक दिन धरि एहिना एक शहर सँ दोसर शहर बौआइत रहलहुँ–भौजी केँ बिसरबाक हेतु अपन गाम, अपन स्वप्न, अपन अतीतक सुख-शान्ति केँ बिसरि जयबाक लेल। मुदा, से नहि भेल...।

''बिसरब असम्भव थिक''–हमर बाल-संगी त्रिलोचन झा कहलनि, ''लोक बताह नहि भ' जाय तँ जीवनक कोनो मार्मिक प्रसंग ओ बिसरि नहि सकैत अछि। नीक इएह होयत जे अहाँ विवाह क' लिअ'–एक बेर पुनः अपन गाम मे रहबाक चेष्टा करू। जे भेल, से भ' गेल, मुदा आब नहि। आब महायात्रात्मक कोनो नीक अन्त होयबाक चाही।''

त्रिलोचन झा वैद्यनाथ धाम मे संस्कृत-पाठशाला चलबैत छथि। नीक, निविष्ट लोक। धर्मभीरु। हमरा हुनकर कथा-वार्ता पर आस्था अछि। मुदा, आरम्भो कयल जाय तँ एकर कोन भरोस जे पुनः कोनो स्त्री किरासन तेल ढारि क' भस्म नहि भ' जाए अथवा रघुनाथ पाठकक बासा पर रहय नहि लागय ?

हम साँझक गाछ छी–कखन अन्हार मे डूबि जायब कोनो ठीक नहि। कोनो बातक कोनो ठीक नहि, एहि गामक सिमान पर एकसर ठाढ़ भेल हम निर्णय करैत छी–आन कोनो बातक ठीक नहि। ठीक एतबे जे आइ माघक परीब थिक, आ पहिल पहरक ललछौंह अन्हार मे चतरल पाकड़िक एकटा सहस्त्रडारि गाछक छाँह मे हम ठाढ़ छी। हम एहिना ठाढ़ रहि जायब।

–मिथिला मिहिर/13 मार्च, 1966

समुद्र

एक

दयामयीक नैहर मे पोखरि तँ गोटेक तीस-पैंतीसटा छलनि, नदी एक्को टा नहि। सुखायलो नदीक मुइल धार नहि। पानिक गति सँ, गतिशीलता सँ ओ परिचित नहि छलीह। परिचित नहि छलीह नदीक चंचल जलधारा सँ। अस्तु, विश्वनाथ बजलाह, ''स्त्रीक स्वभाव आ भादबक नदी मे कोनो अन्तर नहि।'' दयामयी अपन स्वभाव अथवा भादबक नदी सँ परिचित नहि छथि। उत्तरहीन रहि गेलीह। विश्वनाथ की कहि रहल छथि ! की तात्पर्य ? भादबक नदी नीक होइत अछि कि अधलाह होइत अछि ? हमर स्वभाव केहन अछि ! केहन छी हम ? के छी ! हम के छी, आ हम किऐक छी ?

विश्वनाथ करौट ल' खिड़की सँ बाहर सड़क दिस तकैत पुनः बजलाह, ''अहाँक स्वभाव आ उमड़ल एहि गंगा नदी मे कोनो अन्तर नहि अछि। अन्तर एतबे जे नदीक बाढ़ि मे घर, घाट, सीढ़ी, मन्दिर, नाह-डेंगी, सभ डूबि जाइत अछि। मुदा, अहाँक मोनक बाढ़ि मे मात्र अहीँ टा डुबैत-भसिआइत छी, आन क्यो नहि, आन किछु नहि...।'' दयामयी पलंगक सिरमा दिस राखल कुर्सी पर बैसलि छथि। किछुए काल पहिने स्नान कयने छथि। केश भीजल छनि। आँखि अथवा ठोर पर बीतल रातुक कोनो हिंसा, कोनो प्रमाद, कोनो ठेही, कोनो विषाद नहि। मुखाकृति प्रफुल्ल। आँखि मे प्राण आ नवीन वयसक इजोत ! एहि इजोत केँ जँ विश्वनाथ गंगा नदीक बाढ़ि कहैत छथि, तँ ककर की दोख...ककर की अपराध ?

विश्वनाथक पिता रमानाथ मिश्र परगन्नाक सभ सँ धनीक आ सभ सँ प्रतिष्ठित लोक छलाह। विश्वनाथ पिता द्वारा स्थापित परम्परा केँ आगाँ बढ़ौने छथि, धन-सम्पत्ति मे, व्यवसाय मे, समाजसेवाक माध्यम सँ यशवृद्धि मे। पिताक नाम पर गाम मे रमानाथ हाइ स्कूल, माताक नाम पर जिलानगर मे जगतारिणी कन्या पाठशाला, पितामहक नाम पर...। विश्वनाथ अपने सात सय बीघा खेतीक अतिरिक्त सूदि, लहना आ मोकदमाक कारबार करैत छथि। मोकदमा लड़बा मे एहन पटु, एहन चतुर, एहन परिश्रमी लोक आब मैथिल समाज मे भेटब असम्भव। साल मे बीस टा मोकदमा, साल मे पचास हजार टाकाक सूदि, साल मे सात सय बीघाक उपजा-बारी...साल मे एक्को दिन विश्वनाथ केँ अवकाश नहि। आइ मधेपुरा छथि, तँ काल्हि भागलपुर, आ चारिम दिन पूर्णियाँ।

साल मे एक्को दिन अवकाश नहि, मुदा, एही अवकाशहीनता मे चारि बर्ख, अथवा पाँच बर्ख पहिने विश्वनाथ केँ कमलपुर-गोठक रामसुन्दर झाक कन्या दयामयी सँ विवाह करबाक इच्छा आ सुविधा भेल छलनि। एक विवाह ओ पहिनहुँ कयने छलाह। स्त्री आब नहि छथिन। ओहि पक्ष सँ दू टा कन्या छथिन, दुनू विवाहिता। विश्वनाथक प्रथम जमाय भागलपुरक ओकिल छथि, दोसर जमाय कलकत्ता मे कोनो नीक सरकारी नोकरी पर छथि। विश्वनाथ केँ पुत्र सन्तान नहि छनि। एतदर्थे, पचास बर्ख मे ई विचार...।

दयामयी कमलपुर हाइ स्कूल सँ मैट्रिक कयने छलीह। आगाँ पढ़बाक बड्ड इच्छा छलनि। गामक कोनो एकटा पोखरि मे डूबि मरबाक इच्छा भेलनि, जाहि राति पिता रामसुन्दर झा अपन स्त्री सँ बजलाह, ''ईश्वरक इएह इच्छा छनि। ओ स्वयं हमरा एकान्त मे बजा क' कहलनि...हमरा सँ नहि कहल नहि गेल। ओ प्रतापी लोक छथि। ईश्वरक इच्छा सँ ओ हमरा परिवार मे सम्बन्ध क' रहल छथि।'' इत्यादि। किन्तु दयामयी पोखरि मे डूबि क' मरि नहि सकलीह...विवाहक राति सँ आइ पाँच बर्ख धरि मोनक अथाह, अपरिचित नदी मे भसिआइत रहलीह...पाँच बर्ख धरि।

ओना विश्वनाथ सहृदय व्यक्ति छथि। भागलपुर मे पढ़ैत छलाह, तँ कविता लिखैत छलाह, अपन कोठलीक देबाल सभ पर अपन बनाओल चित्र सभ सेहो टंगैत छलाह। आबो दयामयीक आँखि सँ रोहु माछ, दयामयीक स्वभाव सँ भादबक नदी, दयामयीक बाँहि सँ अनारक डारि, दयामयीक ठोर सँ दाड़िमक तुलना करबा मे विश्वनाथ केँ कोनो दुविधा नहि होइत छनि। 'की कहु सुन्दरि रूपे'...'देखल एक अनुपम बाग'...'कामिनी करय सनाने' अनेक पुरान पद, अनेक पुरान उपमा, अनेक पुरान पदावली ओ दयामयी केँ प्रसन्न राखबाक हेतु समय-समय पर स्मरण करैत रहैत छथि।

मुदा, चुपचाप कुर्सी पर बैसलि रहैत छथि दयामयी। निरुत्तर, आ निरपेक्ष। जेना हुनका हृदय मे बाढ़िक गंगा नदी नहि छनि, नैहर मे छूटि गेल तीस टा पोखरि छनि, सुखायल पोखरि। सुखायल पोखरिक सभटा माछ पाँच बर्ख धरि छटपटा क' मरि गेल अछि। बचि गेल अछि थाल-कादो...आ, सह-सह करैत साँप, इच्छाक साँप, आ अनिच्छाक साँप। विश्वनाथ साँप नहि देखैत छथि, केवल देखि पबैत छथि भादबक नदी।

दयामयी आ विश्वनाथ, एहि दुनू व्यक्तिक आन्तरिक विरोधाभासक इएह स्थिति थिक। साधारण व्यक्तिक जीवन मे एहन कोनो विरोधाभास नहि होइत अछि। विश्वनाथ साधारण व्यक्ति नहि छथि, अपन कर्म-जीवन आ अपन अन्तर-जीवनक प्रत्येक परिस्थिति मे असाधारण छथि। हुनका हृदय मे ताप छनि, उत्ताप छनि, कोनो प्रकारक भय नहि छनि। पराक्रमी लोक भयहीन होइत अछि। ओ पराक्रमी छथि। जिला-कचहरी सँ हारि गेल मोकदमा सँ, कोनो विधवा मसोमात सँ जबर्दस्ती लिखा लेल गेल खेत सँ, बी.डी.ओ. अथवा एस.डी.ओ. इत्यादिक कोप सँ विश्वनाथ केँ कोनो भय नहि, कहियो कोनो भय नहि। कहियो कोनो भय नहि अपन स्त्री दयामयीक स्वस्थ शरीर आ भादवक वयस सँ। अपन भयहीनता, अपन पराक्रमक कारणेँ विश्वनाथ सभटा विरोधाभास आत्मसात क' जाइत छथि। कहैत छथि, ''गंगा सँ अहाँ केँ एत्तेक भय किएक होइत

अछि ? काल्हियो गंगा-स्नान कर' नहि गेलहुँ। आइ सेहो एही ठाम स्नान क' लेने छी...। काशी तँ लोक दुइए टा काज सँ अबैत अछि, एकटा गंगास्नान आ दोसर महादेवक दर्शन।''

''हमरा सत्ते डर होइत अछि।...जँ सीढ़ी सँ पैर पिछड़ि जाय''—एक बेर विश्वनाथ दिस ताकि सलज्ज स्वर मे, मूड़ी निहुरौने दयामयी बजलीह। एहन उत्तर सूनि विश्वनाथ हँसि पड़लाह।

''पैर किएक पिछड़त ? लाखक लाख लोक नित्य गंगास्नान करैत अछि।...अहींक पैर किएक पिछड़ि जायत ?''

''हमरा डर होइत अछि। आर कहियो हम कोनो नदी मे नहि नहायलि छी।...परसू अहाँक संग दशाश्वमेध गेल छलहुँ। मोन धुकधुक करैत छल। पानि मे पैर स्थिर नहि रहैत छल, भसिआइत छल। अहाँक हाथ नहि पकड़ने रहितहुँ, तँ डूबि जयबा मे कोनो भांगठ नहि छल।...हमरा कोसिका कातक लोक जकाँ हेल' नहि अबैत अछि। गामक पोखरियो मे हम कहियो स्नान नहि करैत छलहुँ।''

''गामक पोखरि आ काशी नगरीक एहि गंगा मे बड्ड अन्तर छैक। गंगा मे जँ डुबियो जाइ तँ गंगालाभ होयत, मोक्ष भेटत।''

''हमरा मोक्षक कोनो काज नहि अछि। हमरा गंगालाभ नहि चाही।''

''तखन की चाही अहाँ केँ ?''

''किछु नहि। किछु नहि चाही हमरा। एखन धरि जे भेटल अछि, जतबा भेटल अछि, सैह हमरा लेल पर्याप्त अछि।''

दू

पाँच दिन पहिने विश्वनाथ अपन स्त्रीक संगेँ काशी आयल छथि। मिसरिया नोकर, आ किसनी खबासिन सेहो सेवाक हेतु संगेँ आयल छनि। नीलकंठ मोहल्लाक कोनो गली मे एकटा डेरा किराया लेने छथि। बेस किछु दिन काशीवास करताह। किछुए दिन पहिने पटना हाइकोर्ट सँ एकटा पैघ मोकदमा जितने छथि विश्वनाथ। मोन प्रसन्न छनि। दयामयीक सुख-सुविधा दिस पहिल बेर ध्यान गेल छनि। स्वामीक प्रसन्नता सँ स्वयं प्रसन्न छथि दयामयी। पहिल बेर अपन नैहर, अपन सासुरक सिमान सँ बाहर आयल छथि।

आन्तरिक प्रसन्नता केँ स्थिर राखबाक हेतु दयामयी प्राणपन सँ चेष्टा करैत छथि जे कतहु कोनो विघटन नहि भ' जाय। किन्तु, एहन उज्जर फूसि ओ कोना बाजथि, जे दशाश्वमेध-मणिकर्णिकाक सभटा सीढ़ी, मन्दिर, घाट, प्रस्तर-पिंड केँ अपन आलिंगन मे आबद्ध करैत एहि पीयर, नग्न, बताहि नदी सँ हुनका सिनेह आ श्रद्धा छनि।...फूसि ओ कोना बाजथि, अथवा सत्त बाजि देबाक साहस दयामयी मे नहि छनि। सत्त बाजि देला सँ विश्वनाथ दुःख करताह। सत्त बाजि देला सँ दयामयीक नाम असार्थक भ' जायत।

सत्त काम्य नहि, आ फूसि उचित नहि–आ, एहि दुनूक मध्य सँ कोनो तेसर मार्ग नहि। तखन की कयल जाय ?

मैट्रिक पास कयने छथि, मुदा, मैट्रिक पास स्त्रीक कोनो टा गुण, कोनो टा दोख दयामयी मे नहि आयल छनि। जेना अपन देशक आन स्त्री सभ होइत अछि, कनिएँ सुख मे तृप्त, कनिएँ सिनेह मे आप्यायित, कनिएँ सौभाग्य मे आनन्दमग्न।...दयामयी तहिना आनन्दमग्न छथि। जँ पचास-पैंतालिस नहि, पैंसठि-सत्तरि बर्खक सौभाग्य भेटितय. ..इएह विचारि क' ओ अपन सौभाग्य सँ अपने ईर्ष्यालु रहैत छथि। जेहन दयामय, जेहन प्रेममय हमर स्वामी छथि, तेहने सभक स्वामी होथि–दयामयी मोन मे इएह कहैत रहैत छथि। पचासम पार कयने छथि विश्वनाथ, मुदा शरीर आ स्वभाव, श्री आ स्वरूप, बल आ विक्रम पचासक एक चौथाइ कम्मे छनि एखन धरि। देह टूटल नहि छनि। कहियो अस्वस्थ नहि होइत छथि। जेना चानीक विशाल शिला सँ काटि क' गढ़ल गेल हो विश्वनाथक शरीर...

"आर हमरा किछु नहि चाही। अहाँक सेवा करैत जीवन बीति जाय...आर किछु नहि चाही।" अपन स्वामी केँ दयामयी कहि देब' चाहैत छलीह, किन्तु तखने किसनी खबासिन दू प्याला चाह आ तश्तरी मे बिस्कुट लेने चल अयलीह। विश्वनाथ पुछलथिन, "मिसरीलाल कत' गेल छथि ?" आइ तँ सारनाथ जयबाक अछि। जल्दिए डेरा सँ नहि बहरायब तँ बड्ड रौद भ' जायत।...कहाँ छथि मिसरीलाल ? की अइ खबासिन, सारनाथ जायब ?"

मालिकक प्रश्न सूनि, खबासिन लजा गेलीह। अथवा, लजा जयबाक अभिनय कयलनि। पलंगक कात मे राखल टेबुल पर चाहक-पेयाला रखैत बजलीह, "मिसरी गेल छथि मोटरक इन्तजाम मे। अबिते होयताह। अपने चाह पीयल जाओ... ।" एतबा कहि किसनी एहि कोठली सँ बहरा जाइत छथि। जखन स्वामी-स्त्री एकसर कोठली मे होथि, नोकर-चाकर केँ बेसी खन ठाढ़ नहि रहबाक चाही। खबासिन केँ सम्पन्न परिवारक सभटा कायदा-कानून बूझल छनि। बड़की मलिकाइन जिबैत छलीह, तखने चौदह-पन्द्रह बर्खक वयस मे विधवा भ' किसनी एहि परिवार मे आयलि छलीह। तकरा बाद कतेक बेर किसनीक चुमाओनक गप्प उठल, कतेक बेर बियाह ठीक भेल, मुदा ओ विश्वनाथक हवेली सँ बहरा नहि सकलीह। जेना बड़की मलिकाइन छलीह, जेना नबकी मलिकाइन छथि, जेना छथि बनबारी दास मुंशी जी, जेना मिसरिया खबास, ठीक तहिना किसनी एहि हवेली, एहि परिवारक सदस्या छथि–बाहरक संसार सँ कोनो सम्पर्क, कोनो स्वार्थ नहि छनि हिनका सभ केँ ।

प्रारम्भ मे आयलि छलीह, तँ हँसमुख, सुन्नरि, व्यवहार-कुशल, चंचल। किसनी खबासिनक चरित्र पर दयामयी केँ स्नेह भेल छलनि। विश्वनाथ आन ककरो हाथक बनाओल चाह पसिन्न नहि करैत छथि। पारिवारिक खर्चक सभटा हिसाब-किताब आ ताला-कुंजी किसनीक हाथ मे रहैत छनि। कोन पाहुनक केहन स्वागत-सत्कार कयल जाय, ई हुनके टा बूझल छनि। बजार सँ, कचहरी सँ, पटना-भागलपुर सँ घुरलाक बाद

आँगन मे अबिते विश्वनाथ चिकरैत छथि, ''कहाँ छथि खबासिन ? जल्दी सँ चाह बना दिअ' आ हमर स्नानक इन्तजाम करू। बड्ड थाकि गेल छी।...दलान पर दूटा पाहुन छथि। हुनका लेल जलखै पठा दिअ'।'' इत्यादि। प्रारम्भ मे ई सभ सूनि दयामयी कें नीक नहि लगैत छलनि। ओ चाहक हेतु हमरा किएक नहि कहैत छथि ? हम हुनकर क्यो नहि छी ?...हुनकर सेवा करबाक एतबो अधिकार नहि अछि हमरा ?

मुदा, क्रमशः विश्वनाथे जकाँ दयामयी स्वयं सेहो किसनी खबासिनक अभ्यस्त भ' गेलीह। निर्भर भ' गेलीह। किसनी स्वभाव सँ चंचल छथि। मोन सँ चंचल नहि छथि... इएह निर्णय क' दयामयी चाह-पानिक लेल, शारीरिक सेवाक लेल किसनी खबासिन पर निर्भर भ' गेलीह।...निर्भर भ' कोठली सँ बहराइत किसनी सँ बजलीह, ''किछु पूरी-तरकारी बना लिअ'। सारनाथ मे खयबाक लेल कोनहुँ वस्तु नहि भेटत। आ सुनू, कनी दबाइवला बक्सा लेने आउ...हमर माथ धमकि रहल अछि।''

तीन

एक दिन सारनाथ। दोसर दिन रामनगर। तेसर दिन काशी विश्वविद्यालय। चारिम दिन बाबा विश्वनाथक दर्शन करबा सँ पहिने गंगा-स्नान करबाक हेतु देशाश्वमेध घाट अयलीह दयामयी। मिसरीलाल डेरे पर छथि संग आयल छथि विश्वनाथ अपने आ खबासिन। दशाश्वमेधक सभटा सीढ़ी गंगा मे डूबि गेल अछि। पानिक रंग लिधुराह, पीयर, गटियाह। आ, दयामयीक हृदय मे पुनः ओएह भय... जँ डूबि जाइ...जँ पैर पिछड़ि जाय...जँ...जँ विश्वनाथक हाथ छूटि जायत तँ की होयत ? हमर की होयत...

मृत्युक चिन्ता मनुक्खक सभ सँ पैघ चिन्ता थिक। इएह एकटा चिन्ता, जकर आन कोनो प्रतिकार नहि छैक। मरि जयबाक बादे मरि जयबाक भय समाप्त भ' सकैत अछि।...जाबत जीबन अछि, शरीर मे प्राण अछि, मनुक्ख मरणक दुःख आशंका सँ पीड़ित आ पराजित रहबे करत। गंगा नदीक एहि पौराणिक घाट पर आबि दयामयी पराजित भ' गेलि छथि। एहि भय, एहि पराजय सँ मुक्ति प्राप्त करबाक कोनो उपाय नहि।...एक-एक सीढ़ी सम्हरि-सम्हरि क' उतरि रहल छथि दयामयी। एक सीढ़ी आगाँ छथि किसनी खबासिन। विश्वनाथ पाछाँ रहि गेल छथि। विश्वनाथ कोनो पण्डा-पुरोहित सँ गप्प क' रहल छथि।

प्रातःकाल। आठ अथवा सवा आठ बाजल होयत। घाट पर धर्मभीरु श्रद्धालु जनताक अजस्र भीड़ मे दयामयी जंगल सँ बझा क' कोनहुँ 'सर्कस' मे आनल गेल हरिने जकाँ भयभीत छथि।

विश्वनाथ कहलथिन, ''अहाँ जल्दी सँ डूब द' बहार भ' जाउ। हम ताबत पण्डाजी संगेँ एक ठाम सँ भेल अबैत छी। समीपे मे एकटा सिद्ध तान्त्रिक रहैत छथि।...अहाँ स्नान क' लिअ'। खबासिन संगेँ छथि।'' एतबा कहि ओ पण्डाजी संगेँ चल गेलाह। करुण दृष्टि सँ एक बेर स्वामी दिस ताकि, ओहि सीढ़ी पर ठाढ़ रहि गेलीह दयामयी।

एक्को सीढ़ी नीचाँ उतरबाक साहस नहि भेलनि।

विश्वनाथ भीड़ मे बिला गेलाह। खबासिन घूमि क' पुछलथिन, ''ठाढ़ि किएक भ' गेलहुँ, छोटकी बहुआसिन ? स्नान नहि करब ? मालिक तुरन्ते चल अयताह। कोनो बबाजी केँ भेंट कर' गेल छथि।...अहाँ स्नान क' लिअ'।'' मुदा, दयामयी एक्को सीढ़ी नीचाँ नहि भेलीह। जेना पैर मे पाथर बान्हि देल गेल हो। खबासिन ठेहुन धरि गंगाजल मे डूबलि ठाढ़ि छथि। ''...मलिकाइन...छोटकी मलिकाइन, तीन डूब द' लिअ'। एक डूब सासुरक नामे, एक डूब नैहरक नामे, एक डूब...।'' गंगा स्नान करैत गायत्री एवं अन्यायन्य वैदिक मन्त्रक पाठ करैत पैतृव्य केँ तर्पणक जल चढ़बैत लोक...असंख्य लोक... कोढ़ि, भिखमंगा, बाँसक छत्ता तनने पण्डा-पुरोहित, बूढ़ि-विधवा, सधवा-सोहागिन, असंख्य लोक...एक गंगा नदी सँ असंख्य पुण्य-प्रताप प्राप्त करबाक इच्छुक जनता-जनार्दन।

मुदा, एहि जनता-जनार्दन मे रहियो क' जेना कमलपुर गामक मैट्रिक पास कन्या, रामनगर गामक सम्पन्न गृहस्थ-परिवारक स्त्री, दयामयी, एहि जनता-जनार्दन सँ असम्पृक्त, विच्छिन्न, मुक्त छथि। लोक स्नान क' रहल अछि। दयामयी स्तब्ध ठाढ़ि छथि। लोक गंगा केँ श्रद्धा करैत छथि। दयामयी भयभीत छथि। लोक 'मातु गंगे' सँ मंगैत अछि वरदान...व्यवसाय मे सफलता, मोकदमा मे विजय, सम्पत्ति, पुत्र-कलत्र, चाकरी मे पदोन्नति। दयामयी किछु नहि मंगैत छथि। ओ हतप्रभ, व्याकुल, चिन्तित छथि, आ विचारि रहल छथि, जे विश्वनाथ तान्त्रिक लग किएक गेल छथि, कोन स्वार्थ, कोन लाभक आशा सँ, कोन वरक प्राप्ति हेतु...? एकटा मोंट-सोंट मद्रासी स्त्री भीजल नूआ पहिरने, दयामयी केँ धकियबैत ऊपर चल जाइत अछि। नवयुवक एकटा पण्डा, तिलक-चन्दन कयने, दयामयी लग आबि पुछैत अछि, ''कोनो अनुष्ठान करायब, माइजी ?'' दयामयी 'माइजी'क सम्बोधन मे निहित व्यंग्य सुनि क' क्रोध सँ सिहरि उठैत छथि।...कत' चल गेलाह विश्वनाथ, एखन रहितथि तँ एहि बदमास पण्डा केँ...।

एक सीढ़ी ऊपर आबि, अपन साड़ी सम्हारैत, किसनी खबासिन, रक्ताक्त दृष्टि सँ नवयुवक पण्डा महाराज दिस तकैत, दयामयीक लग मे ठाढ़ि भ' जाइत छथि। जँ पण्डा-महाराज एक्को शब्द बजताह, तँ खबासिन हुनका काँचे चिबा जयतीह। परिस्थिति देखि, पण्डा-महाराज आन दिस चल गेलाह। एक क्षणक हेतु आश्वस्त भेलीह दयामयी। कृतज्ञ दृष्टि सँ खबासिन दिस तकलनि। किसनी बजलीह, ''आब देरी जुनि करू।...चलू स्नान क' लिअ'। अपने आब अबिते होयताह।''

''हम स्नान नहि करब।...अहाँ नहा लिअ' खबासिन, हमर मोन ठीक नहि अछि।''

''किऐ स्नान नहि करब ? की भेल अछि ?...माथ दुखाइत अछि ?...स्नान क' लेब तँ माथ हल्लुक भ' जायत।''

''नहि, हम स्नान नहि करब।...हमर माथ जुनि खाउ। अहाँ स्नान करू। हम एही ठाम ठाढ़ि छी।...जाउ अहाँ।''

''मुदा, हम कहि दैत छी...मालिक औताह तँ अहाँ केँ बिनु स्नान कयने देखि बड्ड बिगड़ताह। ओ जे कहने छथि, सएह करबाक चाही। एक तँ ओहिना अहाँ पर...।''

"हमरा पर ? हमरा पर की ? की कह' चाहैत छी अहाँ ?"

"हम की कहब ?...ओ मालिक छथि, अहाँ मलिकाइन छी। मुदा, मालिकक दुःख हमरा सभ केँ देखल नहि जाइत अछि।"

"से कोन दुःख छनि हुनका ? हमरे दुआरे ओ दुखित छथि ? अहाँ स्पष्ट बाजू खबासिन, अहाँ केँ हमरे सप्पत थिक..."

चारि

खबासिन स्पष्ट नहि बजलीह। खबासिन किछु नहि बजलीह...चुपचाप एक-एक सीढ़ी नीचाँ उतरैत, भरि छाती पानी मे चल गेलीह। दयामयी केँ अपन देह-दसाक कोनो होस नहि रहलनि। कोना ठाढ़ि छथि, साड़ीक आँचर कोम्हर उधिया रहल अछि, लग मे कोन अनचिन्हार, बदमास लोक ठाढ़ भेल हुनका दिस एकाग्र, लोलुप दृष्टिएँ ताकि रहल अछि ...कोनो खेयाल नहि, एतबे टा चिन्ता, जे विश्वनाथ दुःखी छथि। एही एक बातक लेल दुःखी छथि, जे बियाह कयना पाँच बर्ख भ' गेल, परंच दयामयी एखन धरि स्त्रिए छथि, माय नहि भ' रहलि छथि।

बिना स्पष्ट कहने किसनी खबासिन एही दुःखप्रद सत्यक दिस इंगित कयने छथि। एही सत्य केँ फूसि बनयबाक हेतु विश्वनाथ अपन स्त्री संगेँ काशी-तीर्थ कर' आयल छथि। एही सत्य केँ फूसि बनयबाक हेतु गंगा-स्नान, विश्वनाथ महादेवक पूजा-अर्चना, आ तान्त्रिक-सिद्ध योगीक खोज-पुछारि...। दयामयी केँ आब ई बुझबा मे कोनो त्रुटि नहि रहलनि।

त्रुटि नहि रहलनि ई चिन्ता करबा मे, जे स्वामीक लेल, परिवारक लेल, गाम समाजक लेल कोनो स्त्रीक आन सार्थकता नहि छैक। एक मात्र सार्थकता थिक–मातृत्व ! से मातृत्व प्राप्त नहि कयने छथि दयामयी...प्राप्त करबाक इच्छा धरि नहि कयने छथि। अपन शक्ति, अपन क्षमता, अपन साहसक अन्त धरि, स्वामी विश्वनाथक सेवा अवश्य कयने छथि। मात्र सेवा, मात्र मंगलकामना, मात्र हुनक सुख-शान्तिक हेतु मोने-मोन भवगती सँ प्रार्थना...।

किन्तु, मात्र प्रार्थना सँ कोनो वस्तु प्राप्त कयल जा सकैत अछि, एहि पर दयामयी केँ कहियो कोनो आस्था-भरोस नहि छलनि। एखनो नहि छनि। पराक्रम आ परिश्रम, एही दुनू सँ सभ वस्तु पाओल जा सकैत अछि, अपन छोट जीवन मे दयामयी केँ इएह अनुभव भेल छनि।

तखन प्रारब्ध ककरा कहल जाइत छैक ? मुदा, जँ प्रारब्ध केँ पराक्रम किंवा परिश्रम सँ मेटाओल नहि जा सकैत अछि, तँ पूजा-अर्चना सँ सेहो नहि मेटाओल जा सकैत अछि–दयामयीक पिता, रामसुन्दर झा इएह कहैत छलथिन। प्रारब्ध नहि मेटाओल गेल, तेँ कमलपुरक दयामयी कोनो एक शुभ मुहूर्त्त मे रामनगर ड्योढ़ीक दयामयी बनि गेलीह। कुमारि कन्या सँ बनि गेलीह परगन्नाक सभ सँ धनिक लोकक द्वितीया पत्नी।

प्रारब्धक कारणेँ ...मात्र प्रारब्धक कारणेँ ।

सन्तान-प्राप्तिक इच्छुक स्त्री सभक संगेँ तान्त्रिक-अघोरी सभ की अन्याय-अनाचार करैत छथि, से दयामयी सुनने छथि। विश्वनाथ तँ पढ़ल-लिखल पंडित-ज्ञानी लोक छथि, तखन ओ हमरा चारू कात एहन जंजाल किएक ठाढ़ क' रहल छथि ? किएक ओ हमरा पोखरि सँ निकालि क' नदी मे आ नदी सँ बाहर क' समुद्र मे धकेलि रहल छथि ? किएक ? कोन आशा सँ ?

मन्थरा दासीक काज समाप्त क' किसनी खबासिन प्रसन्नतापूर्वक गंगा मे नहा रहलि छथि। हजारक हजार स्त्री-पुरुष नहा रहल अछि, अपन आशा-निराशा मे अपस्याँत, अपन सुख-दुःख मे डूबल, भसिआइत। केवल एक दयामयी घाट पर ठाढ़ि एहि जनसमुद्र केँ देखि रहलि छथि।

देखि रहलि छथि अपन अतीत जीवन आ अपन वर्तमान। देखि रहलि छथि आ सुनि रहलि छथि, अपन माय, अपन पिता, कमलपुर स्कूलक अपन सखी, आ अन्त मे अपन स्वामी विश्वनाथक कहल कतेको पुरान वाक्य, पुरान शब्दावली, पुरान इच्छा-अभिलाषा...'हमर बेटी जाहि परिवार मे जयती, तकरा स्वर्ग बना लेतीह ...हमर बेटी कामधेनु छथि, हमर बेटी शची-इन्द्राणी छथि...विश्वनाथ बाबू सन स्वामी पाबि कहियो कोनो कष्ट नहि पाबि सकैत छथि दयामयी', 'हँ सखी, हम सत्त कहैत छी... बूढ़ वर अपन नव स्त्री केँ बेसी सिनेह करैत अछि, सोनाक पिंजरा मे रखैत अछि, गहना-जेबर सँ लादि दैत अछि...', 'ई घर, ई परिवार, ई हवेली, सभटा अहीँक थिक, ...अहीँक थिक सभटा...हमहूँ अहीँक छी, आन ककरो नहि।'

दयामयी अतीत-जीवन आ वर्तमान केँ देखि-सुनि रहलि छथि, आ जेना मन्त्रमुग्ध भ', एक-एक डेग नहुँए-नहुँए रखैत, एक-एक सीढ़ी गंगा नदी मे उतरलि जा रहलि छथि। दुनू आँखि जेना बन्न भ' गेल छनि। जेना ओ दयामयी नहि छथि, दयामयीक प्रेत छथि।... खबासिन कोन ठाम नहा रहलि छथि, हुनका किछु बूझल नहि। विश्वनाथ कत' गेल छथि, हुनका किछु पता नहि। दयामयी के छथि, की क' रहलि छथि, किएक क' रहलि छथि, तकर कोनो ज्ञान नहि छनि। ज्ञानहीन, संज्ञाहीन, संशयहीन ओ गंगा मे छाबा धरि, ठेहुन धरि, डाँड़ धरि क्रमशः डूबलि जा रहलि छथि।

आ, ई गंगा नदी नहि अछि, अथाह समुद्र बनि गेल अछि। अन्हार राति सन कारी अन्हार, भयावह समुद्र। दयामयी एहि समुद्र मे डूबलि जा रहलि छथि। कत' छथि खबासिन ? कत' चल गेल छथि अपने विश्वनाथ ?

पाँच

दयामयीक निन्न टुटलनि, तँ ओ बासा पर अपन कोठली मे पलंग पर सूतलि छलीह। एक दिस ठाढ़ छथि मिसरीलाल, दोसर दिस किसनी। विश्वनाथ कोठली मे नहि छथि। ...दयामयी उठबाक चेष्टा कयलनि, मुदा उठि नहि सकलीह। पुनः आँखि मूनि लेलनि।

मिसरीलाल बजलाह, ''खबासिन, मालिक केँ बजा अनियौन। कनियाँ केँ होस भ' गेल छनि।...जाउ, मालिक केँ कहि दियौन।'' स्नेहपूर्ण दृष्टि सँ एक बेर दयामयी दिस ताकि किसनी कोठली सँ बाहर चलि गेलीह।...दोसर कोठली मे विश्वनाथ पूजा पर बैसल छथि। चंडी-पाठ क' रहल छथि। किसनी खबासिन कोठली मे हुलकी मारि क' बजलीह, ''सरकार आब पूजा पर सँ उठल जाओ। छोटकी बहुआसिन जागि गेल छथि।''

पूजा समाप्त क' विश्वनाथ दयामयीक कोठली मे अयलाह। मिसरीलाल केँ कहलथिन, ''अहाँ डॉक्टर साहेब केँ बजा आनू। कहबनि, आब होस भ' गेल छनि।''

मिसरीलाल चल गेलाह। दयामयी आँखि खोलि क' विश्वनाथ दिस ताकि रहलि छथि, अपलक दृष्टि सँ। विश्वनाथ लजा रहल छथि...काल्हि भोरक दुर्घटनाक कोनो दुख आब हृदय मे नहि छनि, मात्र लज्जा छनि। दयामयी गंगा मे डूबि गेल छलीह। पैर पिछड़ि गेल छलनि। किसनी खबासिन नहि रहितथि, दयामयी केँ भरि पाँज पकड़ि नहि लितथि, आन लोक सभ डुबैत-भसिआइत दुनू स्त्री केँ बचयबाक चेष्टा नहि करितय, तँ अनर्थ भ' जाइत।

अनर्थ नहि भेल। तुरन्ते विश्वनाथ आबि गेलाह। गोदौलिया चौक सँ डाक्टर बजाओल गेलाह। बेहोश भेल दयामयीक पेट सँ पानि बहार कयल गेल। इन्जेक्शन इत्यादि देल गेल। आ, अन्त मे डाक्टर बनर्जी बजलाह, ''अहाँ विश्वनाथ बाबू, शिक्षित लोक छी। तखन एतबा किएक नहि बुझैत छी, जे गर्भवती स्त्री केँ आगि आ पानि सँ दूरे राखबाक चाही ?...जँ कोनो कुकाण्ड भ' जाइत...!

अनर्थ नहि भेल। विश्वनाथ मोने-मोन सप्पत खयलनि, आब कहियो पोखरि अथवा नदी अथवा समुद्र लग जयबाक लेल दयामयी केँ नहि कहबनि।

–मिथिला मिहिर/11 सितम्बर, 1966

परमप्रिय निरमोही बालम हम्मर प्रानपती

प्रथम पृष्ठ

बसैठा-ग्राम। दछिनबारी-टोल। तारीख आसिन मास, मंगल दिन।

परमिप्रिये निरमोही बालम हम्मर प्रानपती प्रानेस्वरक चरण-कमल मे अभागिन माधवीक सादर प्रणाम। अहाँक कुशल-मंगल नित दैनिक हम माँ भगवती सँ मनबैत रहैत छी। बात समाचार जे अहाँ हाथक लीखल पत्र भेटल छल। मोन मे बहुत हर्ख भेल परन्तु बाद मे पत्र पढ़ि क' मोन मे ततबे बहुत दुख भेल। मुदा दुख ककरा सँ कहब, दुख क' क' की करब, ककरा पर अभिमान करब हमर भाग्य खराब अछि। ठीके बात बीपत्ति मे ककरो क्यो नहि दोसर क्यो नहि होइत छैक। लोक अपन दुख अपने एसकर सहैत अछि ई स्वाभाविक बात छैक से हम अपने खूब बुझैत छी। परंच हमर साध मे किछु नहि अछि तखन एहि मे हमर कोन दोख अछि जे अहाँ बसैठा नहि आयब। तखन हम बुझैत छी जे हमर कोनो दोख नहि अछि मुदा हम की करब हमरा तँ ईहो आशा नहि छल जे अहाँ हमरा अपन प्रानप्यारी माधवी केँ पत्र देब कारण जे जखने पटना सँ हमर पत्र आपरा चल आयल तखने हम बुझलहुँ जे हम्मर प्रानपती हमरा पर तमसायल छथि।

दोसर पृष्ठ

प्रानेस्वर अहाँ फगुआ मे आयल छलहुँ अहाँ सँ किछुओ बात नहि भेल मोनक बात मोन मे रहि गेल। बड़का ओझा सेहो आयल छलाह, राति मे हमरा प्रानेस्वर अहाँक सेवा करबाक लेल घर नहि भेटल। दिन मे घर भेटल से हम लाजे मरि गेलहुँ। हमरा सँ कोनो सेवा नहि भेल, मोनक बात पियासले रहि गेल। पक्छी जेना फल पर आसा लगौने रहैत अछि तहिना हम अहाँ पर आसा लगौने रहि गेलहुँ आसा पूर्न नहि भेल। हम की करितहुँ ? हमर बाप गरीब छथि हम गरीबनी छी, एकटा घर अछि एकटा भनसा घर अछि, दलानो नहि अछि। भनसा घर मे हमर माय हमर छोट बहिन मालती हमर छोट बहिन शान्ति, बड़का ओझा केँ घर भेटलनि। जेठ बहिन कादम्ब अपन प्रानपतिक सेवा कयलनि हमर एहि मे कोन दोख सभटा हमरा भाग्यक दोख। मुदा हमर कोनो दोख नहि प्रानेस्वर तखन अहाँ राखी खाहे बुड़ाबी हम की करब ककरा सँ अपन दुख कहब हमरा सँ किछु नहि भ' सकैत अछि तखन हमरा पर अपने केँ जेहन विचार जेहन कृपा हो।

हम ई आग्रह करबे करब जे अहाँ दसमी मे अवस्स आयब नहि आयब तखन हम की करब हम किछु नहि करब। ठीके जखन हमर जन्म इस्त्री-जोनि मे भेल तखने हमरा माथ पर बीपत्तिक पहाड़ खसि पड़ल। विधाता सभ दुख देथुन ककरो इस्त्री-जोनि मे जनम नहि देथुन। हमरा सन अभागलि दुखी कर्महीन पापी लोक के होयत। हम बड़ पापी छी हम बड़ पाप कयने छी तेँ एहि जोनि मे एहन गरीब घर मे जन्म भेल। आब इएह होइत अछि जे भगवती एहि दुनियाँ सँ उठा लितथि हम नर्क चल जइतहुँ सएह हमरा वास्ते नीक छल तखन भगवती जे करथि। हमरा ई आसा नहि छल जे अहाँ सन सुन्दर बी. ए. पास हीरा स्वामी होयत मुदा ई आसा पूर्ण भेल आर कोनो आसा पूर्ण नहि भेल। ओहि जन्म मे कोनो बड़ पैघ धर्म कयने छलहुँ जे स्वामी सन स्वामी भेल तखन आर सभटा अपकर्म कयने छलहुँ जे आर कोनो सुख नहि भेटल।

तेसर पृष्ठ

प्रानेस्वर हमरा सभ केँ नहि बुझल छल जे सास्त्री जी केहन लोक छथि किएक तँ नूनू भाइ हुनकर बहुत परसंसा करैत छलथिन जे सास्त्रीजी हमर ससुर छथि जे सास्त्रीजी विदवान लोक छथि। ओझा जी केँ नोकरी अपने प्रेस मे अबस्से धरा देथीन। तेँ हेतु हम अहाँ केँ लिखने छलहुँ जे अहाँ सास्त्रीजी सँ भेंट करब से जँ हम जनितहुँ जे अहाँ केँ ओ किछु मान नहि करताह आ अहाँक सार के ओ ससुर छथि तकरो लाज नहि रखताह तखन हम नहि लिखितहुँ परन्तु आब बूझलहुँ जे केहन नीक लोक सास्त्रीजी छथि। काकाजी केँ मोन मे बहुत दुख भेलनि जे हमरा जमाय केँ सास्त्री किछु मान नहि कयलनि। ई बहुत दुखक बात थिक। जँ हमरा सँ सास्त्री कहियो भेँट करितथि तँ हम पुछतियनि मुदा आब जे भेल से भेल आब नूनू भाइ अपने पटना जा रहल छथि तखने सभ बात ठीक भ' जायत। नूनू भाइ ओकील काका आ जज मामाजी सँ सेहो भेँट करथिन तखन भगवती अहाँक नोकरी विसय मे जे करथि। मनुक्खक कयला सँ किछु नहि होइत छैक तखन ओ दीन कहिया होयत जखन अहाँक संगेँ हमहूँ पटना नगरिया मे रहब। अहाँ टाका-पैसा कमा क' आनब, हम अहाँ केँ अपना हाथेँ माछ-भात तीमन-तरकारी रान्हि क' खुआयब, हमर आसा पूर्न भ' जायत। भगवती ओ दीन कहिया अनतीह गरीबी मे हम रहि लेब मुदा अपना प्रानपतीक संग मे रहब हे काली माता हमरा पर दया करू हमर जीवन सफल करू।

चारिम पृष्ठ

एहि बेर बसैठा ग्राम बाढ़ि मे डूबि गेल छल। एहन बाढ़ियो नहि देखल जे आँगने टा मे नहि घरो मे पानि ढुकि गेल, लोक सभ त्राहि-त्राहि कर' लागल। जान माल कोनो वस्तुक रच्छाक उपाय नहि रहि गेल एहि बेर। तही कारणेँ काकाजी केँ डेढ़ बिघा खेत छनि से रोपल खेत बरबाद भ' गेलनि जे बटैया कयने छलह सेहो चौपट्ट भ' गेलनि आब लोक कोना रहत की खायत की करत ? आब प्रान कोना बाँचत से लोक केँ सूझैत

नहि छैक। हम सभ गरीब छी गरीब लोक केँ जीबाक कोनो उपाय एहि दुनियाँ मे नहि रहि गेल छैक। हम अहाँ केँ अपन दुख की कहब अहाँ अपने दुख मे छी बी.ए. पास छी मुदा नोकरी नहि भेटैत अछि। सभटा हमरे पापक फल थिक हम बड़ अभागलि छी हमर की होयत कत' जायब कोना जीब तकर कोनो ठेकान नहि। आन लोकक बियाह होइत छैक दुरागमन होइत छैक तखन सासुर बसैत अछि मुदा हम केहन पापी छी कोन जन्मक पापक फल थिक जे बापक माथ पर भार बनलि बैसलि छी। हमरा अहाँ कहिया अपना संगेँ ल' जायब कहिया अपन प्रानप्यारी माधवीक हाथ अपना हाथ मे पकड़ब से हमरा बूझल नहि। जे भगवतीक कृपा होयतनि सएह होयत प्रानेस्वर अहाँ एखन बड़ कष्ट मे पड़ल छी ताहि सँ हमहूँ बीपत्ति मे पड़ल छी से जानब।

पाँचम पृष्ठ

प्रानेश्वर परमप्रिये बालमजी हमर ई पूरा प्रेम मे आग्रह जे अपने दसमी मे अबस्स बसैठा ग्राम मे आबी। नहि आयब तखन हमरा मोन मे बड़ दुख होयत से जानब। जे अहाँ नहि आयब तखन हम मरिए टा जायब जाबत हम जीबैत छी ताबत अहाँ केँ आब' पड़त। बालमजी अहाँ ई सब्द किएक लिखने छी जे हम दसमी मे नहि आयब। अहाँ केँ आब' पड़त किएक जे हम राति-दिन अहीँक धेयान करैत छी। हमर ई जीवन बेकार भेल। हमरा लेल दसमी बेकार भेल, हमर ई अठारह बर्खक वयस बेकार भेल, जँ अहाँ दसमीक छुट्टी मे आबि क' हमरा सँ भेंट नहि करब। कारन जे दसमी मे ओझा जी नहि औताह, अहाँ केँ रहबाक लेल घर अबस्स भेटत। आन लोक कोनो दलान पर आ इस्त्रीगन सभ भनसा घर मे रहत। अहाँ कोनो बातक चिन्ता नहि करब मुदा पटना मे ककरो सँ पैंच-उधार ल' क' हमरा लेल एक खंड साड़ी दस टका मे आ चूड़ी अबस्स लेने आयब। हम अहाँक सोझा आबी तकरा जोगर एकटा साड़ी हमरा नहि अछि। चूड़ी सभटा फूटि गेल बड़की बहिनक हाथ सँ दूटा चूड़ी बहार क' अपना हाथ मे हम पहिरने छी। एहि सँ विसेस अपन हालत हम की लिखू लिखबा काल लाजो होइत अछि आ नोर सेहो आँखि सँ खसैत अछि। हम की लिखू। जखन अहीँ हमर प्रानपती हमरा पर तमसायल छी तखन हमर एहि नवजुवती देह-दसाक उद्धार कोना होएत। हमर की होयत से अहीँ सोच-विचार करू। हम अहाँ केँ अपना हिरदय मे ईस्वरक समान रखने छी जेना हनुमानजी राजा रामचन्द्र केँ रखने छलाह। जँ हमर हिरदय चीरल जाय तखन ओहि मे अँहीक फोटो भेटत।

छठम पृष्ठ

हमरा अहाँ अपन कमल-फूल सन मुख कहिया देखा सकब से हमरा विस्वास नहि होइत अछि। प्रानेश्वर हरदम अहींक गोर दपदप चेहरा हमरा सनमुख रहैत अछि। राति-दिन हम उदासे रहैत छी। सखी-बहिनपा सभ पुछैत अछि की भेल अछि हम की बाजब। हम चुप्प रहि जाइत छी जे सूनत से हँसत। हमर दुख क्यो नहि बूझत। गरीबक दुख के बुझैत

अछि। प्रानेश्वर हम विसेस पढ़ल नहि छी तेँ हेतु अच्छर पर धेयान नहि देब। गलती सभ के छमा क' देब। जे बात कहि रहल छी से बुझब दसमी मे अबस्स आयब। हम अहाँक बाट तकैत छी, अहींक आसा मे देह मे प्रान अँटकल अछि अहाँ नहि आयब तखन हम इनार मे झाँप द' क' मरि जायब। पति परमेश्वर जी, अहाँ केँ छोड़ि क' हमर कोनो गति नहि अछि आ दोसर मनुक्ख सँ बियाह नहि भ' सकैत अछि। ककरो संगेँ भागि जायब से हम माय ओ काकाजीक नाम नहि डुबायब, कलंक नहि लेब। अहाँ आयल छलहुँ फगुआ मे तखन हमरा सँ किछुओ बातचीत नहि भेल मोन पिआसले रहि गेल। मोनक आसा मोने मे रहि गेल, आब हम दीन-राति बेकल रहैत छी। दीन कोनो तरहेँ बीति जाइत अछि मुदा राति मे अहाँक याद अबैत अछि। भरि राति हम छटपट करैत रहैत छी अहाँ कहिया आयब अहाँ कहिया आयब सुग्गा जकाँ इएह रटना करैत रहैत छी।

सातम पृष्ठ

प्रानेश्वर एखन हमर वयस पर कतेक लोक ललचा रहल अछि। एहि साओन मे हमरा पर अठारहम चढ़ल अछि, परन्तु हम अपन मोन झँपने रहैत छी। जखन भगवती अहाँ सन स्वामी देने छथि तखन अपन धर्म खराब नहि क' सकैत छी। अहाँ चिन्हिते होयबनि पछबारी टोलक राजबन्सी बाबू दरभंगा मे परोफेसर छथि गामक सम्बन्धेँ हमरा सभक पित्ती होयताह। दू मास पहिने हमरा बोखार होइत छल तखन ओ अपने पैसा सँ अंगरेजी दबाइ अनने छलाह, मुदा हम हुनका नीक जकाँ चीन्हि गेल छी हुनका सँ गप्पो नहि करैत छी। प्रानेस्वर अहाँ हमरा अपना संग पटना ल' चलू, हम एक्को छन एहि गाम मे नहि रहब अहाँ जे देब सएह पहिरब, अहाँ जे देब सएह खायब, हम अहीँक भ' क' रहब प्रानपती हमरा एहि ठाम सँ ल' चलू। हमर सखी सभ हमरा सँ हँसी करैत छथि जे गुलाबदाइ फगुआ मे तोहर आसा पूर्न नहि भ' सकलह आब दसमी आबि रहल अछि भगवती दुर्गा माता सभक कल्यान करैत छथीन अहाँ दसमी मे अबस्स आयब।

आठम पृष्ठ

आब हमरा लिखल नहि जाइत अछि। कागत खतम भ' गेल अछि। बचनूक कापी मे सँ कागत फाड़ि क' चिट्ठी लिखि रहल छी। बेसी की लिखू कम लिखैत छी बेसी बूझब। अहाँ के चिट्ठी सँ बुझबा मे आयल जे अहाँ बड़ कस्ट मे छी से काल्हि खन हम अपन छागर बेचि लेलहुँ, छागर छोट छल दसमी मे बेचितहुँ तखन बीस टाका सँ कम नहि भेटि सकैत छल एखन बेचला सँ तेरहे टका भेटल से तेरह टका एकटा दसटकही आ तीन टा एकटकही एही चिट्ठी मे राखि क' पठा रहल छी। पत्रक जबाब जल्दी देब एक बेर फेर निहोरा करै छी प्रानेस्वर दसमी मे अबस्स आयब–

अँहीक प्रानप्यारी माधवी देवी।

–मिथिला मिहिर/30 अक्तूबर, 1966

किछु अलिखित पत्र

कान्तिपुर (पश्चिम), तिथि 15 जनवरी

आदरणीय कमलजी,

अहाँ हमरा बासा पर अबै छी। अहाँ केँ भाई जी सँ मित्रता अछि, तेँ अबै छी। मुदा हमरा ई बुझबा मे कोनो भाँगठ नहि रहल अछि जे अहाँ हमरे सँ गप्प करबा लेल अबै छी। ई हमरा पसिन्न नहि। हम अपन जीबन खराब नहि कर' चाहै छी। हम नीक कुलशीलक कन्या छी, कोनो अछोपक बेटी नहि छी। अहाँ केँ भाइ जी सँ भेंट करबाक रहैत अछि तँ दलान पर भेंट करू। आँगन जुनि आउ। हमर एतबे प्रार्थना अछि।

—अ.

कान्तिपुर (पश्चिम), तिथि 6 फरवरी

आदरणीय कमलजी,

भाइ जी कहै छलाह जे अहाँ बड्ड विद्वान छी, गाम मे सभ सँ बेसी पढ़ने-लिखने छी। काल्हि दिन खन अहाँक मामीक आँगन हम गेल छलहुँ। सुशीला (अहाँक ममिऔत बहिन। हमर गुलाब) सेहो अहाँक बड्ड प्रशंसा करै छल। अहाँ जइ कोठली मे रहै छी, तइ मे अहाँक मारते-मोट किताब सभ देखलहुँ। सुशीला कहलक जे अहाँ भरि भरि राति पढ़िते रहि जाइत छी।

मानल जे अहाँ बड्ड पैघ लोक छी। मुदा एकर ई अर्थ तँ नइँ जे अहाँ हमरा पर कुदृष्टि करी। अहाँ हमरा बासा पर अबै छी, तँ हमरा दिस आँखि फाड़ि-फाड़ि क' की देखैत रहै छी ? हम की कोनो भूत-प्रेत छी ?

हमरा एना क' जुनि देखल करू। हमरा बड्ड क्रोध होइए। जँ हम कोनो नीक-अधलाह कहि देब तँ अहाँ केँ नीक नहि लागत। जँ हम अहाँ केँ बड्ड पसिन्न छी, तँ हमरा पिता सँ कहिऔन। अहाँ सँ हमर बिआह क' देताह। नहि नहि, अहाँ सँ हम बिआह नहि करब। अहाँ विद्वान लोक छी। हम सभ मूर्ख छी। विद्वान आ मूर्ख मे कोन सम्बन्ध ? कोनो सम्बन्ध नहि !

—अ.

कान्तिपुर (पश्चिम), तिथि 21 मार्च

प्रिय कमल बाबू,
कमल-फूल बड्ड सुन्दर होइत छैक (सुनिते टा छी, देखने नहि छी। एहि गाम मे तँ धार मे मात्र भेँट आ कोकाक फूल होइत छैक)। अहाँक नामे कमल थिक। मुदा, एतेक सुन्दर होइतो अहाँ परम कठोर छी, निरदय छी।

हमरा पूर्ण विश्वास छल, जे काल्हि साँझ खन अहाँ हमरा आँगन अवश्य आयब। सत्तनारायण भगवानक पूजा छलैक। अहाँक मामा, मामी, सुशीला, सभ आयल छल। अहाँ किऐ नहि अयलहुँ ? सुशीला हमरा कहलक जे अहाँ हमरा पर क्रोधित छी, तेँ नहि अयलहुँ। हमरा पर किऐ क्रोधित छी अहाँ ? हम की केलहुँ ?

हमरा तँ राति निन्न नहि भेल। सदरि काल अहीँ पर धेआन चलि जाइत अछि। जखन सँ सुनने छी जे दू-चारि दिन मे कान्तिपुर सँ चल जायब तखन सँ हम बताहि जकाँ भ' गेल छी। अहाँ केँ हमर सप्पत थिक अहाँ एखन नहि जाउ। किछु दिन आर रहू।

—अ.

कान्तिपुर (पश्चिम), तिथि 25 मार्च

प्राणप्रिय कमल बाबू
अहाँ केँ हमर गीत नीक लागल, ई हमरा लेल बड्ड प्रसन्नतादायक विषय थिक। सुशीला कहै छथि, जे अहाँ हमर गाओल सभटा गीत सुनलहुँ ! हमरा की गीत गाब' अबैए ? ओ तँ बच्चू (सुशीलाक छोट भाइ) के उपनैन छलै, तेँ हम गयलहुँ। मुदा, सत्त पूछू तँ हम अहीँ केँ सुनाबै लेल सभटा गीत गयलहुँ। विद्यापति गीत सँ अहाँ केँ बेसी सिनेह अछि, तेँ तिरहुते सभ गयलहुँ, अहीँक लेल गयलहुँ।

अहाँ कलकत्ता किऐ जाइत छी ? हमरो अपने संगेँ लेने चलू कमल जी, नहि तँ हम नहि बचब। हमरा ल' चलू...

—अ.

कान्तिपुर (पश्चिम), तिथि 2 अप्रैल

प्राणेश्वर,
हमर आँखिक नोर अहाँ केँ कतबो रोकलक, मुदा अहाँ चल्ले गेलहुँ। अहीँ कहू, आब हम कोन आसरा पर जीबी ! भाइ जी सेहो पटना चल गेलाह। एहि ठाम हम छी, बाबूजी छथि आ एत्ते-टा बासा अछि। कखनहुँ सुशीलाक आँगन जाइत छी, कखनहुँ अपने आँगन मे बैसल कनैत रहै छी। मैथिल कन्याक तँ इएह कर्म मे लिखल रहै छैक।

हमर दुख के सुनत, के बूझत। माय मरिए गेल। बाबूजी सदिखन खेते-पथार मे लागल रहै छथि। बाबूजी केँ कहलियैन जे एकटा अम्बर चरखा आनि देताह, सेहो नहि

आनि देलनि। हाथ पर टाका नहि छनि। हम सभ तँ गरीब लोक छी। हमरा सभक इच्छा आकांक्षाक कोन महत्त्व। एकटा स्वप्न देखने छलहुँ, जे अहीँ सँ बियाह करब। एकटा अपन घर हैत, परिवार हैत, संसार हैत। स्वप्न देखने छलहुँ जे पटना मे, कलकत्ता मे, जत्त' अहाँ रहब, हमहूँ रहब। अहाँ भरि दिनक थाकल, ठेहिआयल आयब तँ पैर धो देब। जलखै बना देब। पैर जाँति देब। जे सेवा हैत, सभ करब, सैह करब। अहीँ सँ पढ़ब-लिखब। अहीँ केँ विद्यापतिक पद आ तिरहुत आ कजरी आ बटगमनी आ बारहमासा सुनायब। अहीँ केँ अपन देवता बूझब आ अहीँक पूजा करब।

—अ.

नया टोला, पटना, तिथि 11 जुलाई

प्राणेश्वर

हम आठ-दस दिन भेल, भाइजीक संगेँ पटना चल आयल छी। आब एखन अही ठाम रहब।

अहाँ जे हमरा सभक फोटो कान्तिपुर मे खिचने छलहुँ, से सभटा भेटल। हमर सभटा फोटो नीक आयल अछि। मुदा, अहाँ अपन एक्को टा फोटो नहि पठयलहुँ तकर हमरा बड्ड दुख भेल।

भाइजी कहलनि जे अहाँ बदरी नारायण केदारनाथ गेल छी। अहाँ तँ वेद पुराण नहि मानैत छलहुँ। तखन एहेन धार्मिक कहिआ भेलहुँ ? हमरा लगैए जेना अहुँक हृदय मे कोनो दुख अछि। लगैए जेना अहूँ केँ हमरा सँ सिनेह अछि।

तखन अहाँ सभ गप्प साफ-साफ भाइजी केँ किएक नहि लिखै छियनि ? भाइ जी हमर हाथ अहाँक हाथ मे द' क' बड्ड प्रसन्न हेताह। अहाँ एक बेर हुनका कहि क' देखिऔन। जँ ओ नहि, करथि, तखन ने।

—अ.

नया टोला, तिथि 30 सितम्बर

कमल बाबू,

केहन दुख मे ई पत्र लिखि रहल छी से अहाँ बूझी सएह उत्तम। अहाँ बुझिओ लेब तँ कोन लाभ। अहाँ मूसरी हिल-स्टेशन (कि जाने, हिल स्टेशन केहेन नगर होइत छैक !) क रूप-सौन्दर्य्यक आनन्द ल' रहल छी। प्राकृतिक रूप-विलास मे निमग्न छी। अहाँ केँ एहि सँ कोन काज जे हमर की हाल अछि, हमर परिवारक की हाल अछि।

दू मास सँ भाइजीक नोकरी छूटि गेल छनि। अपने बीमार छथि। पहिने सर्दी बोखार भेलनि। तहन मलेरिया, तहन टाइफाइड भ' गेल छनि। अस्पताल मे भरती भ' गेल छथि। गाम सँ बाबूजी सेहो अयलाह अछि। भरि दिन हम दुनू बाप-बेटी अस्पताल

अगोरने रहै छी। हमरा सभक दरिद्रता देखि क' अस्पतालक डोमो-मेहतर सभ हँसी-ठट्ठा करै अछि। मेमिन नर्स सभ तँ सोझे मुँहेँ गप्पो नहि करइए।

भाइजी जाहि प्रेस मे कम्पोजीटर छलाह, से एक्को टा टाका एहि बीमारी मे सहायता नहि केलकनि। बाबू जी गाम सँ जे टाका अनने छलाह सेहो समाप्त भ' गेल। आब तँ दबाइ-सुइओ लेल टाका नहि छनि। कि जाने की हेतै।

—अ.

तिथि 15 अक्तूबर

आइ भाइजीक स्थिति बड्ड खराप छनि। दिन-राति डाक्टर सभ घेरने रहै छनि। बोखार मे भाइजी अर्र-दर्र बजै छथि। बेहोसी टुटिते नहि छनि। आब तँ डाक्टरक नहि, भगवतिएक आसरा अछि। जँ भाइजी नहि बचलाह तखन की हैत ?

तिथि 18 अक्तूबर

हम आ बाबूजी घुरि क' गाम जा रहल छी, परसू राति खन भाइजी हमरा सभ केँ कनैत छोड़ि, चल गेला।

—अ.

कान्तिपुर (पश्चिम), तिथि 24 नवम्बर

प्रिय कमल बाबू,

काल्हि हम सुशीलाक आँगन गेल छलहुँ। हमरा देखि क' अहाँक मामी बजलीह, ''कमल आ एकर जोड़ा केहेन दिब लगितै। मुदा, ओ तँ बताह अछि। एतेक पढ़लक लिखलक बेकारे। आइ दिल्ली, काल्हि बम्बई करैत रहइए।'' एहि गप्प पर बड्ड लाज भेल। विचारैत रहलहुँ...जँ ई संभव भ' सकितै। अपन आँगन घुरबाक इच्छा नहि होइत छल। होइत छल जे अहाँक मामी सँ सभ गप्प कहि दिअनि। कहि दिअनि जे हमरा कमल सँ बिआह करा दिअ'। मुदा, हे लाज, तों कहिओ नहि छुटबह।

—अ.

पुनश्च :

बाबूजी हमरा बिआहक गप्प ल' क' बड्ड चिन्तित रहै छथि। ई अगहन अछि, हमरा साओने मे पन्द्रहम पुरि गेल। बड्ड विशाल देह-दशा भ' गेल अछि। आँगन सँ बहरबितो लाज होइए।

आँगन मे किओ नहि। एकटा हम एकटा बाबूजी। हमहीं आब भानस-भात करै छी। ओना शास्त्रक अनुसारें तँ कुमारि कें भानस नहि करबाक चाही। मुदा, शास्त्र की हमरा लेल भनसिया राखि देत ? भाइजीक बिमारी मे बाबू जी कें करीब सात-आठ सय टाका कर्जा भ' गेलनि। एहि बेर अनावृष्टिक कारणें, बाढ़िक कारणें, दाही-रौदीक कारणें दसो आँटी धान नहि हेबाक आसा। चारू कात सँ जेना बिपतिक पहाड़ बाबूजी पर खसि रहल छनि। कमासुत बेटा मरि गेलनि। खेत सभ सुदभरना लागल छनि। घर मे बिनबिआहलि बेटी छनि।

काल्हि साँझखन हम इनार पर पानि भरैत रही, तँ फूल बाबू (अहाँ तँ चिन्हते छिअनि, केहेन लोफर-आबारा छथि ओ !) आबि क' बाँहि पकड़ि लेलनि। चारू कात अन्हार छलै। हमरा बड्ड डर भेल। हम दोल इनारे मे पटकि क' आँगन दिस भागि गेलहुँ। जँ आइ रहितहुँ त' अहाँ कें अबस्से फूलबाबू सँ झगड़ा भ' जइतए। मुदा, हम बाबूजी सँ कोना कहिअनि, ई गप्प। आ बाबूजी फूल बाबू कें करबे की करथिन ? फूल बाबू धनीक लोक छथि, हम सभ दरिद्र छी, काल्हि की खाएब, तकरो ठेकान नहि अछि।

—अ.

कान्तिपुर (पश्चिम) तिथि 10 फरवरी

कमल बाबू,

सुशीला हमरा कहलक जे अहाँ बीमार भ' क' पटना अस्पताल मे पड़ल छी। हमरा बड्ड डर होइए। इएह अस्पताल भाइ जी कें हमरा सँ छीनि लेलक...। चारिम दिन हमर बिआह हयत। बाबूजी कोनो दछिनाहा वर ठीक कयने छथि। गामक मौगी सभ बजैत अछि, जे बाबूजी हमरा बेचि रहल छथि, एक हजार टाका मे। सुनै छी जे वर ब्राह्मण नहि अछि, भूमिहार अछि। हमरा तइ सँ की ! वर ब्राह्मण रहै, अथवा भूमिहार रहै, अथवा मुसलमान रहै, हमरा की ! माटिक बासन छी, जे चाहय कीनि सकैत अछि।

—अ.

कलकत्ता, तिथि 21 फरवरी

आदरणीय कमलजी,

बिआहक दसमे दिन हमर दुरागमन भ' गेल। हम कलकत्ता चल अयलहुँ। ओ अपने ट्राम-कम्पनी मे काज करै छथि। देखबा-सुनबा मे अधलाह नहि छथि। हमरा खूब कपड़ा-लत्ता कीनि देने छथि। एक दिन सिनेमा सेहो देखलहुँ। हुनकर वयस बाबूजी सँ तीनिए-चारि बरख बेसी हेतनि, बेसी नहि। नीक लोक छथि।

सुशीला कहने छल जे अहाँ एखन धरि बीमारे छी। एतबा अबस्स कहब जे हमरा धेआन एखनहुँ अहीं पर लागल रहैत अछि। हम अहाँ कें बिसरि नहि सकब। स्त्री एक

बेर जकरा सँ सिनेह करै अछि, तकरा भरि जीवन बिसरि नहि सकै अछि। हमहूँ अहाँ केँ नहि बिसरब।

सुनलहुँ जे बाबूजी एक हजार टाका आ पाँच सय टाकाक गहना ल' क' हमरा हिनका हाथेँ बेचने छथि। एकर हमरा बड्ड दुख अछि। आइ हमर देह, हाथ, प्रान, आत्मा, किछु अपन नहि थिक। सभटा हिनके थिक। हम हिनकर कीनल नउड़ी छी, आर किछु नहि...

—अ.

जँ 'अ.' नामक एहि कथाक नायिका केँ अक्षर-बोध रहितै, चिट्ठी लिखबाक ज्ञान रहितै, अपन हृदयक भाव प्रकट करबाक लेल भाषा रहितै तँ ओ अबस्से अपन हृदयक देवता, कमल बाबू केँ अहिना, इएह पत्र सभ लिखितय। मुदा, 'अ.' तँ एक्को अक्षर नहि पढ़ने छलीह। आ अही अशिक्षाक कारणेँ ओ कहिओ अपन आराध्य पुरुष केँ नइँ बुझा सकलीह जे ओ हुनका सँ कतेक सिनेह करै छथि।

ई सभ एक्को टा उपरोक्त पत्र लिखल नइँ गेल। आ तेँ, एहि कथाक नायिका केँ एकटा वृद्ध आ पिताक समान व्यक्ति सँ बिआहि देल गेल।

—मिथिला दर्शन

—राजमकल चौधरीक ई कथा श्रीमती अनामिका चौधरीक छद्म नाम सँ प्रकाशित भेल।

बहिनदाइ, अस्पताल, बनगाम आ कोनो एकटा सपना

1

बहिनदाइ, माने ब्रह्मानन्दक सहोदर बहिन सरस्वतीक तेरहम वर्ष मे बिआह भेलनि। बीहपुर जंकसन मे ट्रेन सँ उतरि क' पाँच कोस बैलगाड़ी पर यात्रा कयलाक उपरान्त एकटा छोट छिन गाम, रत्नपुरा। चौदहमे वर्षक प्रारम्भ मे बहिनदाइ अपन नैहर–बानगाम घुरि अयलीह। विधवा, बाल-विधवा बहिनदाइ। पेट मे कोनो गर्भान्धो शिशु नहि, बाँहि मे, कान मे, गरदनि मे कोनो गहना नहि आ ने कोनो दाग–आगि मे झरकि जयबाक अथवा धीपल आसन-बासन सँ पाकि जयबाक...कोनो चेन्ह नहि। आँगुर मे एकटा चारि आना भरि औंठिओ नहि। जहिना गेलि छलीह, ठीक ताही अवस्था मे, ताही वयस मे, ताही अभिलाषा मे बनगाम घुरि अयलीह।

2

मुदा, आँखिक पपनी पर एक बुन्न नोर नहि छलनि, एक ठोस कारिखक रेख नहि छलनि बहिनदाइक चेहरा पर। ककरा कहैत छैक कानब–एकटा विधबा युवती, मैथिल ब्राह्मण परिवारक एकटा सद्यः विधवा युवती, कोना कनैत अछि–कोना राति भरि, दिन भरि, जीवन भरि कनैत रहैत अछि–से विषय, से कला, से जीवनचर्या हुनका बूझल नहि छलनि।

3

ब्रजनाथ बाबू बजलाह, "हमर बेटी नहि कानत। हमहीं बताह छलहुँ जे एकटा पैंतालिस वर्षक द्वितीय वर सँ सरोसत्तीक बिआह करओलहुँ।...आबो मुदा, हमर बेटी कानत नहि। हमर सरोसत्ती प्राइवेट सँ मैट्रिक पास करत, ट्रेनिंग करत, गामेक कन्या-पाठशाला मे मस्टरनी भ' जायत।" मुदा, सेहो नहि भ' सकलि। साते-आठ मासक बाद ब्रजनाथ बाबू, मिडिल-स्कूलक हेड पण्डित, स्वर्गवासी भेलाह। रहि गेलीह बहिन दाइ। रहि गेलाह जेठ भाइ ब्रह्मानन्द आ छोट भाइ जीवानन्द, आ रहि गेल दुनू भाइक छोट-छिन परिवार, पत्नी, कन्या, पुत्र, जन-हरबाह, आ माझिल बहिन–बहिनदाइ !

4

बिआह सँ पहिनो बहिनदाइ प्रत्येक दिन अन्हार भेलाक उपरान्त लक्ष्मीनाथ गोसाँइक कुटी दिस बहार जाइत छलीह। प्रत्येक भोर इजोत भेलाक उपरान्त गोरहो-घाट दिस जाइत छलीह कोसिकाक छाड़नि मे स्नान करबाक लेल, अपन सखी-बहिनपाक संग। विधवा भेलाक उपरान्तो जाइत रहलीह। बहिन सँ दुनू भाइ केँ बड्ड आप्तता। मुदा, ई स्वाभाविके छल जे ब्राह्मनन्दक स्त्री कर्णपुरवाली केँ विधवा ननदिक उन्मुक्तता एको मिसिया पसिन्न नहि छलनि। कर्णपुरवाली चूल्हि पजारबाक लेल, आगियो आन' दोसर आँगन नहि जा सकैत छथि, मुदा बहिनदाइ जा सकैत छथि भरि गाम, सभटोल, आगिक लेल, दहीक जोरन लेल, नोन-तेल आ मरभट्टाक लेल, आ उपनयन-बिआह-मूड़न मे गीत गयबाक लेल।

5

चारिम घटना ईहो भेल जे छोट भाइ जीवानन्द अपन स्त्री श्रीमती जगतारिणी देवी (मैट्रिक फेल) आ अपन दू सन्तान केँ गाम मे राखि टाटा-कम्पनीक नोकरी मे टाटा नगर चलि गेलाह। कर्णपुरवाली पूब दिस जयतीह, जगतारिणी जयतीह पश्चिम दिस। ब्रह्मानन्द केवल भोजन करबाक हेतु आ केवल शयन करबाक हेतु आँगन अओताह। आँगन मे एकछत्र साम्राज्य रहत–स्त्री-साम्राज्य। कर्णपुरवाली धान बेचतीह, टाका उधार-पैंच करतीह, 'गिरथाइन' गिरहथनी बनल रहतीह, आ जगतारिणी अपन कोठली मे सूतलि, पड़लि, बैसलि पान-सुपारी खयतीह, सिलाइ-कटाइ करतीह, चोरा क' मूंग आ मकइ बेचि लेतीह...।

6

भानस करतीह, दुनू भौजीक सातो-सन्तान केँ स्नान करौतीह, जन-हरबाह केँ बोनि देतीह, आ अवकाशक समय मे एहि आँगन, ओहि आँगन, ई गीत, ओ गीत, ई व्रत, ओ उपास करतीह बहिनदाइ !

7

गामक रसिक, उत्साही, मानवतावादी, प्रेमी, समाजसेवी 'प्रौढ़' युवक सभ ब्रजनाथ बाबू, मिडिल स्कूलक स्वर्गीय हेड पंडितक परिवार आ परिवारक घटन-विघटन केँ कनिएँ समीप सँ, एक रत्ती आसक्त उत्सुकता सँ देखैत रहलाह–जेना इजोरिया राति मे जंगलक कातक कोनो धार मे हरिणक झुंड पानि पिबैत रहैत अछि, आ अन्हार मे जंगल मे गाछक अढ़ मे ठाढ़ कोनो नरभक्षी बाघ सिनेह आ उत्साह सँ हरिण सभ केँ देखैत रहैत अछि,

जे कोन हरिणक माँसु सभ सँ सुअभदगर होयत...कोन हरिण आक्रमण कयला पर विरोध नहि करत...।

8

हरिण माने जगतारिणी देवी नहि, कर्णपुरवाली नहि; हरिण माने बिआहक वर्षे भरि मे विधवा भेलि, अठारह-बीस वर्षक एकटा भरलि-पुरलि, सक्कत माटि, गाढ़ पानि सँ बनाओलि गेलि स्त्री, बहिनदाइ ! मुदा, संयोगवशात बहिनदाइ हरिण नहि छथि, मिथिलाक एकटा शुद्ध-प्रबुद्ध गामक, बनगामक शीलवती सुशीलवती स्त्री छथि, जे बुझैत छथिन जे सत की थिक आ असत की...सिनेह की थिक आ स्वार्थ की...हम कोना रही, ककरा सँ गप्प कयल जाय, आ ककरा सँ अलगे रहल जाय, सात डेग अलग...बहिनदाइ खसतीह, कोनो इनार मे, अथवा कोनो जंगल मे सन्हिया जयतीह–से ककरो, गाम भरि मे ककरो विश्वास नहि छैक।

9

मुदा, हरिण माने बहिनदाइ ! हरिण माने बनगामक जंगल मे एकसरि ठाढ़ि बहिनदाइ ! दोसर कोनो स्त्री नहि, एक मात्र ओ नवयुवती, जकरा एके संगेँ दूटा भौजीक प्रताप, कहा-सुनी, वादी आ विवादी स्वर सुन' पड़ैत छैक। बहिनदाइक घटनाप्रद जीवन-गाथा मे एकटा नवीन परिच्छेद प्रारम्भ होइत अछि, जखन दशमीक छुट्टी मे दुनू भाइ, ब्रह्मानन्द आ जीवानन्द गाम अयलाह। आँगनक परिस्थिति सँ त्रस्त भ' दू मास पहिने ब्रह्मानन्द काशी चल गेल छलाह। दशमी सँ चारि दिन पहिने ओ टाटानगर गेलाह। बहुत दिन सँ इस्पातक कारखाना देखबाक इच्छा छलनि, ब्रह्मानन्द प्रगतिशील लोक छथि। एक बेर अपने इलाकाक एम.पी. संगेँ दिल्ली जा क' पार्लियामेंट सेहो देखि आयल छथि। टाटानगर सँ दुनू भाइ संगहिँ बनगाम अयलाह। साँझक ट्रेन सँ।

10

रातिए मे जगतारिणी देवी अपन स्वामी, जीवानन्द केँ कहलनि जे कर्णपुरवाली तीन बोरा धान चोरा क' बेचि लेने छथि। आ, रातिए मे कर्णपुरवाली अपन स्वामी, ब्रह्मानन्द सँ बजलीह जे जगतारिणी कनियाँ भिन्न भ' जयबाक लेल तलफल क' रहल छथि। ब्रह्मानन्द पुछलथिन, "अहाँ सँ झगड़ा करैत छथि ?"

"नहि। हमरा सँ नहि। हुनका ई पसिन्न नहि जे बहिनदाइ नैहर मे रहथि। बहिनदाइ चलि जाथि, कतहु पड़ा जाथि, तकरे चेष्टा मे रहैत छथि सदिखन अहाँक भावहु। तेँ आब भिन्न होब' चाहैत छथि" कर्णपुरवाली उत्तर देलथिन। ब्रह्मानन्द आँखि मूनि क' करोट फेर लेलनि। तकिया मे मुँह नुका लेलनि, सूति रहलाह। एहन बुद्धिहीन

किएक छथि जगतारिणी कनियाँ ?

11

विजयादशमीक प्राते दुनू भाइ भिन्न भ' गेलाह। रामेश्वर बाबा पंच छलाह। निर्णय भेल जे जीवानन्द पुरनका घरडीह पर बसताह, एक मासक भीतरे खपड़ैल घर ठाढ़ क' लेताह। पाँच-पाँच बीघा खेत दुनू भाइक हिस्सा मे पड़लनि। महींसक दाम लगाओल गेल, चारि सय अस्सी टाका, से महीस ब्रह्मानन्द कीनि लेलनि। आ, अपन हिस्साक एकटा गाय दोसरे दिन जीवानन्द अपन बाल संगी बिलट झाक हाथेँ पौने तीन सय टाका मे बेचि लेलनि। पंचैतीक निर्णय सँ 'परवरिश'क हेतु बहिनदाइ केँ भेटलनि पुरनके आँगन मे पुबरिआ दिसक छोट-छिन कोठली, आ पुबरिए बाध मे बाइस कट्ठा खेत—एक्के ठाम बाइस कट्ठाक एकटा बीछल, सीटल, उर्वर प्लॉट !

12

ब्रह्मानन्द आ जीवानन्दक सम्पत्ति बँटबाराक समय जयदेव सेहो उपस्थित छलाह। जयदेव चौधरी, व्यवसाय सँ पत्रकार छथि, नामी-गामी पत्रकार, कोनो पैघ अखबार मे पैघ पद पर काज करैत छथि—गामक नवयुवक-वर्ग मे सभ सँ प्रतिष्ठित, आ सुसंस्कृत लोक। तीन मासक छुट्टी ल' क' गाम आयल छथि, इलेक्शन मे काज करबाक लेल। जयदेवक अभिन्न मित्र परशुराम यादव संयुक्त सोसलिस्ट पार्टीक टिकट सँ एम.एल.ए. पदक उम्मीदवार छथि। जयदेवक चेष्टा सँ इलाकाक अधिकांश ब्राह्मण-भोट परशुराम यादव केँ प्राप्त भ' जयतनि। लोक ई बूझत जे परशुराम गोआर नहि, जयदेव ब्राह्मण चुनाव मे ठाढ़ भेल छथि। जयदेव छथि अपना इलाकाक सम्मानित लोक। हिनके पैरवी सँ बी. डी.ओ. बनगाम इलाका सँ बदलि क' राजनगर इलाका चल जाइत अछि। हिनके पैरवी सँ बेनीमाधव झा हाइकोर्ट सँ खूनक मोकदमा जीति गेल छलाह। प्रतापी लोक छथि जयदेव।

13

बँटबाराक समय जयदेव स्वेच्छा सँ बहिनदाइ दिस सँ ठाढ़ भेलाह। कहलनि, "बाइस कट्ठाक ई सौंसे प्लाट बहिनदाइकेँ द' देल जाय। आ, गाछी मे सेहो किछु हिस्सा देल जाय, नहियों किछु तँ बिज्जू आ कलमी आमक दसो टा गाछ।"

14

बहिनादइ केँ आमक गाछी बड्ड प्रिय स्थान। बड्ड छोट छलीह, तखने सँ पिताक संगेँ,

ब्रह्मानन्द संगेँ गाछी जाइत छलीह। आबहु कहियो-कहियो अपन सखी-बहिपा सभक सगेँ गाछी जाइत छथि, पाकल आ अधपक्कू आम बीछि अनैत छथि–गामक बेटी केँ एतबा स्वाधीनता अवस्स भेटबाक चाही। जयदेव गाछीक नाम लेलनि तँ बहिनदाइ मोने-मोन अत्यन्त प्रसन्न भेलीह। बारह टा गाछ–आठ गाछ सरही आम, तीन गाछ मालदह, आ एक गाछ बम्बइ आम–बहिनदाइ केँ जयदेवक प्रयत्न सँ भेटि गेलनि। इएह थिक जयदेव आ बहिनदाइक प्रथम परिचय। दोसर परिचय अस्पताल मे।

15

बरियाही मे सरकारी अस्पताल अछि। ब्रह्मानन्द खेत-पथार मे व्यस्त रहैत छथि, आ कर्णपुरवाली एहन रौद मे स्वयं बरियाही बजार जा नहि सकैत छथि। अतएव ब्रह्मानन्दक छोट बालक, सन्तू केँ प्रतिदिन अस्पताल ल' जायब बहिनदाइक कर्त्तव्य छनि। बाँहि मे घाव भ' गेल छनि, प्रतिदिन मलहम-पट्टी करायब आवश्यक मुदा, पहिले दिन अस्पतालक बरण्डा पर बहिनदाइ सँ जयदेव केँ भेट भ' जाइत छनि। सन्तू केँ बरण्डाक कात मे राखल बेंच पर सुता क' बहिनदाइ कम्पाउण्डर अथवा ड्रेसरक प्रतीक्षा मे ठाढ़ि छथि।

16

''किएक ठाढ़ि छी ? कोनो दबाइ लेबाक अछि ?...चलू, भीतर चलू। डाक्टर सँ कहि क' दबाइ देआ दैत छी। चलू...मुदा, अहाँ अपने एतेक दूर किएक अयलहुँ ? हमरा कहा पठबितहुँ। हम डाक्टर केँ अहाँक आँगन लेने अबितहुँ। एतेक रौद मे...एकसरि... की भेल अछि अहाँ केँ ?...अपन दबाइ लेब ? की भेल अछि ?'' जयदेव व्याकुल जकाँ भ' क' एक्के संग कतेको प्रश्न बहिनदाइ सँ कयलनि। दुपहर एखन नहि भेल छल–ने बहिनदाइक शरीर मे आ सम्पूर्ण जीवन मे एखन दुपहर भेल छल आ ने बरियाही अस्पतालक एहि रोगग्रस्त वातावरण मे एखन दुपहर भेल छल। बेसी-सँ-बेसी एखन नौ बाजल होयत।

17

जयदेव तुरन्ते ड्रेसर केँ ताकि अनलनि, आ आज्ञापूर्ण स्वर मे कहलथिन, ''हमर भातिज बेंच पर सूतल अछि। अहाँ तुरन्त आन सभ काज छोड़ि क', सन्तू केँ मरहम-पट्टी क' दिअ'।'' ड्रेसर केँ बुझल छैक जे डाक्टर साहेब जयदेवक आदर करैत छथि। आदर सेहो, आ भय सेहो। ड्रेसर-साहेब अपन औजार आ दबाइक व्यवस्था मे दौड़लाह सन्तूक घाओ दुरुस्त करबाक लेल। आ, अस्पतालक बरण्डा मे बड़ी काल धरि ठाढ़ रहलाह जयदेव, आ बड़ी कालधरि मूड़ी निहुरौने, कखनहुँ-कखनहुँ आँखि ऊपर उठा क' जयदेव केँ देखैत

बहिनदाइ ठाढ़ि रहलीह। ड्रेसर जखन तेसर बेर जयदेव केँ टोकलकनि, ''ड्रेसिंग भ' गेल जयदेव बाबू ! बहिनदाइ, बच्चा कानि रहल अछि।''...जयदेव बाबू केँ तखन होश भेलनि। जेना ओ एतबा काल धरि अपना होश मे नहि छलाह। बहिनदाइ लजा क' बजलीह, ''आब हम जाइत छी। काल्हि एही बेर मे अस्पताल आयब...।''

18

आब सौंसे अस्पताल बहिनदाइ केँ चीन्हि गेल छनि, जयदेवक कारणेँ। डाक्टर एस.एन. झा, एम.बी.बी.एस. एहि मध्य दू बेर ब्रह्मानन्दक आँगन भ' आयल छथि–ई बुझि क' जे हुनकर एक मात्र मित्र जयदेवबाबू बहिनदाइ आ बहिनदाइक परिवारक प्रति आकृष्ट छथि। बड्ड आकृष्ट छथि जयदेव।

19

पन्द्रह दिनक बाद अथवा बाइस दिनक बाद अथवा सत्ताइस दिनक बाद जयदेव अस्पतालक बरण्डा पर कुर्सी पर बैसल छथि। साँझ पड़बा मे किछुए काल बाँकी अछि। आब कनिएँ समय मे सूर्य डूबि जायत। भ' जायत अन्हार। जयदेव बैसल छथि, डुबैत सूर्यक झलफल इजोत मे। बहिनदाइ अबैत छथि, उदास मुद्रा मे, अधमैल उज्जर साड़ी पहिरने, भयभीत जकाँ...।

20

''वसन्त लाल हलुआइक दोकान लग हमर जीप ठाढ़ अछि। हम पहिने जाइत छी। अहाँ पाछाँ-पाछाँ आउ। जीप सँ हम सभ सोझे-सोझ बरौनी चल जायब। बरौनी सँ पटना। चलू जीप ठाढ़ अछि''–जयदेव नहुँए-नहुँए बजलाह। जयदेवक प्रस्ताव सुनि क' बहिनदाइ आतंकित भ' गेलीह। जेना एतेक कालधरि...एतेक दिन सँ ओ मात्र एकटा कोनो सपना देखि रहलि छलीह, आ आब एखन अस्पतालक एहि एकान्त सन्ध्या मे ओ सपना टूटि गेल अछि।

21

तेँ, उत्तरहीन छथि बहिनदाइ।

22

की बाजथि–एहि अवसर पर, जीवनक एहि प्रथम अग्नि-परीक्षाक अवसर पर बहिनदाइ की बाजथि, से हुनका बूझल नहि छनि। एतबा अवश्य जे धैर्यक लक्ष्मण-रेखा मेटा जयबा

मे आब बेसी देरी नहि अछि। बान्ह टूटि जायत, सपना सेहो टूटि जायत। कनिएँ कालक बाद सूर्य अन्हारक समुद्र मे डूबि जायत। आ, अन्हार मे एकसरि ठाढ़ि रहि जयतीह बहिनदाइ।

23

बहिनदाइ अन्हार मे ठाढ़ि छथि। मुदा, जयदेव ?

–मिथिला मिहिर/30 अप्रैल, 1967

एकटा चम्पाकली एकटा विषधर

दशरथ झाक परिवार बड्ड छोट आ आँगन बड्ड पैघ। पहिने सभ भाइ संगहि रहैत छलाह। आब दशरथ झा एहि पुरान, पैघ, उजड़ल, भाँग-धथूरक जंगल सँ भरल आँगन मे अपन स्त्री आ अपन सखा-सन्तानक संगेँ एकसरे रहि गेल छथि। दशरथक जीविका छनि—महींस। दुन्नू साँझ मिला क' आठ-दस किलो दूधक प्रबन्ध एही एकटा महींस सँ होइत छनि। महींसक अतिरिक्त डेढ़ बीघा खेत, आर किछु नहि। स्त्री—रामगंजवाली घर-आँगन मे व्यस्त रहैत छथि, एकटा सन्तान स्कूल मे पढ़ैत छनि, दोसर सन्तान महींस मे, अर्थात महींस चरयबा मे, आ बारहम बर्खक अन्तिम चरण मे छन्दबद्ध, मुग्ध, सुशील, आज्ञाकारिणी, प्रसन्नमुखी मात्र एकटा कन्या...

कन्याक नाम थिक, चम्पा।

शशि बाबू अप्पन बासठि बर्खक जीवन मे जखन पहिल बेर, अपन निकटस्थ पड़ोरिया आ दूर दूरस्थ सम्बन्धी, दशरथ झाक आँगन मे, बीच आँगन मे आबि क' ठाढ़ भेलाह, तँ चम्पा देबाल पर गोइठा सैँति रहल छलीह। रामगंजवाली छलीह इनार लग, ...शशि बाबू केँ देखिते ओ पानि सँ भरल बालटीन उठा क', भनसा घर मे सन्हिआ गेलीह। गामक सम्बन्धेँ शशि बाबू रामगंजवालीक श्वसुर-स्थानीय छथि।

दशरथ झा हँसैत स्वर मे, खोशामदक तरंगित स्वर मे, बजलाह, "एहन लाज करबाक कोन काज, शशि बाबू तँ अपन परिवारक लोक छथि...चम्पा, माय केँ कहिऔन, एक लोटा पानिक प्रबन्ध करतीह। पानि माने, गरम पानि।"

"गरम पानि किएक, बाबूजी ?"—संयत स्वर मे चम्पा प्रश्न कयलनि। नहुँए स्वर मे भनसा घर सँ चम्पाक माय बजलीह, "गरम पानि माने, चाह। चम्पा, अहाँ दोकान सँ चाह आ चिन्नी ल' आनू। हम पानि चढ़ा दैत छी।"

दोकान जयबा सँ बेसी दुख आन कोनो काज मे चम्पा केँ नहि होइत छनि। प्रत्येक बेर बजारक कोनो दोकान सँ घुरबा काल चम्पा सप्पत खाइत छथि, जे मरि जायब, मुदा आब कहियो कोनो वस्तु उधार अनबाक हो, खाहे एक कनमा सुपारी, खाहे एक सेर कड़ू तेल—चम्पे दोकान पठाओल जयतीह। चम्पा विरोध करतीह, "हम नहि जायब। जुगेसरक सवा टा टाका बाँकी छैक। ओ हमरा उधार नहि देत।"

मुदा, माय कहथिन, किम्वा दशरथ बजताह, "अहाँ नहि जायब, तँ आन के दोकान जायत ?...चम्पा, जुगेसर केँ कहबैक जे ओकर टाका हम पचा नहि जयबैक। काल्हिए

हमर अल्लू उखड़त। हम अल्लू बेचि क' ओकर टाका द' देबैक।'' चम्पा कें बूझल छनि, जे बाबूजी एक्को कट्ठा अल्लू रोपने नहि छथि। चम्पा कें बूझल छनि, जे बाबूजी, एहिना जखन-तखन छोट-छोट बातक लेल मिथ्या बजैत छथि, फूसि बजैत छथि, सरासरि फूसि !

मुदा, दछिनबारी टोलक सभ सँ प्रतिष्ठित लोक आँगन आबि गेल छथि, पहिल बेर आयल छथि—बाबूजी कें शशि बाबू सँ निश्चय कोनो आवश्यक बेगरता छनि—चम्पा एतबा गप्प अवश्य बूझि रहलि छथि। एतबा गप्प-बुझबाक स्त्री-सुलभ क्षमता हुनका मे छनि। अतएव, चम्पा माय कें बिना कोनो उत्तर देने, जुगेसर बनियाँक दोकान दिस चलि गेलीह—भगवतीक प्रतिमा सन सुन्नरि, अल्प वयसक बुधियारि आ सुशील कन्या, चम्पा ! आ शशि बाबूक संगें दशरथ पुबरिया कोठली मे चलि गेलाह। चम्पा, चम्पाक माय आ दशरथ एही घर मे रहैत छथि।

देबाल पर एकटा पुरान कैलेन्डर टांगल अछि। कैलेन्डर मे अंकित अछि, द्रौपदी-चीर-हरणक एकटा प्रचलित चित्र। शशि बाबू जेना दशरथ सँ कोनो महत्त्वपूर्ण गप्प सुनबाक लेल प्रतीक्षा करैत, बड़ी काल धरि एहि चित्र दिस तकैत रहि जाइत छथि। द्रौपदी विवश छथि, विवस्त्र छथि...क्रोध सँ उन्मत्त दुःशासन, गर्व सँ आन्हार भेल सुयोधन, ग्लानि आ संताप सँ माथ नीचाँ खसौने, लज्जित पाँचो पाण्डव...आ ऊपर सँ द्रौपदीक देह पर थानक थान साड़ी खसबैत श्री कृष्ण...।

राधारमण भगवान श्रीकृष्ण कैलेन्डरक चित्र मे मधुर-मधुर मुस्का रहल छथि।

शशि बाबू सेहो मोने-मोन मुस्कयलाह। बजलाह किछु नहि, मुदा, दशरथ कें एतबा गप्प बुझबा मे कोनो भांगठ नहि, जे हमरा आँगन मे आबि क', हमरा कोठली मे एहि पुरान पलंग पर बैसि क' शशि बाबू प्रसन्न छथि। एहि प्रसन्नताक आवश्यकता दशरथ झा कें छनि। शशि बाबू किछुए बर्ख पहिने धरि पूर्णियाँ जिला कचहरी मे हेड किरानी छलाह। आब स्थायी रूपें गामे रहैत छथि। शशि बाबूक परिवार बड्ड पैघ। दूटा विधवा बहिन, तीन स्त्री सँ चारि टा पुत्र, आ चारू पुत्रक अपन-अपन छोट-पैघ परिवार। भिन्न-भिनाउज एखन धरि नहि भेल छनि। शशि बाबू जाबत जीवित छथि बँटवारा असम्भव।

तीन बेर विवाह करबाक उपरान्तो, शशि बाबू सम्प्रति स्त्री-विहीन छथि। तेसर स्त्री पाँचे बर्ख पहिने स्वर्गवासी भेलि छथिन। आब शशि बाबू वृद्ध भ' गेल छथि, तथापि, परिवारक टाका-पैसाक सभटा कारबार ओ स्वयं करैत छथि, स्टील-सन्दूकक चाभी ओ एखनो अपने जनउ मे रखैत छथि।

''अहाँ हमर उद्धार नहि करब, तँ आन के उद्धार करत।'' एहि प्रेम-वाक्य सँ दशरथ अप्पन गद्य प्रारम्भ कयलनि। शशि बाबू जेब सँ पनबट्टी बहार क' पान-जर्दा खा रहल छलाह। पनबट्टी बन्द क' जेब मे रखलाक बाद, बजलाह, ''हमरा सँ जे सहायता भ' सकत, हम अबस्स करब मुदा, अहाँ स्पष्ट कहू, अहाँ कें कतबा टाका चाही।...कम सँ कम अहाँ कें कतबा, टाका...''

दशरथ झा मोने-मोन हिसाब लगबैत छथि। चम्पाक विवाहक हिसाब। शशि बाबू सँ कतबा टाका पैँच मंगबाक चाही ? कतबा टाका ओ द' सकैत छथि ? पाँच सय ? सात सय ? एक हजार ? दशरथ झा केँ बेटीक विवाह कोनो साधारण परिवार मे करबाक हेतु अन्ततः दू हजार टाका चाही। हिसाब जोड़ि लेलाक बाद, दशरथ बजलाह, "पहिने चाह पीबि लेल जाय। टाका-पैसाक गप्प तकरा बाद कहब। हम की कहब, रामगंजवाली स्वयं अहाँ सँ गप्प करतीह। अहाँ सँ की नुकायल अछि...अहाँ सँ कोन लाज...अहाँ हमर अप्पन लोक छी।"

चम्पाक लेल एकटा परम उपयुक्त वर दशरथ झा टेबने छथि। वरक पिता सँ दशरथ झा केँ मित्रता छनि। भरथपुर गाम, सहरसा सँ तीन कोस उत्तर। वर सहरसा कॉलेज मे बी.ए. मे पढ़ैत अछि। रामगंजवाली विवाहक सभटा खर्च मोने-मोन निर्णय कयने छथि। जँ दस कट्ठा बेचि देल जाय, तँ पन्द्रह सय टाका अवश्य भेटत। तीनटा अशरफी घरे मे अछि। जँ शशि बाबू पाँचो सय टाकाक व्यवस्था क' देथि...

चाह आ चिन्नीक पुड़िया माय लग राखि, चम्पा ओसार पर ठाढ़ि छथि। साँझ पड़बा मे आब कम्मे देरी अछि। आइ दुपहर खन पानि पड़ल छल—मूसलाधार वर्षा। आँगन मे थाल...सड़क पर थाल...चम्पा दोकान जाइत काल पिछड़ि क' खसि पड़ल छलीह। माय कहलथिन, "अहाँ साड़ी बदलि क' केश बान्हि लिअ'...जल्दी करू। शशि बाबू बेसी काल नहि बैसल रहताह। केश बान्हि लिअ'...ओसनी पर ललका साड़ी राखल अछि, से पहिरि लिअ'...जल्दी करू। शशि बाबू केँ चाह आ पान द' अबिऔन।"

चम्पा इनार लग चल गेलीह। बालटीन मे पानि भरलनि। बड़ी काल धरि हाथ-पयर धोइत रहलीह। केहुनी मे लागल 'हरैद'क दाग छोड़ौलनि। कनपट्टी लगलक मैल...भौँहु परक मैल...मुदा, चम्पाक देह मे मैल कोनो ठाम नहि छनि, मात्र मैलक भ्रम छनि हुनक मोन मे। कनिएँ काल पहिने दोकान लग खसि पड़लि छलीह, तँ अभिमन्यु चौधरीक भातिज परीक्षित कते जोर सँ हँसल छल...लाजेँ रंगि गेलि छलीह चम्पा, लाज सँ, क्रोध सँ, अपमान सँ आरक्त भ' गेलि छलीह। सन्देह भेल छलनि, परीक्षित कोनो अपशब्द सेहो बाजल अछि। यद्यपि, परीक्षित मात्र हँसले टा छल, बाजल नहि छल। चम्पा एहिना एही अल्पवयस मे सदिखन, मैलक भ्रम सँ, अपशब्दक सन्देह सँ, अपमानक सन्देह सँ व्यथित आ चिन्तित होइत रहैत छथि।

हाथ-पयर धोलाक बाद ललका साड़ी आ ललका आँगी तकबाक हेतु चम्पा भनसाघरक ओसार पर अयलीह। माय कहैत छथि, तँ मुँह मे पाउडर लगा क' केश थकड़ि क' ललका साड़ी पहीरि क' शशि बाबूक हाथ मे चाहक पेयाली देबैए टा पड़त। माय जे कहथि, सएह करबाक चाही। सएह करैत छथि चम्पा। इच्छा नहियोँ रहैत छनि, तैयो करैत छथि...जेना दोकान सँ उधार आनब, जेना ललितेशक आँगन जायब...जेना एही तरहक आन कतेको काज करबाक इच्छा चम्पा केँ नहि होइत छनि। चम्पा ओहि कोठली मे प्रवेश नहि कर' चाहैत छथि, जाहि मे पलंग पर बैसल छथि शशि बाबू आ निहोरा-मिनतीक मुद्रा मे एकटा पीढ़ी पर नीचाँ मे बैसल छथि चम्पाक बाबूजी, दशरथ

झा। चम्पा केँ लाज नहि होइत छनि, होइत छनि ग्लानि, आत्मवेदना, जे बाबूजी एहन लोक किएक छथि, एहन दरिद्र आ एहन क्षुद्र...बाबूजी पलंग पर किएक नहि बैसल छथि ?...कोन स्वार्थक कारणेँ एखन शशि बाबूक लेल चाह बनाओल जा रहल अछि ?... माय एतेक अस्त-व्यस्त किएक छथि।

''अपने बैसल जाओ, हम दू मिनट मे अबैत छी''—एतबा कहि क' दशरथ कोठली सँ बाहर भ' ओसार पर अयलाह, लोटा हाथ मे लेलनि, आ आँगन सँ बहरा गेलाह। शशि बाबू द्रौपदी-चीर-हरणक कैलेण्डर देखि रहल छथि, आ विचारि रहल छथि जे दशरथ झा केँ टाका देल जाय, किम्वा नहि देल जाय। बेसी सम्भावना तँ एही बातक अछि, जे टाका डूबि जायत। मुदा, जँ टाका नहि देल जाय, तँ चम्पाक बियाह कोना होयतैक ?...आ दशरथ चल कत्त' गेलाह ? ओ कहैत छलाह जे रामगंजवाली अपने हमरा सँ गप्प करतीह। ओ किएक करतीह गप्प ?

आगू-आगू रामगंजवाली, एक हाथ मे हलुआक छिपली, दोसर हाथ मे पानिक लोटा-गिलास लेने आ हुनका पाछू मे नुकायलि जकाँ, लाल साड़ी आ लाले आँगी पहिरने, बड्ड सकुचायलि, बड्ड लजबिज्जी चम्पा...

रामगंजवाली घोघ नहि तनने छथि। पैघ-पैघ आँखि मे सुन्दरता अवश्य छनि मुदा, स्त्री-सुलभ लज्जा नहि। लज्जा स्त्री-आँखिक आन्तरिक ज्योति थिक...रामगंजवालीक आँखि जेना पाथरक बनाओल गेल हो, सुन्दर, किन्तु, जकरा मे कोनो आकर्षण-शक्ति नहि। चम्पाक हाथ सँ चाहक पेयाली लैत काल शशि बाबू अनुभव कयलनि जे चम्पाक हाथ थरथरा रहलि छनि...दुन्नू आँखि जेना नोर सँ झलफल-झलफल करैत...शशि बाबू अनुभव कयलनि, जँ कनियोँ काल चम्पा एहि ठाम ठाढ़ि रहतीह, तँ ठामहि झमा क' खसि पड़तीह, बेहोश भ' जयतीह।

मायक कोनो नब आज्ञाक प्रतीक्षा चम्पा नहि कयलनि। चाहक पेयाली शशि बाबूक हाथ मे देलाक उपरान्त, चम्पा माय दिस उपेक्षाक तीक्ष्ण दृष्टि सँ देखैत, चुपचाप कोठली सँ बहरा गेलीह, आँगन मे एक छन ठाढ़ि रहलीह, आ आँगन सँ बहरा क' अपन सखी, अन्नपूर्णाक आँगन दिस चलि गेलीह। चम्पा जखन बड्ड दुख मे डूबलि रहैत छथि, तखन चुपचाप अन्नपूर्णाक घर मे जा क' सूति रहैत छथि।

''दशरथ टाकाक विषय मे किछु नहि बजलाह...कतेक टाका चाही, आर की-की, से तँ अहीँ सभ कहब''—शशि बाबू चम्पाक तीव्र पलायन सँ एकरत्ती अप्रतिभ, आ एकरत्ती निश्चिन्त होइत, समीप मे ठाढ़ि भेलि, रामगंजवाली सँ जिज्ञासा कयलनि, ''दशरथ कहाँ छथि ?''

रामगंजवाली बजलीह, ''ओ बथाने दिस गेल छथि। अबिते होयताह...मुदा, हुनका रहला सँ की, आ हुनका नहियेँ रहला सँ की...हुनका अहाँ सँ कोनो गप्प कहैत लाज होइत छनि। ओ नहि कहताह। हमहीँ कहब। चम्पा हमर बेटी थिक; हम चम्पाक माय छी। बेटी पर माइये टा केँ अधिकार होइत छैक, बापक कोनो अधिकार नहि। माय अपन बेटीक लेल प्राण दैत अछि। हमहूँ दैत छी। तेँ, हमहीँ अहाँ सँ गप्प करब।''

रामगंजवालीक एहि निर्द्वन्द्व, ओजस्वी आ स्पष्ट भाषण सँ शशि बाबू मोने-मोन सशंकित होइत छथि। की कह' चाहैत छथि दशरथक स्त्री ? शशि बाबू कनिएँ सम्हरि क' बैसैत छथि, आ पीठ तर तकिया राखि लैत छथि। दशरथ किएक चल गेलाह ? चम्पा किएक पड़ा गेलीह ? किएक रामगंजवाली एतेक निकटता सँ, आ एत्तेक भूमिका बान्हि क' गप्प क' रहलि छथि ? शशि बाबू गामक लोक नहि छथि, सभ दिन शहरे-बजार मे रहलाह। शहरक लोक छथि शशि बाबू। नोकरी तेयागि क', आब स्थायी रूपेँ गाम आयल छथि। गामक रीति-रेवाज, गामक राजनीति, गामक लोकक आचार, भाषा आ व्यवहार बूझल नहि छनि। तेँ रामगंजवालीक भूमिका केँ बुझबाक उचित क्षमता शशि बाबू केँ नहि छनि।

शशि बाबू पानक बीड़ा उठौलनि। जर्दाक डिबिया फोललनि। असली गप्प सुनबाक प्रतीक्षा कर' लगलाह। रामगंजवाली एक बेर आगन सँ भ' अयलीह। चम्पा कत्त' गेलि ? कोनो पड़ोसिया आँगनक कोनो स्त्री कोनटा लग तँ ठाढ़ नहि अछि ? रामगंजवाली घूरि क' कोठली मे अयलीह।

''आब हमरा देरी होइत अछि।...दशरथ कहाँ छथि ?''—शशि बाबू प्रश्न कयलनि। रामगंजवाली मुस्कयलीह। बजलीह, ''चम्पाक वियाह मे नहियोँ किछु तँ दू-सवा दू हजार टाका लागत। हमरा सभ केँ मात्र एक बीघा दस कट्ठा खेत अछि। आ, एकटा महींस अछि। जँ दस कट्ठा खेत बेचब तँ एक हजार टाका भेटत। जँ महींस बेचब तँ भेटत पाँच सय टाका।''

शशि बाबू बीच मे टोकलथिन, ''महींस किएक बेचब ? खेत किएक बेचब ? आ बेचि लेब तखन जीवन कोना चलत ?''

रामगंजवाली सम्भवतः इएह प्रश्न सुन' चाहैत छलीह। तेँ, ई प्रश्न सुनि क' ओ हँसलीह, जेना कोनो सुखान्त नाटकक नायिका-अभिनेत्री हँसैत अछि, ताही तृप्त मुद्रा मे हँसि क' रामगंजवाली बजलीह, ''अहाँ उचित कहलहुँ, अखन ई राभ बेटीक बियाह मे बेचिये लेब, तखन जीवन नहि चलत। अपने लात अपन पेट पर मारब उचित नहि, एतबा हम बूझैत छी। तेँ हम सभ, माने हमर मालिक, हम आ हमर बेटी, चम्पा अहाँक शरण मे आयलि छी।...अहीँ, मात्र अहीँ हमरा सभक उद्धार क' सकैत छी।

''अहीँ हमरा सभक उद्धार क' सकैत छी''—रामगंजवालीक मुँह सँ ई गप्प सुनि क' शशि बाबू विरक्त भ' गेलाह। क्रोध भेलनि, जे हम किएक एहि ठाम समय नष्ट क' रहल छी। काल्हिए-परसू सँ दशरथ झा हजार बेर एहि वाक्यक आवृत्ति कयने छथि, जे शशि बाबू हुनक आ हुनक परिवारक उद्धार क' सकैत छथि।

जखन कि, उद्धार करबाक हेतु नहि, एकटा आन स्वार्थ सँ शशि बाबू एहन असमय मे, एहन एकान्त मे दशरथ झाक आँगन आयल छथि। शशि बाबू योजना बना क' कोनो काज करैत छथि। जीवन-रूपी शतरंज कोना खेलायल जाय, कोना जीवित मनुष्य सभकेँ काठक पेयादा, किम्वा काठक हाथी-घोड़ा बनाओल जाय, से मर्म हुनका बूझल छनि।

शशि बाबू केँ घरडीहक स्थान बड्ड कम्म। परिवार बड्ड पैघ। आ; दशरथ झाक

आँगन शशिबाबूक देबाल सँ सटले छनि पश्चिम दिस। जँ दशरथ झा अपन आँगनक पुबरिया हिस्सा सँ बारह धूर जमीन शशि बाबूक हाथेँ बेचि लेथि, तँ तकर मूल्यक रूप मे चम्पाक विवाह मे हजार-बारह सय टाका देबा मे शशि बाबू केँ कोनो कष्ट नहि होयतनि।...शशि बाबू उद्धार करबाक लेल नहि, बारह धूर घरडीह किनबाक लेल दशरथक आँगन आयल छथि। अस्तु, रामगंजवालीक गप्प सँ हुनका कोनो प्रसन्नता नहि भेलनि। ओ विरक्त भेलाह जे रामगंजवाली मूलकथा पर नहि आबि, व्यर्थ समय नष्ट क' रहल छथि...लोक अनेरे सन्देह करत जे शशि बाबू किएक अपन पड़ोसियाक आँगन मे एत्तेक कालधरि एकान्त कोठली मे बैसल छथि। बड़ी कालक उपरान्त अपन मोन केँ स्थिर क', किंचित गम्भीर मुद्रा बना क' कनिएँ हतप्रभ जकाँ, रामगंजवाली बजलीह, ''हम खेत नहि बेचब, घरडीह नहि बेचब, महींसो नहि बेचि सकैत छी। हमरा एक्के टा चम्पा नहि अछि, आनो सन्तान अछि। तकरा सभक मुँह मे जाबी नहि लगाओल जा सकैत अछि।''

शशि बाबू पुछलथिन, ''घरडीह नहि बेचब, तँ की करब ? कत्तेक टाका लेब हमरा सँ ?''

रामगंजवाली उत्तर देलथिन, ''अहाँ सँ बेसी नहि, पन्द्रह सय टाका हम सभ लेब। पन्द्रह सय टका नगद, आ अपना मोने चम्पा केँ अहाँ जे गहना, कपड़ा, साड़ी, जे देबैक, से अपना मोने। अहाँ-सन धनीक, बुझनुक, आ विद्वान लोकक संगेँ चम्पा भरि जीवन सुखी रहती, भरि जीवन आनन्द करती...''

''अहीँ हमरा सभक उद्धार क' सकैत छी''–शशि बाबू आब एहि गप्पक असली अर्थ बूझि गेलाह। एही कारणेँ एतेक भूमिका बान्हल जा रहल छल। शशि बाबू स्वयं चम्पा सँ बियाह करथि–से दशरथ झा, आ रामगंजवालीक उद्देश्य। ई योजना स्वयं रामगंजवाली बनौने छथि। जँ साठि बर्खक स्वस्थ, सुन्दर, पराक्रमी वृद्ध, शशि बाबू तेरह बरखक आत्ममुग्ध, लज्जामयी, स्पर्शहीन, नवीन चम्पा-कली सँ बियाह करताह–तँ शशि बाबूक सम्पूर्ण राज-काज, सम्पूर्ण धन-सम्पत्ति पर रामगंजवालीक आ दशरथ झाक पंजीकृत अधिकार, अर्थात एकाधिकार भ' जयतनि, आ महारानी जकाँ, वृद्ध शशि बाबूक संसार मे पटरानी जकाँ राज करतीह हमर चम्पा, हमर चम्पा-कली।

चाह देबाक लेल चम्पा आयलि छलीह। शशि बाबू केँ अवस्से पसिन्न भेल छथिन हमर कन्या, हमर दुलारि-सुकुमारि कन्या। एहन पैघ-पैघ आँखि, एहन सरल-निश्छल स्वभाव, एहन बुद्धि-विचार गाम भरि मे आन कोनो धीया केँ नहि छैक।

एक बेर अपने दलान पर अपन मित्र-मंडलीक समक्ष हास्य कयने अवस्स छथि शशि बाबू। कहने छलाह, जे मोन होइत छनि जे फेर एकटा विवाह क' लेथि। मुदा, ई गप हास्ये छल, विनोदे छल, सत्य नहि। विवाह करबाक, बासठिक एहि विचित्र वयस मे, विवाह करबाक कोनो आकांक्षा शशि बाबू नहि रखैत छथि। मुक्त-हृदय लोक छथि ओ, आब कोनो जाल-जंजाल मे नहि पड़ताह।

अतएव, पलंग सँ नीचाँ उतरि क', धरती पर ठाढ़ होइत, शशि बाबू कठोर आ

कठिन स्वर मे बजलाह, "अहाँक गप्प हम सुनलहुँ।...दशरथ झा कें अहाँ कहि देबनि, हम एतेक मूर्ख नहि छी। बेसी नहि, चम्पा हमर बेटी, कल्याणी सँ बाइस बर्ख छोट छथि, आ हमर बेटीक बेटी, मुन्नी सँ चारि बर्ख छोट छथि। हम चम्पा सँ कतेक बर्ख पैघ छी ? अहाँक पति देवता, दशरथ झा हमरा सँ कतेक बर्ख छोट छथि, रामगंजवाली ?...अहाँक मोन मे एहन विचार कोना आयल ?"

रामगंजवाली परम विषाक्त आ परम विरक्त दृष्टि सँ एक बेर शशि बाबू दिस तकलनि। शशि बाबू आतंकित भ' गेलाह। जेना हुनक सोझाँ मे कोनो स्त्री, कोनो रामगंजवाली कनियाँ ठाढ़ि नहि हो, जेना हुनका सोझाँ मे फन काढ़ने, कोनो विषधर ठाढ़ हो...कोनो भयावाह विषधर...

रामगंजवाली शशि बाबू कें कोनो उत्तर नहि देलथिन। कोनो वाक्य नहि, कोनो शब्द नहि, विषधरक उत्तर होइत छैक ओकर विष, ओकर विषदन्त !

मुदा, विधिक ई केहन विधान अछि, जे एहि सामाजिक घटना मे, शशि बाबू विषधर नहि छथि, विषधर छथि चम्पाक माय, रामगंजवाली !

—मिथिला मिहिर/15 जून, 1975

गाम मे राति राति मे गाम

कतेक दिनक उपरान्त। कतेक दिनक उपरान्त एकटा राति। एकटा राति आ एकटा कथा। प्रत्येक रातिक अप्पन फराक-फराक कथा होइत छैक। जेना प्रत्येक सुतनिहारक आँखि मे एकटा स्वप्न। प्रत्येक आँखिक अप्पन फराक-फराक स्वप्न। कियो देखैत अछि, आ कियो देखियो क' आँखि मूनि लैत अछि। कियो कथा कहैत अछि। कियो सुनैत अछि, आ ककरो सुनबाक इच्छा नहि रहैत छैक।

अप्पन-अप्पन राति। अप्पन कथा। अप्पन स्वप्न। आ, तकरा बाद अप्पन-अप्पन आँखि। मुग्ध-विमुग्ध आँखि। अथवा, अनुभवी आ थाकल आँखि। कोन आँखिक कथा ? कथा किएक ? की उद्‌देश्य ? की विधेय ? कारण की ? अथवा, कथा अकारणो भ' सकैत अछि ? जेना हम्मर कथा।

गाम अयला दू दिन भेल छल। दू दिन आ एक राति। कतेक दिनक उपरान्त आयल छलहुँ। बेसी नहि, आठ बर्ख। एहि आठ बर्ख मे सभ किछु डूबि-भसिया गेल छल। हम्मर अप्पन सभ किछु। स्वास्थ्य। मानसिक शक्ति। आ, नैतिकता। बाकी जे किछु बचल रहि गेल, तकर कोनो मूल्य नहि। टाकाक की मूल्य ? मुँह पर कोमलता आ ठोर पर शालीनताक कोनो मूल्य नहि। मूल्य छैक धर्मक, आ से धर्म अन्हार मे हेरा गेल छल। तेँ, गाम चल अयलहुँ। धर्म ताकब आ शान्ति ताकब, आ ताकब पुरान जीवन-मूल्य। भेटत ?

मुदा दू दिन आ अन्हार कूप सन एकटा राति। खाली दोमहला घर आ चारू कात आम-कटहर-जामुन आ सीसो-सखुआक विराट जंगल। डेढ़ बीघा घरडीह केँ घेरने ऊँच चहरदेबाली। राति भरि निन्न नहि भेल। राति भरि टेबुल लैम्प जरा क', पलंगक बड़का अएना मे अप्पन अधसूतल छाया देखैत रहलहुँ। छाया एसकर अछि। हम एसकर छी। सौंसे राति...।

आइ दिन भरि दलान पर लोकक जमाओट। बड़का काका, ललका काका। नित्यानन्द। बिरजा-भाइ। रामपुरवाली भौजी। चम्पानगर वाली भौजी। शान्ति बहिन। राम-भाइ। घनश्याम खलीफा। रमेश बाबू। सभ सँ नब परिचय कर' पड़ल। लोक बदलि गेल अछि। हम अपने बदलि गेल छी। आँखि मे ओ आगि, ओ धधरा नहि रहि गेल अछि। आबि गेल अछि मरल छागरक उज्जर आँखि। सभ सँ परिचय भेल। चाह। पान। सुपारी। हम बेर-बेर आँगन दिस जा क' सिगरेट पिबैत रहलहुँ। लाल काका बजलाह,

"जखन अभ्यास कयने छह, तखन धाखक कोन काज ? अही ठाम पीबि लैह, लाज जुनि करह।"

सभ सँ बेसी रूसल छलीह रामपुरवाली भौजी। आठ बर्ख मे एकटा पोस्टकार्डो धरि हमरा नहि पठा भेल। किएक ? संसार मे सभ सँ बेसी आदर-सिनेह हमरा रामपुरवाली भौजी सँ छल, तेँ ? भौजी आब खसल जाइत छथि। आठ बर्ख पहिने छलीह भरल कोसिकाक बाढ़ि ! सुखायल जारनिक धधरा छलीह। तखन, होइत छल, ई आगि कहियो नहि मद्धिम होयत। मुदा से नहि भेल। आगि मिझा रहल अछि। रामपुरवाली भौजी कहैत छथि, "आब गामहि रहू, पढ़ुआ बाबू, अप्पन खेत-पथार संभारू ! परदेस मे की छैक, जे एहि ठाम नहि भेटत ? गाम तँ आब सहर-बजार भ' गेल अछि। लोक दही आ माछ धरि कीनि क' खाइत अछि !"

कत' चल गेलीह ओ रामपुरवाली ? ओ हँसी ? ओ चंचल मुस्कान ? कत' चल गेल ओ पुरान दिन ? पुरान राति ?

नव राति भेल।

राति भेल। हम नित्यानन्दक आँगन सँ भोजन क' अयलहुँ। राम भाइ पान लगा देलनि। चल गेलाह। आब चारू कात झन-झन बसात, आ झन-झन करैत घर-आँगन। अन्हार। दोमहलाक बड़का खिड़की लग एकटा नीमक बड़का गाछ। नीमक लग मे अशोक। ई दुन्नू गाछ पहिनहुँ छल। छोट-छोट। एहेन भयावह नहि छल। अशोकक गाछ आ हम एक्के बर्ख जनमलहुँ। गाछ अछि, हमहूँ छी। गाछ नहि रहत, मुदा हम रहब। हम एकटा गाछ रोपब, आ रो गाछ रहत। हम अनेक गाछ रोपब, आ से सभ गाछ रहत। हम मनुक्ख छी, गाछ नहि। हम गाछ रोपि सकैत छी। गाछ हमरा नहि रोपि सकैत अछि।

रमेश बाबू होमिथोपैथिक डाक्टरक घर मे रेडियो बाजि रहल अछि। आधुनिक सभ्यताक एक मात्र लक्षण हुनकर स्त्री गालदहक छथिन, तेँ बंगला गीत–'राति आबि गेल हमर प्रेयसी, उगल सतमीक चान'। टूटल छन्द, अर्थहीन लय-व्यवस्था, मुदा गायिकाक स्वर मे प्राणक उत्ताप। गायिकाक स्वर मे आगि। उगल सतमीक चान। गायिकाक स्वर मे एहि रातिक यथार्थ। सीसो-सखुआक पतियानी मे नुकायल सतमीक चान।

साँझ खन वासुदेव झा बीस-टा टाका ल' गेल छथि। कारण बुझबा मे नहि आयल। कहलनि, "पाछू कहब।" हमरा परोक्ष मे आठ बर्ख हम्मर खेत-खरिहान सम्हारने छथि। बड़का काका चिट्ठी लिखने छलाह, "वासुदेव गरीब लोक अछि, मुदा विश्वासपात्र अछि। अहाँक सभ काज ओकरे सुनझा देने छियैक। तीस टाका दरमाहा आ अन्न पानि। एकसरुआ लोक, मोन सँ काज करत। अहाँ जहिया आयब, सभ हिसाब-किताब बुझा देत।" मुदा, बीस टाका ? कारण बुझबा मे नहि आयल। ओतेक लोक मे पूछब नीक नहि लागल। बंगला गीत समाप्त भेला पर आरो बेसी अन्हार भ' गेल। सभ्यताक कोनो चिह्न नहि बाँचल। अन्हार, आ जंगल। जंगल, आ टेबुल लैम्पक इजोत मे जेना एकान्त

आरो बेसी निर्मम भ' रहल अछि। चली, ओसार पर ठाढ़ भ' एकटा सिगरेट पिबैत छी।

गाम सूतल अछि। कोसिकाक कात मे पसरल ई पैघ गाम। गामक नाम की ? नाम नहि। अन्हारक कोनो नाम नहि होइत छैक। आ अन्हारक अतिरिक्त ई गाम अछिए की ? चारू कात जंगल। जंगल मे बनैया सूगर। कहियो-कहियो बाघ आ भुतियायल हरीन। पियासल हरीन। आन्हर हरीन। पागल बाघ। बनैया सूगर। भूखल कुकूर। लोक नहि। समाज नहि। किछु नहि, केवल टाका। बीस-टा टाका। कारण ?

राम भाइ कहैत छलाह—कोसिका पर बान्ह देने की हेतैक ! बान्ह मे दस ठाम भूर छैक। बाढ़ि आबहु अबैत अछि। खेत आबहु दहाइत अछि। तेसराँ गाछी बेचलहुँ। एहि बेर दस कट्ठा सोना सन खेत माटिक दाम मे चल गेल। सभ किछु चल जाइए...।

राम भाइ कहैत छलाह। बड़का काका चुप्पे छलाह, मुदा हुनकर देह सुखायल गाछ जकाँ टूटि गेल छनि। की करताह ? पहिने जमीन्दार छलाह। आब दुआर पर एकटा बखारियो नहि छनि। जेठ बेटा बी.डी.ओ. छथिन, अप्पन स्त्री-पुत्रक संगेँ नोकरी पर रहैत छथिन। गाम किएक अओताह ! कोन काज ? बड़का काका चुप्पे रहलाह, मुदा हुनकर आँखि ! बजलाह घनश्याम खलीफा। बजलीह बाल-विधवा शान्ति बहिन। सौंसे गाम बाजल।

आ, आब बाजि रहल अछि जंगल। अन्हार जंगल। बाघ। हरीन, सूगर। कुकूर। बाढ़ि मे कुकूर भूकि रहल अछि। एक नहि, कतेक कुकूर। हम दोमहलाक ओसार पर टहलैत सिगरेट पीबि रहल छी। देखैत छी, दूटा छाया। मानव आकृति स्त्री-पुरुष। ओम्हर दलानक ओलती मे ठाढ़। पुरुख दलान मे बिला जाइत अछि। स्त्री दोमहला दिस आबि रहल अछि। उज्जर चद्दरि सँ मुँह-कान झँपने। नहुँ-नहुँ डेग। धखाइत। बड़का टा आँगन। दोमहालक सीढ़ी। नहुँ-नहुँ पदचाप। लम्बा ओसारा। हम ओसारक एक कात ठाढ़ छी। छाया बढ़ल आबि रहल अछि। स्त्री छाया। बाड़ी मे कुकूर भुकैत अछि। जंगल मे बाघ आ हरीन। अन्हार मे साँप। अन्हार मे साँपे-साँप।

के थीक ?

''के थीक...के ? अहाँ के ? अहाँ के छी ?''—हमर चीत्कार सँ सौंसे दोमहला काँपि रहल अछि। मुदा, कोनो उत्तर नहि। मुदा, हम्मर प्रश्नक कोनो उत्तर नहि। छाया हमरा लग ठाढ़ होइत अछि, आ माथ निहुरेने बजैत अछि, ''भीतर चलू।''

''की चाही ? किएक आयल छी ?''—हम्मर प्रश्न अत्यन्त स्वाभाविक अछि। हुनकर उत्तर मे स्वभावक कोनो परिचय नहि। हुनकर चरित्रक कोनो परिचय नहि। कहैत छथि, ''अहाँ केँ पहिल बेर देखने छी। पहिने देखनहुँ हैब, तँ मोन नहि अछि। हम बड़ छोट छलहुँ। आठ बर्ख पहिने हम एतनी-टा बच्चा छलहुँ।'' ओ पलंगक नीचाँ हाथ खसा क' देखबैत छथि—हम एतनी-टा छलहुँ। हाथ खसयबाक प्रक्रिया मे माथ पर सँ चद्दरि खसि पड़ैत छनि।

साधारण मुखश्री। पिंडश्याम। नोकगर चेहरा। ज्योति नहि, मुदा लावण्य। आँखि मे धधरा नहि, शान्तिक एकटा स्थायी भाव। वयस चौदह सँ अठारहक बीचक कोनो

ठाम। ठीक स्थान पकड़ब कठिन। ओ बजलीह, ''हमर नाम थिक मणिमाला। अहाँ हमरा नहि चीन्हब। पहिल बेर भेंट थिक। हम दोसर टोल मे रहैत छी।''

दोसर टोल मे रहैत छलीह रामपुरवाली भौजी। गामक दोसर कात। स्वामी कलकत्ता रहैत छलथिन। हम रहैत छलहुँ गाम। अपना टोल मे हाथ धोइत छलहुँ, रामपुर वालीक टोल मे हाथ सुखाइत छल। लोक कहैत छल, ''रघुनन्दन चौधरीक पौत्र बताह भ' गेल। बेचारी रामपुरवालीक जिनगी खराप क' रहल छैक !'' रामपुरवाली सुनि क' हँसि दैत छलीह– मेरो तो गिरधर गोपाल दूसरो न कोई...

''अहाँ सूति रहू। हम पैर जाँति दैत छी। अहाँ कें निन्न भ' जायत, तँ हम चल जायब। अहाँ पड़ि रहू।''–ओ कहैत छथि। ओ, अर्थात मणिमाला। मणिमाला, अर्थात अन्हार मे जनमल कोनो एकटा गाछ। अन्हार मे डूबल, कोसिकाक बाढ़ि मे डूबल कोनो एकटा गाछ। जलप्रलयक उपरान्त मार्कण्डेय ऋषि की देखने छलाह ? एकटा अनुपम वटवृक्ष। कल्पवृक्ष। आ वृक्षक एकटा पैघ पात पर सूतल, खेलाइत एकटा सद्यःजात शिशु। ईश्वर-शिशु ! जलप्रलय मे डूबल एहि गाछक डारि पर, पात पर कोनो शिशु नहि। एहि गाछ मे डारि नहि, पात नहि, फल-फूलक की कोनो सम्भावना नहि ? की ईश्वर-शिशुक आब जन्म नहि होयत ? नहि समाप्त हैत जलप्रलय ? नहि उगि सकत कल्पतरु ? ई कल्पतरु ?

''लाज-धाक जुनि करू। हम अहाँ सँ बड्ड छोट छी। सूति रहू। हम देह जाँति दैत छी। ठेही मेटा जायत। अहाँ बड्ड थाकल छी। कतेक दिन गाम सँ बाहर रहलहुँ। कतेक बौअयलहुँ। आब विश्राम करू। हम ठेही उतारि दैत छी।'' मणिमाला बजलीह आ हम्मर बामा कान्ह पर हाथ रखलनि। शीत मे भीजल ठंढा हाथ। पातर-पातर आँगुर। आँगुर मे औँठी नहि, हाथ मे चूड़ी नहि कोनो गहना नहि, केवल हाथ। केवल हाथ आ बाँहि आ देह पर खद्दरक मोट साड़ी आ खद्दरेक आँगी। आँगी छोट भ' गेल छनि आ दुन्नू स्तन जेना पिंजरा मे बन्द सुग्गा हो, अवसर पबितहि उड़ि जायत। पिंजरा मे बन्द दू-टा सुग्गा। सुग्गा बाजल–जुनि करू लाज ! जुनि करू लाज ! जुनि करू...!

सुग्गा किएक बाजल ? एहि अन्हार जंगल मे सुग्गा किएक बाजल ? बजबाक की लाभ ? लाज ककरा छैक ? जंगल मे लाज ककरा होइत छैक ? हमरा लाज नहि होइत छल। लाज नहि होइत छलनि रामपुरवाली कें। तखन युवती छलीह। दू संतानक माय। जेठ बेटी सात-आठ बर्खक। छोट बेटा पाँच बर्खक। स्वामी कलकत्ता रहैत छलथिन। गामक एक कात खपरैल घर छलनि। आँगन मे दियर नहि, ननदि नहि, बूढ़ि सासु कें आँखि सँ किछु सुझैत नहि छलनि। साँझ पड़ल। हम दछिनबरिया घर मे पटिया पर बैसि रहलहुँ। सँग अनने छी कागजी बदाम, पिस्ता आ केसर आ भौजी भाँग पीसि रहल छथि। भाँग पिसबा काल पिंजरा फूजि जाइत छनि। सुग्गा उड़ि जयबाक लेल व्यग्र। मुदा पिंजराक अभ्यास की सुग्गा कें उड़य दैत छैक ? मुदा दुनू सुग्गा उड़ैत अछि आ हम्मर आँखिक फाँक सँ हमरा छाती मे पैसि क' छटपटाय लगैत अछि। छटपटाइत रहैत अछि दूटा सुग्गा। रामपुरवाली भौजी कहैत छथि, ''पढ़ुआ बाबू, भाँगक अभ्यास छोड़ू ! भाँग

पीबि क’ अहाँ आर बताह भ’ जाइत छी।...हमरा सँ अहाँ केँ ई सभ शोभा दैत अछि ? की सुख भैटैत हैत ? हमरा मे आब अछिये की ?’’

मुदा भौजी मे छनि। भौजी मे छनि आगिक धधरा। एहेन धधरा, जाहि मे समय आ धर्म आ परम्परा आ नैतिकता आ समाजक सभटा व्यवस्था धू-धू क’ जरि जाइत अछि। जरि गेल अछि। हम्मर वर्तमान आ व्यतीत जरि गेल अछि। किन्तु, भविष्य ? किन्तु भवितव्यता ?

बाँहि तर मसनद राखि कय हम बैसि रहलहुँ, पैर पसारने। मणिमाला अपना जाँघ पर हमर दुन्नू पैर राखि लेलनि। मुदा, शेषनाग कहाँ अछि ? चारू कात अन्हारक अथाह सागर अछि। वटवृक्षक पात पर सूतल शिशु बनि गेल अछि विष्णु। जाँघ पर हम्मर पैर रखने बैसल छथि लक्ष्मी। मुदा, शेषनाग कतय अछि ? पौराणिक रूपक पूर्ण नहि भेल। प्रतीक भहरि गेल। उपमा टूटि गेल। मणिमाला बजलीह, ‘‘वासुदेव बाबू बड्ड नीक लोक छथि। ओ नहि रहितथि तँ हमरा सभक प्राण नहि बचितय। माय, हम, दादी, सभ मारल जयतहुँ। सभ मारल जयतहुँ। वासुदेव बाबू हमरा सभक परिवार चलबैत छथि। अहींक खेतक अन्न-पानि सँ हमरा सभक जीवन चलबैत छथि। अहाँ सभ दिन विदेसे रहलहुँ। हमरा सभक दुख की बुझबैक...! मुदा, चुप्प किएक छी ? किछु बाजू, सरकार ! किछुओ तँ बाजू !

आ तकरा बाद नमहर अँगैठी आ निर्लज्ज ठहाका। मणिमाला हँसैत छथि। हम्मर स्थिति पर हँसैत छथि। हम चुप छी। हम थाकल छी। हम नहि छी। एहि अन्हार जंगल मे हम नहि छी। हम दिल्लीक कोनो राजपथ पर चलि रहल छी। हम राजपुतानाक कोना बलुआह सड़क पर बौआ रहल छी। अजन्ताक कोनो एकान्त गुफा। मध्य प्रदेशक कोनो जंगल। उड़ीसाक कोनो प्राचीन मन्दिर। मन्दिरक देबाल पर काम-क्रीड़ाक भित्तिचित्र। अश्व-मैथुन। सर्प-मैथुन। कलकत्ताक कोनो गली। हँ, कलकत्ताक कोनो गली मे श्रीकान्त ठाकुर सँ भेंट भेल छल। श्रीकान्त ठाकुर, अर्थात गामक सम्बन्ध सँ हमर भ्राता आ रामपुरवाली भौजीक स्वामी। वैह हमरा चीन्हलनि। प्रसन्न भेलाह। चाह पिऔलनि। पान खयलाक बाद पुछलनि, ‘‘गाम गेल छलहुँ ?’’

दोसर दिन श्रीकान्त भाइ अप्पन बासा पर ल’ गेलाह। बालीगंजक एक गरीब मोहल्ला मे एकटा कोठली लेने छथि। छोट-छीन कोठली। आगू मे नाली बहैत। नाली मे माँड़ आ सड़ल भात आ दुर्गन्ध। कोठली मे एकटा बंगालिन आ तकर दू टा बच्चा। श्रीकान्त भाइ कहलनि, ‘‘हँ, हमरे परिवार थिक। आब गाम नहि जायब। ट्राम-कम्पनी मे चाकरी करैत छी। ई विवाह कयना एक बर्ख भ’ गेल। ई दुनू बच्चा हिनके छनि, पहिल स्वामी सँ। स्वामीक देहान्त भ’ गेलनि। हमरे संगेँ ट्राम मे छलाह...।’’

हम श्रीकान्त भाइ केँ नहि पुछलिअनि जे ओ गाम आ अपन स्त्री आ सन्तान केँ किएक त्यागि देलनि। कारण हम बुझैत छी। कारण हम नहि बाजब मुदा, हम बुझैत छी। रामपुरवाली आ श्रीकान्त भाइ दुनू दू माटिक लोक। दुन्नू दू पानिक लोक। रामपुर वाली आगि आ श्रीकान्त भाइ मे एकटा चिनगियो नहि।

आ तकरा बाद निर्लज्ज ठहाका आ नमहर अँगैठी। मणिमाला हम्मर तरबा मे गुदगुदी लगबैत छथि। मुदा, हम्मर पैर सुन्न भ' गेल अछि। गुदगुदी नहि लागत। घाम नहि छूटत। पाथर सँ घाम नहि छूटत। मणिमाला अँगैठी लैत कहलनि, ''दुर, अहाँ केहेन लोक छी ?''

''दुर, अहाँ केहेन लोक छी ?''—जेना हम निन्न मे सुनलहुँ। आब भाँग पिबाक अभ्यास नहि अछि, लागल जेना सौंसे घर हिलि रहल अछि। लागल जेना जलप्रलय आबि गेल अछि। लागल जेना कोनो धार्मिक सिनेमा देखि रहल छी। महालक्ष्मी-पूजा। द्रौपदी-चीरहरण। मेघनाद-वध। सम्पूर्ण रामायण। श्रीकृष्ण-लीला। समुद्रा-मन्थन भ' रहल अछि। क्षीर-सागर सँ बहरायल अमृत। बहरायल हलाहल। बहरायल कौस्तुभ मणि आ ऐरावत आ अप्सरा आ लक्ष्मी। बहरैलीह मणिमाला। हमरा निन्न भ' गेल। निन्न। आ निन्नक बाद भोर।

रामपुरवाली भोरे अयलीह। चाह बनौलनि। बजलीह, ''चाह नीक नहि भेल हैत। हमरा बनबय नहि अबैत अछि। मणिमाला बड्ड नीक चाह बनबैत छथि। साँझ खन हुनके बनाबय कहबनि...।''

''मणिमाला के ?''—हम भौजी केँ पुछैत छियनि। भौजी केतली सँ कप मे चाह ढारैत रहैत छथि। कोनो उत्तर नहि दैत छथि। हम दोसर बेर पुछैत छियनि मुदा, कोनो उत्तर नहि। भौजी चुप छथि। हम आ रामपुरवाली भौजी ओसार पर बैसल चाह पीबि रहल छी आ भौजी चुप छथि। आ बड्ड थाकल, बड्ड उदास, बड्ड स्थिर दृष्टि सँ हमरा दिस ताकि रहल छथि।

नहि, हम गाम नहि जायब। गाम आ नगर मे कोनो भेद नहि छैक। गाम रही, अथवा कलकत्ता रही, गप्प एक्के। गाम आ नगर आ जंगल आ मरुभूमि, सभ एक्के थिक। एक्के अन्हार सभ ठाम। सभ ठाम एक्के भूख, एक्के आगि, एक्के प्रकारक बनैया सूगर आ बाघ आ हरीन, आ एक्के प्रकारक राति। गामक राति। जंगलक राति।

—भारती मंडन (अनियतकालीन मैथिली पत्रिका)

●●●